Fred Breinersdorfer

Der Dienstagmann

Ein Fall für Abel

Mit einem Nachwort von Fred Breinersdorfer

PENDRAGON

Fred Breinersdorfer · Der Dienstagmann

Melly Moslech war auf einem Betriebsfest und hat mit ihren Kollegen ausgiebig Fasching gefeiert. Alle haben getrunken, und sogar der schüchterne Hiltsch fühlt sich durch Musik und Sekt so angeregt, dass er Melly zum Tanz auffordert. Als er später versucht sie zu küssen, gibt sie ihm eine schallende Ohrfeige und verlässt verärgert das Fest. Um den Nachhauseweg abzukürzen, geht sie durch den Englischen Garten. Dort wird sie von einem Unbekannten überfallen und brutal vergewaltigt. Melly hat den Täter nicht erkannt, aber sie ahnt, wer es ist. Die Polizei nimmt Hiltsch vorläufig fest. Abel wird ihn verteidigen und kämpft zunächst erfolgreich für die Freilassung seines Mandanten. Doch da erinnert sich der Kripobeamte Holz an einige unaufgeklärte Fälle und an den berüchtigten Dienstagmann, einen Serientäter, der nur an Dienstagen Frauen überfällt und misshandelt. Hat der Dienstagmann auch Melly überfallen und missbraucht? Oder hat Abels Klient etwas mit der Vergewaltigungsserie zu tun?

Der Roman wurde 1988 mit Günther Maria Halmer als Abel von der ARD verfilmt. Die Kritik schrieb über den Film: »Gelungenes Psychodrama« (FUNK-Korespondenz)

Fred Breinersdorfer ist einer der renommiertesten deutschen Krimi- und Drehbuchautoren. Der Berliner Anwalt schuf die Abel-Reihe im ZDF, basierend auf seinen Romanen, die bei Pendragon neu herausgegeben werden. Sie sind Klassiker des modernen deutschen Krimis. Für die ARD schrieb er 15 Tatort-Drehbücher. In seinen Fernsehfilmen, vom »Hammermörder« (ZDF) bis »Die Hoffnung stirbt zuletzt« (ARD) verbindet er Hochspannung mit ebenso sensiblen wie präzisen Portraits von Tätern und Opfern. Breinersdorfer erhielt zahlreiche Auszeichnungen, darunter den Adolf-Grimme-Preis mit Gold und den Deutschen Filmpreis. Mit dem Kinofilm »Sophie Scholl, die letzten Tage« gelang ihm ein Welterfolg und die Nominierung zum Oscar ® 2006 in der Kategorie »Best Foreign Language Film«.

Faschingsdienstag, den 28. Februar

Rechtsanwalt Jean Abel zerrte die Gummikordel über seine struppigen Haare, dann nahm er die Pappnase mit beiden Fingern, zog sie ein wenig nach vorne und ließ sie wieder zurückschnappen. Der Leimgeruch drang in sein Bewusstsein. Abel atmete mit offenem Mund und beobachtete sein Spiegelbild: ein türkis-dunkelblaues Clownsgesicht mit weißen Feldern um die Augen. Eine grellrote Träne funkelte auf der linken Wange, gelb stach die spitze Pappnase hervor, und der kurze Vollbart schimmerte vom kupfernen Puder.

»Gut so«, sagte Abel zu dem Clown im Spiegel und sah ihn breit lachen. Er knipste die Lampe über dem Badspiegel aus und ging in die Küche, um seine Lederjacke zu holen. Sein Hund, ein großes Tier mit einem mächtigen Kalbsschädel, fuhr mit wütendem Gebell unter dem Tisch hervor und fletschte die Zähne.

»Kusch«, rief Abel, der sich über die unerwartete Aggressivität erschrocken hatte, »kusch, Schmitz!« Verwirrt hielt der Hund inne und nahm mit zitternden Nasenflügeln die Witterung seines Herren auf. Abel schlüpfte in die grüne Motorradjacke und zog die Pappnase hoch, um sie auf den Kopf zu setzen wie einen zierlichen Hut. »Isses so besser?«, fragte er seinen Hund. Schmitz tapste mit der Pfote vorsichtig an Abels Bein entlang, als müsse er sich versichern, dass der bunt maskierte Mann wirklich Abel war. Der ging hinüber in sein Büro, das unmittelbar an die Küche anschloss, und kramte unter den Akten einen karierten Schal hervor. Paul Schmitz, der Kalbskopfhund, folgte seinem Herrn schweifwedelnd, nun ohne jede Skepsis, denn neben dem Schal hing die Hundeleine, und weil er die Vorbereitungen für den Ausgang für abgeschlossen hielt, polterte er voraus zur Tür.

Abel griff sich an die Stirn. Drei Fingerspitzen waren dunkelblau, zwei türkis. »Richtig, du musst noch raus«, sagte er zu seinem Hund und öffnete die Tür. Schmitz rannte los und hob an der Hausecke ein Bein. Abel holte vorsichtshalber noch die Hundeleine, dann schloss er die Tür.

Erster Vorfrühling. Milde Luft strich durch die Straßen vom Englischen Garten her. Es roch nach feuchter Erde. Abel folgte seinem Hund im Park von Baum zu Baum, während das Tier zwischen knospenlosen Sträuchern stöberte. Abel lehnte sich mit dem Rücken an eine Laterne, die den Hauptweg spärlich erleuchtete. Er zog einen Kaugummistreifen aus der Tasche und packte ihn aus. Ein später Mountainbiker hechelte heran und machte einen respektvollen Bogen um Schmitz. Er drehte sich dreimal nach Abel um. Abel sah hinauf. Hinter dem Licht der Straßenlaterne war der Himmel schwarz. Einzelne dünne Regentropfen fielen. Er hörte den Hund graben und schnauben.

Abel pfiff. Schmitz folgte ausnahmsweise, sie gingen zurück über die Prinzregentenstraße ins Lehel, eine Innenstadtgegend von München, in der heute nur noch wenige Angestammte leben. Nicht arme Einwanderer haben das Viertel besetzt, sondern die elegante Welt der so genannten Besserverdienenden, zu denen Abel nicht gezählt werden kann, der als einer der ersten gekommen war.

Er ging mit seinem Hund am Fuß und bunt bemalt im Gesicht, die Thierschstraße hinunter. Hier soll in den Zwanzigern der verarmte Postkartenmaler aus Braunau gewohnt haben. Wenigstens hier sind seine Spuren verweht.

Ein Fenster wurde in dem Haus hinter Abels Rücken aufgerissen. Musik dröhnte heraus. »... in seinem Bett gesehn, ja, der hat's wunderschön, der braucht nicht aufzusteh'n. Und links und rechts vom Bett, da wächst der schönste Wein, ja, der hat's wunderfein, der alte Vater Rhein ...«

»Dadadamdamdamdam«, sangen Männer- und Frauenstimmen heiser, laut und falsch nach dem Refrain. Einer jodelte dazwischen. Man war ja, bitteschön, in Bayern. Abel drehte sich um und sah an der Backsteinfassade hoch. Hinter der Fensterreihe im ersten Stock brannte rotes Licht, an den Griffen hingen Luftschlangen. Er sah den Schattenriss eines tanzenden Paares auftauchen und verschwinden. Dann war das Lied vom Vater Rhein vorbei. Stimmengewirr. Eine Frau lachte kreischend. Sofort verschlang ein dröhnender Faschingsschlager wieder alle anderen Geräusche.

Abel pfiff durch die Finger. Paul Schmitz löste sich von einer Hausecke und rannte herüber. Er prallte mit der Flanke an Abels Bein.

Ein Mann kam ihnen entgegen. Er ging eng an der Hausmauer und hatte die Schultern hochgezogen. Auf dem Kopf saß eine Matrosenmütze, weiß mit blau und einem hochgestülpten Rand. Eine rote Plastiknelke, wie man sie auf der Wies'n schießen kann, war vorne aufgenäht. Sie begegneten einander im Schein eines erleuchteten Schaufensters.

»Guten Abend, Herr Hiltsch«, sagte Abel. Der Kopf des Mannes flog herum. Hiltsch grüßte flüchtig zurück und ließ den Kopf wieder zwischen die Schultern sinken. Er ging mit kleinen Schritten weiter an der Mauer entlang. Ein Moped röhrte die Straße herunter. Süßlicher Zwei-Takter-Mief. Als Abel sich noch einmal umdrehte, beobachtete er, wie Hiltsch im Eingang des Hauses verschwand, in dem das Faschingsfest gefeiert wurde.

»Soso«, brummte Abel beifällig vor sich hin. Er hatte den Mann in dessen Scheidungssache zu vertreten.

Das Fest war schon lange vor acht Uhr voll im Gange, denn man feierte bei der Firma seit nachmittags um vier Faschingsdienstag, das war Tradition. Da darf man sogar in einem bayrischen Handelskontor für Textilien und Strickwaren ausgelassen sein. ›Die Polonaise von Blankenese‹. Melly Moslech mitten in der Reihe, die Hände auf den dürren Schultern des Prokuristen Seidel und um ihre Taille die Pranken von dem neuen Lehrling, der Abitur und ein abgebrochenes BWL-Studium an der FH hatte. Die Lehrlingsfinger massierten wie zufällig die kleinen, nackten Speckröllchen oberhalb des Bundes der engen Jeans.

»... greift er von hinten an die Schulter, ja, da kommt Stimmung auf«, jubilierten die Firmenangestellten, und die kräftigen

Lehrlingshände lösten sich und rutschten nach oben. Da zog Melly schnell die Ellbogen an und wandte sich um. Der Lehrling war als Frau verkleidet, Minirock und haarige Beine unter Nylon, einen mächtigen, ausgestopften Busen in einer Bluse, die über den breiten Schultern spannte. Der grellrot geschminkte Mund lachte, darüber trug er einen säuberlich gestutzten Schnauzbart. Melly begann, mit dem Lehrling den Schieber zu tanzen. Es folgte eine langsame Nummer, und ihr Partner zog sie zu sich her, umwand sie mit Tentakelarmen, schob sein Knie vor und schnaufte ihr heiß ins Genick. Melly tastete seine unverbrauchten Muskeln unter der Damenbluse ab. Er roch nach Schnaps und Schweiß, der unter der Perücke hervorsickerte.

Sie sah, wie Hiltsch eintrat und sich umblickte. Er legte seinen Mantel über einen Stuhl an der Tür und gab Seidel höflich die Hand. Sie hörte, wie der Prokurist sagte: »Gelungene Verkleidung, lieber Hiltsch. Weißblau, da könnan S' ja sofort in die CSU eintreten.«

Bei der nächsten Drehung musterte Melly den Mann neben Seidel. Der Lehrling brummte ihr ›Strangers in the Night‹ ins Ohr. Hiltsch trug ein blau-weiß gestreiftes Hemd. Querstreifen, versteht sich. Schwarze Hosen, schwarze Schuhe und ein lächerliches Käppi, ebenfalls blau-weiß, mit einer roten Nelke vorne drauf. Da kam ihr eine Idee.

»Sekunde«, sagte sie zu dem Lehrling und drehte sich aus seinem Griff, dann rannte sie hinüber zu ihrer Tasche, die auf dem Tisch neben einem halbvollen Sektglas lag, ließ sie aufschnippen und kramte ihren Lippenstift heraus. Im Fortspringen goss sie den Schluck Sekt hinunter und dann war sie schon bei Hiltsch, der händereibend am Rand der Tanzfläche stand, so als sei er aus großer Kälte hereingekommen.

»Jetzt wollen wir unseren Hiltschi mal verkleiden«, rief sie, und alle sahen herüber. Sie nahm ihn beim Arm und zog ihn in die Nähe der roten Lampen. Er hielt ihr zögernd zuerst die linke, dann die rechte Wange hin und Melly malte mit dem dunklen, rotlila Lippenstift auf die eine Seite ein Herz und auf die andere einen Paragraphen. Dabei bemerkte sie, dass er frisch und sauber rasiert war und nach Sandelholzparfum roch.

»So«, sagte sie und kniff kritisch die Augen zu. Sie betrachtete sein Gesicht. Weich, fast weiblich sah es aus der Nähe aus. Und seine Augen wirkten in dem düsteren Licht nur schwarz und weiß, ohne Ausdruck. Jemand legte eine neue Platte auf, und die Boxen begannen zu dröhnen. Die Beatles. ›Oldies but Goldies‹. So was kommt an. Plötzlich war wieder der Lehrling neben ihr, packte ihren Oberarm und schrie ihr etwas ins Ohr. Melly verstand nicht, was er wollte, schüttelte dennoch den Kopf und wendete sich wieder Hiltsch zu, um den Jungen loszuwerden. Der Lehrling trollte sich und plötzlich hakte sie Hiltsch unter. Ihre Augen kontrollierten schnell seinen Gesichtsausdruck. Ein flüchtiges Lächeln und immer noch die schwarz-weißen Augen. Er zog sie aber mit sich zu der kleinen Sektbar. Melly folgte, denn sie hatte Durst.

Sie tranken zwei Gläser, jeder. Und dann noch mal zwei. Demi-sec.

Hiltsch zahlte. Er stand neben ihr, beide Ellenbogen auf den Tresen gestützt, und spielte mit seinem Glas. Er sprach von seiner Scheidung. Seine Matrosenmütze saß in der Stirn, und die Plastiknelke hing schlaff herunter. Trotzdem wirkte sein Gesicht im roten Licht nun kantiger. Lange, schmale Schatten liefen von der Nase über den Mund bis hin zum Kinn. Melly hörte nicht nur aus Höflichkeit zu, denn sie war selbst geschieden. Knapp zwei Jahre war es jetzt her.

Sie nickte. »Ja, ja, das kenn ich gut«, sagte sie.

»Und dann geht sie fort, von einem Tag auf den anderen«, fuhr Hiltsch mit seinem Bericht über seine untreue Ehefrau fort, »so mir nichts, dir nichts, als wären die zehn Jahre vorher ein Dreck gewesen, als könnt man das wegstecken, wie wenn in einem alten Auto der Motor aufgibt.« Er starrte vor sich hin. »Das geht einem nach.«

Melly, aufgeweckt, ein wenig pummelig, doch für ihre Verhältnisse so um Ende dreißig gut beieinander, verzog die Lippen zu einem Lächeln und schubste den Kollegen Hiltsch in die Seite.

»Komm, wir tanzen«, sagte sie.

Hiltsch folgte ihr ohne Widerspruch, fasste sie nur ganz leicht um die Taille und begann sich im Walzertakt zu drehen. »Schnaps ist schlimmer als Heimweh«, sang Melly nach der Melodie und fand es toll, sie legte ihren Kopf zurück. Die Girlanden und Luftschlangen über ihr tanzten und wirbelten in rotbunten Spiralen mit. Hiltsch musste sie fester halten, damit sie ihm nicht entglitt.

Dann kam ›La Bamba‹, man musste jedes Mal beim Refrain klatschen und in die Knie gehen. Melly spürte, dass Hiltschs Hände zweimal ihre Brüste berührten, ganz flüchtig und nebenbei und wie unbeabsichtigt, bevor er sie wieder in den Arm nahm. Dabei tanzten die anderen offen.

Danach tranken sie wieder Sekt, und Hiltsch stand von Anfang an ganz eng bei Melly und sie rückte nicht fort. Sie fand, dass Sandelholzrasierwasser gar nicht so schlecht roch, wenn einer die Haut dafür hatte. Und Hiltsch sprach von der Einsamkeit, die man empfindet, wenn einen ein geliebter Mensch verlässt.

»Wenn sie gestorben wäre, wär's was anderes gewesen«, sagte Hiltsch und trank einen langen Schluck, »dann hätte sie nichts dafür gekonnt, und man hätte sie immer noch im Herzen für sich gehabt – aber so ...« Er hatte die Mundwinkel heruntergezogen. Melly beobachtete ihn von der Seite und sah, wie er seine Augen zukniff. Er hatte schmale, dünne Augenbrauen. Der Lippenstift-Paragraph auf seiner Backe war schon am unteren Ende verwischt. Dann spitzte er die Lippen und drehte sich zu ihr um, endlich lächelte er, weil auch Melly lächelte. Sie legte ihm die Hand auf die Brust und schüttelte den Kopf. »Hab ich gar nicht vermutet, dass Sie so schwermütig sein können, wo Sie sonst so korrekt sind, lieber Hiltsch.« Sie fand die saloppe Anrede in der Situation angebracht. Das Duzen im

Betrieb wurde von Prokurist Seidel systematisch unterbunden.

Hiltsch hielt ihre Hand für einen Augenblick fest, aus einem Lächeln heraus biss er auf seine Unterlippe. »Sie müssen das verstehen, denn sie war meine erste Frau, überhaupt«, und nach einer Pause fügte er hinzu: »Ich sag das sonst nicht, nur heute, wissen Sie, da ist es etwas anderes.«

Melly hätte die Hand noch auf Hiltschs Brust gelassen, doch er hatte sie so schnell wieder freigegeben.

»Fast noch Jungfrau«, fuhr es Melly heraus und sie lachte laut und schrill.

Da tauchte der Lehrling neben ihr auf. Er hatte inzwischen die Perücke abgenommen und wischte sich mit dem Unterarm den Schweiß von der Stirn. »Auf«, rief er und griff mit seinen kräftigen Händen nach Melly, zerrte sie auf die Tanzfläche und nahm sie wieder voll in Beschlag. »Je t'aime« stöhnte Jane Birkin aus den Lautsprechern, »moi non plus«, raunte Gainsbourg, und der Lehrling hatte Melly fest im Griff mit Tentakelarmen und vorgeschobenem Knie. Sie versuchte, sich ein wenig auf Distanz zu halten, doch er reagierte nicht. Sie sah, dass Hiltsch starr mit durchgedrücktem Rücken vor der improvisierten Sektbar stand und sie mit hartem Gesicht beobachtete. Das Nylonbein des Lehrlings massierte zwischen ihren Schenkeln herum. »L'amour physique est ...« hörte sie den Jungen schnaufen, dann schwebte plötzlich sein Gesicht mit dem verschmierten Lippenstiftmund im Dämmerlicht vor ihr, kam flink auf sie zu, und schon bohrte sich seine Zunge in ihren Mund, vollführte eine kurze Wendung unter dem Gaumensegel und verschwand wieder mit einem schmatzenden Schnalzen. Melly war so verblüfft, dass sie lachte. Der Lehrling mit Abitur wollte sich wieder über sie hermachen, da war das Stück zu Ende und es folgte ›Jambalaya‹ von Fats Domino, und da kann man nicht clinchen. Hinter dem Jungen tauchte der Prokurist auf und klatschte in die Hände. Den Kopf leicht zur Seite geneigt und die Fußspitzen nach außen zeigend stand er da und sagte: »Darf ich bitten, Frau Moslech?«

Melly nickte und tanzte mit dem Prokuristen Seidel einen

Foxtrott mit wohlgesetzten Schritten nach der Musik von ›Jambalaya‹. Dabei hatte sie den Kollegen Hiltsch fast vergessen. Erst als sie mit Seidel fertig war, sah sie wieder hinüber zur Sektbar und bemerkte, dass Hiltsch immer noch in erstarrter Haltung verblieben war, wie sie ihn vorher gesehen hatte. Er tat ihr Leid, und sie eilte sich, zu ihm hinzugehen.

»Nicht traurig sein, so ist der Fasching eben«, sagte sie und lachte lauthals. Sie ergriff ihr Glas und gab ihm seines. »Prost«, sagte sie und stieß von sich aus an.

Hiltsch betrachtete sie lange mit seinen schwarz-weißen Augen, und dann antwortete er: »Ist ja auch egal.«

Melly trank ihr Glas aus und blickte in die Augen des Mannes, die ihr jetzt melancholisch vorkamen in dem roten Licht. Sie beschloss, auf den Kollegen Hiltsch ein wenig einzugehen, und begann deshalb, die Geschichte ihrer eigenen Scheidung zu erzählen. Zuvor bestellte sie aber noch ein Gläschen. Hiltsch zahlte bereitwillig. Noch einmal lächelte er Melly an. Sie lächelte zurück.

Die Korporation, der einige Freunde Abels angehörten, feierte in ihrem Haus unweit der Münchner Freiheit den Faschingsdienstag. Es ging normal und deshalb laut und ausgelassen zu. Als Abel in den großen, holzgetäfelten Kommerssaal trat, schlug ihm heiße, stickige Luft entgegen. Es roch nach Parfum, Zigaretten, Schweiß, Staub und Bier. Er zog seine gelbe Pappnase herunter, sozusagen in Gefechtsstellung, und mischte sich unter die Leute. Eine Rumpf-Dixieland-Band, Basstuba, zwei Posaunen, Trompete und Gitarre, schmetterte ›Bill Baley‹, und der Fuxmajor sang einen bayrischen Text dazu in das wackelige Mikrofon.

»Wann'd hoam kimmst kriagst'n Arsch voll ...«, schmetterte der Fuxmajor. Abel bestellte ein Bier, trank einen tiefen Zug und ging die schmale Holztreppe zur Empore hinauf, um einen besseren Überblick zu bekommen. Er spähte herum und konnte im schummrigen Licht und im Qualm unter sich keinen Bekannten ausmachen. Enttäuscht ging er wieder zurück in den

Saal, von dort aus suchte er in anderen Zimmern und im Flur. Keine Seele, die ihm bekannt vorkam. Niemand war so maskiert wie er selbst. Man sah ihn öfter mit neugierigen Augen an, so als prüfe man, ob er dazugehöre. Abel holte sich schnell ein zweites Bier und tröstete sich damit, dass Paloff und Ketterer und wie sie alle heißen mögen, sicher noch kommen würden, später, gegen elf. Im letzten Jahr waren immerhin noch drei oder vier gute alte Kommilitonen eingetrudelt, und zwei waren schon von Anfang an dabei gewesen. Abel setzte sich auf die Stufen der Emporentreppe und starrte auf die Band, die den ›Tigerrag‹ spielte. Grund genug für die beiden Posaunen, sich auszutoben. Er überlegte, wer für das altmodische Musikprogramm verantwortlich war, ohne DJ, ohne Wummerbässe? Vielleicht war Dixi der neue Trend in München?

»Na, Alter«, sagte einer der Studenten, wischte sich den Schweiß vom Tanzen aus der Stirn, dann nippte er an seinem Bier. »Heiß, wa?«

Abel nickte. Er kannte den Jungen nicht.

»Ick tät ma nich so anmaln.«

»Geschmackssache.«

Der Student beschrieb mit seinem Zeigefinger einen großen Kreis um den Saal. »Scheißweiba, nix wie Schrott, Zicken«, er lachte verächtlich. »Haufen Juristinnen ... Studentin des Rechts, neutralen Geschlechts.«

»Du musst's ja wissen«, brummte Abel. Er fand tatsächlich keine hübschen Mädchen darunter. Er schnitt eine Grimasse, weil der den Sprüchen des Studenten trotzdem nichts abgewinnen konnte.

Es war eine Jederfrauscheidung gewesen, als Frau Melly Moslech sich von ihrem Mann Harald trennte. Vier Jahre Ehe, Entfremdung heißt das dann, er geht seine Wege, sie ihre, kaum Streit, bis es soweit war und man die Anwälte konsultierte. Dennoch gewann Melly ihrer Schilderung der Geschichte dramatische Aspekte ab.

Da war die Auseinandersetzung um das Urlaubsgeldkonto. Ein Sparbuch, auf das man monatlich Beträge für die nächste Ferienreise umbuchen ließ. Mit Harald Moslech – und vermutlich einer Geliebten – waren 900 Euro vor einem verlängerten Wochenende von dem Konto verschwunden. Sie schilderte die Auseinandersetzungen um diese Ungeheurlichkeit, dann sagte sie: »Das ist irgendwie eine symbolische Handlung gewesen, das mit dem Geld, verstehen Sie.« Sie schaute trübsinnig den Kollegen Hiltsch an, der sich neben ihr mit den Unterarmen auf die Bar gestützt hatte.

»Ja, das ist so endgültig.«

»Nein, weniger deswegen«, sagte Melly, »es war nur so gemein, weil die Hälfte von dem Geld von mir war, ich habe auch dafür malocht, hier in dieser Firma, vierzig Stunden pro Woche und Überstunden. Und das, was in so einer Woche reinkommt, legt dieser Mann an einem Wochenende auf den Tisch. Neunhundert, pfft, nur so zum Fenster raus.« Sie machte mit den Fingern eine flatterige Bewegung.

»Manchmal versteht man sich nicht«, sagte Hiltsch und verfolgte mit seinen Augen diese flatterige Handbewegung, er wollte fortfahren, doch Melly unterbrach ihn.

»Gehn Sie mir nur mit Verstehen oder so. Ich weiß nicht, das mit dem Geld ist doch wohl eher 'ne Frage von Anstand, das muss einer doch haben, hier drin, irgendwie ...« Sie zeigte auf ihre Brust. Auch hierhin folgten Hiltschs Augen. Sein Blick blieb an dem dünnen T-Shirt mit dem Donald-Duck-Gesicht hängen. Wegen der heftigen Bewegung wackelten ihre Brüste unter dem Stoff.

»Man versteht sich einfach nicht«, wiederholte Hiltsch und starrte in sein Glas. »Es ist, als ob alle Leitungen durchgeschnitten sind, und man ist alleine in einem Raum. Möbel, Licht, Essen, das ist alles da, bloß: du frierst und die Leitungen nach draußen sind tot.«

»Genau. Er hat mir auch nicht mehr zugehört am Schluss, und von einem seiner Weiber, die hab ich später dann zufällig mal kennen gelernt, von der hab ich erfahren, dass er überall die Show ›meine Frau versteht mich nicht‹ abgezogen hat. Der«, sie lachte bitter, »der hat ja gar nicht zugehört, echt. Wenn einer den anderen nicht verstanden hat, dann war es, verdammt noch mal, der Herr Moslech und nicht ich.«

Hiltschs Blick war nun endgültig auf ihren Brüsten haftengeblieben. Er konnte sich einfach nicht beherrschen. Zu reizvoll und geheimnisvoll waren die Rundungen und Bewegungen. Melly mochte solche Blicke nicht und stellte sich mit der Seite zu ihm. Sie winkelte ihren Arm an.

»Es ist auch schwer, einen anderen zu verstehen«, sagte Hiltsch und zwang sich, den Kopf wieder nach vorne zu drehen. »Ich verstehe keine Frau, hab sie noch nie verstanden. Weil es so kompliziert ist. Mal reagieren sie mit dem Gefühl und mal mit dem Kopf, das ist doch konfus? Ich habe gemeint, bei meiner Frau, da wäre ich endlich einmal durch die vielen Schichten durch mit meiner Leitung ...«

Melly lachte vulgär über diese unbewusste Stilblüte. Hiltsch rang sich ein Lächeln ab. Sein Fehler war ihm peinlich. Melly nahm ihn am Arm und zog ihn auf die Tanzfläche. »Fasching ist nicht zum Nachgrübeln da, da muss man richtig lustig sein«, rief sie und begann, vor Hiltschs Augen auf und ab zu tanzen. Es lief Discomusik, ein hämmernder Rhythmus bebte aus den Basslautsprechern, und ein Mann mit schwuler Kommandostimme gab exzentrische Befehle. Mellys Körper wand sich zur Musik, sie hatte die Augen halb geschlossen, die Hüften zuckten träge im Rhythmus. Sie sah, wie Hiltsch die Zähne zusammenbiss und schluckte. Sein Adamsapfel tanzte auf und ab, bevor er sich mit angewinkelten Armen in Bewegung setzte, was aussah, als würde er, auf der Stelle stehend, Waldlauf betreiben. Seine Bewegungen passten nicht zur Musik. Melly warf rhythmisch den Kopf in den Nacken und fuhr sich hie und da mit den gespreizten Fingern durch die Haare, die schon längst nicht mehr in eleganter Welle aus der Stirn gefönt waren. Sie war eins mit dem Rhythmus.

Plötzlich tauchte der Lehrling im Mini mit dem breiten Kreuz neben ihr auf, gleichfalls gut im Schwung und im Rhythmus, auch seine Hüften zuckten träge im Takt, er tanzte eng an Mellys Seite, kopierte ihre Bewegungen, und Melly ging darauf ein, immer den Jungen aus den Augenwinkeln beobachtend, ihre Zungenspitze zwischen den Lippen, so als müsse sie sich sehr stark konzentrieren, und über manche Bewegungen des Lehrlings lachte sie in die dröhnende Musik hinein.

Hiltsch hatte sich gedreht, ohne seine Waldläuferposition aufzugeben, und festgestellt, dass sie fast alleine auf der Tanzfläche waren, nur noch ein Pärchen, das er nicht identifizieren konnte, knutschte eng umschlungen in der Nähe des einen Lautsprechers. Hinter der Sektbar stand der Hausmeister und genehmigte sich selbst einen, wozu Seidel ihn animiert hatte. Bei Seidel standen noch drei oder vier Herren, die der Prokurist eingeladen hatte. Keiner nahm Anstoß an dem Tanz, wie es Hiltsch erschien, also drehte er sich wieder zurück zu Melly und dem Lehrling, die gerade kokett mit den Hüften aneinander stießen. Hiltsch wandte sich wieder ab und seine Augen beobachteten das große Tonbandgerät, das seine Spulen bedächtig drehte. Auf der Konsole spritzten grüne Leuchtbänder mit jedem Schlag des Rhythmus auf. Jetzt fragte eine laszive Mädchenstimme ständig: »Say what?« Melly warf die Arme hoch, drehte sich und spürte, wie hinter ihr der Lehrling ganz nahe an sie herantanzte. »Say what?« wiederholten ihre Lippen, sie nahm die Arme wieder herunter.

Melly hatte Hiltsch schon vergessen.

»Keiner will was von uns«, sagte der junge Polizeimeister Brunner und schaukelte auf seinem Stuhl.

»Sogar hier in Minga sind alle beschäftigt«, sagte sein Kollege Bärlach, der aus Traunstein kam. »Sogar bei dem Rudimentärfasching in der Stadt.« Er war stolz auf die Ausschweifungen in Traunstein.

»Sei froh!« antwortete Brunner.

»Dienstlich gesehen, vielleicht«, Bärlach drehte sein kleines Kofferradio auf. In BR 5 lief neben der Nachrichtenschleife ein Bericht über ein Umweltprojekt in Angola – natürlich ohne die geringste Andeutung einer Faschingsmelodie.

»Nix wie Linke im Radio … wie überall«, sagte der Polizeimeister Bärlach abschätzig und drehte weiter, ein Kanal brachte Klassik. »Des wird nach der Wahl a net besser«, knurrte er und drehte weiter.

Endlich kam fröhliche Fastnachtsmusik aus dem Lautsprecher. Humba täterä und Tusch hallten durch die öde Amtsstube der Revierwache. Bärlach konnte sich nun wieder in seine BILD-Zeitung vertiefen. Bald hob er das Blatt hoch, zeigte auf eine nackte Frau, die eine Kapitänsmütze auf dem Kopf trug und mit einem Wasserball posierte: »Solche Titten, das müsst' mer mal anlangen können, hä?«, fragte er.

Brunner lachte dröhnend. Aus dem Lautsprecher kam ein Tusch.

»Wenn du für jeden Stich heut Nacht in München einen Euro hättest, brauchst Du dann noch arbeiten?« fragte Bärlach. Brunners Gelächter dröhnte wieder durch die leere Amtsstube.

»Wär mir lieber mit jeder einmal selber«, sagte er dazwischen.

»Du, da sind au grauslige Weiber dabei«, antwortete Bärlach und vertiefte sich wieder in sein Blatt. »Mit so einer kriagst koan hoch.«

Ein Büttenredner aus dem goldenen Mainz stellte Erwägungen zu dem launigen Thema »Wein und Weib« an. Er war heiser. Ein kreischender Beifall unterbrach ihn. Tusch, dann hetzte der Redner zur nächsten Pointe weiter. Herrensitzung. Schloss. Sendung zum Fastnachtsausklang. Mitschnitt aus einer früheren Sitzung. Und immer wieder gern gehört, das Lied von der Amanda, die die Hand da weglassen soll.

»So isses recht«, sagte Bärlach. Er malte Strichmännchen auf ein Anzeigenformular. Die Flächen in den Buchstaben »e«, »a«, »b«, »o« und so weiter waren schon mit Kuli ausgefüllt. Er sprach weiter: »Wetten, dass heute wieder so 'ne Tussi kommt und behauptet, ihr Macker hätt's mit Gewalt machen wollen?«

Im Lautsprecher spielte das Fastnachts-Hof-Orchester die Melodie ›O wie wohl ist mir am Abend‹. Brunner lauschte mit schräg gelegtem Kopf. »Tut denen doch nur gut, gut tut das denen, glaubst nicht?«

Bärlach lachte.

Hiltsch hatte längst seinen Waldläufertanz aufgegeben und sich auf einen Bürostuhl neben dem Ausgang zurückgezogen. Seidel stand immer noch mit den Herren an der Theke. Man sah sie lachen, die Köpfe zurückgeworfen und weitertrinken. Hiltsch hatte Bier aus einem der anderen Büros geholt. Gerade ging er wieder hinüber, um seinen Halbliterkrug erneut füllen zu lassen.

Als er wiederkam, tanzten nur noch Melly und der Lehrling im Maschinenrhythmus. Das Pärchen hatte sich in Hiltschs Nähe gesetzt und begann leise zu streiten. Trotz seiner Neugier entging ihm der Gegenstand der Diskussion. Er saß mit geradeaus gewandtem Kopf, doch seine Augen schielten zur Seite, um ein wenig von den Lippen lesen zu können. Er vergaß sogar für eine Weile, hinüber zur Tanzfläche zu starren und Mellys Körper in der Bewegung zu beobachten.

Plötzlich sah er, dass der Lehrling mit einem Schwung den Minirock von den Hüften streifte, in kurzen Turnhosen weitertanzte und dabei die beiden Zeitungspapierbrüste aus der Bluse kramte, was Hiltsch ein wenig irritierte. In Shorts wirkte der Junge schmaler. Die Beine in den dunklen Nylonstrumpfhosen stachen grotesk von der weißen, haarlosen Brust ab, die aus der offenen Bluse hervorschaute.

Er befahl sich wegzuschauen. Als Hiltsch wieder hinübersah, war er schockiert, denn Melly tanzte Körper an Körper mit dem Lehrling, stoßende Bewegungen eingeschlossen.

Melly und der junge Mann waren durch das klatschende, immer wieder repetierte Stampfen in der Musik in ihre Bewegungsabläufe eingefräst und vollständig jeder auf den anderen eingestimmt, den hämmernden Takt instinktiv in Bewegung umsetzend.

Zwei Sekretärinnen gingen durch das Zimmer. Hiltschs Blick verfolgte ein kurzes Stück die Frauen beim Gehen; dann blickte er zu dem tanzenden Paar, und er sah mit Erleichterung, dass Melly sich von dem Mann gelöst hatte und offen tanzte. Sofort war Hiltsch wieder von Mellys Bewegungen gefesselt, die stetig erschienen, obwohl sie immer anders waren, genauso wie sich das Wasser in einem Wasserfall bewegt. Es waren kräftige und sichere Aktionen und Gesten, nichts daran durch Nachdenken verfälscht, alles ursprünglich und wild und erotisch. Hiltschs Adamsapfel zuckte wieder. Er bemerkte, wie sich in seinem Kopf die Erkenntnis herauskristallisierte, dass Melly nichts mit dem Lehrling zu tun haben wollte – objektiv! Da ist nichts zwischen den beiden, kein körperlicher oder geistiger Kontakt, kein Funken, der überspringt. Ein zudringlicher Typ, aber sie hatte ihm die Grenzen gezeigt. Der andere dient nur zur Legitimation für den Auftritt auf der Tanzfläche, sonst nichts. Auf den Lehrling ist sie nicht wirklich eingegangen. Ganz im Gegenteil, ihn hat sie weggestoßen, vorhin, als er zudringlich wurde. Und so einer war doch zu jung, viel zu jung. Mit so einem kann man keine Gespräche führen, dachte Hiltsch.

Doch dann zogen ihn wieder die Bewegungen an und er starrte hinüber auf die Tanzfläche. Sie tanzt nur für dich, sagte ihm eine innere Stimme. Nur für dich, Sigurd.

Abel stand am Fenster in einem der finsteren Zimmer außerhalb des Festes und sah hinunter auf die nächtliche Straße. Er hatte beide Flügel geöffnet. Feuchte und milde Luft strömte herein und brachte den Geruch der Großstadt mit sich. Abel legte die Hände auf die Fensterbrüstung und atmete tief durch.

Hinter ihm öffnete sich die Tür. Ein breiter, gelber Lichtstrahl zuckte über den hölzernen Fußboden, und die Geräusche des Festes ergossen sich in den Raum. Eine Stehlampe glühte auf. Abel drehte sich herum. Er sah ein Mädchen, das einen Sessel herbeizog und sich hineinfallen ließ.

»Sie sind doch Abel?«, fragte sie.

Er nickte.

»Sie haben sich fast unkenntlich gemacht«, sagte das Mädchen. »Was macht Erika?«

Erika … das war vor drei Jahren. Er musterte das Mädchen im Sessel. Sie hatte kurze, farblose Haare und ein rundes Gesicht mit hellen Augen. Sie war nicht verkleidet, hatte noch nicht einmal einen närrischen Hut auf dem Kopf. Ihre kurze, fast barsche Gestik passte nicht zu ihrer rundlichen Figur. Abel ließ sich mit der Gegenfrage Zeit: »Woher kennen Sie Erika?«

Das Mädchen lachte. »Wir kennen uns eben, dass ihr Männer immer eine rationale Erklärung braucht …«

Abel drehte sich wieder herum und starrte hinaus. Durch das Licht im Raum war die Nacht schwärzer geworden.

»Es ist nichts los hier«, sagte das Mädchen, »dabei ist man extra hergekommen, weil hier im Haus Remmidemmi sein soll.«

Abel hatte die Hände in den Taschen. Sein blaues Clownsgesicht schimmerte im Halbdunkel, das die Stehlampe in der Nähe des Fensters ließ. Er lachte. »Beinahe hätte ich gesagt, dass das früher so war.«

»Sehen Sie, wie einfach das ist?«

Abel zeigte auf sich. »Mein Gesicht schließt mich aus.« Er zeigte auf die Maske.

»Und die anderen?« fragte das Mädchen.

»Die anderen? Sie sind zu Hause bei ihren Frauen und Kindern, oder sie arbeiten am Faschingsdienstag in der Nacht. Das hat alles seine Ordnung.« Abel zog sich hoch und setzte sich auf die Fensterbrüstung.

»Sie gehören hier dazu?« fragte er. »Angezogen wie immer, das Jedentagsgesicht auch abends dabei?«

Das Mädchen war nachdenklich. »Warum verkleiden? Es erkennt einen doch auch so keiner.«

Abel zuckte mit den Achseln. Das Mädchen stemmte sich

aus dem Sessel hoch. Sie war fast so groß wie Abel und schlanker, als er gedacht hatte.

»Nichts los hier, tschau, Abel«, sagte sie im Hinausgehen, »und einen schönen Gruß an Erika.«

»Wenn ich sie sehe … von wem?«

»Ulla, vulgo Uli«, antwortete das Mädchen und löschte das Licht, bevor sie das Zimmer verließ.

Aschermittwoch, den 1. März

Hiltsch trank einen langen Schluck.

Es war gerade Mitternacht. Immer noch schwer was los, obwohl das Fest seit vier Uhr am Nachmittag lief. Hiltsch mochte sich noch lange nicht verabschieden. Die dröhnende, peitschende Musik war immer noch da, wie das rote Licht und die beiden wabernden Körper. Der Prokurist kam mit den fremden Herren vorbei und winkte mit einer knappen Bewegung zu Hiltsch hinüber. Hiltsch registrierte das nicht. Zu sehr war er damit befasst zu warten, bis die Musik zu Ende war, bis Melly wiederkommen würde. Man würde das Gespräch fortsetzen, er würde auf sie eingehen, ganz intensiv mit ihr reden, sie mit seinen Gesten und Augen fesseln, dann vielleicht eine kurze Bewegung hin zu ihren Armen, ihre Haut berühren. Ihm fiel das knutschende Pärchen ein und er malte sich aus, wie sich Mellys Körper unter seinen Händen anfühlen würde, dieselben lasziven, trägen Bewegungen und die Hüften, die sich an ihn schmiegten und Druck ausübten. Hiltsch benetzte mit der Zunge seine Unterlippe.

Plötzlich riss die Musik mitten im Ton ab. Die Spule des Tonbandgeräts schleppte träge ein offenes Bandende mit sich herum. Es dauerte eine kurze Zeitspanne, bis sich die Stille in Hiltschs Kopf vorgekämpft hatte, er setzte sich mit geradem Rücken hin.

Melly hatte noch ein paar Takte weitergetanzt und war dann stehen geblieben. Sie lachte. Der Lehrling kam auf sie zu und wollte sie vertraulich in den Arm nehmen, sie ließ ihn gewähren, doch sie sagte ihm etwas ins Ohr, lachte und stieß ihn von sich. Eine kurze Diskussion zwischen den beiden folgte, ohne Gesten und so, dass niemand im Raum etwas verstehen konnte. Melly war wütend. Der Lehrling auch. Hiltsch sagte leise »Hä!«. Es klang ein wenig triumphierend. Doch Melly ging hinaus ohne zu ihm hinüberzusehen. Er stand auf, wollte ihr folgen, verharrte dann aber, um zu überlegen, ob das jetzt richtig sei.

Der Lehrling kam zu ihm herüber. »Blöde Titte«, sagte er,

»bläst sich derartig auf, macht einen auf scharf und dann zick, zick, zick ... dabei könnte die froh sein, wenn sie einen kriegt … so alt wie die ist.« Er winkte ab.

»Vielleicht sind Sie ihr zu jung«, sagte Hiltsch. Er machte ein strenges, abweisendes Gesicht, denn er hätte ohnehin nicht mit einem Lehrling des Betriebes über eine Kollegin reden sollen, er hätte ihn tadeln müssen. Der Junge sah Hiltsch an. Er steckte den Daumen zwischen den Zeigefinger und Mittelfinger.

»Wenn eine gesund ist«, sagte er, »dann braucht sie in dem Alter auch mal was Junges zwischen den Beinen, knackig, vital und ohne Probleme, wissen Sie.«

»Woher wollen Sie das denn wissen?« fragte Hiltsch, obwohl er nach seiner Meinung keinesfalls solche Fragen hätte stellen dürfen.

»Das spür ich. Das hat man, oder man hat's nicht. Und ich sag Ihnen, dass die's braucht und zwar ganz dringend. Sie ziert sich bloß, das ist 'ne Masche, manche Weiber wollen erobert werden«, der Lehrling machte eine kämpferische Geste mit dem rechten Arm. »Knallhart, verstehen Sie. Aber ich hab das nicht nötig, an so ner Tusse rumzugraben, bis es ihr passt.« Er lachte breit und zeigte eine Reihe weit auseinander stehender Zähne, dann ging er hinaus. »Waidmannsheil«, rief er zu Hiltsch hinüber.

Die Spule des Tonbandgerätes machte ein monotones, klatschendes Geräusch bei jeder Umdrehung. Es roch nach kaltem Rauch, und das Zimmer war leer. Hiltsch hörte von draußen lachende Stimmen. Sein Adamsapfel hüpfte, und er säuberte sich die Fingernägel mit den Nägeln der anderen Hand. Unschlüssig stand er nun am Rand der kleinen Tanzfläche in dem leeren, in rotes Licht getauchten Raum, den Kopf zwischen die Schultern gezogen. Er nagte an der Unterlippe, schließlich drehte er sich mit einem Ruck herum und ging ebenfalls hinaus.

Der lange Flur zwischen den Büros war gleißend und kalt von Neonröhren ausgeleuchtet. Weiße Wände, grauer Teppich, hinter der Naturholztür zum Prokuristenzimmer hörte man

Geplauder. Hiltsch schritt vorsichtig den Gang entlang. Im Schreibzimmer standen die beiden Sekretärinnen und lachten über einen Spruch des Lehrlings, der sich vor ihnen aufgebaut hatte und gestikulierte. Zwei andere Grüppchen Kollegen standen zusammen und tranken Bier aus der Flasche.

Hiltsch ging vorüber und bog rechts ab in den Stichgang zur Toilette. Melly stand dort und zog die Konturen ihrer Lippen mit dem lila Stift nach. Der große rote Cola-Automat brummte. Sie bemerkte Hiltsch nicht, weil sie in ihren kleinen Handspiegel sah und ihm den Rücken zuwandte. Unter dem linken Arm trug sie ihre schmale Handtasche eingeklemmt.

Es war nur ein kurzer Augenblick des Überlegens. Hiltsch zögerte immer noch, er schloss kurz die Augen und ballte die Fäuste, konzentrierte sich. Sie braucht's, sie braucht's, sagte er zu sich, öffnete die Augen und entspannte die Fäuste. Er ging schnell die zwei Schritte auf Melly zu. Sie drehte sich um, erkannte ihn und ein flüchtiges Lächeln verzog ihre blauroten Lippen.

»Hiltsch?«

Seine Hände griffen nach ihren Schultern und mit weit geöffneten Augen holte er zu einem Kuss aus, zerrte sie dabei an seine Brust. Die Handtasche fiel klappernd auf den Boden. Er schloss die Lider. Sein Mund öffnete sich.

»Hiltsch!« Es war ein schriller Ton mit Betonung auf dem i. Er spürte, wie sie sich mit beiden Händen heftig abstieß. Doch er hatte sie gut im Griff, wollte den rotlila Mund mit einem Kuss verschließen. »Sie braucht's, sie braucht's«, hämmerte er sich ein. Er spürte den Druck ihrer Hände, er streifte ihre Wange, sie schüttelte heftig den Kopf. Seine Mütze mit der Nelke glitt herunter und verklemmte sich zwischen ihren Körpern.

»Nein, hören Sie auf«, sagte sie laut, aber ohne zu schreien. Und dann sehr streng: »Hiltsch!«

»Komm, zier dich nicht«, sagte er mit knappem Atem; denn er musste sich anstrengen, sie zu halten. »Fasching ist halt so.«

In diesem Augenblick hatte Melly alle Kraft gesammelt und sich aus seinem Griff befreit. Sie schlug ihm hart mitten ins

Gesicht und noch einmal an den Kopf. Hiltschs Ohr begann zu pfeifen.

Melly hob die Tasche auf und streckte ihm dabei ihren prallen Jeanshintern noch einmal entgegen, dann ging sie, ohne sich umzusehen, davon.

Hiltsch lehnte mit dem Rücken an dem Cola-Automaten. Das Vibrieren des Kühlaggregats übertrug sich auf ihn. Er säuberte seine Fingernägel, als wäre nichts geschehen. Aus seiner Nase sickerte Flüssigkeit. Er wischte mit dem Handrücken und prüfte. Es war kein Blut. Innerlich war er unbewegt, wie Eis. Er spürte, wie sich in seinem Gesicht brennend ein roter Fleck als Folge des Schlages ausbreitete.

Als das Kühlaggregat abschaltete, löste er sich von dem Automaten. Er ging in die Toilette, vermied es in den Spiegel zu sehen und zog seinen Reißverschluss herunter. Die Tür ging auf. Der Lehrling kam herein. Er stellte sich unmittelbar neben Hiltsch, der deshalb sein Wasser nicht lassen konnte; es war unmöglich in der Nähe des Jungen. Er schloss seine Hose und ging hinaus, ohne die Hände zu waschen.

»Waidmannsheil, … was sind die Weiber fröhlich«, hörte er den Lehrling grölen. Es hallte laut durch die Toilette.

Melly kramte Zigaretten und Feuerzeug aus der Handtasche. Allmählich ließ das Zittern ihrer Hände nach, die sie zum Anzünden zu einem Trichter formte. Das flackernde Licht der Flamme züngelte kurz über ihr Gesicht. Sie zog den Rauch tief ein. Die milde Nachtluft hier draußen tat ihr gut. Jesses, weshalb regst du dich auf wegen einer solchen Lappalie, sagte sie sich. Dass die Männer immer bei solchen Gelegenheiten durchdrehten und meinten, sie sei einfach mal so zu haben. Vor allem Hiltsch! Hiltsch! Er war besoffen und hat's halt versucht. Na und. Trotzdem ärgerte sie sich immer noch, mehr als über den Lehrling. Der war wenigstens nicht richtig handgreiflich geworden. Aber Hiltsch, aus heiterem Himmel! Schwanzgesteuerte Idioten!

Sie hatte danach noch zwei oder drei Gläser mit dem Prokuristen und seinem Besuch getrunken, um den Ärger herunterzuspülen, bevor sie den Heimweg antrat. Natürlich hatte sie kein Wort davon gesagt. Hiltsch war keine große Nummer im Betrieb, aber eine größere als sie selbst und das musste man realistisch sehen. Sie hatte mit Seidel und seinen Herren nur über Belanglosigkeiten geredet. Außerdem waren alle schon ziemlich betrunken gewesen. Sie hätte mit ihrer Geschichte höchstens einen Lacherfolg geerntet. Da war es besser gewesen zu schweigen. Sie war nur froh, dass sie Hiltsch und den Lehrling nicht mehr zu Gesicht bekommen hatte. Sie hatten sich beide aus dem Staub gemacht. Die paar Schluck Sekt hatten endlich angeschlagen und sie war ruhiger geworden. Dann war sie gegangen. Angebote, von einem der besoffenen Herren nach Hause gefahren zu werden, hatte sie ausgeschlagen. Bedarf gedeckt für heute Abend, dachte sie.

Sie hatte ohnehin nur ein paar Schritte zu gehen, man konnte sogar noch abkürzen durch den Englischen Garten beim Eisbach. Keine Affäre. Sie packte ihr Feuerzeug ein und zerknüllte die leere Zigarettenschachtel. Frische Luft ist etwas Gutes für einen angenebelten Kopf! Sie schritt energisch los.

In der großen Parkanlage jenseits der Prinzregentenstraße war es in dieser schwarzen Vorfrühlingsnacht still und einsam. Nur der milde Wind zauste in den kahlen Ästen der Sträucher. Das Wabern des Großstadtverkehrs lag wie eine dichte Haube über den Bäumen. Einzelne bleiche Lichter wiesen den Weg durch den Park, Richtung Monopteros und Chinesischem Turm. Melly würde schon vorher nach rechts abbiegen, um nach Hause zu kommen. Ihr sicherer Schritt wurde tastender, als sie den Park betrat. Sie zirkelte die Lichtkreise von Lampe zu Lampe ab. Es gab schwaches, aber ausreichendes Licht auf den Wegen, damit man nicht stolperte. Ordentliche Straßenlaternen sind viel heller, aber sie haben natürlich nichts in einem Park zu suchen. Zehn Minuten hätte der Umweg gekostet. Es gab keinen objektiven Grund, diesen Umweg zu machen. Also schritt Melly wieder fester los.

Ihr Weg war gesäumt von hohen Bäumen und undurchdringlichen Buschgruppen, teilweise kahl, dazwischen auch Koniferen. Der Eisbach, ein schwallartig fließendes Gewässer, das auch im Sommer seinem Namen alle Ehre machte, rauschte und gurgelte in der Dunkelheit. Melly trat mit ihren Stöckelschuhe auf dem Asphalt des Parkweges energisch auf, als müsse sie sich selbst Mut machen.

Sie war schon weit gekommen, als sie hinter sich plötzlich ein Steinchen über den asphaltierten Boden klimpern hörte. Sie sah sich um und blieb stehen. Vögel lassen keine Steinchen fallen, nachts fliegen die Vögel nicht, sagte sie sich. Nun war es still, nur der Eisbach und der Wind in den kahlen Ästen der Bäume. Sie stellte den Kopf schräg, um besser zu hören, ihre Augen erforschten die Segmente der Finsternis entlang an den dunklen Buschgruppen. Eine Bö griff nach den Sträuchern, erzeugte überall Bewegung. Hoch über ihr rauschten die Äste einer Fichte. In der Ferne hupte ein Auto lang anhaltend.

Gerade als sich die Bö verlief und Melly sich umdrehte, um zügig rechts abzubiegen und schnell auf die beleuchteten Straßen ihres Viertels zu rennen, spürte sie seine Nähe hinter sich. Sie schaffte nur noch zwei oder drei Schritte, bis sich seine krallenartigen Finger in ihr ungeschütztes Genick schlugen, sie spürte die Nägel und warf den Kopf zurück, um den Schmerz zu lindern. Vor Mellys Augen war das matte Strahlen der nicht allzu fernen Straßenlaternen. Der Mann packte sie an der Seite und riss sie hart und entschlossen in das Gebüsch. Zweige brachen unter ihrem Gewicht. So zerrt eine Katze die Feldratte aus dem Loch. Sie spürte immer noch die Nägel im Nacken. Endlich konnte sie schreien. Sie schrie. Es war fast wie in einem Traum, in dem einem die Kehle zugeschnürt ist, weil einer auf der Brust kniet, und man vom eigenen Angstgebrüll aufwacht. Doch sie war wach, spürte seine Klaue in ihrem Fleisch und hörte ihren eigenen Schrei. Das

Geäst um sie herum prasselte und sie stürzten zusammen auf den Boden.

Melly registrierte noch den Schmerz des Sturzes, als sie spürte, wie er ihren Mantel vorne aufriss und sich seine Pranken in ihre Brüste vergruben. Das T-Shirt zerriss, und auf der Haut fühlte sie seine Krallen und das heiße, feuchte Fleisch seiner allgegenwärtigen Hände. Wild schlug sie mit den Armen um sich. Die Angst war mit einem Mal weggewischt und einer wilden, mächtigen Wut gewichen. Sie presste ihre Schenkel fest aneinander. Unter ihren Hieben wichen seine Hände von ihren Brüsten, sie hörte, wie die Schläge trafen, mitten in das schwarze, riesengroße Gesicht des Mannes über ihr. Dann aber stürzte er schwer auf sie mit der ganzen Last seines Körpers. Er drosch ihr den Atem aus der Brust. Sie spürte seine Fäuste an ihrer Schulter, fühlte ihren Oberkörper hochgehoben und mehrfach auf den Boden geschmettert. Melly rang nach Luft, unfähig, sich weiter zur Wehr zu setzen. Knallend fuhr eine Faust in ihr Gesicht. Ihr wurde schwindelig und sie erbrach sich, kotzte diesem schwarzen, gewalttätigen Phantomgesicht mit einem stinkenden Strahl alles entgegen, was sie an diesem Faschingsabend gegessen und getrunken hatte. Das Ausgespiene troff warm auf ihre nackten Brüste zurück. Mit einem schmatzenden, sabbernden Geräusch machte er sich über ihre Hose her, riss und zerrte an dem Bund, bis der Reißverschluss, ohnehin gespannt, nachgab und auflief.

Sie schrie, schrie, schrie. Es hörte nicht auf. Seine übermächtigen Hände fetzten ihr die Kleider herunter. Sie schloss fest ihre Schenkel und schrie. Irgendjemand musste sie doch hören. Irgendeiner musste wach sein und diesen Hilfeschrei registrieren, die Polizei rufen. Die Straße war doch gerade da drüben! Der Mann kniete bei ihr, dann erhob er sich langsam und stand vor ihr, eine dunkle und kalte und mächtige Masse, die mit dem Himmel zu verschmelzen schien. Sie rang nach Atem. Ihr Schrei erstickte. Ein Tritt in die Rippen warf sie zur Seite. Im Rücken spürte Melly die Stacheln der Sträucher und die abgebrochenen Äste.

Der Mann hatte keinen Ton von sich gegeben. Auch jetzt schwieg er. Melly hörte nur seinen Atem.

Sie spürte, wie er sich langsam herunterbeugte und sich ihren nackten Schenkeln näherte. Seine Hand legte sich fast behutsam in ihren Schoß – und dann riss er ihr die Beine mit einer gewaltigen Bewegung auseinander, stürzte sich auf sie und sie spürte nur noch, wie er in sie eindrang, obwohl sie sicher war, dass niemals ein Mann in ihren vor Angst und Entsetzen verkrampften Unterkörper würde eindringen können.

Melly hatte sich aufgerappelt und trat aus den Büschen. Die Lichter im Park erloschen gerade. Sie registrierte den Vorgang ohne Angst. Melly schloss ihre Hose, musste sie noch einmal öffnen, um die vollständig zerfetzte Strumpfhose notdürftig zurechtzuziehen. Sie hustete. In der Dunkelheit tastete sie nach ihrem Mantel, den sie als Bündel seitlich im Gebüsch fand. Alle Knöpfe waren abgerissen. Sie wickelte sich in den Stoff und hielt den Kragen zu. Ein Schüttelfrost züngelte über ihren Körper. Sie roch den Gestank ihres Erbrochenen, gemischt mit dem Moder der Büsche und dem Sperma, das sie überall an sich kleben glaubte. Sie würgte wieder. Dann ging sie auf die Knie, um tastend nach ihrer Tasche zu suchen. Seitlich am Rand des Weges berührten ihre Hände das Leder. Gierig holte sie ein neues Päckchen Zigaretten hervor, zündete eine an und inhalierte tief den Rauch, bis ihr ein Glitzern durch den Kopf kroch. Doch wenige Augenblicke später, sie stand immer noch an derselben Stelle im Dunkeln, packte sie wieder dieser unwiderstehliche Schüttelfrost, der tief aus ihrem Innern hervorbrach, und nun erst trieb es ihr die Tränen ins Gesicht, sie weinte laut und ohne Beherrschung.

Weit entfernt hörte sie eine Sirene. Polizeifahrzeuge im Einsatz. Wenn mich einer gehört hat und sie finden mich so ... schoss es ihr durch den Kopf. Nicht so, so wie jetzt, stinkend, verkotzt, verheult, geschüttelt von Ekel, nur so nicht, nur nicht jetzt!

Sie begann zu rennen. Knickte mit ihren Stöckelschuhen um,

zog sie aus, rannte weiter, den kalten Asphalt unter den Füssen nicht spürend.

Die Tür wurde aufgerissen. Bärlach stellte das Radio sofort ab. Er zog die BILD-Zeitung an sich. Brunner machte ein aufmerksames Gesicht. Ein Mann von etwa Mitte zwanzig in Jeans und Ski-Anorak kam zum Tresen gestürzt. Brunner bewunderte ein frisch angelaufenes blaues Auge bei dem Mann und Kratzspuren auf der Stirn.

»Bereitschaftswache?«, fragte der Mann.

Die Polizisten nickten.

»Ich muss eine Anzeige machen.«

Brunner griff nach dem Formblatt und fragte, worum es denn gehe.

»Ein Spanner«, sagte der Mann außer Atem. »Diese Drecksau! Aber ich hab ihn erkannt und wenn ich ihn wiederseh ...« Er schüttelte die Faust.

»Immer langsam, woll«, sagte Brunner. Er kam aus dem Münsterland und hatte die Ruhe weg. »Eins nach dem anderen. Sie heißen, Sie wohnen?«, begann er lakonisch die Personalien des erregten Mannes aufzunehmen.

»Ich bin Alex Ross«, sagte der Anzeigeerstatter und nannte seine Anschrift.

»Wos war?«, Bärlach, der beiläufig zugehört hatte, ließ die BILD-Zeitung sinken.

»Also«, begann der junge Mann, »ich bin verlobt.«

»Schön«, sagte Brunner und Ross schaute irritiert.

»Und meine Verlobte, Fräulein Schneider, und ich, wir wollten uns einen hübschen Abend machen, weil doch heute Mittag überall schon frei war und kein Dienst.«

»Gut.«

»Wir haben ein wenig Musik angemacht, solche, die uns gefällt, und meine Verlobte hat was gekocht.«

»Was?«, fragte Bärlach dazwischen, ohne von seinem Kreuzworträtsel aufzusehen, mit dem er begonnen hatte.

»Tut doch nichts zur Sache, aber wenn Sie's unbedingt wollen ... Schnitzel, paniert, und Salat mit italienischem Dressing.«

»Mit was?«

»Italienischem Dressing.«

»Gut, und weiter?«, fragte Brunner.

»Wir haben gegessen, fein gedeckt der Tisch und mit 'nem Gläschen Prosecco, Sie wissen ja.«

»Und nach dem Essen?«, forschte Brunner, der den Zusammenhang zu dem Voyeur suchte. »So wat mit zärtliche Musik?«

Ross blieb ernst und nickte. »Der Abend begann so schön«, sagte er, »und wir saßen so auf dem Sofa.«

»Wie?«, fragte Bärlach und blickte von seinem Kreuzworträtsel hoch, er kniff die Augen zusammen und musterte das verschwollene Auge des Zeugen Ross.

Ross begriff schnell. Immerhin hatte er Fachhochschulreife, wie er zu Protokoll gegeben hatte. »Sie meinen ...«, fragte er.

»Genau«, antwortete Brunner.

»Gut, es ist ja nicht verboten, also wir waren ausgezogen und saßen auf dem Sofa.«

»Und das zieht natürlich einen Spanner an wie Licht die Mücken«, sagte Brunner.

»Genau.« Ross nickte und fuhr fort: »Wir waren zärtlich zueinander, wissen Sie.« Er sah beide Polizisten an, die verständnisvoll nickten. »Und dann plötzlich, ich seh' so hoch«, Ross hob den Kopf ein wenig und schaute zur Decke, »da seh' ich das Gesicht hinter der Scheibe, ganz nah, fast mit plattgedrückter Nase. Es wirkte bleich und ohne Bewegung, aufgerissene Augen, ganz angespannt«, sagte Ross nachdenklich. »Ob so einer dabei onaniert, wenn er zusieht?«

»Bestimmt«, sagte Bärlach und nagte an seinem Kuli.

»Ich jedenfalls bin auf und rüber zum Fenster, der Kopf verschwand und ich reiß' das Fenster auf«, sagte Ross und machte vor, wie er das Fenster aufgerissen hatte, »doch das war noch auf Kippstellung und bis ich es umgestellt hatte, schien der Typ weg zu sein. Endlich habe ich das Fenster auf und bin raus. Wir wohnen im Hochparterre. Ich also raus wie in einem Rausch, da merkst du nichts, keine Kälte, du siehst nur den Schatten, wie er fortschlüpft und du stürzt hinterher.«

»Und dann?«

»Ich weiß nicht genau, wie weit ich ihm nachgelaufen bin, vielleicht zwanzig Meter durch den Hof, durch die Einfahrt, über die Beete von unserem Vermieter, im Vorgarten. Dort in den Büschen vor der Mauer, da hat er mir aufgelauert. Ein Hagel von Schlägen hat mich empfangen, da weiß man nicht, woher das kommt, da knallt und prasselt es nur aus allen Ecken auf einen ein. Und bevor du es blickst, da spürst du die Kälte, die Schmerzen von den Hieben und die Steine unter den Füßen.« Ross, der vorgemacht hatte, wie die Schläge auf ihn eingeprasselt waren, ließ die Arme sinken und sagte: »Ich habe mich nicht wehren können, so plötzlich war das.«

»Und der Typ?«

»Der ist abgehauen, ich glaube über die Mauer oder so«, antwortete Ross mit resignierendem Ton.

»Ma 'ne Frage«, meldete sich Brunner, »haben Sie denn häufiger um diese Zeit den Geschlechtsverkehr gehabt?«

Ross zuckte unter dem Wort »Geschlechtsverkehr« zusammen. Er dachte nach, dann sagte er verlegen: »Es gefällt uns halt besonders gut nach einem Essen, müssen Sie wissen.«

»Typisch, feste Zeiten«, sagte Bärlach, der das auf einem Lehrgang gelernt hatte. »Feste Zeiten locken solche Burschen an wie im Kino.« Er sah auf die Uhr. »Aber lang hat das Essen gedauert, es ist zwei, jetzt.«

»Das war nicht das Essen«, sagte Ross und schlug die Augen nieder.

»Alle Achtung. Aber feste Zeiten?«

»Ja.«

»Bitte«, sagte Bärlach und raschelte mit der Zeitung.

»Wann war dat genau?« fragte Brunner.

Ross sah auf seine Uhr, die eine komplizierte Digitalanzeige besaß. Er hantierte an den verschiedenen Knöpfen, dann sagte er mit bestimmtem Ton: »Zwischen halb eins und eins, aber eher halb eins.«

»Und Sie können den Spanner beschreiben?«

Ross schloss sein gesundes Auge und griff sich an die Stirn. »Wie auf einem Foto ist diese Fratze in meinem Kopf«, er öffnete das Auge wieder, »ich könnte ihn zeichnen, wenn ich so was könnte.«

»Dat is gut«, sagte Brunner, »denn wir haben so 'ne Datei im Zentralrechner für die Jungs mit dem Feldstecher.«

»Und a Körperverletzung kommt auch noch dazu«, sagte Bärlach treuherzig und raschelte mit der Zeitung, um den Sport aufzublättern.

»Gibt's da viel Knast dafür?« fragte Ross hoffnungsvoll.

»Vielleicht, wenn die neue Regierung dran bleibt«, antwortete Bärlach. »Bei die Sozialisten wird so was immer eingestellt, gegen a Geldbuß fürs Rote Kreuz.«

»Trotzdem, ich erkenn diese Drecksau wieder«, sagte Ross, »und Fräulein Schneider auch.«

Brunner hielt schließlich im Protokoll die Uhrzeit noch fest: 2 Uhr 10 am jungen Aschermittwoch.

»Noch 'ne halbe Stunde«, sagte Brunner zu seinem Kollegen und heftete eine Anzeige wegen Ruhestörung weg, die er gerade aufgenommen hatte.

»Da kommt bestimmt noch was«, antwortete Bärlach und sah auf seine Uhr. »Scheiß Nachtdienst.« Er gähnte und lehnte sich zurück, um aus dem Fenster zu sehen. Der Tag begann noch lange nicht zu grauen. »Richtig regnen hätt's solle, 's war gut für die Landwirtschaft dahoam«, brummte er, »und gut für die Nachtschicht.«

Er räkelte sich und kratzte sich am Hinterkopf.

Es klopfte. Und weil ein großes Schild draußen an der Tür hing, dass man ohne anzuklopfen eintreten solle, rührten sich die beiden jungen Beamten nicht. Noch einmal hörte man das zaghafte Klopfen.

»Reinkommen, Herrgott noch mal«, brüllte Bärlach, der sich über so etwas immer aufregen konnte.

Melly Moslech trat ein. Sie hatte ihr Haar glatt gebürstet. Ihr Gesicht glänzte von einer fettigen Creme. Die Augen wirkten farblos, die Lider waren geschwollen, der Mund zusammengekniffen und die Lippen schmal. Ohne Make-up sah sie fast jünger aus. Ihr Gesichtsausdruck war ernst. Mit beiden Händen hielt sie einen hellen Sommermantel am Kragen zu. Langsam trat sie an den Tresen.

»Bitte?« fragte Brunner mürrisch.

»Ich muss eine Anzeige machen«, antwortete Melly.

»Gegen wen?«

»Es ist«, sie stockte und man sah, wie sie sich beherrschen musste, »es geht um eine Vergewaltigung.«

»Siehste, hab ich 'n gesagt?« brummte Bärlach von hinten her.

Melly schluckte und beobachtete das junge Gesicht des Beamten, der desinteressiert mit seinem Kuli spielte und sie nicht ansah.

Unterdessen legte Brunner frisches Papier in den Drucker und fragte mit monotoner Stimme die Personalien der Anzeigeerstatterin ab. »Und nun zur Sache ...« sagte er schließlich.

Melly begann zu erzählen, wie es ihr ergangen war. Sie hatte sich die Worte genau zurechtgelegt, noch als sie zu Hause in der Badewanne saß und, immer noch von Ekel geschüttelt, sich endlich durchgerungen hatte, die Sache überhaupt anzuzeigen. Trotzdem versagte ihr immer wieder die Stimme und sie musste mit den Tränen kämpfen. Es waren Tränen der Wut und der Ohnmacht. Sie hatte sich schon vorgestellt, dass es schwierig werden würde, so kurz nachher die Behördenmühle mit einer Anzeige in Gang zu setzen, und sie hatte nicht angenommen, morgens um fünf am Aschermittwoch auf Verständnis und Anteilnahme zu treffen. Trotzdem flatterten ihre Nerven, und sie nagte ihre Lippen fast blutig, um die Sätze herauszubringen. Aber es musste sein. Es hing an ihr, ausschließlich an ihr selbst, ob man dieses Schwein fing, bestrafte und einsperrte oder nicht. Dabei reichte ihr diese abstrakte Bestrafung nicht, sie hätte diesen Mann umbringen, besser vielleicht kastrieren können – und sie heulte schon wieder.

Brunner sah von den Tasten des Computers auf und sagte: »Weiter.«

Melly biss sich wieder auf die Lippen und sagte dann: »Er ist aufgestanden und wieder fortgelaufen, ziemlich schnell, meine ich.«

Brunner tippte das. »Und Sie haben ihn einfach so weglaufen lassen?« fragte er.

»Herrgott noch mal«, jetzt war es aus mit ihrer Beherrschung, »meinen Sie, ich lasse mich von so einem ... einem Dreckstypen zusammenschlagen, vergewaltigen, und ich wehre mich, als ginge es ums Leben, und dann soll ich auch noch die Kraft haben, den Kerl am Fortlaufen zu hindern?«

Brunner zuckte mit den Achseln.

»Hören Sie mal ...« Sie fing schon wieder an zu heulen. »So was ist ... das ist für eine Frau das Grauenhafteste überhaupt. Das können Sie sich vielleicht nicht vorstellen. Man ist froh, wenn der Kerl weg ist, verschwunden ... Glauben Sie mir ...«

»Ich denk, dass ich das schon versteh«, sagte Brunner. »Sehen Sie's doch mal so, dass Sie bei uns nicht die erste sind, die mit so einem Problem kommt.«

»Wir müssen fragen, damit es gerichtsfest wird«, ergänzte Bärlach.

»Ja, ja.«

Brunner legte seine Finger wieder vorschriftsmäßig auf die Tastatur. »Und Sie, was haben Sie gemacht?«, fragte er.

Melly sprach leise und erschöpft. »In bin nach Hause, den Rest des Weges außen um den Park herum. Und dann habe ich geduscht und gebadet, mich gewaschen und noch einmal gewaschen und mir überlegt, ob es überhaupt Sinn hat, so einen Dreckskerl anzuzeigen. Aber ich muss es machen.«

»Und warum sind Sie nicht gleich zu uns gekommen oder haben den Notruf betätigt?«

»Verstehen Sie doch, man ist niedergeschlagen worden, verprügelt, erniedrigt.« Melly schüttelte sich. »Ich weiß keine anderen Worte dafür, man ist entehrt worden, von oben bis unten voller Dreck, Dreck von dem Kerl und vom Boden, mit zerfetzten Kleidern. Ich konnte das nicht. Ich, ich, ich musste nach Hause und mich waschen, damit dieser Gestank von dem Schwein heruntergeht und der Dreck.«

»Das war ein schwerer Fehler«, sagte Brunner, nachdem er die Fakten zu Protokoll genommen hatte.

»Weiss ich, aber es ging nicht anders«, sagte Melly zerknirscht.

Brunner belehrte trotzdem: »Weil Sie mit Sicherheit wichtige Spuren verwischt haben.«

»Fingerabdrücke an meinem Körper?«

Brunner sah ihr hart ins Gesicht. »Nein, Sie wissen genau was: die Samenflüssigkeit des Täters. Der ist ja wohl zum Erguss gekommen, ja?«

»Ich hätte so, wie ich war, zu Ihnen gehen sollen?«

»Genauso.«

»Nein ... so kaputt ... so ... kann keiner, sicher nicht, das hat auch noch was mit Selbstachtung zu tun.« Sie schüttelte sich wieder.

Der junge Polizeimeister Brunner stand auf und kam um den Tresen herum. »Kommen Sie«, sagte er zu Melly und berührte ihren Arm, »wir werden gleich abgelöst, aber ich fahre Sie noch schnell mit der Streife rüber ins Hospital.«

»Und?« fragte Melly, die bei der Berührung zusammengezuckt war. »Was passiert dort?«

»Dort machen sie einen Abstrich und die restliche Beweissicherung.« Als er ihr Gesicht sah, sagte er beruhigend: »Keine Angst, ich mach das nicht persönlich.« Bärlach grinste. Er nahm den Platz seines Kollegen hinter dem Computer ein.

»Warten Sie«, sagte Melly, »da ist noch was Wichtiges.«

»Ja?«

»Ich glaube, ich weiß, wer es war, nur deshalb bin ich überhaupt gekommen.«

»So?«, fragten beide Polizisten gespannt.

»Der Täter … aber beweisen kann ich's nicht.«

»Beweisen ist unser Job.«

»Bevor ich was sage: ist das üble Nachrede, wenn er nicht verurteilt wird?«

»Weiß ich nicht«, antwortete Brunner, der immer noch an der Tür stand und nun auf seine Armbanduhr sah, »das müssen Sie entscheiden, ob Sie uns zur Ermittlung einen Hinweis geben wollen.«

»Wird vertraulich behandelt«, sagte Bärlach.

Melly grübelte einen kurzen Augenblick, doch dann erinnerte sie sich wieder an diese Hände und das schwarze Gesicht und den Atem.

Zwei Streifenbeamte der Frühschicht stiegen die abgewetzten Steinstufen eines großen alten Mietshauses in Haidhausen hinauf. Ein junger Mann mit einem Motorradhelm über dem Arm kam pfeifend die Treppe heruntergesprungen. Die Beamten hielten ihn auf, ließen sich den Ausweis zeigen und erfuhren schließlich, dass Hiltschs Wohnung auf dem nächsten Treppenabsatz lag. Einer der Polizisten salutierte. Der junge Mann rannte weiter. Er hatte aufgehört zu pfeifen.

Oben vor der Tür Hiltschs angelangt, klingelten die beiden und nahmen die Mützen ab. Niemand öffnete. Noch einmal wurde der Klingelknopf gedrückt. Endlich hörten sie Schritte.

»Wer ist da?« fragte eine Stimme hinter der Tür.

»Herr Hiltsch, machen Sie bitte auf, Polizei«, sagte einer der Polizisten in ruhigem Tonfall.

Es dauerte nicht lange, da rasselte die Vorlegekette, und Hiltschs schmales, bleiches Gesicht erschien in der Tür. Seine Haare waren ungekämmt. Lippenstiftherz und -paragraph fehlten.

»Bitte?«

»Herr Hiltsch?«

»Ja.«

»Ja, dann, bitte kommen Sie mit auf die Dienststelle.«

»Jetzt?«, fragte Hiltsch fassungslos und öffnete die Tür, so dass man sehen konnte, dass er barfuss war, nur mit einem Schlafanzug bekleidet und sichtlich mit allen Anzeichen eines Mannes, den man aus dem Tiefschlaf gerissen hat.

»Ja, jetzt, Herr Hiltsch«, sagte der Polizist, der peinlich genau die Vorschriften einhielt und den Delinquenten auch immer korrekt mit Namen anredete. »Wir müssen sonst vom unmittelbaren Zwang Gebrauch machen.«

Hiltsch schüttelte den Kopf. »Und weshalb soll ich mit?«

»Es liegt eine Anzeige gegen Sie vor, Herr Hiltsch.«

»Wer hat mich angezeigt?«

Achselzucken. »Sie erfahren das Nähere auf der Dienststelle. Von dort aus können Sie auch mit einem Anwalt oder einem Angehörigen kurz telefonieren, wenn Sie wollen.«

»Was ist, Sigurd?«, rief gedämpft eine weibliche Stimme aus einem der Zimmer, dessen Tür geschlossen war. »Was ist es, soll ich kommen?«

»Nein, Mutti, es geht schon«, rief Hiltsch laut mit heller Stimme. Er musterte die beiden Polizisten in den grünen Windjacken, dann hob er die Hände seitlich vom Körper und ließ sie klatschend an seine Oberschenkel fallen. »Wenn das so ist«, sagte er leise und drehte sich um; er ging vorsichtig seine Sachen holen.

Melly saß auf einem der Holzstühle im Warteraum der gynäkologischen Ambulanz. Es roch nach Desinfektionsmittel und heimlich gerauchten Zigaretten. Hinter Milchglasscheiben erhob sich grau und gebrechlich der Tag. Melly war seit zwei Stunden allein. Sie fröstelte und überlegte, ob sie nicht doch noch fortlaufen sollte, dann biss sie die Zähne zusammen und blieb auf dem harten Stuhl sitzen.

Eine Schwester, die sie vor geraumer Zeit in Empfang genommen hatte, öffnete die Tür zu einem der Behandlungsräume und schloss sie wieder. Melly hörte sie sagen: »Da draußen sitzt immer noch die Notzucht für einen Abstrich, kommt denn da keiner?«

Niemand antwortete. Nach fünf Minuten schlurfte eine alte Frau im geblümten Morgenrock und in Hausschuhen herein und setzte sich ächzend gegenüber von Melly auf einen Stuhl. Sie fischte sich mit spitzen Fingern eines der AOK-Magazine vom Tisch herüber und begann, mit kurzsichtigen Augen zu lesen, dabei ständig vor sich hinbrabbelnd.

Endlich betrat ein Mann im weißen Kittel den Raum. Er hielt eine Karteikarte in der Hand. »Frau Moslech?« Er schob seine Brille vor der Nase zurecht. »Ja.« Melly spürte einen Stich im Magen. Sie stand widerstrebend auf.

»Bitte kommen Sie.«

In der engen Ambulanzkabine bot der Arzt ihr einen Schemel vor seinem Schreibtisch an. Sie setzte sich, immer noch im Mantel.

»Vergewaltigung?«, fragte er.

Sie nickte.

»Schlimme Sache! – Wann etwa?«

»Nach Mitternacht.«

»Sind Sie freiwillig mitgegangen?«, fragte er.

»Freiwillig?«

»Ja, in siebzig Prozent der Fälle gehen die Frauen freiwillig mit dem Mann ins Hotel oder in die Wohnung. Dann wird es meistens schwierig.«

»Hören Sie, ich bin im Park überfallen worden, wie von einem Raubtier.«

Er zuckte mit den Achseln. »Na ja, das ist nicht mein Problem, ich muss nur die medizinischen Fakten feststellen. Dann wolln wir mal ...« Er zeigte auf einen niedrigen Paravent, am hinteren Ende der Kabine, jenseits des Behandlungsstuhls.

Melly zog sich, soweit notwendig, aus und ließ die Untersuchung mit zusammengebissenen Zähnen und geschlossenen Augen über sich ergehen. Eine Schwester war hereingekommen und assistierte. Ein greller Scheinwerfer war auf ihren entblößten Unterleib gerichtet. Man hörte das Klappern der Instrumente.

»Sieht doch ganz gut aus«, sagte die Schwester, und der Arzt brummte zustimmend. Nach einer Weile sagte er: »Wir finden keine Verletzungen, weder am äußeren noch im inneren Genitalbereich, nur seitlich am Oberschenkel einige Kratzer.«

Melly nickte und starrte an die Decke.

»Das kann auch beim Liebesspiel vorkommen«, sagte die Schwester.

Der Arzt relativierte mit einem »Naja«, doch die Schwester ließ nicht locker: »Nichts Dramatisches, da kriegen wir schlimmere Sachen zu sehen, mit massiven Verletzungen.«

Melly sagte leise: »Soll ich mich bei Ihnen dafür entschuldigen, dass er mich nicht umgebracht hat?«

Die Stimme des Arztes wurde unerwartet scharf: »Hören Sie, Frau Moslech, wir müssen die medizinischen Fakten für die Kriminalpolizei feststellen und deshalb muss ich Sie untersuchen, und ich kann Ihnen nichts bestätigen, was nicht den Tatsachen entspricht. Gleichgültig, wie Sie das subjektiv aufnehmen, es geht um die objektiven Befunde. Und man sieht zu viele Simulierer hier. Skepsis ist nach meiner Erfahrung angebracht.«

Tränen rollten über Mellys Gesicht und die Nase lief. Sie hätte viel darum gegeben, jetzt nicht weinen zu müssen. Sie spürte, wie der Arzt den Abstrich machte. Sie hörte ihn fragen: »Erfolgte der Samenerguß in der Scheide oder außerhalb?«

»Ich weiß es nicht und ich habe mich ohnehin überall gewaschen, zehnmal, hundertmal«, antwortete sie mit heiserer Stimme.

»Da kommt dann bei der DNA noch weniger heraus«, stellte der Arzt fest. »Kennen Sie den Mann?«

»Ich glaube, ja.«

»Na bitte«, sagte die Schwester zum Arzt. Man hörte wieder die Instrumente klappern. Der Arzt stellte die Lampe nach oben und sagte: »Sie können sich anziehen.« Nach einer kurzen Pause fuhr er fort: »Sind Sie sonst irgendwo verletzt am Körper? Ich kann das auch noch aufnehmen, wenn Sie wollen.«

»Nein«, Melly zog sich schnell an, »ich glaube, sonst sind es nur blaue Flecke am Kinn und an der Rippe und Kratzer auf dem Rücken und im Nacken, das kommt von den Sträuchern ...« Melly brach ab.

»Zeigen Sie, das nehmen wir dann auch noch auf«, sagte der Arzt und ging seine Digitalkamera holen, mit der er die Befunde auch fotografisch festhielt.

Der Arzt machte sich Notizen, während die Schwester herumräumte, und sah dann zu Melly auf, die sich hektisch angezogen hatte und im Mantel hinter dem Paravent hervorkam. Sie blieb vor dem weißen Schreibtisch stehen.

»So«, sagte der Arzt, er hatte den Befund fertig. »Sie bekommen das Ergebnis über die Staatsanwaltschaft. Und«, er sah auf seiner Karteikarte den Namen nach, »und, Frau Moslech, krank schreiben kann ich Sie nicht, dafür gibt es keine objektiven Anhaltspunkte.« Er lächelte aufmunternd. »Und der Kummer wird auch bald verflogen sein, glauben Sie's mir. Bald ist alles vergessen, so ist das Leben.«

Melly musste sich räuspern, bevor sie langsam sprechen konnte. »Kann man die Anzeige auch wieder zurücknehmen?«

»Ja, aber ich glaube nicht, dass das was hilft. Soweit ich weiß, ermittelt bei so was die Staatsanwaltschaft selbständig weiter.« Mit diesen Worten schob er die Patientin hinaus in den Wartesaal, der mittlerweile gut besetzt war. Mellys Blick flog über die grauen Gesichter der Frauen, die auf den Stühlen saßen, dann floh sie in den Flur und die Treppen hinunter.

Man lieferte Hiltsch ab, wie man einen Schuldigen abliefert, mit dienstlicher Höflichkeit und Distanz. Halb ausgeschlafene Beamte mit Aschermittwochsgesichtern empfingen ihn und man schob ihm einen Stuhl hin.

»Bitte setzen Sie sich.«

»Danke.« Hiltsch hielt die Hände geschlossen zwischen den Knien eingeklemmt. Die anderen verließen das Zimmer.

»So, fangen wir an«, sagte der Vernehmungsbeamte, der sich nicht vorgestellt hatte. Er war rothaarig und hatte helle Wimpern.

Sein Gesicht schien offen und freundlich, machte aber keinen vertrauenerweckenden Eindruck.

Hiltsch schwieg. Er erwartete einen Angriff.

»Notzucht ist ein schweres Verbrechen«, sagte der Polizist. Und weil Hiltsch nicht reagierte, fuhr er fort: »Warum haben Sie die Frau Moslech flachgelegt?« Wieder nichts. Kein Wimpernzucken. Beherrschte Aufmerksamkeit zeichnete das Gesicht des Verhörten. Der Beamte ließ sich nicht beirren. »Sie kennen Frau Moslech?« Er musste in der Kopie des Protokolls nachsehen: »Melly, sagt Ihnen das was?«

Endlich sagte Hiltsch mit steinernem Gesicht: »Ich denke, dass ich das Recht habe, einen Anwalt anzurufen.«

»Sie werden keinen finden um diese Zeit. Es ist Aschermittwoch. Da sind die Juristen alle noch besoffen von ihren Feten auf den Verbindungen, dort wo sie sich die Schmisse geholt haben. Egal ob Rechts- oder Staatsanwalt.«

»Aber es ist mein Recht?«

»Aber natürlich.« Der Polizist schob Hiltsch das Telefon hin und sagte: »Null vorwählen.« Er beobachtete, wie sein Delinquent mit unbewegter Miene die Auskunft wählte, geduldig wartete, bis sich jemand meldete, und dann nach der Nummer eines Rechtsanwalts Abel in München fragte, sie prompt erhielt und ohne schriftliche Notiz auflegte. Er tippte wieder auf dem Telefon herum, starrte wartend ins Leere, plötzlich hellten sich seine Augen auf.

»Ja, hier ist Hiltsch«, sagte er in das Mikrofon, »ich weiß, dass es eine Zumutung ist, aber ich bin in einer Notlage.«

Eine schnarrende Stimme antwortete Unverständliches.

»Nein, nicht die Scheidung. Man hat mich festgenommen. Ich bin beim Verhör.«

Schnarren in der Leitung.

»Ich weiß es nicht. Der Beamte ...«

Schnarren.

»Nein, seinen Namen weiß ich nicht. Er hat mir keinen konkreten Vorwurf gemacht. Er fragt offensichtlich nach einer Arbeitskollegin von mir.«

Hiltschs Augen wanderten hinüber zu dem Beamten, der mit seinem hellen Gesicht bewegungslos am Fenster lehnte, hinter sich den erwachenden Tag.

»Nein«, sagte Hiltsch in das Telefon, »ich werde nichts sagen. Kein Kommentar.«

Wieder quäkte die Stimme aus dem Hörer. Hiltsch legte auf.

Sie starrten einander an. Kalt und feindselig war die Stimmung, wie ein Januartag.

»Sie sind Sigurd Hiltsch, nicht wahr«, sagte schließlich der Polizist. Natürlich schwieg Hiltsch. Er hatte wieder zu seiner Haltung mit den Händen zwischen den Knien zurückgefunden.

»Auf Fragen nach den Personalien müssen Sie antworten«, belehrte der Polizist. »Ich kann dies erzwingen.«

Ein verächtliches Lächeln glomm in Hiltschs Gesicht auf.

»Sie werden so lange Geduld haben, bis mein Anwalt hier ist. Auch mit den Personalien.«

Der Polizist zuckte mit den Achseln und nahm mit einer Geste, die gelangweilt wirken sollte, einen schmalen Aktendeckel auf. Der war rosa und hatte einen komplizierten Aufdruck mit abgezirkelten Feldern, in die Paragraphen geschmiert waren. Er blätterte in dem Dossier.

»Hiltsch, Sigurd, geboren 1961, 20. April, Führers Geburtstag, sinnig«, er lachte. »Wir haben da einige Bemerkungen in den Akten über unseren Freund Hiltsch, Sigurd. Wenig Angenehmes. Keine Gentlemandelikte.« Seine Augen tasteten das Gesicht seines Delinquenten ab. Es war ein eher weicher Zug um den Mund zu beobachten, auch das Kinn war rund, ein wenig dicklich, und die Augenbrauen schmal und geschwungen. Er hielt die Augen gesenkt. Der Polizist warf die Akte mit einem klatschenden Laut auf den Tisch. »Sie wissen, was ich meine, Herr Hiltsch. Das ist die übliche Karriere. Spanner, Exhibitionist, Tatscher und Fummler ... und schließlich muss eine Frau dran glauben.«

Der Bulle zog aus einer Schreibtischschublade einen zerlesenen Krimi heraus, den er aufschlug und dann Hiltsch ansah. »In den Krimis bekommen die Verdächtigen bei den Amis ihre Rechte vorgelesen. Wir in Deutschland brauchen das nicht. Ich lese meiner Kundschaft trotzdem immer was vor. Hören Sie zu, vielleicht kommt Ihnen da ja was bekannt vor». Der Mann schlug das Buch auf, hob die Stimme und begann zu lesen: »Unvermittelt bricht es auf, wie ein Eitergeschwür, das tagelang Schmerzen bereitet hat. Es bricht auf und man ist erlöst, frei. Der Schmerz ist weg, man hat es hinter sich ... Ja, ja, ich weiß, Hiltsch. Ich kenne das. Es ist mein Handwerk, alles, was ich gelernt habe, mit Männern wie Ihnen umzugehen, sie zu jagen und zu stellen.« Er verharrte unbeweglich am Fenster mit verschränkten Armen. »Sagen Sie nichts, kein Wort. Warten Sie auf Ihren Anwalt, Ihren Rechtsverdreher. Aber ich kriege Sie. Sie, genauso wie die anderen. Alle Mitglieder der Organisation der Dunkelmänner mit dem halbsteifen Schwanz und dem Knacks im Hirn.« Der Bulle klopfte sich mit dem Handballen an die Stirn. Hiltsch stand auf und starrte seinen Gegner an. Seine Hände waren zu Fäusten geballt, seine Kiefermuskeln traten deutlicher hervor, doch er schwieg.

»Warum protestieren Sie denn nicht, dass Sie sich so etwas verbitten? Warum nicht?« Ein hartes Gelächter schüttelte den kleinen rothaarigen Mann. »Sie mutmaßlicher Verbrecher!«

Das Telefon schrillte, einmal, zweimal, zehnmal, bis es endlich wieder verstummte. Dann las der Polizist weiter: »Nachts steht sie auf, die Liga der Ratten, dann kriechen sie aus ihren Türen und Verschlägen, ihren Hass auf die Frauen unter der Schädeldecke und im Bauch, zitternd vor Sehnsucht nach dem Duft von langen weichen Haaren und vom Geruch einer offenen Möse aufgepeitscht, vom nicht gekannten Gefühl zärtlicher

Arme auf dem Rücken. Dann müsst ihr lauern, wenn die Sonne sich endlich verborgen hat, dann müsst ihr mit geiferndem Maul gaffen, wenn zwei sich arglos lieben, dann müsst ihr irgendwann einmal eure Hilflosigkeit unter Beweis stellen und euch ausziehen, wenn keiner es erwartet, Frauen und Kinder erschrecken, bis eines Tages eine über euren verschlungenen, nachtschwarzen Weg läuft, eine, die ihr in die Enge treiben und mit euren Krallen packen könnt. Und dann bricht es aus euch heraus wie aus der Eiterbeule, dreckig und stinkig, die Gewalt eures Schwanzes. Und diese bestialische, satanische Gewalt ist für euch, für eure Bedürfnisse so unwiderstehbar und so unabänderlich, dass ihr noch nicht einmal hinterher zur Reue fähig seid. Mancher kennt noch nicht einmal den Katzenjammer. Nur kalte Lust und Befriedigung, bis zum nächsten Mal.«

Der Polizist hatte seine Haltung nicht verändert. Die Morgensonne, grell wie im April, schien ihm in den Rücken. Gesicht und Körper waren ein scharf konturierter Schattenriss.

»So falsch ist das doch nicht«, knurrte der Bulle und warf den Roman neben die Akte auf den Tisch.

Hiltsch zeigte keine Rührung. Seine Muskeln waren angespannt.

Der Polizist sprach weiter: »Ich sage das bloß, damit Sie wissen, dass ich Ihr Feind bin. Unerbittlich. Kompromisse können Sie später mit dem Staatsanwalt oder dem Gericht schließen.«

Hiltsch schwieg. Der Polizist sprach nicht mehr. Er ging hinaus und schloss behutsam die Tür. Er ließ Hiltsch allein mit dem Roman und seinem Aktenvorgang, der mitten auf dem Schreibtisch lag und die Vorstrafen des Beschuldigten enthielt.

Melly betrat das Büro und nickte der Telefonistin zu, die zugleich den Empfang machte.

»Der Chef schon da?«

»Ja, frag bloß nicht, wie er aussieht.« Die Telefonistin lachte. Melly blieb unschlüssig stehen. Schließlich sagte sie vorsichtig: »Und Hiltsch?«

»Nein, weißt du nicht, wo er ist?«

Melly drehte sich schnell um und ging den Gang hinunter zum Büro des Prokuristen Seidel. Sie klopfte. Sie hörte ihn etwas rufen und trat ein. Seidel bot ein lächerliches Bild des Aschermittwochjammers. Derselbe Anzug, derselbe Schlips, dasselbe Hemd, im Knopfloch eine Papierblume und Lippenstiftschmiere im Gesicht. Weiß Gott woher. Das Fenster hinter seinem Rücken stand weit offen. Es war kalt in dem Büro. Eine Tasse Tee zog Schlieren.

Seidel hob den Kopf.

»Auch wieder unter den Lebenden?« fragte er und lächelte konspirativ. Man sollte ihm die Kopfschmerzen ansehen. »O mein Gott.« Er griff sich an die Stirn.

»Ich kann heute nicht kommen«, sagte Melly und versuchte ihre Stimme kalt klingen zu lassen.

»Sie sind doch da?«

»Ja, aber es geht nicht, ich kann nicht arbeiten.«

»Oh, Mädchen. Wir besaufen uns, aber wir kapitulieren nicht«, sagte Seidel. »Sehen Sie mich an ...«

»Nein, es geht nicht, glauben Sie es mir.«

Seidel zwinkerte mit dem linken Auge. »Wer war denn der Herzensfürst heute Nacht? Unser Azubi mit Abi ... nein, der ist zu jung für eine erfahrene Frau, lassen Sie mich raten ... unser guter Hiltsch?« Er sah das betroffene Gesicht, grinste und sagte: »Ich weiß, es geht mich nichts an.«

»Kann ich Urlaub kriegen?« fragte Melly.

»Lassen Sie sich doch krankschreiben, so wie Sie aussehen, und am Aschermittwoch.«

»Sie schreiben mich nicht krank.«

»Gehen Sie zu einem vernünftigen Doktor und quälen Sie meinen armen Kopf nicht länger«, sagte der Prokurist.

Melly verließ mit hängendem Kopf das Büro und ging hinunter auf die Straße. Graue Wolken trieben gegen die Sonne an, die grell scharfe Schatten auf das Pflaster riss. Sie überquerte achtlos bei Rot die Kreuzung Thierschstraße und Maximilianstraße und hörte hinter sich Schulkinder vom Wilhelmsgymnasium kichern. Sie ließ sich Richtung Altstadt treiben. Im Schaufenster einer Apotheke war ganz groß Aspirin plus Vitamin C dekoriert, richtig für die Festtage. Eine der jagenden Wolken schlug die Sonne und verschlang sie. Melly blieb nahe dem Hofbräuhaus stehen und blickte auf das Pflaster. Sie grübelte und versuchte, ihren Gedanken die Überhand über ihre Gefühle zu verleihen, was nur unvollkommen gelang. Sie drehte sich um und rannte ein Stück zurück Richtung Altstadtring.

Melly Moslech betrat den Englischen Garten genau an der Stelle, wo sie ihn in den ersten Morgenstunden betreten hatte. Sie ging Schritt für Schritt und blieb erst jenseits des Eisbaches stehen, so als müsse sie sich orientieren. Der Asphaltweg war grau. In der Ferne hinter kahlen Bäumen hockte das klassizistische Tempelchen, der Monopteros, auf einem Hügel.

Die Wolke spie die Sonne wieder aus, und kaltes Licht rann durch kahles Geäst. Die Büsche an der Seite des Weges wirkten harmlos und durchsichtig, als hätten sie nie etwas verborgen. Melly schritt weiter in Richtung des Chinesischen Turms und kontrollierte mit den Augen rechts des Weges die Sträucher; sie suchte die Stelle. Vielleicht gab es Beweise? Melly hatte sich vorgenommen, nicht einfach über die Sache hinwegzusehen, diesen ungeheuerlichen Übergriff auf ihren Körper und ihre Seele zu ahnden. Sie konnte sich vorstellen, dass das reinigen würde, klären, aufbauen. Doch es gab keine Beweise. Sie konnte den Ort des Überfalls noch nicht mal genau bestimmen. Es war dunkel gewesen. Und jetzt schien die Sonne grell, und die elastischen Zweige, die das Gewicht ihrer beiden Körper niedergedrückt hatte, waren nun zurückgefedert. Alle Büsche standen ordentlich in Reihen da. Abgerissene Äste gab es überall. Spielende Kinder könnten die Urheber gewesen sein. Und der Asphalt zeigte keine Spuren. Sie suchte nicht weiter. Und verließ den Park dort, wo sie ihn in der Nacht verlassen hatte. Melly ging nach Hause.

Der Rechtsanwalt Abel lehnte mit der Schulter an der Wand und kaute Kaugummi. Er zog ihn mit der Zungenspitze hinter den Schneidezähnen breit und formte eine kleine Blase. Die Blase platzte mit einem leisen »Plopp». Abel zog die linke Hand aus der Tasche und sah auf die Uhr. Ein Uniformierter riss die Tür auf und schob Hiltsch herein.

»Wird Zeit«, sagte Abel.

»Looongsam geht die Welt zugrunde, gell«, antwortete der Wachtmeister und warf die Tür hinter sich ins Schloss.

Abel drückte Hiltschs feuchte Hand. Sie setzten sich an den kahlen Tisch.

»Kann hier keiner mithören?«, fragte Hiltsch und blickte sich an der Decke um. Abel zuckte mit den Schultern.

»Was weiß ich.«

Hiltsch wandte den Kopf hin und her. Der Adamsapfel fuhr am Hals hoch und setzte sich wieder in den Kragen. Seine Augen glitten flink über die kahlen Wände, die Zimmerpflanzen auf der Fensterbank, über den Boden.

»Glaub nicht, dass einer mithört, nur bei Terrordelikten«, sagte Abel schließlich und beugte sich vor, legte die Unterarme auf den Tisch und sah Hiltsch ins Gesicht. »Und was will man von Ihnen?«

Sein Mandant suchte nach dem richtigen Wort. »Es geht um eine Kollegin von mir ...«

»Ja?« Abel wusste das bereits.

»Ich werde beschuldigt ... tja, ich soll ...«

Abel schwieg und sah Hiltsch unerbittlich ins Gesicht.

»Vergewaltigung.« Endlich war es heraus, dieses Wort.

Hiltschs Stimme wurde schrill vor Empörung. »Haltlos! Das Ganze ist völlig haltlos. Ich bin auf dem schnellsten Weg nach Hause. Ich weiß nichts, aber auch gar nichts, das können Sie mir glauben, Herr Abel. So sind die Weiber, böse und rachsüchtig. Ich weiß nichts und ich war es nicht.«

Abel massierte den Kaugummi mit der Zunge und faltete die Hände, bevor er zu sprechen begann. Er redete leise und eindringlich: »Hören Sie, Herr Hiltsch, wir sitzen hier bei der Kripo und nicht beim Familienrichter. Herr Hiltsch, wir stellen zu Anfang am besten ein paar Sachen klar. Ich bin Ihr Anwalt und das geht nur, wenn ich Ihr volles Vertrauen habe. Deshalb muss ich alles wissen, alles, verstehen Sie, nur dann kann die Verteidigung einigermaßen laufen, wenn es überhaupt was zum Verteidigen gibt.«

»Bin ich schon schuldig?«, fuhr Hiltsch erregt dazwischen.

»Sie haben mich falsch verstanden. Nach dem Stand der Dinge sind Sie noch nicht einmal angeklagt, gerade mal beschuldigt. Solche Sachen sind schwierig. Von Natur aus. Warten wir, ob es überhaupt ein Verfahren gibt, falls nicht alles im Sande verläuft. Damit ich den Fall im Griff habe, muss ich alles wissen«, wiederholte Abel und versuchte, Hiltsch in die Augen zu sehen. Es kam fast immer vor, dass ihm seine Klienten an diesem Punkt auswichen. Auch die Unschuldigen.

»Gut.«

»Weiter«, sagte Abel, »müssen Sie wissen, dass Sie vor der Polizei und bei Gericht nichts zu den Beschuldigungen sagen müssen. Es steht Ihnen frei zu schweigen. Und noch was: Von mir erfährt niemand was, ich würde mich sonst strafbar machen, das nur noch zum Thema Vertrauen und Wahrheit. Weder Ihre Frau noch jemand aus dem Betrieb noch sonst einer hört davon. Deshalb sagen Sie mir jetzt, wie es war. Genau der Reihe nach.«

Hiltsch zögerte noch. Abel beobachtete, wie es in ihm arbeitete. Ein kleiner prüfender Blick traf den Anwalt, der unermüdlich kaute und gelassen wartete. Hiltsch zog schließlich seinen braun und gelb gestreiften Schlips zurecht und begann, von der Betriebsfeier zu berichten. Er erzählte nüchtern und exakt von der Sauferei, der Polonaise, dem Gespräch mit der Moslech und deren Tanz mit dem als Frau verkleideten Lehrling.

»Übrigens, mal 'ne Frage«, unterbrach ihn Abel, »wann sind Sie eigentlich zu dem Fest gegangen?«

Hiltsch dachte nach. »So was zwischen acht und halb neun wird es gewesen sein. Ich war zu spät, das Fest hatte schon um vier begonnen. Das ist Tradition. Alle waren schon angeheitert oder sogar betrunken.«

Abel nickte. Das stimmte. Er hätte seinem Mandanten eigentlich erzählen sollen, dass er ihn gesehen hatte, gestern Abend. Aber er tat es nicht. Hiltsch würde es in diesem Moment nur verwirren. »Weiter«, sagte Abel.

»Also, die Moslech tanzte mit dem Lehrling da.«

»Sie, Herr Hiltsch, hatten sich wieder gesetzt?«

»Ja, ja, das ist ja kein Tanz, wie wir ihn mögen. Da steht jeder für sich und verrenkt sich. Keiner hat mit dem anderen was zu tun.«

»Sie haben sich das also angesehen?«

»Ja. Auf einmal war die Musik zu Ende, und die Moslech ist hinaus.« Hiltsch schnickte mit dem Kopf. »Und ich habe auch auf die Toilette gemusst. Vor dem Cola-Automaten habe ich sie dann getroffen, wie sie sich geschminkt hat.«

Abels Gesicht verriet Spannung und Hiltsch stockte. Abel wartete ab. Hiltsch legte mit einer knappen Geste beide Hände mit dem Rücken auf die Tischplatte, die Finger gespreizt. Man sah die peinlich gesäuberten Nägel. »Wie sie so dastand, da habe ich sie in den Arm genommen und zu küssen versucht, das ist alles.«

»Wirklich alles?«

»Natürlich.« Empörung lag in seiner Stimme. Abel ließ ihn nicht aus den Augen und kaute weiter. »Ich weiß, es war ein schwerer Fehler«, sagte Hiltsch bedächtig, »überall und jederzeit, aber nie mit einer aus dem Büro, das sage ich selbst immer zu den Jungen – und mir passiert das, ausgerechnet mir! Aber diese Weiber heute«, er hob die Hände und ließ sie auf den Tisch fallen, »verstehen Sie, Herr Abel, ein Mann hat doch Augen im Kopf. Diese Hintern in den engen Jeans, alles wackelt«, er hob die Hände nach oben offen unter seine Brust und ließ sie zittern, »sie hatte keinen Büstenhalter an und unter dem dünnen Stoff sah man bei der Moslech doch alles, alles. Mein Gott noch mal, ist sie doch selbst schuld, wenn einem mal der Gaul durchgeht ...« Hiltsch lehnte sich zurück.

»Wie, genau, ist der Gaul vor dem Cola-Automaten mit Ihnen durchgegangen, Herr Hiltsch?«, fragte Abel.

»Ich habe sie festgehalten und zu küssen versucht«, antwortete Hiltsch entrüstet, »als ob das heutzutage was wäre.«

»Nur ein Kuss?«

»Ja«, sagte Hiltsch der Wahrheit gemäß, »und, um genau zu bleiben, sie hat mir eine runtergehauen, die Moslech, dass es nur so geknallt hat. Feuerrot war ich im Gesicht, feuerrot.«

»Wann war das?«

Hiltsch überlegte. »Kurz nach zwölf.«

»Und dann?« Abel steckte die Hände in die Tasche.

»Ich habe das Fest sofort verlassen, auf der Stelle bin ich fort. Nach der Ohrfeige war ich total wach, das kann ich Ihnen sagen. Nur keine aus dem Büro, ist mir durch den Kopf geschossen, nur keine Tippse oder so, und ich Esel fang mit der Moslech an, gerade mit der, eine geschiedene Frau, müssen Sie wissen, da weiß man meistens, wen man vor sich hat.«

»Sie leben auch in Scheidung«, sagte Abel und lächelte.

»Herrgott, das ist doch was ganz anderes, Sie sollten das doch wissen. Wer hat denn bei uns die Ehe gebrochen, ich oder meine Frau, diese Hure?« Hiltschs Adamsapfel zuckte.

Abel beschwichtigte ihn und setzte seine Befragung fort. Doch Hiltsch blieb mit Entschiedenheit dabei, dass er auf dem direkten Weg nach Hause gegangen sei und sich schlafen gelegt habe. Er könne dieses ganze Theater nicht verstehen. Ein Kuss, zumal wenn er im Versuchsstadium steckengeblieben sei, wäre doch keine Vergewaltigung. Empört rief er: »Ich kann dieses Weib doch anzeigen, ich!«

»Wegen?«, fragte Abel.

»Wegen Körperverletzung, denken Sie an diese Ohrfeige, das muss man sich doch nicht gefallen lassen.«

»Unter diesen Umständen schon«, sagte Abel und stand auf. Er nahm den Kaugummi aus dem Mund, rollte ein kleines Kügelchen und schnickte es in den Aschenbecher. »Andererseits ist der Kussversuch am Faschingsdienstag auch kein Delikt. Unentschieden. Ich werde mit dem Beamten reden.« Er verließ das Besprechungszimmer und fragte sich durch.

»Hören Sie, Herr Holz«, sagte Abel zu dem rothaarigen Beamten, »das ist doch keine Affäre, ein misslungener Kuss. Die Kripo kann doch nicht daraus ein Attentat gegen die persönliche und sexuelle Ehre dieser Frau Moslech konstruieren.«

»Nee, nee, Herr Anwalt, wenn's nur das wäre, nee, dann sicher nicht.« Holz lachte. Die Männer gingen Seite an Seite den Flur hinunter zu dem Dienstzimmer des Polizisten im Sittendezernat. Der Tag draußen war grell und bunt wie ein Clownsgesicht. Sie schritten durch exakte Sonnenmuster, von den Fenstern gezeichnet. Jemand pfiff einen Faschingsschlager. Der Wind knallte eine Tür zu.

»Der Frühling wird bald kommen«, sagte Holz, »dann geht's wieder richtig zur Sache.«

»Was?« fragte Abel.

Holz antwortete nicht. Schließlich erreichten sie die Stube, in der Hiltsch am frühen Morgen schon die Bekanntschaft mit dem Beamten gemacht hatte. Abel erhielt denselben Stuhl zugewiesen. Das rosa Aktenstück lag immer noch auf dem Tisch. Es roch nach Heizungsluft und abgestandenen Kippen.

»Jetzt erklären Sie mir mal endlich, warum ihr diesen Zinnober macht wegen einem verklemmten Versuch, eine Frau an Fasching zu küssen? Der Haftrichter reißt euch den Kopf runter – und mit Recht, wenn Sie mich fragen«, sagte Abel und schob seine Hände in die schrägen Taschen seiner grünen Lederjacke.

»Ich frag Sie bloß nicht«, sagte Holz, er kratzte seinen roten Schopf und setzte sich auf die Tischkante neben Abel. Der Anwalt stand auf. Er konnte gut auf Holz hinunterschauen.

»Kommen Sie!«, sagte Abel. »Lassen Sie's raus.«

»Hier.« Holz schob den rosa Aktendeckel zu Abel hinüber. Und Abel las aufmerksam die knappen amtlichen Angaben über Sigurd Hiltschs Voyeurismus und Exhibitionismus, seine Vorstrafen, die Bewährungsbedingungen und Auflagen.

Genau das war gemeint, wenn er seine Predigt über die wahrheitsgetreuen Angaben hielt, dachte Abel zähneknirschend: Was hätte es Hiltsch gekostet zu sagen, so und so, Herr Abel, da sind noch ein paar alte Geschichten, man hat mich geschnappt und verurteilt? Nichts. Die klägliche Fassade des Biedermanns blieb nur für ein paar Minuten länger erhalten. Sein Anwalt würde es ohnehin erfahren.

Und so saß Abel da und spürte den Blick des Polizisten Holz. Er klappte das Dossier zu. »Okay«, sagte er, »sollen wir das gute alte Thema durchnehmen, dass die Vorstrafen nichts sagen, rein gar nichts, dass ein Beschuldigter unschuldig ist, bis er rechtskräftig verurteilt wird, und dass niemals die Aufgabe der Polizei sein kann, ein rechtskräftiges Urteil zu fällen?«

»Geschenkt, Herr Anwalt!«

»Nichts ist geschenkt, Herr Holz«, sagte Abel.

Holz zuckte die Achseln und ging ans Fenster. Er sah auf den sonnenüberströmten kahlen Hinterhof hinunter.

»Es war nicht wegen des Kusses«, sagte Holz und drehte sich zu Abel um. Er blickte ihm offen in das bärtige Gesicht. »Aber Frau Moslech ist kurze Zeit später auf dem Heimweg überfallen und bestialisch vergewaltigt worden.«

Abel steckte sich einen Kaugummi in den Mund, ohne die Augen zu senken. »Wie?« fragte er.

»Bestialisch, sage ich«, antwortete Holz.

»Und das Opfer, was ist jetzt mit dem?«

»Frau Moslech?«

Abel nickte.

»Nur leicht verletzt, Spuren hat der Arzt gesichert.«

»Hat sie Hiltsch erkannt?«

»Woher haben wir sonst den Namen, ha?« In den hellen Augen des Polizeibeamten glomm Spott auf.

»Was sagt sie genau? Ich will es wissen.« Man sah Abels Ärger. Holz zuckte mit den Achseln, setzte sich und streckte die Beine vor. So betrachtete er Abel, der breit und groß dastand und die Hand fordernd vorstreckte. »Zeigen Sie doch mal das Vernehmungsprotokoll.«

»Machen wir noch. Erst kommt mal der Hiltsch dran.«

»Aha, Sie haben es noch nicht für nötig befunden, Frau Moslech eingehend und förmlich zu vernehmen, nur auf Grund vager Annahmen machen wir hier den wilden Mann.«

»Ich krieg ihn, diesen Hiltsch, verlassen Sie sich drauf«, sagte Holz und pochte mit dem Zeigefinger auf die Akte.

»Abwarten«, antwortete Abel, ging hinaus und warf die Tür hinter sich ins Schloss.

»Zehn Minuten«, rief Holz hinter Abel her.

Das Verhör: Hiltsch, voller gepanzerter Aufmerksamkeit, die Hände wieder zwischen den Knien eingeklemmt, das Kinn auf die Brust gedrückt, Adamsapfel verborgen, Holz mit dem Rücken zum Fenster, Füße schulterbreit auseinander, die Arme verschränkt. Die Fragen des Polizisten kamen behutsam und ohne Aggression. Abel hörte sie wie ein Schiedsrichter an, er saß auf einem Stuhl seitwärts von seinem Mandanten. Draußen hinter Holz' Rücken zogen Wolken auf, die Heizungsrohre summten. Ein Videogerät auf einem Stativ zeichnete das Gespräch auf.

Abel brauchte nicht zu intervenieren.

Hiltsch antwortete prompt und in verbindlichem Ton, fast servil. Inhaltlich glichen seine Aussagen exakt den Angaben, die der Beschuldigte seinem Anwalt gemacht hatte. Auch der missglückte Kuss wurde nicht verschwiegen; natürlich nicht.

»Gut, gut«, sagte Holz und zog ein Taschentuch heraus, um sich zu schnäuzen, »und dann, sagen Sie, sind Sie auf dem schnellsten Weg heim.«

»Genau.« Hiltsch nickte flink. Kleine Pölsterchen bildeten sich unter dem Kinn. Ungefragt fuhr er fort: »Kurz nach zwölf bin ich gegangen, fünf Minuten bis zu meiner Wohnung ...« Er lachte leise, um Wohlwollen zu erwecken. »Auf dem schnellsten Weg.«

»Zeugen?«

»Nein, alle besoffen.« Rasches Kopfschütteln.

»Wer hat für so was schon einen Zeugen, wenn's darauf ankommt«, sagte Abel dazwischen.

»Hätte ja sein können«, sagte Holz. Er kam auf Hiltsch zu und stützte sich auf die Tischplatte. Er fasste den Mann ins Auge. » ... aber wehe, wenn ich einen Zeugen finde, der etwas anderes gesehen hat, wehe ...«

»Haben Sie Zeugen oder haben Sie nicht?«, fragte Abel.

»Im Moment habe ich nicht.«

»Dann lassen Sie die Drohungen«, schnauzte Abel. Eine kurze Pause trat ein. Abel beobachtete den Beamten und erkannte, dass ihm die Fragen ausgegangen waren. Hiltsch war nach dem Zwischenfall nach Hause gegangen, basta. Kein Umweg, nichts, Einlassungen, die sich beim Stand der Ermittlungen nicht widerlegen ließen, und Holz wusste aus Erfahrung, die Aussichten waren schlecht, dass die Polizei mehr in die Hand bekommen könnte.

Gerade als Abel »also nun« beim Aufstehen sagte, um das Verhör zu beenden, weil er in seiner Kanzlei noch andere Arbeiten zu erledigen hatte, in diesem Augenblick zuckte Hiltschs Hand nach oben. Er meldete sich mit einer Schülergeste zu Wort: »Da war noch was ...«

»Bitte?« Ein lauernder Ausdruck schlich sich in das Gesicht des Beamten.

»Ja, die Moslech behauptet doch, auf dem Heimweg ist was passiert?«

»Ja.«

»Ja, da käme doch auch der Lehrling in Frage. Der hat mit ihr getanzt. Sie hätten das mal sehen sollen, wie ein Tier im Dschungel hat er sich gewunden, obszöne Bewegungen gemacht mit der Beckenpartie, und sich ausgezogen hat er. Später in der Toilette, da haben wir nebeneinander – er zögerte, suchte das Wort – ja, nebeneinander gestanden und er hat gesagt, dass die Moslech eine ist, die's braucht und dass er das sieht, dass sie es haben will, ja notfalls auch mit Gewalt, hat er gesagt.«

Holz schnitt eine Grimasse und schwieg. Er beobachtete Hiltsch, der mit durchgedrücktem Rücken auf seinem Stuhl saß und ein enttäuschtes Gesicht machte, weil er offenbar eine positive Reaktion bei dem Polizisten erwartet hatte.

»Hat dieser Mann zur selben Zeit das Fest verlassen wie Sie?«

»Weiß ich nicht«, antwortete Hiltsch.

»Überprüfenswert«, sagte Abel, »immerhin sollten wir doch nicht nur an den Vorstrafen kleben.«

Holz wollte etwas erwidern, dann fragte er nur: »Name und Anschrift dieses Lehrlings?«

»Kühn, glaube ich, Gerhard oder Gerd, Gerd Kühn. Er wohnt in Pullach.«

»Danke.« Holz notierte sich die Angaben.

»Tja, dann können wir ja gehen«, sagte Abel und zog seinen Mandanten am Jackenärmel vom Stuhl hoch.

»Nein«, sagte Holz und nahm den Hörer seines Telefonapparates ab. Er wählte.

»Was liegt noch an?«, fragte Abel.

Während Holz, den Hörer zwischen Schulter und Ohr eingeklemmt, dem Freizeichen lauschte, sagte er: »Ich brauche noch das Ergebnis aus der Gynäkologie und von der Haussuchung ...«

»Wo ist die Durchsuchungsanordnung?« Abel war wütend; wieder streckte er fordernd seine Hand vor. Unterdessen hatte sich der Teilnehmer am anderen Ende gemeldet. Holz sagte: »Überprüf mal Kühn, Gerhard oder Gerd, wohnt in Pullach, arbeitet bei Firma Nägler KG in Haidhausen, wegen der Notzucht Moslech von heute Nacht ...« Holz zog seine Schreibtischschublade auf und fingerte ein Formular heraus. Der Teilnehmer am anderen Ende sprach gerade. »Da wär die Durchsuchungsanordnung vom Bereitschaftsrichter und die Untersuchungsanordnung«, sagte Holz zu Abel und hielt die Sprechmuschel zu, »ich wollte sie Ihnen ohnehin noch eröffnen.« Dann wandte er sich wieder seinem Gesprächspartner am Telefon zu: »Überprüft mal, wann dieser Kühn das Betriebsfest verlassen hat und mit wem, Zeugen und so, ... ihr wisst schon.« Holz legte auf und sah Abel an. »Sie sehen, Herr Anwalt, ganz so ist die Polizei doch nicht.«

Abel blickte von dem Formular auf.

»Dann muss Ihr Herr Mandant auf Grund der richterlichen Anordnung noch zur DNA und wenn wir alle Ergebnisse beieinander haben, dann sehen wir weiter. Haftrichtertermin ist vermutlich morgen Vormittag. Den genauen Termin lasse ich noch durchgeben.« Holz lächelte und fasste Abel kameradschaftlich an den Oberarm. »Nur damit Sie sehen, dass die Bullen nicht so sind, Herr Anwalt, und zur Durchsuchung gehen wir nachher um 14 Uhr, da steht es Ihnen ja frei, ob Sie für Ihren Mandanten anwesend sein wollen.«

»Wir werden sehen«, knurrte Abel und zog Hiltsch hinaus auf den Flur, um sich mit ihm wegen des weiteren Vorgehens und wegen seines Honorars zu besprechen. Holz schloss die Tür seines Dienstzimmers ab und grüßte höflich, bevor er ging. Der Wachtmeister aß eine Leberkässemmel und spielte mit den Handschellen. Er wartete geduldig auf Hiltsch.

Es war schon fast Mittag, als Abel seine Kanzlei betrat. Er war auf dem Rückweg beim Amtsgericht vorbeigefahren und hatte in sein Gerichtsschließfach gesehen und die Post mitgenommen. »Hier, Beute von heute, Babyjane, warum hast du die Post noch nicht geholt?«, sagte er und warf die braunen Umschläge auf den alten Schreibtisch in der Ecke.

»Grüß Gott auch, Herr Rechtsanwalt, ich bin erst um zehn gekommen, wie ausgemacht«, sagte die junge Frau hinter dem Computer. Jane hatte ein reizvolles, schmales Gesicht mit heller Haut, war blond, zierlich und trug ihr Haar oft nach hinten gebunden. Sie lächelte Abel an und blies mit vorgeschobener Unterlippe ihren Pony aus der Stirn.

»Wie war's?«, brummte Abel und setzte sich an seinen Platz, den er mitten in den Raum gerückt hatte.

»Was?«

»Mit diesem Bernd?«

»Bernhard.«

»Und?«

»Er macht auf romantisch und kann's nicht.«

»Enttäuscht?« Abel schaute hoffnungsvoll zu Jane hinüber.

»Wieso? Wir haben die Romantik bleiben lassen und waren richtig gut drauf.«

Abel interessierte sich nicht ganz selbstlos für Janes Liebesleben. Sie war zehn Jahre jünger als er und schien ihm immer reizvoller, je länger sie bei ihm arbeitete. Mürrisch blätterte Abel in den gelben Zetteln mit den Rückrufbitten auf seinem Tisch. »Nix Neues dabei?«, fragte er ohne aufzusehen. Etwas Neues war in Abels Sprachgebrauch ein neuer Fall.

»Nein«, sagte Jane, »aber Frau Serafin hat angerufen.«

Jane ihrerseits ging sehr distanziert und höflich mit Frauen um, mit denen Abel befreundet war.

»Jesses, sie wird doch nicht schon wieder arbeiten am hellen Aschermittwoch.«

»Sie hat gesagt, dass sie wieder anruft«, berichtete Jane und wandte sich ihrer Arbeit zu. Abel nahm den obersten Zettel und rief einen Mandanten in dessen Bausache zurück. Routinekram. Aber es musste sein. Sechzig Prozent aller Telefonate ersetzen ohnehin nur das Händchenhalten bei Mandanten, aber dafür ist ein Anwalt auch da, dachte Abel beim Wählen.

Ja, so war der Rechtsanwalt Jean Abel in den letzten Jahren doch einer geworden, den wildfremde Menschen in München für Geld nicht nur zum Händchenhalten brauchten, sondern immer öfter sogar zur ordentlichen Prozessvertretung in ihren verfahrenen Rechtssachen. Abel war schneller, als er es selbst angenommen hatte, aus der unteren Klasse der Lumpenadvokaten aufgestiegen. Er war zäh, war nie in die Taxifahrerei ausgewichen, er hätte lieber gefastet als zu kellnern oder LKW zu fahren. Abel war mit Leib und Seele selbständig. Sein einziger Ausweichjob war Privatdetektiv gewesen, als er zwischendurch die Juristerei an den Nagel gehängt hatte. Sein kleiner sozialer Aufstieg rührte daher, dass er jeden Fall ernst nahm, ein gutes Rechtsgefühl hatte und ein noch besseres für Gerechtigkeit, obwohl er immer leugnete, dass es so etwas wie Gerechtigkeit bei der Justiz gibt. Noch war er nichts Besseres, wie die Leute sagen, und er würde auch nie ein Erfolgsanwalt werden wie die Kollegen aus den großen »lawfirms«, aber nun ging es ihm leidlich.

Abels langmütig ertragener und zermürbender chronischer Geldmangel schien erst einmal beendet, der Kontostand ausgeglichen und Abel blieb neben dem Gehalt für Jane und den anderen laufenden Verpflichtungen immer noch genug übrig. Abels Einstellung zum Leben entsprechend wendete er das meiste für Essen, Wein, Billard und Boule auf und für die Instandhaltung seines alten Cabriolets. In seine Wohnung und seine Kleidung investierte er nur den geringsten Teil. Einiges Geld floss in die Ausstattung der Kanzlei: Rechner, Software, ordentliche Briefbögen, Stempel, Kopierer und Bücher. Investitionen fürs Leben, wie er spöttisch sagte.

Rechtsanwalt Jean Abel hatte ohne alles angefangen: ohne Geld, ohne Beziehung und sogar ohne Glück. Er war dennoch aus kläglichen Anfängen aufgestiegen, weil er hart und kompromisslos für die wenigen Leute eingetreten war, die den Weg in seine Kanzlei im Lehel gefunden hatten. Das Lehel war früher ein einfaches Viertel. Heute kann man die Mieten kaum noch bezahlen. Abel hatte einen langfristigen Mietvertrag für sein Büro, das in einem ehemaligen Laden untergebracht war. Einen Anwalt, der beißt wie Salzsäure, den wollen die Leute.

Wenn man es genau nimmt, kam Abel von nirgendwo her. Er hatte keine Heimat. Da es mittlerweile in der großen Stadt München genügend Menschen gibt, die noch nicht einmal über eine bescheidene persönliche Tradition, geschweige denn über eine familiäre, verfügen, hatte Abel unter der angestammten landsmannschaftlichen Abneigung der Bayern kommerziell nicht zu leiden. Es wohnten ohnehin kaum noch Bayern in der Stadt. Abels Geschichte ist schnell erzählt: Sein Vater, Jakob Abel, ein Deserteur der Wehrmacht, lernte Abels Mutter Yvonne aus Digne in den französischen Alpen im Gasthaus »Ours D' Or« in einem einsamen Dorf am Fuße der Vogesen kennen. Neun Monate später wurde Jean Abel geboren. Da sein Vater keine Arbeit finden konnte, zog die Familie ins Ruhrgebiet. In Bochum schlugen sie sich dann durch. Später fand Jakob einen Job bei Siemens in München. Nachdem er einen ehemaligen Gestapomann in der Firma entlarvt hatte, wurde er aus so genannten betrieblichen Gründen entlassen. Nach Weihnachten desselben Jahres erhängte sich Jakob, weshalb blieb unklar, ein Abschiedsbrief wurde nicht gefunden. Die Mutter lebte allein mit ihrem Sohn in München und verdiente den Lebensunterhalt als Putzfrau. Kurz vor Abels dreißigstem Geburtstag starb seine Mutter. Aber Abel war da schon lange, schon sehr lange selbständig. Er trauerte auf seine Weise sehr lange um seine Mutter, um ihr verpfuschtes Leben, darum, dass er nicht öfter für sie da gewesen war. Und dass sie ihn als Kind oft geschlagen hatte … war das nicht Verzweiflung gewesen? Verzweiflung über ihre Lebenslage und den störrischen Sohn, den sie einem Mann geschenkt hatte, der sich einfach so davon gemacht hatte? Auf den Friedhof ging Jean Abel fast nie.

»Die Umsatzsteuer muss fertig gemacht werden«, sagte Jane gerade über die Schulter zu ihrem Chef hinüber, der den Hörer aufgelegt hatte.

»Bleib mir bloß vom Hals damit«, antwortete Abel und Jane zuckte mit den Achseln. Sie beobachtete, wie er die Füße auf den Tisch legte und wieder zum Hörer greifen wollte. Das Telefon schrillte.

»Das wird Frau Serafin sein«, sagte Jane und hob ab. »Rechtsanwaltskanzlei«, sagte sie und dann: »Ja, er ist da.« Sie verband und nickte zu Abel hinüber.

»Carola?«

»Ja«, sagte Carola Serafin und lachte, »wie sieht's aus, Meister der Paragrafen? Wie war es auf dem Kriegspfad, gestern?«

»Frag nicht«, knurrte Abel, »nur Nostalgie und das noch nicht einmal richtig. Statt dessen Arbeit, schon um halb sechs hat mich einer angerufen.«

»Millionending?«

»Nee«, Abel zog die Nase hoch, »Vergewaltigung, komische Sache, ein Mandant, den ich in seiner Scheidung vertrete, wird beschuldigt.«

»Wer ist das Opfer?«

»Eine Kollegin von ihm.« Abel berichtete über die Sache, und Carola Serafin hörte zu. Schließlich fragte sie: »Musst du den denn vertreten?«

»Versteh ich nicht.«

»Vergewaltigung, das ist eine üble Sache, Jean. Da gibt's doch andere, die so was machen...«

»Was willst du denn damit sagen?« Abel fuhr auf.

»Verteidigung von Männern, die solche Verbrechen begehen. Diese Triebtäter sind doch die letzten, sagen wir doch ruhig Schweine.«

»Wieder die alte Leier. Ich kann es nicht mehr hören! Wer sagt denn, dass mein Mandant es überhaupt war?«, sagte Abel.

»Auch wieder richtig«, antwortete Carola nach einem kleinen Zögern und wechselte das Thema. Sie verabredeten sich für abends.

Abel sah auf die Uhr und zog die Füße vom Tisch. »Mahlzeit«, sagte er, pfiff ärgerlich nach seinem Hund und rief im Hinausgehen Jane zu, dass er nach dem Essen noch zu einer Hausdurchsuchung gehe, und es hörte sich so an, wie andere sagen, sie gingen zum Friseur.

Man lieferte Hiltsch noch rechtzeitig vor dem Mittagessen in der Klinik ein. Seine Augen flogen nach links und rechts, als er aus dem neutralen Dienstwagen der Kripo gestoßen wurde. Doch keiner achtete auf den gefesselten grauen Mann.

Ein Wachtmeister führte ihn in Handschellen vor. Sie schritten hinauf in den zweiten Stock in die Rechtsmedizin. Hiltsch hatte die Schultern hochgezogen und starrte vor seine Füße. Innerlich betete er zu seinem Gott, dass ihn so keiner sehen möge, keiner aus der Firma und keiner der wenigen, die er privat kannte. Dann endlich die Tür zu einer Art Warteraum. Leer. Hiltsch atmete auf, und der Wachtmeister ließ ihn von der Kette. Hiltsch rieb sich verlegen die Handgelenke und schielte zum Wachtmeister hinüber, der die Fesseln zusammenlegte und sie klappernd in die Tasche schob.

»So«, sagte der Wachtmeister.

Hiltsch schwieg, bis man ihn aufrief. Ein Frösteln überlief ihn. Der Wachtmeister folgte. Ein Arzt stand am Waschbecken und trocknete sich die Hände. Durch eine Flucht offener Türen konnte man in den Obduktionssaal sehen. Es waren keine Leichen aufgelegt. Glücklicherweise! Der Arzt drehte ihnen den Rücken zu. Er pfiff ein lateinamerikanisches Lied. Endlich legte er das Handtuch beiseite und wandte sich um.

Eine kleine Geste mit den fein gesäuberten Fingern: »Sie gehen bitte raus.« Der Wachtmeister gehorchte, ohne zu fragen. Dann zu Hiltsch gewandt: »Mahlzeit.«

Hiltsch nickte und massierte immer noch seine Gelenke. Er zog seinen Mund mit einem verbindlichen Lächeln breit auseinander. Der Arzt ging zu seinem Schreibtisch und sah sich suchend um, dann drückte er die Sprechtaste an einem flachen Gerät und schnarrte: »Wo bleibt die Karte?«

»Name?«, fragte eine weibliche Stimme.

»Name?«, fragte der Arzt.

»Hiltsch.« Nicken, freundliches Gesicht. »Hiltsch mit H.«

Man fand keine Karte. Hiltsch musste noch einmal hinaus und seine Personalien angeben und sagen, warum er hergebracht worden sei. Die Angst würgte ihn, als er dem jungen blonden Mädchen das Wort »körperliche Untersuchung und DNA« sagte. Das Mädchen sah ihm flüchtig ins Gesicht und schrieb kU und DNA auf die Karte. Hiltsch musste die Karteikarte ins Ordinationszimmer apportieren. Er tat es ohne Widerspruch.

»Soso, kU und DNA«, sagte der Arzt. Er war knapp über dreißig und baumlang und hatte braunes Haar. »Was hamse denn ausgefressen.«

»Nichts«, sagte Hiltsch verbindlich.

»Und was sagt die Polizei?«

»Vergewaltigung«, presste Hiltsch heraus.

»Stark, stark«, sagte der Arzt und grinste. »Aber kein Wort ist wahr, gell?«

»Nein«, antwortete Hiltsch mit fester Stimme. Er schluckte.

»Und sonst?«

Hiltsch konnte mit der Frage nichts anfangen, obwohl er gerne geantwortet hätte. »Sonst?« wiederholte er.

»Schon mal DNA gemacht?«

»Nein«, sagte Hiltsch. Bislang gab es noch keine flächendeckende Erfassung der Genanalyse von Sexualtätern.

»Aber kU kennen Sie?«

»Schon.«

»Naja und die Vorstrafen passen schon … dann wollen wir mal nachsehen.« Der Arzt machte wieder eine kleine Geste mit den Händen, und Hiltsch öffnete seine Hose und ließ sie samt der Unterhose bis an die Knie hinuntergleiten. Noch eine Geste und er legte sich auf das Behandlungsbett, während der Arzt sich Latexhandschuhe überstreifte. Mit der anderen Hand hob er Hiltschs Hodensack behutsam auf und inspizierte die Unterseite, dann streifte er von Hiltschs eingeschrumpeltem Penis die Vorhaut zurück und besah sich dessen Eichel genau. Hiltsch hatte Mund und Augen aufgerissen und über das unglaubliche Gefühl, an diesen Stellen von einem fremden Mann berührt zu werden, entsetzt die Luft angehalten, bis der Arzt von ihm abließ.

»Gut, gut, da ist nichts«, hörte er ihn sagen. Der junge Mann schob Hiltschs Hemd nach oben und untersuchte die Bauchhaut. Dann musste sich Hiltsch umdrehen und seine Oberschenkel, das Gesäß und der Rücken wurden inspiziert. Auch hier keine Hämatome oder Verletzungen. Dann folgte das schnalzende Geräusch, als sich der Arzt von den Handschuhen befreite. Hiltsch erhob sich und zerrte seine Hose hoch. Endlich erhob er sich von der Liege, und der Arzt kam vom Waschbecken groß und bedrohlich auf Hiltsch zu.

»So, Herr Hiltsch«, begann er zu sprechen, »Sie sind ein vernünftiger Mann, das sieht man.« Nicken. »Bitte, wir brauchen jetzt noch eine Probe von Ihrem Speichel.« Er wandte sich ab und zog ein Glasregal aus einem Metallschrank. Er wählte eine Art Reagenzglas aus, das mit einem Plastikpfropfen verschlossen war. Er zog einen Wattestift auf dem Glas. »Mund auf«, Hiltsch gehorchte. Er spürte den routinierten Strich über die Innenwand seiner linken Wange. »Sehen Sie, schon fertig«, sagte der Arzt und verschloss das Reagenzglas. »Und wenn Sie nichts mit der Frau angestellt haben, dann haben wir das in ein paar Tagen schwarz auf weiß.«

Abel saß auf der Treppe und las im Lokalteil einen Artikel in der Süddeutschen Zeitung, den Janes Freundin Biggi Meier verfasst hatte. Es ging um verdorbenes Fleisch in einer Betriebskantine. Da kam die seltsame Prozession die Treppe herauf: voran Holz im Parka, dann zwei Frauen und ein Mann mit Koffern, Fototaschen und einer dieser altmodischen Baseballcaps mit dem »NYC«-Emblem auf dem Kopf. Schweigend schloss der Polizist mit Hiltschs Schlüssel die Wohnung auf.

»Moment«, sagte Abel, »es könnte ja jemand anwesend sein.«

Holz kümmerte sich nicht darum, er öffnete. Warme, abgestandene Luft schlug ihnen entgegen. Holz schaltete das Licht ein, das grünlich aufflammte. Ein kleiner Flur mit rustikaler Garderobe, an der ein Hausmantel hing. Ein schwarzer Schirm lehnte an der Wand.

Eine Tür wurde geöffnet. Sie schwang auf. Eine alte Frau in sehr korrekter, dunkler Kleidung stand betont aufrecht im Rahmen.

»Was ist das, was wollen Sie?«, fragte sie entgeistert die Eindringlinge. Angst konnte man ihr nicht ansehen. »Wie kommen Sie hier herein?«

»Frau Hiltsch?«

»Ja.«

Abel, der noch vor der Tür stand, beobachtete, wie Holz schnell auf die Frau zutrat und ihr die Durchsuchungsanordnung zeigte. Er sprach leise, Abel konnte ihn nicht verstehen.

»Wo ist mein Sohn?«, fragte Frau Hiltsch.

»In Gewahrsam«, antwortete Holz mit lauter Stimme. Hiltschs Mutter zog sich daraufhin in ihr Zimmer zurück. Er drehte sich zu seinen Mitarbeitern um. »An die Arbeit«, rief er und ignorierte bis auf weiteres die alte Frau.

»Da«, sagte Holz und eine der beiden Frauen hängte den Hausmantel ab, klebte eine Nummer auf das Revers und verpackte ihn in Plastik. Die Beamten verteilten sich auf die Zimmer. Abel klopfte an die immer noch offene Flurtür, eine Geste nur, pro forma. Er stellte sich der Mutter seines Mandanten vor, sagte, dass er schon viel von ihr gehört habe und sie leider erst bei diesem bedauerlichen Vorfall kennenlerne. Die Gesichtszüge der Frau verrieten nichts, noch nicht einmal ein Lächeln gelang ihr. Sie fragte in knappen Sätzen nach ihrem Sohn. Ihre Stimme klang weich und hatte einen singenden Ton, der auf einen mitteldeutschen Akzent hindeutete, vielleicht thüringisch. Abel bat nicht um Erlaubnis, ob er der Durchsuchung beiwohnen dürfe, denn sein Auftraggeber war ihr Sohn. »Sie werden sicher von Berufs wegen hier sein.«

»Ja«, sagte Abel.

»Es ist gut, dass Sie Ihre Pflicht kennen. Mein Sohn hält viel von Ihnen.« Ein zweifelnder Blick streifte die legeren Kleider des Anwalts.

»Ich bemühe mich«, sagte Abel und grinste.

»Wenn Sie mich brauchen, können Sie mich rufen.« Die Frau schloss die Tür.

Abel beobachtete mit den Händen in den Taschen das gelassene und routinierte Vorgehen der kleinen Gruppe, die, fast ohne miteinander zu reden, sich durch die Räume der bescheidenen Wohnung arbeitete. Schrankwand und Bilder wurden abgesucht und durchforscht, Sessel umgedreht und an den Beinen nach hohlen Stellen abgeklopft. Sogar das Zimmer, in dem Frau Hiltsch wohnte, verschonte man nicht. Holz hatte hierfür seine Kolleginnen eingeteilt. Sie arbeiteten hier schneller und oberflächlicher. Die Frau stand schweigend und ohne Gesichtsbewegung in der Mitte des Raumes. Sie hatte die Hände vor dem Schoß gefaltet. Die Polizistinnen sahen sich bei der Suche von Zeit zu Zeit an wie Diebe, die sich ertappt fühlen. Endlich waren sie fertig. Anders als in den übrigen Zimmern hatte man nichts in Plastikfolie verpackt und sichergestellt.

»Nichts«, sagte eine der Frauen zu Holz.

Im Schlafzimmer des Beschuldigten mit seinen geschlossenen Vorhängen und den Maschinenwebteppichen rund um das nur einseitig benutzte Ehebett bemerkte Abel, dass Holz unruhiger wurde.

»Frisch bezogen«, sagte er zu einer der beiden Frauen, die einen Zipfel der Decke hochnahm und fachmännisch beroch.

»Ja, frisch«, sagte die Frau.

Man kramte weiter, sah unter das Bett, hob die Matratzen heraus.

»Kein Schlafanzug«, sagte Holz.

»Passionierter Nacktschläfer.« Abel feixte. Ein unwilliger Blick des Polizisten traf ihn.

Aus der Küche rief ein Mann: »Kochwäsche durchgelaufen«, man hörte ihn hantieren, »voller Waschgang, alles da: Unterhemd, Schlafanzug, lange Unterhosen.« Holz rannte hinüber und Abel folgte. Der Erkennungsdienstler hielt die Beutestücke ratlos in die Höhe. Wasser tropfte auf den Boden. Abel lachte.

»Einpacken«, sagte Holz, »man kann nie wissen, Faserspuren.«

»Maschine war nicht ganz voll«, stellte eine der beiden Frauen fest und notierte den Umstand im Protokoll.

So arbeiteten sie sich weiter voran und die Zeit verging. Abel, der wohlweislich mit seinem Mandanten ein Stundenhonorar für diese Art von Besorgungen vereinbart hatte, sah es gelassen und folgte dem Trupp durch Küche, Bad und Besenkammer hinaus auf den Balkon. Unterdessen filzte Holz immer noch das kleine Bücherregal. Er nahm jedes Buch in die Hand, entfernte den Schutzumschlag und blätterte darin, weil er hinter der biederen Fassade der Buchclubausgaben ungelesener Klassiker Erotika zu finden hoffte.

»Nichts«, sagte er halb zu sich. »Ungewöhnlich.«

»Was ist ungewöhnlich?«, fragte Abel.

»Dass ein praktizierender Voyeur keine Magazine hat.«

»Vielleicht hat er abgeschworen?«, gab Abel zu bedenken.

»In dem Alter nimmt man in dieser Gesellschaft noch nicht seinen Abschied. Erst, wenn Gicht und Rheuma plagen, dann vielleicht. Impotenz reicht nicht. Wir haben einen Dreiundsiebzigjährigen, der immer noch auffällt, nein, da hat Ihr Hiltsch noch ein bisschen Zeit.«

»Dreiundsiebzig?«, fragt Abel verblüfft.

»Ja, aber der dürfte für eine Weile unauffällig sein, weil er vor zwei Monaten bei einem von der Boxstaffel aus Haar zugeguckt hat. Und der hat ihm die Fresse ordentlich poliert. Beim Wegrennen hat er sich dann noch den Oberschenkelhals gebrochen, als er in einen asphaltierten Hof hinuntergesprungen ist.«

»Künstlerpech«, sagte eine der beiden Frauen und grinste herüber.

Abel zuckte mit den Achseln und grinste ebenfalls.

Nun war es kurz vor fünf. Trotz Abels Frotzelei, dass der Beamtentag vorbei sei und man am Aschermittwoch sich nicht überanstrengen dürfe, trugen die Polizisten ihre Funde zusammen. Drei Plastiksäcke voll Kleider und Kleinigkeiten, nichts, was den Ermittlern hätte Mut machen können. Eine ganz gewöhnliche Drei-Zimmer-Wohnung, Küche, Bad und Besenkammer hatte man wegen dieser Banalitäten durchkramt und – Kompliment – in leidlicher Ordnung hinterlassen. Abel spottete leise, als sich eine der Polizistinnen anschickte, auf einem Formblatt ein Verzeichnis der requirierten Gegenstände zu fertigen, das man nach der Prozessordnung dem Beschuldigten oder seinem Verteidiger aushändigen muss.

Holz war mit den Büchern fertig. »Auto hat er keines?«, fragte er schließlich den Anwalt. Abel zuckte mit den Schultern.

»Führerschein hat er jedenfalls nicht«, sagte der Polizist in nüchternem Ton. »Wir können annehmen, dass auch kein Auto da ist, obwohl es in der Durchsuchungsanordnung steht.«

»Formularkram, alles hirnlos ausgefüllt«, brummte Holz' Kollege.

»Also dann der Keller«, sagte Holz.

»Ja«, antworteten die anderen mürrisch.

Abel sah auf die Uhr. »Hochachtung, das nenne ich Dienstauffassung«, sagte er und stieg am Ende der Prozession hinab in den kalten, trockenen Keller. Neonlicht züngelte auf und beleuchtete die Einheitslattenverschläge. Es roch nach Maschinenöl und Eisen. Abel dachte an den kleinen Gewölbekeller unter seiner Küche, in dem es nach Moder und Wein, Äpfeln und Mäusen roch. Eine Feuerungsanlage wummerte los und saugte gierig Luft für ihre Brennkammern an.

Holz sah sich um. »Dort«, sagte er und zeigte auf einen sorgfältig verkleideten Verschlag am Ende des Gangs. Ein emailliertes Schild mit der Nummer neun hing an der Tür. Holz öffnete mit Hiltschs Schlüsselbund. Er tastete nach dem Schalter. Rubinrotes Licht glomm auf. Und da waren sie, die Magazine und Heftchen, die fein gebundenen Sonderausgaben und so genannten Jubiläumsausgaben. Stapelweise Hustler, amerikanische Zeitschriften eindeutigen Inhalts, ÖKM und wie sie alle hießen. Rigipsplatten hinter den Latten waren mit Bildern nackter Mädchen tapeziert, die mit ihren Einheitsgesichtern ihre Einheitsbrüste präsentierten oder die Beine weit gespreizt hatten. Klaffende, gepiercte Mösen, Schwänze aller Hautfarben, die in nahezu allen Körperöffnungen steckten. Alles in kontrastierendem Rot und Schwarz, dumpf, ohne andere Farben. Ein Stuhl mit Lehne stand ordentlich vor einem sauber gezimmerten umlaufenden Bord. Wohlsortiert lag darauf das ganze Material, das Holz nun mit befriedigter Miene eifrig zählte und katalogisierte, damit man Abel eine Quittung ausstellen könne.

»Gut, dieses Studio, nicht?«, sagte er über die Schulter. »Wie er sich da wohl vorgekommen ist. Ihr Hiltsch. Wie der Herrscher einer anderen Welt, allein im Keller mit all den Mädchen und den tollen Stories.«

»Mag sein«, antwortete Abel, »aber deswegen muss er noch keine Frau vergewaltigt haben. Weiß der Himmel, wie viele solcher ›Studios‹ existieren, und deren Inhaber tun niemandem etwas zuleide. Gerade weil sie sich in den Keller setzen können und sich was ansehen, wenn es über sie kommt. Lasst sie doch.«

»Ha! Sie lassen. Es geht nicht in Ihren Schädel rein, was dann wäre: das steigert sich doch, es bleibt doch nicht dabei, dass unsere Kunden unter Tage sich mal einen runterholen. Nein, mein Lieber, das geht weiter, bis eine Frau wie die Moslech flachgelegt wird, und auch das reicht noch nicht. Wir haben gerade so 'ne Serie. Nein, danke.« Holz legte Abel die Quittung hin zur Überprüfung. Der Anwalt registrierte den schnoddrigen Ton, in dem Holz sprach, zählte nach und unterschrieb.

Ein Punkt war ihm besonders aufgefallen. »Was für eine Serie?«, fragte Abel so beiläufig wie möglich, während er die Kopie zusammenfaltete und wegsteckte.

»Geschenkt«, antwortete Holz, »ihr Anwälte mit eurem liberalen Gescheiß – geht mir doch weg.«

»Von welcher Serie reden Sie?« Abel konnte stur sein. Er versuchte, dem Polizisten in die Augen zu sehen. Holz wich aus.

»Ich sage doch, geschenkt!«

Abel knurrte: »Und was wär, wenn es nach dem Polizisten Holz ginge? Da würden wir die Pornoläden schließen und eine Jagd eröffnen auf die Studiobesitzer à la Hiltsch, nicht wahr? Jagdszenen in München!«

»Ja, und kastrieren, diese Schweine«, antwortete Holz und stand auf. »Das ist das einzige, was hilft, wenn Sie mich privat fragen.«

»Richtig, kastrieren, das hätte ich fast vergessen«, sagte Abel, »am Besten vorbeugend, so was hatten wir ja schon mal, gar nicht so lange her. Schöne Zeiten, damals.« Er ging ohne Gruß die Kellertreppe hinauf in die früh herabgesunkene Nacht hinaus.

Holz starrte ihm nach, dann schüttelte er seinen roten Schopf wie ein Hund, der aus dem Wasser kommt.

»Feierabend«, sagte er schließlich und schloss die Tür zu Hiltschs geheimem intimen Verschlag.

»Feierabend, Gott sei Dank«, sagte der Prokurist Seidel und nickte im Vorbeigehen zwei Mitarbeitern zu, die vor der Stechuhr am Ende des Flurs standen. Sein Gesicht war verwelkt und sein Atem roch schlecht. Seidel brauchte natürlich nicht stechen.

Der hochgewachsenere der beiden Kripomänner ging direkt auf Seidel zu. »Bitte, arbeitet hier ein Herr Kühn, Gerhard oder Gerd Kühn?«

»Ja«, antwortete Seidel irritiert.

»Wir möchten ihn sprechen«, der Polizist zeigte seine kleine Plastikkarte, die schon lange die Kripomarke aus Metall ersetzt hat.

»Es ist Feierabend«, sagte Seidel, »was wollen Sie?«

»Nur ein paar Fragen«, sagte der Große. In diesem Augenblick kam Kühn pfeifend aus seiner Bürotür und ging zu der Wandtafel mit der Stechuhr.

»Herr Kühn«, sagte Seidel, »die Herren wollen was von Ihnen.«

Und der erste Polizist sagte halblaut: »Kriminalpolizei, Sittendezernat«, so dass alle Anwesenden wie elektrisiert herumfuhren.

»Moment.« Seidels Gesicht straffte sich, und seine Augen waren wieder klar und aufmerksam. »Wie bitte?«

»Kripo München«, sagte der Große und stieß sich mit den Handballen vom Türrahmen ab.

»Kommen Sie, kommen Sie«, Seidel drängte die beiden Männer und den Lehrling Kühn eilig den Gang hinunter in sein Büro.

»Na, dann Feierabend«, rief er über die Schulter seinen Mitarbeitern zu, die hinter ihnen hergafften. Endlich schloss sich die Tür. Es roch nach Schnaps und Knoblauch. Fahles Licht kroch aus einer runden Schreibtischleuchte, die Seidel anknipste.

»Bitte.« Seidels Hand zeigte auf zwei Besucherstühle.

Kühn blieb stehen. Seine Augen wirkten groß im blassen, schmalen Gesicht.

»So, und jetzt sagen Sie mir, was los ist.« Seidels Stimme war klar und energisch, ein Mann, den seine Verhandlungspartner im Allgemeinen achteten, manche sogar fürchteten.

»Tja.« Der Polizist wand sich, es ginge prinzipiell nur den Herrn Kühn etwas an, und man wolle, wie gesagt, nur einige Fragen stellen, Routine, sonst nichts.

»Kühn ist Azubi bei mir«, schnarrte Seidel, »da geht uns das was an, nicht wahr, Kühn?«

Der Lehrling nickte und war froh, dass er nicht allein war.

Umständlich begann nun der große Polizist, den Lehrling Gerd Kühn mit der Tatsache zu konfrontieren, dass Hiltsch ihn in der Notzuchtsache zum Nachteil der Melly Moslech als mögliche Verdachtsperson genannt hatte.

»Ja, was denn, wie denn?«, schrie Seidel und knallte die flache Hand auf den Tisch. »Vergewaltigung hier in diesem Laden? Gibt's doch nicht!« Er erinnerte sich an Mellys Besuch am Morgen. »Ach deshalb«, murmelte er schnell.

»Nicht hier«, sagte der andere Polizist pedantisch, »im Englischen Garten.«

»Und der Hiltsch? Sie sagen der Hiltsch? Wo war der heute?«

»Wir sollen nur Herrn Kühn hier befragen.«

»Sie brauchen nichts zu sagen. Kühn, kein Wort«, fauchte Seidel. Kühn nickte.

»Vielleicht ist es gar keine große Sache«, sagte der große Polizist beschwichtigend, »wir wollen nur wissen, wann Sie das Betriebsfest verlassen haben.« Er kramte einen Zettel aus der Hosentasche und las von seinen Notizen ab, die er weit vom Auge weg hielt.

»Wer Sie dabei gesehen hat, und wo Sie danach hingegangen sind, Zeugen dafür, und wo Sie die Nacht verbracht haben, gegebenenfalls mit wem?« Er blickte auf und fasste Kühn ins Auge. Dann sah er noch einmal auf den Zettel. »Ach ja, und ob es stimmt, dass Sie vorher auf dem Fest mit dem Opfer intim getanzt und es geküsst haben?«

»Ja«, antwortete Kühn.

»Was heißt intim getanzt?«, fuhr Seidel auf. »Twist oder so, wie man so sagt, hab ich selbst gesehen, da ist nichts dabei, zu schneller Musik, wenn Sie das so genau wissen wollen, nichts Langsames, kein Knutschblues, wenn Sie so was meinen mit ›intim tanzen‹!«

Die Polizisten sahen sich kurz an, dann sagte der Große: »Ich wollte das von Herrn Kühn wissen.«

»Ich war doch in demselben Raum dort drüben«, Seidel zeigte auf die Wand, »ich kann das bezeugen, und der Herr Hiltsch hat auch mit Frau Moslech getanzt, und zwar genauso wie der Kühn, da ist nichts dabei gewesen, glauben Sie es mir, einem Mann, der auch seine Erfahrungen hat.«

»Herr Kühn!«, mahnte der große Polizist.

»Es stimmt, was Herr Seidel gesagt hat«, Kühns Stimme war leise und er musste schlucken, nachdem er gesprochen hatte.

»Also«, brüllte der Prokurist Seidel und sah sich um, als sei Publikum vorhanden.

»Wann sind Sie dann gegangen?«, fragte der Polizist und machte sich in kleinen Buchstaben Notizen auf der Rückseite des Zettels. Kühn sah seinen Chef hilfesuchend an.

»Wir sagen aus«, knarrte Seidel entschlossen, so als habe man gemeinsam nichts zu verbergen. Kühn nickte und schluckte erneut, bevor er sprach: Ja, er sei kurz nach Hiltsch gegangen.

Nach zwölf Uhr. Er habe ihn noch die Treppe hinunterlaufen sehen. Und dann?

Tja, dann sei er nach Hause in seine Bude. Ohne jemanden. Er habe die Schnauze voll gehabt und auch den Kanal. »Wenn Sie wissen, was ich meine«, schloss er.

Die Polizisten nickten, weil sie wussten, was er meinte.

»Zeugen?«

Kühn sah Seidel erneut an, bevor er das Wort »keine« aussprach. Und der Prokurist fuhr wieder von seinem Ledersessel hoch und hieb mit der Hand auf den Tisch und sagte, was die Menschen in dieser Situation immer sagen: »Man hat doch für so was keinen Zeugen, so was Alltägliches, man kann doch nicht ahnen, dass man später einen Zeugen brauchen wird.«

»Und noch was«, sagte der Polizist. »Sie haben zusammen mit Herrn Hiltsch auf der Toilette uriniert?«

Da musste Kühn nachdenken. Die Polizisten registrierten dies mit zusammengekniffenen Augen. Man sah Kühn an, wie er sich erinnerte. »Ja«, sagte er.

»Und Sie sollen zusammen über diese Frau«, der Polizist hielt den Zettel am ausgestreckten Arm, kniff die Augen zusammen und las: »... Moslech geredet haben. Sie sollen gesagt haben ...«, der Polizist las wieder ab: »Sie braucht's, notfalls mit Gewalt?«

Kühn wurde rot. »Das hab ich vorher gesagt, nicht auf dem Klo, aber das war nur im Spaß, im Suff, wissen Sie.«

»Eben«, sagte Seidel mit überzeugtem Ton.

»Und auf dem Klo hab ich nur ›Waidmannsheil‹ gesagt«, fuhr Kühn fort.

»Ja, ja«, sagte der Beamte und nickte. Er stieß seinen Kollegen in die Seite und stand auf. »Das wär's dann wohl.« Sein Gesicht verzog sich zu einem verbindlichen Grinsen, er bekam spitze Bäckchen, die Augen blieben kalt. Er sah auf die Uhr.

»Und Hiltsch?«, fragte Seidel, der die beiden Polizisten den Flur hinunter zur Tür begleitete. Der Große zuckte mit den Achseln.

»U-Haft, nehme ich an«, sagte der andere und dann: »Ich weiß es aber nicht genau, da müssen Sie vielleicht mal morgen anrufen bei unserem Herrn Holz, der leitet die Ermittlungen.«

»Holz«, murmelte Seidel und entließ die Beamten.

Kaum hatte er die Tür geschlossen, ging er schnell zurück in sein Büro, wo der verstörte Lehrling Kühn stand. Energisch hieb er dem kräftigen, jungen Kerl zwischen die Schulterblätter. »Sagense mal, die Moslech?«, fragte er. »Was ist denn in das Mädchen gefahren, so kennt die doch keiner, das geht doch nicht, nicht bei uns, in unserem Betrieb, das gibt's nicht, nein«, er murmelte diese und eine Reihe anderer Beschwörungsformeln, während er in dem Firmentelefonverzeichnis blätterte. »Moslech, aha, da ist sie«, er starrte plötzlich Kühn an, der immer noch steif und aufrecht vor dem Schreibtisch seines Chefs stand. Seidel bückte sich und fixierte aus dem matten Schein seiner Schreibtischlampe heraus den im Dämmerlicht verschwimmenden Kopf des jungen Mannes. Pause. Man hörte das Summen der Staubsauger auf dem Flur und ein leise gesungenes serbisches Lied.

»Sag, Junge«, begann Seidel schließlich, ohne Kühn aus dem Auge zu lassen, »hastese gefickt? Ich muss das wissen, bevor ich die Sache richtig anpacke.«

Wieder eine Pause. Kühn räusperte sich. »Nein«, sagte er und räusperte sich noch einmal.

»Du weißt, was ich meine?«, fragte Seidel.

»Ja.«

»Ehr und Gewissen?«

»Ich war's nicht«, sagte Kühn mit flatternder Stimme.

»Gut«, Seidel begann zu wählen.

Kühn fragte: »Und Hiltsch?«

»Der doch nicht, der ist ein gestandener Mann, arbeitet jahrelang in der Firma, müsste mir aufgefallen sein so was, nein, nein, mein Junge, der ist außen vor«, und ohne zu unterbrechen sagte Seidel ins Telefon: »'n Abend, Frau Moslech, Seidel hier, wie geht es Ihnen? Besser, ja, das freut mich, Frau Moslech, ich will nicht drumrumreden, da ist 'ne scheußliche Sache im Gange, und ich muss mit Ihnen darüber sprechen ... gleich, sofort, denn das geht die Firma was an ... Sie können nicht kommen? Gut, dann komme ich zu Ihnen ... nein, es dauert nicht lange ... ich habe einen langen Tag hinter mir. Bis gleich.« Seidel legte den Hörer energisch auf den Apparat zurück. »So, dann wolln wer mal«, sagte er und zog sich die verwelkte Blume vom Jackett, bevor er sich erhob.

Als Abel heimkehrte, fand er auf seinem Schreibtisch zwei Unterschriftsmappen mit Korrespondenz und diese gelben Telefonnotizen, die er so hasste. Er öffnete seine grüne Lederjacke und löste den Schal vom Hals. Auf einem kleinen blauen Zettel stand noch eine getippte Notiz:

1. Der Hund muss nicht mehr hinaus, ich habe das besorgt.

Abel grinste, denn er stellte sich vor, wie Jane an einem von Schmitz' Lieblingsbäumen den Rock fürs kleine Geschäft hob.

2. Bitte im Fall Hiltsch eine schriftliche Honorarvereinbarung für den Strafprozess abschließen.
3. Morgen bin ich bis elf beim Zahnarzt.
Frohen Aschermittwoch. Jane.

»Danke«, sagte Abel laut und begann, die Post zu unterschreiben. Signierstunde. Hinter jedem Brief lag ein ordnungsgemäß frankiertes Kuvert, und am Ende fand er noch einen quadratischen Zettel vom roten Abreißblock, auf den getippt war:

Briefe bitte noch kuvertieren und zur Post bringen. Bis 21 Uhr Postkasten in der Pfarrstraße, danach aufs Band am Bahnhof.
Gruß Jane.

»Scheiße«, sagte Abel und begann mit dem Eintüten. Aber Jane war in diesen Dingen eine Autorität und gerade das Richtige für Abel, der in den täglichen Verrichtungen des Bürobetriebes eher nachlässig war.

Seit wann genau arbeitete Jane schon bei ihm? Abel hätte nachsehen müssen. Er erinnerte sich aber noch genau an den grauen Frühjahrstag, als sie weinend zu ihm ins Büro gekommen war. Sie kam, um sich auszuweinen. Sie weinte, weil ihre kurze frühe Ehe gescheitert war und an diesem Morgen, als ihr Mann mit seinen Umzugskisten die Wohnung verlassen hatte, die Noten ihres schriftlichen juristischen Staatsexamens mit der Post gekommen waren. »Der Teufel scheißt immer auf denselben Haufen«, hatte Abel mit Blick auf das Schriftstück bemerkt. Durchgefallen. Jane, sein Lehrmädchen aus den allerersten Anfangstagen hatte geheiratet, studiert, hegte Hoffnungen und Träume. Und jetzt dieser große Haufen Sorgen! Es war das einzige Mal, dass Abel Jane in den Arm genommen und geküsst hatte – zärtlich zum Trost. Ihr Gesicht war warm und vom Weinen benetzt gewesen.

Jane verzichtete auf eine Wiederholung des Examens und blieb als Abels Assistentin in seiner Kanzlei. Sie war nicht an den Erlösen beteiligt, sondern bezog ein festes Gehalt, das in den ersten Jahren in manchen Monaten höher war als das, was Abel verdiente. Manchmal fiel eine Prämie ab, wenn Abel ein gutes Geschäft gemacht hatte. Jane hatte ein Gespür für schwierige Mandantschaft und kam in diesen Fällen mit Ratschlägen wie dem, eine schriftliche Honorarvereinbarung abzuschließen, wenn Abel viel Zeit und Arbeit in eine Sache zu investieren drohte, wie jetzt bei Hiltsch. Jane war scharf aufs Geld und schnell im Rechnungenschreiben, eine Eigenschaft, die Abel gut bekam. Und inzwischen war Jane auch mit ihrer Stelle zufrieden, nur mit den Männern nicht, die sie im Laufe der Zeit kennen lernte. Aber das war ihre Privatsache, obwohl Abel sie ständig nach ihren Bekanntschaften löcherte.

Carola Serafin stieg die drei Stufen zu der früheren Papierhandlung hinauf, in der Abel seine Kanzlei hatte. Sie öffnete die Tür und sah ihn mit offener Jacke, dem Schal um den Hals und nachdenklichem Gesicht Briefe falten. Der Raum lag im weißen Licht der Deckenstrahler. Es roch nach Kaffee und Staub. Die Bilder an den Wänden, große Leinwände mit abstrakten Kompositionen in Blau und Weiß, strömten Kälte aus.

»Tschau, Caro«, sagte Abel ohne aufzusehen. Paul Schmitz galoppierte aus der Küche herein und rannte Carola mit seiner Kalbsgröße fast um. Er tanzte auf den Hinterpfoten und gaffte mit einfältigem Hundeblick zu dem Kotelettknochen hoch, den Carola, auf den Zehenspitzen stehend, an zwei Fingern über seinen Kopf hielt. Auf den Hinterläufen aufgerichtet war das Tier fast so groß wie Abels Freundin.

»Mahlzeit, Herr Schmitz«, rief sie und lachte laut, als der Hund mit einem trockenen Krachen den Knochen mit dem Fang packte, dabei fast nach hinten stürzte und sich gierig knurrend unter Janes Schreibtisch zurückzog.

»Tschau, Abel«, sagte Carola und setzte sich in einen Sessel, schlug die Beine übereinander und zündete sich eine Zigarette an. Abel arbeitete weiter am Postversand. Er schob die Zungenspitze zwischen die Zähne und konzentrierte sich. Endlich gähnte er, ohne sich die Hand vor den Mund zu halten, und kratzte sich am Bart. »Das muss noch fort«, sagte er und zeigte auf den kleinen Stapel Briefe vor sich. »Postkasten in der Pfarrstraße, hat mir die Jane aufgetragen.«

»Na, dann nichts wie hin«, sagte Carola spöttisch.

»Laufen wir, 's ist gut gegen Krampfadern.« Abel zog den Reißverschluss seiner Jacke hoch und ging in die Küche, die Hundeleine zu holen. »Komm, Alter«, rief er Paul Schmitz zu, der, zwischen Knochenrest und zusätzlichem Ausgang noch unentschlossen, den Kopf hob und schließlich mit dem Knochen im Fang angetrottet kam. Er knurrte Abel böse an, als wolle ihm sein Herr beim Anleinen den Knochen wegnehmen.

Draußen auf der Straße. Es war noch milder geworden. Das Licht der Stadt reflektierte in den tief hängenden Wolken, es bildete sich ein gelblicher Schirm in der Nacht. Im Takt der

Ampeln pulsierte das Pfeifen der Reifen auf der Maximilianstraße. Die Fenster bildeten bläuliche Flächen in den schwarzen Quadern der Häuser. Paul Schmitz jagte stumm eine Katze durch die Anlage vor der Kleinen Komödie. Abel trat den Knochenrest in den Rinnstein, bevor sie weitergingen.

»Komisch«, sagte Carola und hielt sich den Mantel über der Brust zu, weil plötzlich ein Wind aufgekommen war. »Die Welt ist klein.«

»Meiner Seel«, antwortete Abel, steckte zwei Finger in den Mund und pfiff nach dem Hund.

»Du hast doch gestern mit einem Mädchen gesprochen?«

»Ulivulgo?« fragte Abel.

»Ja.«

»Humorloses Wesen. Sie wollte wissen, was Erika macht.«

»Erika?«

»Lange vor Deiner Zeit.«

»Egal«, Carola nahm den Hund an die Leine, »jedenfalls hat sie von dir gesprochen. Sie weiss anscheinend …«, Carolas Finger pendelten zwischen Abel und ihr hin und her. »Also, sie arbeitet bei so einer Gruppe mit, die sich um Frauen kümmert, die vergewaltigt worden sind.«

»Auweia«, sagte Abel und streckte die Zunge heraus. »Frauengruppe … golden feminists oder so.«

Carola reagierte nicht auf den Spruch. »Und genau zu Uli ist heute Nachmittag eine Melly Moslech gekommen, das Opfer in einer Vergewaltigungssache. Und du bist der Verteidiger.«

»Okay, … ist daran was nicht in Ordnung?«

»Das war schlimm.« Ihre Stimme hatte einen behutsamen Klang bekommen. »Das muss die Hölle gewesen sein für diese Frau. Ich weiß nicht, wie ich mich verhalten würde, wenn mir so was passieren würde, ich weiß es nicht, aber ich glaube, dass ich lange brauchen würde, bis ich wieder mit einem Mann normal schlafen könnte. Verstehst du das?«

Abel nickte im Weitergehen.

»Gott sei Dank ist nicht mehr passiert dabei. Wer empfiehlt, man solle nur die Beine breit machen und ja nicht kämpfen, der weiß nicht, was er sagt, auch wenn der Rat vielleicht nicht so falsch ist. Mann, o Mann. Die Sexualität ist wichtig, für jeden, und für eine Frau ist es eine Frage der Selbstbestimmung, mit wem sie schlafen will. Auch die letzte Nutte hat so ihre Prinzipien. Klingt lächerlich, nicht? Und das Mädchen in der Peepshow öffnet den Gaffern nicht die Schamlippen. Und diese Selbstbestimmung ist zerstört nach der Vergewaltigung. Oder wie man sagt ›Notzucht‹, was für ein Wort! Ich assoziiere Zucht mit Ordnung, und dazu dann noch das Wort Not. Zucht, die aus der Not, wessen Not, erfolgt?« Sie schüttelte den Kopf und nahm Abel am Arm. Das Leder seiner Jacke fühlte sich in ihren Händen kalt und glatt an. Sie fuhr fort: »Die Selbstbestimmung ist wichtig für uns, weil wir Frauen seit Jahrtausenden nur mühselig regulieren können, wessen Kind wir empfangen und austragen. Wir wollen das eben nur von dem Mann haben, der uns gefällt. Einem mit langen oder kurzen Haaren, egal, und einem Körper, der uns zusagt, im besseren Falle von einem, der uns elektrisiert. Mit seiner Stimme, seiner Haut und seinen Händen, verstehst du, durch sein Wesen. Mit dem machen wir alles, wirklich alles, aber dann nur mit ihm. Das ist so. Und wenn dann ein anderer Mann kommt und was will, und selbst wenn er in Not und Verzweiflung ist, ich weiß, dass es das alles gibt, wenn dieser andere kommt, dann hat er keine Chance. Nichts. Aus. Wenn dieser Mann sich dann die Frau mit Gewalt nimmt, dann ist das eine Katastrophe, eine existenzielle Vernichtung ... Dann muss sie, wenn es ganz schlimm kommt, sein Kind austragen. Und etwas ist zerfetzt worden: die ganz persönliche Unbeflecktheit. Man hat sie, egal mit wie vielen Männern man im Bett war. Solange es nur freiwillig war«, sagte Carola, und dann ging sie schweigend neben Abel her.

»Richtig!«, sagte Abel schließlich, als sie vor dem Postkasten an der Hausecke an der Pfarrstraße angekommen waren und die Briefe einwarfen, gerade noch rechtzeitig, denn es war kurz vor neun.

»Lass die Verteidigung einen anderen machen, Jean«, bat Carola.

Sie gingen Richtung Deutsches Museum an der Isar entlang. Stau. Ein Krankenwagen versuchte, sich durchzukämpfen. Sein Blaulicht zuckte über die Fassaden der Bürgerhäuser. Der Wind war eingeschlafen.

»Nein«, sagte Abel schließlich.

Sie gingen über den Steg zur Praterinsel und Carola ließ den Hund wieder von der Leine. Schmitz nahm Witterung auf und schnüffelte an den Bäumen herum.

»Warum nicht?«

»Was würdest du dazu sagen, wenn ein Arzt sich weigerte, einen besonders ekligen und gefährlichen Krebs zu operieren? Bei uns ist es ähnlich. Wir Advokaten sind dazu da, dass wir den Dreck bewältigen, den die Menschen in die Welt setzen.«

»Das ist was anderes mit dem Arzt«, sagte Carola leise, »und du weißt das, Jean, denn dessen Patient kann nichts dafür, dass er diese Krankheit hat, er ist selbst ihr erstes und ausgeliefertes Opfer. Der Doktor verteidigt nicht den Tumor, er bekämpft ihn. Du aber bist der Verteidiger der Krebsgeschwulst, dieses Vergewaltigers, gegen den alles spricht und der bestraft werden muss, damit wir das Unrecht, das er in die Welt gesetzt hat, überhaupt ertragen können, sonst müssten wir daran ersticken, wir, denen es leicht ebenso ergehen kann, verstehst du das?«

»Nein«, sagte Abel und pfiff wieder durch die Finger nach seinem Hund. »Das, was du sagst, das hört sich nach einer gerechten Sache an. Die Täterschaft zweifelsfrei festzustellen, das ist ein hartes Geschäft. Und für den Fall, dass die Schuld unzweifelhaft ist, wie hoch muss man den Täter bestrafen? Ein Jahr Freiheitsentzug, wie es so schön heißt, das ist eine nur scheinbar geeichte Größe, die einen entscheidenden Fehler hat: Sie ist niemals gleich in zwei Fällen. Und jeder Täter, gleichgültig, was ihm vorgeworfen wird, hat das Recht auf einen Beistand. Und es gibt Fälle, in denen das für den Anwalt nicht einfach ist. Die meisten weichen aus, andere werden Zyniker, einen kenne ich, der hat den Beruf aufgegeben, weil er es nicht fertig gebracht hat, Pflichtverteidiger eines Mitglieds der RAF zu werden. – Ich habe gewusst, dass es Grenzfälle gibt, bei denen dir das Kotzen kommt, bevor ich meine Zulassung als Anwalt beantragt habe.« Abel blieb stehen und sah seine Freundin an. Vom Kirchturm kam ein Stundengeläut. Er steckte die Hände tief in die Taschen seiner ledernen Motorradmontur. »Aber so weit wird es hoffentlich mit meinem Herrn Hiltsch nicht kommen. Es gibt nämlich noch einen anderen Verdächtigen. Auch aus dem Büro.«

»Manchmal möcht ich deine Chuzpe haben«, sagte Carola und nahm den Hund am Halsband. Sie überquerten die Straße zum Deutschen Museum, an dessen Fassade eine Reklame für 3D Kino angestrahlt war.

»Chuzpe«, sagte Abel lächelnd, »schönes Wort. Ich habe Lust auf Kino.«

»Ich seh's anders, Jean«, erwiderte Carola. »Kino wäre okay.«

Sie rissen ihn aus einem unruhigen Halbschlaf. Hiltsch war auf dem Holzstuhl an der Wand der Durchgangszelle eingenickt, erschöpft von der Anstrengung dieses Tages. Es war dunkel draußen, und die vollständig weiß gekachelte Fünf-Quadratmeter-Zelle wurde von einer Leuchte erhellt.

»Aufstehen!«, brüllte Holz, und es hallte über den leeren Flur. Hiltschs Augen waren vor Angst weit aufgerissen. Er klammerte sich noch an eine gerade verfliegende Traumvision, in der er in seiner Küche gesessen und eine Zeitung gelesen hatte, die sein Bild enthielt, überall und auf jeder Seite sein Bild. »Komm, komm, schlafen kannste später.« Hiltsch spürte einen eisernen Griff um seinen Unterarm, sah sich hochgezerrt und folgte mit schwankenden Schritten in das Zimmer des gefürchteten rothaarigen Beamten. Dort schob er ihm einen Stuhl in die Kniekehlen. »Setzen!« Hiltsch atmete schnell und sein Herz raste. Hinter sich hörte er die Tür zufliegen. Sie waren allein.

Hiltsch stammelte, dass er seinen Anwalt sprechen wolle.

»Sagen Sie nichts, Hiltsch, kein Wort will ich hören. Nicht dass dieser Rechtsverdreher hinterher kommt und sich was hindrechselt. Sie haben das Recht zu schweigen, also schweigen Sie. Ich will Ihnen nur etwas demonstrieren, Hiltsch, eine kleine Show, damit wir wissen, wo's langgeht, kostenlos und unverbindlich. Für Ihr Geständnis ist dann der Richter zuständig.«

Holz stand breitbeinig vor Hiltsch, klein wie er war, den Rücken durchgedrückt und die Arme in die Seite gestemmt. Seine Augen mit dem rötlichblonden Saum kurzer Wimpern starrten sein Gegenüber an. An seinem Kinn kräuselte sich die Haut. »Was«, fragte er, »mein lieber Hiltsch, ist wohl bei den Untersuchungen von heute Nachmittag herausgekommen? Was sagen die Ärzte? Hat man das Sperma des großen Besamers Hiltsch in der Möse des Opfers gefunden? Ha?« Und nachdem Hiltsch sich nicht rührte, nur mit den Händen zwischen den Knien eingeklemmt da saß, fuhr Holz fort: »Einer muss es ja ganz genau wissen, einer, der hier vor mir hockt und die Arme-Seelchen-Nummer abzieht.« Holz drehte sich um und ging zum Fenster. Von dort beobachtete er gelassen seinen Delinquenten, der sich nicht rührte und mit verkrampftem Gehirn an die Zeitung dachte mit all den Fotos von Sigurd Hiltsch.

»Na, was ist?«, fragte Holz und seine Stimme klang fast heiter. »Ja oder nein?«

Keine Antwort. Hiltsch blieb in sich verkrochen, bis er endlich den Kopf hob und Holz ansah und noch einmal nach seinem Anwalt verlangte und erklärte, dass er das hier nicht aushalten könne.

»Ja oder nein?«. fragte Holz unbeeindruckt.

Hiltsch schwieg. Der Polizist näherte sich und packte ihn unter der Achsel, zerrte ihn vom Stuhl hoch, und Hiltsch gehorchte selbstverständlich. Er musste jetzt auf Holz hinuntersehen. Holz näherte sich ihm fast vertraulich und senkte die Stimme. »Ich weiß das Geheimnis, Herr Hiltsch. Die DNA-Befunde sind da, objektiv und schwarz auf weiß.« Er führte sein Opfer am Oberarm langsam wie einen guten Freund zur Tür, den Kopf fast an die Schulter des Delinquenten gelehnt. »Und jetzt müssen Sie sich während der Nacht draußen im Knast in Stadelheim überlegen, ob Sie morgen bei uns aussagen wollen, reinen Tisch machen, oder ob Ihnen vielleicht etwas einfällt.« Holz lachte durch die Nase. »Man weiß nicht, alles ist möglich, oder Ihr Advokat hat 'ne Idee, man weiß ja nicht.« Er ließ von Hiltsch ab, der neben der Tür stehen blieb und mit wachen Augen dem Polizisten folgte, der wieder zurück zu seinem Schreibtisch ging. Er stützte sich mit beiden Fäusten auf die Platte und fixierte Hiltsch grinsend. »Das wär 'ne Sache, wenn man wüsste, was in den Befunden steht, nicht wahr, mein lieber Hiltsch?« Holz pausierte ein wenig, um die Wirkung seiner Worte auszukosten. »Und nun noch die Demonstration, Herr Hiltsch. Achtung, aufgepasst«, rief er und ging in die Knie wie ein Gewichtheber, mit den Fersen am Boden, schnellte wieder hoch, in jeder Hand einen blauen Plastiksack, den er auf den Tisch knallen ließ. Er nahm die Säcke bei den unteren Zipfeln und leerte sie nacheinander aus, so dass die Magazine und Heftchen, die gebundenen Ausgaben mit dem Goldschnitt und die Bilderbücher über den Tisch quollen und durcheinander rutschten. Holz machte eine große Geste mit zwei Armen. »Wenn Sie sich das mal näher ansehen wollten«, sagte er, »Herr Hiltsch.«

Hiltsch rührte sich nicht.

»Mann, kommen Sie her, sage ich«, brüllte Holz, er wippte auf den Zehenspitzen. »Sie sollen sich das mal angucken. Es ist ja nicht das erste Mal, Herr Hiltsch, dass Sie diesen Dreck in die Hand nehmen. Tun Sie deshalb bitte nicht so, ja?«

Hiltsch näherte sich Schritt für Schritt, kein Auge von dem bunten Papierberg lassend. Endlich stand er am Tisch und streckte die Hand aus, begann zaghaft zu blättern und in dem Haufen herumzustochern mit langen, zögernden Fingern. Holz stand wieder breit da, mit den Händen in den Hüften.

»Gute Beute, was?« fragte er. »Hat 'ne Menge Zeit und sicher auch Geld gekostet, bis das alles zusammen war, was wir da in dem Kellerloch gefunden haben, dem Unterschlupf für unsere kleine Sexratte. Schön, dieses rote Licht und das Ambiente neben dem Heizkessel, das bringt einen richtigen Mann ganz schön in Schwung!«

Hiltsch trat zurück und ein langer, prüfender Blick glitt über das Gesicht des Polizisten. Holz wartete noch eine Weile und starrte auf den regungslos verharrenden Delinquenten, dann gab er sich einen Ruck. Er ging energisch zur Tür und brüllte hinaus auf den dunklen Flur: »Abführen.« Er kam zurück und sammelte die Schriften auf dem Tisch wieder in die Säcke ein. »Und sagen Sie morgen Ihrem Rechtsverdreher, was wir wissen, sagen Sie's ihm, dann ist er besser. Er hat Phantasie, das spüre ich.« Ein Wachtmeister trat ein und salutierte mit dem Finger.

»Abführen«, sagte Holz ohne noch einmal aufzublicken.

An diesem Abend klingelte der Prokurist Seidel gegen acht an der Tür seiner Mitarbeiterin Melly Moslech. Er musste noch zweimal schellen, ehe er eingelassen wurde. Melly Moslech führte den forsch ausschreitenden Mann in ihr kleines Wohnzimmer. Eine Sitzgruppe stand artig vor einer dunklen Schrankwand. Eingerahmte Drucke an den Wänden: Monet, eine Landschaft mit duftigem Licht über hohen Frühsommerwiesen und eine filigrane Gestalt von Bruno Bruni oder Wunderlich, egal wer von den beiden, aber auch ein Druck von Dieter Kraemer, ein in sich ruhendes Stilleben. Der Prokurist Seidel nahm das nicht wahr und stand auffordernd neben dem Sessel vor der Schrankwand.

»Ach, setzen Sie sich doch«, sagte Melly mit vor Aufregung krächzender Stimme.

»Danke.«

»Möchten Sie etwas trinken?«, fragte Melly. Und sie hätte sich ohrfeigen können für diese Bemerkung. Das war keine Gelegenheit zum Trinken. Glücklicherweise lehnte Seidel ab.

»Nein, danke, trage vom Vorabend noch schwer genug«, ein winziges Lächeln verschwand und seine Lippen wurden schmal. Melly erwartete seinen Angriff. Sie kauerte sich auf die Kante des anderen Sessels. Ihre gerade ausgedrückte Zigarette ersetzte sie sofort durch eine neue.

»Frau Moslech, welcher Teufel hat Sie denn geritten?«, fragte Seidel und war sich noch nicht einmal der makaberen Stilblüte bewusst.

»Es ist mir nicht leicht gefallen, glauben Sie mir, Herr Seidel.«

»Was?«

»Das mit der Anzeige, ich habe es mir lange überlegt, mein Gott ...« Sie brach ab, weil sie sich falsch vorkam; denn sie hatte sich die Anzeige wegen ganz anderer Gründe überlegt, wirklich nicht wegen der Belange der Firma. Und gerade auf diese Belange der Firma ging Seidel jetzt ein. Ob sie sich das vergegenwärtigt habe, was ein unbedacht geäußerter Verdacht für ein Aufsehen nach sich ziehe, negatives Image bei den Mitarbeitern und den Kunden – wenn das in die Zeitung kämme! Seidel sprach eindringlich. Er beugte sich vor und sein Knoblauchatem schlug ihr entgegen, und sie wich nicht zurück. Sie war leer und ausgelaugt. Kein Widerstand und kein Kampf.

Es sollte nur schnell vorbei sein, gute Nacht, ja, ja, ich bessere mich, bestimmt, dachte sie, und auf Wiedersehen. Zurück und den Fernseher angeschaltet, damit irgendetwas da ist, ein Geräusch, aber etwas, das man mit einem Griff abstellen kann. Unterdessen sprach Seidel weiter und beschwor Melly, sich zusammenzureißen und die Anzeige zurückzunehmen.

»Mein Gott, ich als Mann in den reiferen Jahren, ich habe doch auch so meine Erfahrungen, das geht vorbei, Frau Moslech, und das nächste Mal ist man, sozusagen, vorsichtiger.«

»Ich kann die Anzeige jetzt nicht mehr zurücknehmen, es ist zwecklos«, sagte sie leise. Man hatte ihr diesen juristischen Tatbestand bei dieser Frauenberatung mitgeteilt, wohin sie sich in ihrer Ratlosigkeit gewandt hatte.

»Wie Sie meinen«, sagte Seidel förmlich.

»Nein, es ist rechtlich so, eine solche Anzeige wird dann automatisch weiterverfolgt, hat man mir gesagt.«

Seidel zog irritiert die Augenbrauen zusammen. »Wer sagt Ihnen das?«

»Mein Rechtsanwalt«, log Melly, die sich nicht traute, von der Frauenberatung zu reden. Das hätte vielleicht alles nur schlimmer gemacht.

»So? Kennt der sich denn aus in solchen Sachen?«

»Ja, ja«, beschwichtigte Melly. Sie war unsicher und fühlte sich schuldig an der ganzen Misere. »Es tut mir Leid mit der Anzeige.«

»Sehen Sie, es ist weder in Ihrem Interesse noch in dem der Firma, bitte schön. Und wenn es ein völlig anderer war, wie stehen denn dann die Kollegen da, der Herr Hiltsch und der junge Kühn, Menschenskinder, der Junge hat doch Abitur und das Leben vor sich, denken Sie doch mal.«

Melly wandte leise ein, dass sie den Namen Kühn nicht genannt habe, Hiltsch nur als eine irgendwie mögliche Verdachtsperson.

»Das isses doch gerade«, fauchte Seidel und beugte sich vor, »einen vagen Verdacht, den darf man doch nicht so mir nichts, dir nichts äußern, das wissen Sie doch so gut wie ich, Frau Moslech, Sie als reife Frau.«

Melly wusste nicht, weshalb dieser alltägliche Ausdruck »reife Frau«, aus dem Knoblauchmund des Prokuristen zumal, sie aus der Fassung brachte. Sie heulte los und spürte, wie ihr Tränen in unangenehm warmen und nassen Bahnen über das Gesicht flossen. Die Nase lief und es war noch nicht einmal Erleichterung dabei, als sie heulte. Nur wieder Kampf gegen die Demütigung. Da war nichts zum Anlehnen. Glücklicherweise behielt Seidel seine Hände bei sich.

»Ich versteh das ja«, sagte Seidel betroffen, »aber ich kann Ihnen jetzt nicht helfen, bringen Sie die Sache aus der Welt. Es kommt ja vor, dass solche Verfahren eingestellt werden. Man soll sich gefälligst bemühen, den richtigen Täter zu finden und nicht den Herrn Hiltsch verdächtigen oder den jungen Kühn.« Seidel stand auf und schob die Hände, die ihm nutzlos vorkamen, flach in die Taschen seines Anzugjacketts. Man sah ihm an, wie müde er war, doch Melly bemerkte es nicht. Sie heulte immer noch und hielt die Hände vors Gesicht.

»Ich geh jetzt«, sagte Seidel.

»Ja«, sagte Melly und versuchte, mit dem Handrücken ihre Tränen wegzuwischen. Sie tastete sich hinter ihrem Chef den kurzen Flur hinaus und öffnete die Tür.

»Danke, finde schon alleine hinaus«, sagte Seidel, dann ergriff er vorsichtig ihre feuchte Rechte und ließ sie gleich wieder los. »Morgen schlafen Sie am besten mal aus«, sagte er und murmelte eine unverbindliche Abschiedsfloskel.

Donnerstag, den 2. März

Am folgenden Tag um zwei fand tatsächlich der Termin in der Haftsache Hiltsch statt. Abel war schon eine halbe Stunde vorher da. Er hatte sich rechtzeitig mit dem Ermittlungsrichter verabredet, um einen Blick in die Akten werfen zu können.

Als er den Flur betrat, sah er eine Frau auf der Bank vor dem Richterzimmer sitzen. Sie blickte ihm entgegen. Abel nickte ihr höflich zu, obwohl er sie nicht kannte. Die Frau war mittleren Alters, ungeschminkt und wirkte angespannt. Das war nichts Besonderes in einem Gerichtsgebäude. Sie trug einen Anorak über Jeans und Stiefeln.

Abel klopfte am Zimmer des Richters. Niemand antwortete. Abel drückte vorsichtig die Klinke herunter. Verschlossen.

»Moment«, er hörte hinter sich eine munter klingende Stimme, »komme schon.« Richter Herbert Konsalla klapperte mit dem Schlüsselbund und öffnete die Tür. Er zog Abel ins Dienstzimmer. Sein Mund lachte im blonden Bart, aber seine Augen nahmen nicht teil. Er ging drei, vier sichere Schritte zu seinem Schreibtisch, ein knapper Griff an die Kante, die Hände glitten flink entlang, der Stuhl, zuerst ein kleiner Griff ins Leere, dann Nachfassen, und Konsalla saß und begann sofort auf dem Holzstuhl zu schaukeln. Er legte den Kopf schräg und hörte zu, wie Abel, ohne aufgefordert zu sein, ebenfalls einen Stuhl nahm und sich fallen ließ.

»Gut, gut«, sagte Konsalla. »Herr Abel, Sie wollen die Akte lesen«, das junge Bartgesicht lachte wieder, er tastete mit unruhigen Fingern über fünf sorgfältig geordnete Stapel, dann fand er das Dossier, prüfte noch einmal flüchtig mit dem Daumen seine Stärke, dann sagte er, »ich warne Sie, da steht noch nicht viel drinnen.«

Abel nahm das Aktenstück entgegen und brummte zustimmend. Er sagte mit lauter Stimme: »Protokoll der Anzeige, kenn ich, Aussage Hiltsch, war ich dabei, auch bei der Haussuchung, aber hier, das ist neu: Vernehmung der Frau Moslech von heute Morgen.«

»Bitte, ich höre gut«, sagte der Richter mit einem spöttischen Lächeln, und Abel sagte mit leiser Stimme: »Tschuldigung.« Und er meinte das ehrlich. Er las:

Vernehmung der Anzeigeerstatterin:

Moslech, Melly Maria, geb. Brat
geb. 28.6.1965 in Homburg/ Saar
wohnhaft in München

Ich habe das Betriebsfest der Fa. Nägler KG am Faschingsdienstag kurz nach 24 Uhr verlassen und bin alleine nach Hause in meine Wohnung gegangen. Um diese zu erreichen, habe ich den Weg durch den Englischen Garten eingeschlagen. Auf dem vom Eisbach Richtung Monopteros verlaufenden Weg bin ich von einem Mann angefallen worden. Er hat nicht gesprochen, sondern ist sofort gewalttätig geworden. Derselbe hat mir mehrfach ins Gesicht geschlagen, und als ich mich mit Fausthieben wehrte, hat er mir in den Brustkorb getreten. Sodann hat er mir die Kleidung heruntergerissen und den Geschlechtsverkehr vollzogen, wobei ich nach der vorangegangenen Misshandlung keine Gegenwehr mehr leistete, weil ich befürchten musste, unter Umständen erheblich verletzt zu werden. Ob es bei dem Mann zu einem Samenerguss kam, kann ich nicht mit Sicherheit sagen. Nach einer gewissen Zeit, deren Dauer ich nicht genau angeben kann, ließ er von mir ab und floh in Richtung Prinzregentenstraße zu Fuß. Ich habe ihn nicht verfolgt, sondern bin nach Hause, um mich zu duschen und zu waschen. Erst dann habe ich Anzeige bei der Polizei erstattet. Ich glaube, ich weiß, wer es war. Es war ein gewisser Hiltsch, den ich aus dem Betrieb kenne.

Auf Frage: Ich habe sein Gesicht nicht sehen können, aber ich bin ziemlich sicher, es war sein Geruch und sein Atem. Man spürt so etwas.

Auf Frage: Mit Herrn Hiltsch habe ich auf dem Betriebsfest zuvor getanzt. Er hat später versucht, mich zu küssen. Ich habe mich aber geweigert, so dass es nicht zum Austausch von Zärtlichkeiten kam. Nach dem Eindruck der Tat war Herr Hiltsch für mich der Täter. Ich räume aber ein, dass ich sehr verwirrt war, und wenn ich jetzt gefragt werde, ob ich Herrn Hiltsch als Täter erkannt habe, so kann ich das nicht mit Sicherheit aussagen.

Melly Mosblech.

Abel schnitt eine Grimasse und sagte dann: »Das hört sich nicht so felsenfest an.«

»Ja, ja«, sagte Konsalla, und seine Augen bewegten sich nicht, »wir wollen mal hören, was die Staatsanwaltschaft noch mitbringt. Die Befunde und so weiter. Ich kenne nur die Akte und die Vorstrafen des Beschuldigten.« Wieder glitten die Finger über die fünf Aktenstapel. »Ich glaube hier, wenn Sie einen Blick ...«

»Nein, nein, habe ich schon gestern, danke.« Abel hob abwehrend die Hände und erkannte erst dann, dass er mit seiner Geste nichts ausrichten konnte. »Nein, danke«, sagte er noch einmal. Konsalla lehnte sich weit zurück. Abel befürchtete, der Stuhl würde kippen, und beobachtete das Spiel mit gespannter Aufmerksamkeit. Der Richter verschränkte die Arme hinter dem Kopf und verharrte in seiner schrägen Haltung.

»Abel«, repetierte er, »was ist das für ein Name?«

»Elsässisch, Jean Abel.«

»Aha.« Nicken und wieder dieses Lächeln. »Ach, von daher, unsereiner muss viel im Gedächtnis behalten. Ich habe schon von Ihnen gehört.«

»Ich hoffe nur Gutes.« Abel lächelte und zuckte mit den Achseln.

»Den Meisten ist das Strafrecht nicht so ans Herz gewachsen«, sagte Konsalla, »sie sind lieber alle Wirtschaftsanwälte, hommes d'affaires.«

»Ja, ja, Strafrecht hat so was Handwerkliches«, sagte Abel.

»Dabei ist es nicht das Schlechteste, was der Beruf zu bieten hat. Ich wär vielleicht auch ein Strafverteidiger geworden. Da steht man oft ganz weit draußen, da muss man kämpfen.«

»Manchmal hat man die Schnauze auch ganz schön voll«, antwortete Abel, und Konsalla lachte. Sie schwiegen – Abel fühlte sich dem Gehör dieses Mannes ausgeliefert. Er räusperte sich.

»Der Vertreter der Staatsanwaltschaft bringt uns noch die Befunde aus dem Krankenhaus mit. Das hören wir uns erst noch an«, wiederholte der Richter, um die Zeit totzuschlagen.

»Wenn die Befunde so sind, wie die Polizei angedeutet hat, wird es eng«, sagte Abel.

Konsalla ließ den Stuhl nach vorne kippen und fragte: »Woher wissen die das?«

»Hat man meinem Mandanten gestern in der Nacht noch ziemlich brutal angedeutet. Er bestreitet aber nach wie vor.«

»Wer hat das angedeutet?« Die Stimme des Richters Konsalla war sachlich und schneidend geworden.

»Holz heißt der Mann.«

»Aha, der Holz.« Konsalla schaukelte wieder. »Die Befunde werden doch erst zu Mittag fertig, soviel ich weiß.«

Abel brauste nicht auf, dass dies eine üble Tour sei und dass er sich von der Verfolgungsbehörde verladen vorkomme, sondern er spitzte die Ohren.

»Ein harter Brocken, dieser Holz«, sagte er lauernd.

»Sind Sie religiös eingestellt?« fragte Konsalla.

Abel schüttelte den Kopf und erst dann sagte er: »Nein.«

»Dann können Sie auch nicht nachvollziehen, was in einem solchen Menschen vorgeht. Sie müssen ihm da einiges nachsehen. Holz soll sehr katholisch sein.«

»Wenn's umgekehrt auch nur so wäre«, sagte Abel.

Es klopfte. Und als Konsalla »Herein« rief, schob sich ein grauer Kopf durch die Tür und dann folgte ein massiger Leib. Kopfnickend trat ein Mann mit blauem Anzug und gestreifter Krawatte ein. »Leuschner«, sagte er laut.

»Oho, so großes Kaliber für diesen Fall«, spottete Konsalla und schaukelte voller Energie wieder drauflos. Abel erhob sich und gab dem Staatsanwalt die Hand. Leuschner machte einen Diener und begrüßte den Richter ebenfalls mit einer unangemessenen, tiefen Verbeugung. Sein Speckgesicht hatte eine winzige rote Nase und kaum Augenbrauen. Seine Haarfarbe war schwarz. Der rasierte Bart stand blau in blasser Haut.

»Wie geht's?«, fragte er.

»O Jesses«, antwortete der Richter, und Abel schwieg.

»Was hat der Herr Erste Staatsanwalt mitgebracht?«, fragte Konsalla und fuhr, ohne den Kopf in Abels Richtung zu drehen, fort:

»Wir machen das immer ein wenig formlos. Wir dürfen doch schon anfangen, bevor der Herr Hiltsch zu uns gebracht wird?«

»Ja, ja«, antwortete Abel und setzte sich auf die Stuhlkante. Er beobachtete den Staatsanwalt, wie er mit seinen dicken Fingern in einem Aktendeckel lose Blätter sortierte.

»Ich kenn die Akte nicht«, sagte Leuschner schließlich, »wir haben lauter Vakanzen in der Abteilung: eine Schwangerschaft, zwei Termine und zwei Kranke, da müssen dann schon der Prophet und der Berg zusammen ... ja, ja, was wollen die Herren denn so wissen?«

»Die Befunde der DNA, den Test hat doch die Kripo angeordnet, nicht?«, sagte Abel.

»Ja, richtig, eine Notzucht, das hat mir mein Geschäftsstellenbeamter noch gesagt, als er die Akte rauslegte, ja, ja, und die DNA-Analyse, Augenblick ...« Wieder kramten die Finger herum, und Abel starrte mit zusammengekniffenen Augen auf die Papiere, die diese Hände sortierten. Endlich ein entschlossener Griff.

»Da, obendrauf, sag bloß einer nicht, bei der Staatsanwaltschaft gibt's keine Ordnung!« Leuschner hob das Papier in die Höhe, dann fingerte er in seiner Brusttasche, förderte ein schmales Lederetui heraus und zog eine Lesebrille hervor. Mit skeptischem Gesicht las er den Befund. Seine Lippen bewegten sich lautlos, dann sah er auf, blickte in das lächelnde Gesicht des Richters.

»Verzeihung«, sagte er schnell, »aber alles in allem unspezifisch.«

»Können wir ...«

»Selbstverständlich«, unterbrach der Staatsanwalt und begann mit tragender Stimme pedantisch genau alles vorzulesen, was auf dem Papier stand. Einige Sätze, fremd klingende Fachwörter, Medizinerkauderwelsch, am Ende als Ergebnis: die beim Opfer gesicherten Spermaspuren waren zu schwach und als Vergleichsmaterial praktisch ungeeignet.

»Sie haben Recht«, sagte Abel ungefragt, »alles sehr unspezifisch.«

Klack. Konsalla ließ seinen Stuhl nach vorne kippen und legte die Unterarme auf seinen Tisch. »Fassen wir zusammen ...« Doch er wurde durch ein energisches Klopfen unterbrochen und er schaukelte zurück. Man lieferte Hiltsch ab, schob den Widerstrebenden in das kleine Richteramtszimmer hinein.

»Geben Sie ihm einen Stuhl«, sagte Konsalla und dann: »Guten Tag, Herr Hiltsch.«

»Guten Tag«, antwortete Hiltsch kleinlaut und kauerte sich zusammen, voller Misstrauen gegenüber diesem verdächtigerweise unpathetisch beisammensitzenden Juristenkollegium, das seinen Fall zu beraten hatte. Konsalla machte mit nüchterner Stimme Hiltsch mit dem Ergebnis des Gutachtens bekannt. Hiltschs Augen flogen zu seinem Verteidiger hinüber, und man sah Hoffnung aufglimmen. Er straffte sich und setzte sich zurecht.

»Fassen wir also zusammen«, sagte der Richter Konsalla. »Der Herr Hiltsch ist einschlägig vorbestraft und die Delikte könnten auf eine Karriere hindeuten, wie wir sie immer mal wieder in der Justiz erleben müssen und wie sie auch von der Wissenschaft beschrieben wird. Sonst ist der Beschuldigte unauffällig. Wenn ich das einmal zusammenfassend feststelle – ohne dass ich mich festlegen will.« Solche Floskeln halfen, einem

Befangenheitsantrag vorzubeugen, waren Routine und wurden folglich auch dort eingesetzt, wo, wie hier, auf Grund der Situation nicht damit zu rechnen war, dass der Richter wegen Besorgnis der Befangenheit von einer Partei abgelehnt werden würde.

»Dann gehört es ja auch zur Unauffälligkeit, dass man auf einem Betriebsfest an Fasching einmal einen Kussversuch unternimmt, nichts Strafbares, echt. Nun wird genau diese Frau, die der Beschuldigte küssen wollte, auf dem Heimweg vergewaltigt, und sie nennt zwar den Namen des Beschuldigten, will sich aber am Morgen danach nicht festlegen. DNA-Test ohne Resultat. Der Beschuldigte sagt, dass er heimgegangen sei. Er bestreitet die Tat und nennt einen anderen Mann als möglichen Täter, der ebenfalls mit dem Opfer tanzte, und dass dieser auf der Toilette, na, sagen wir, markige Sprüche von sich gegeben habe. Die Polizei geht diesem Hinweis nach, der Azubi namens Kühn sagt, dass er die Sprüche nicht auf der Toilette von sich gegeben habe. Aber selbst wenn?«

Man konnte Hiltsch aufatmen hören.

»Andererseits bleibt die Beschuldigung der Frau«, erwiderte der Staatsanwalt und überflog einen Text in seiner Akte.

»Sie wird draußen warten, ich habe sie vorsorglich geladen, falls Bedürfnis besteht, sie zu hören«, sagte Konsalla.

»Nein, wir haben ja die Aussage«, Abel und Leuschner waren sich einig.

Konsalla hangelte sich zur Tür und rief hinaus, dass die Zeugin Moslech gehen könne. Er schloss die Tür und fügte hinzu: »Unter dem frischen Eindruck der Tat sagt das Opfer, wie noch ...? Lesen Sie doch mal bitte.« Die Finger des Richters schnippten die Akte in Abels Richtung, und der blätterte die Anzeige auf und las vor: »Ich glaube, ich weiß, wer es war. Es war ein gewisser Hiltsch, den ich aus dem Betrieb kenne. Auf Frage: Ich habe sein Gesicht nicht sehen können, aber ich bin ziemlich sicher, es war sein Geruch und sein Atem. Man spürt so etwas.«

»Richtig«, sagte der Richter Konsalla, »und am nächsten Morgen wird die Aussage sehr viel vorsichtiger und zurückhaltender. Man sollte wissen, was dazwischen lag.«

»Viel Nachdenken, Zögern, Besinnung, Zweifel«, gab Abel zu bedenken, »immerhin ist mein Mandant ein Arbeitskollege. Und denken Sie an den Alkohol ...« Er wandte sich zu Hiltsch. »Wurde denn getrunken an diesem Abend?«, fragte er, und Hiltsch nickte. Abel zeigte mit dem Kinn auf den Richter, der die Hände vor der Brust verschränkt hatte. Hiltsch räusperte sich und sagte dann: »Ja, eine ganze Menge, Sekt vor allem und Bier. Ich habe, bitte sehr, ich kann das ja sagen, mit der Frau Moslech mehrere Glas Sekt getrunken, mehrere, wenn Sie wissen, was ich meine.«

»Ja, ja.« Konsalla zeigte ein Lächeln mit schrägem Mund. »Aber ein frischer Eindruck nach so einer Sache, den darf man nicht unterbewerten. – Trotzdem bleibt da für die Polizei und die Staatsanwaltschaft noch eine Menge zu tun, will man vorankommen. Wir sind nicht hier, um ein Urteil zu finden, es geht um die Frage der Untersuchungshaft.«

»Immerhin«, sagte Abel dazwischen.

»Ihr Fazit, Herr Leuschner?«, fragte der Richter.

Leuschner las wieder und fuhr erst nach geraumer Zeit auf, als er Abels Blick spürte.

»Fazit?«, fragte er.

»Ja, Ihren Antrag, oder wollen Sie plädieren?«, fragte Konsalla freundlich, und es war kein Sarkasmus in seiner Stimme.

»Antrag, ja, ja.« Der Erste Staatsanwalt wiegte mit dem Kopf und begann laut vor sich hin zu denken, von den besonderen Haftgründen bei Sexualdelikten war die Rede und von unklarer aber sozusagen richtungsweisender Beweislage und davon, dass die Erfahrung lehrt, dass sie alle wieder zwanghaft straffällig werden, die Sexualtäter, sofern sie nicht therapiert werden, aber die wirklich sorgfältige Therapie, und wo gäb's die denn? Und wenn man sich den Beschuldigten Hiltsch betrachte ... dass da noch was schwele, sehe man an den Funden im Keller. Der Blick des Staatsanwalts tastete Hiltsch ab ... Er zögerte, schließlich beantragte er, die Fortdauer der Untersuchungshaft anzuordnen.

»Es ist keine Haftprüfung«, korrigierte Konsalla milde und deshalb sagte der Staatsanwalt, dass er beantrage, die Untersuchungshaft anzuordnen.

»Und Sie?«, fragte der Richter, ohne den Kopf zu wenden.

»Keine U-Haft«, sagte Abel. »Der Tatverdacht ist keinesfalls fundiert, und sieht man von den Spezialtatbeständen ab, mein Mandant hier«, er zeigte auf Hiltsch, »hat seinen festen Arbeitsplatz, immerhin schon seit mehr als zehn Jahren.« Und was allgemein als eine mögliche, vielleicht auch typische Entwicklung vom Voyeur zum Sexualgewalttäter beschrieben werde, habe keine naturwissenschaftliche Zwangsläufigkeit, sei eben nur ein statistischer Erfahrungswert, dessen Dunkelziffern nicht bekannt sind. Das Strafrecht sei aber nach allgemeiner Überzeugung nicht mit Statistik zu bearbeiten, nein, es bedürfe des individuellen und vor allem gesicherten Schuldnachweises im Einzelfall. Und davon, nämlich von zweifelsfreier Sicherheit, könne im Fall Hiltsch nicht dic Rede sein.

»Zweifelsfreie Sicherheit, das steht hier nicht zur Debatte«, korrigierte Konsalla, »es geht um die U-Haft und um die Abwägung zwischen dem Anspruch auf Freiheit Ihres Mandanten und dem Sicherheitsbedürfnis, sagen wir, der Allgemeinheit, bis sich der gesetzliche Richter endgültig hinter die Sache klemmt.« Konsalla hob die Stimme. »Was ist?« fragte er. »Gibt's einen Weg, auf den wir uns einigen können?«

»Sicherheitsleistung?« fragte der Staatsanwalt.

»Ja.«

»Wieviel verdienen Sie im Monat, netto, meine ich?«

Hiltsch sah Abel an. Die Höhe des Verdienstes gehörte nach seiner Auffassung zum Intimsten eines Mannes. Doch sein Anwalt las ungerührt Hiltschs Bilanz von einem vorbereiteten Zettel ab: »Eintausendsechshundert, netto, dreizehn Gehälter, circa achttausend Schulden, kein Grundbesitz, kein Fahrzeug, sonstiges Vermögen nicht vorhanden.«

»Alles Geld da reingeflossen?«, fragte der Richter dazwischen.

Abel antwortete nicht, sondern fuhr fort: »Zudem lebt der Mann in Scheidung, seine Frau war bisher nicht berufstätig, keine Kinder, sie lässt sich umschulen. Während der Trennung zahlt mein Mandant seiner Frau 40 Prozent seines Gehalts, bleiben ihm also noch über den Daumen 950 Euro. Wo soll er das Geld für eine Kaution hernehmen? Und selbst wenn die Erotiksammlung nicht beschlagnahmt wäre, beleihen tut so was keiner. Das ist nicht wie eine Gemäldesammlung.«

Konsalla lachte meckernd, und der Staatsanwalt schüttelte den Kopf.

»Außerdem, wenn Herr Hiltsch wirklich der Triebtäter wäre, für den man ihn hinstellen will, dann würde er sich nicht abschrecken lassen, neue Taten zu begehen, selbst dann, wenn seine finanzielle Existenz total in den Ruin geht, das ist so bei einem Trieb. Aber wir wissen nicht, ob dieser Mann hier ein Triebtäter ist. Um ihn aus den besonderen Gründen des Sexualstrafrechts vorläufig einzusperren, müsste ein wenigstens hinreichender Tatverdacht vorliegen. Aber das ist nicht der Fall. Was allenfalls zu Bedenken Anlass geben könnte, sind seine Vorstrafen. Aber die letzte ist vor knapp zwei Jahren verhängt worden.«

»Woraus nicht zwingend folgt, dass Ihr Mandant nicht einschlägig tätig war. Vielleicht hat er sich nur nicht erwischen lassen, weil er geschickter vorgeht«, unterbrach Leuschner.

»Vielleicht«, echote Abel. »Es bleibt dabei, die Fakten sind zu dürftig, ich beantrage, dass mein Mandant nicht in U-Haft genommen wird.«

»Was tragen Sie noch vor?«, fragte Konsalla den Staatsanwalt.

»Nichts«, antwortete Leuschner und sah auf die Uhr.

»Herr Hiltsch?«, fragte der Richter. »Haben Sie noch etwas zur Sache zu sagen?«

Der Beschuldigte zuckte wegen der unvorbereiteten Anrede zusammen. Er machte spitze Lippen und sah zum Richter hinüber, der die Hände gefaltet hatte und dessen Augen nach oben gerichtet waren. Hiltsch schluckte, der Knorpel am Hals kam hoch und fiel wieder in einen Hautsack zurück. Endlich brachte er sein »Nein« heraus. Abel hatte schon die Luft angehalten. Mancher Mandant hatte sich bei seinem Schlusswort um Kopf und Kragen geredet.

Konsalla besann sich kurz, wiegte dabei mit dem Oberkörper und sagte schließlich: »Ich glaube, ich kann die beantragte U-Haft nicht anordnen, da hat die Verteidigung Recht, die Fakten sind zu wenig konkret. Die Polizei kann und soll noch in dieser Sache ermitteln, denn Vergewaltigung ist ein Ekel erregendes Verbrechen, aber im Augenblick ist's mir zu wenig konkret, um Herrn Hiltsch festzuhalten. In dubio pro libertate.« Konsalla ließ den Stuhl nach vorn kippen und stand auf. »Die Begründung im Einzelnen ergeht schriftlich. Und für Sie, Herr Hiltsch, wenn immer Sie was mit der Sache zu tun gehabt haben, lassen Sie sich warnen! Dies hier ist kein Freispruch. Die Beamten werden weiter ermitteln und Sie überwachen und für den Fall, dass Sie etwas mit der Vergewaltigung zu tun haben, sprechen Sie mit Ihrem Anwalt, einem Arzt oder Ihrem Pfarrer, falls Sie gläubig sind, dann muss man Ihnen helfen, meine ich, und Sie sollten jetzt in dieser Situation so klug sein und Hilfe nicht ausschlagen.«

Hiltsch nickte, er presste das Kinn auf die Brust. Abel gab Leuschner die Hand. »So«, sagte der Staatsanwalt und sah auf die Uhr, »dann muss die Sitte noch mal ran an die Sache, woll'n hoffen, dass wir den Täter finden.«

Konsalla stand hinter seinem Schreibtisch, mit den Händen auf dem Rücken, und schwieg. Man verabschiedete sich und nickte ihm zu. »Wiedersehen, meine Herren«, sagte er.

Draußen auf dem Flur sah Abel hinter dem davoneilenden Staatsanwalt her und schlug mit Hiltsch die andere Richtung ein.

»Danke, Herr Abel«, sagte Hiltsch. Eine verlegene Geste folgte, als wolle Hiltsch seinem Anwalt die Hand schütteln.

Abel dachte an das Studio neben dem Heizraum mit seinem

roten Licht und den asservierten Magazinen. Er gab Hiltsch nicht die Hand. »Ja, ja, ist schon gut.«

»Nein, ich muss mich wirklich bedanken, Herr Abel.«

Der Anwalt nickte und sie traten nebeneinander aus dem Portal des Gerichtsgebäudes. Der Föhnwind sang in den Ästen der Platanen. Eine weiße, fedrige Wolke gab die Sonne frei. Kaltes Licht huschte über die Straße.

»Und unsere Honorarvereinbarung müssen wir noch schriftlich machen. Sie kommt mit der Post.«

»Sicher, ja, ja.« Händereiben.

»Wiedersehen, ich halt Sie auf dem Laufenden.«

»Danke und nochmals vielen Dank«, sagte Hiltsch. Sie gingen auseinander. Und Abel stieg nicht weit vom Gerichtsgebäude in sein neues Auto und fuhr zu seiner Kanzlei.

Holz hatte lange herumtelefonieren müssen, bevor ihm jemand den Inhalt des Gerichtsbeschlusses in der Haftsache Hiltsch sagen konnte. Den Verteidiger des Beschuldigten anzurufen, hätte er nicht für opportun gehalten. Immerhin bestand ein konkretes Risiko, dass Hiltsch nicht hinter den Gefängnismauern verschwinden würde. Und tatsächlich sagte ein Geschäftsstellenbeamter des Amtsgerichts dem Kommissar Holz, dass sich Hiltsch auf freiem Fuß befinde. Er setzte hinzu: weil die Polizei schlampig ermittelt habe. Dies hätte der Erste Staatsanwalt Leuschner im Vorbeigehen auf der Geschäftsstelle gesagt, als er die Akte wieder zurückgebracht habe. Es gehe irgendwie um einen anderen Täter.

Holz war ruhig sitzen geblieben und hatte den Telefonhörer behutsam aufgelegt. Seine Backenmuskeln zogen sich zusammen. Er presste die Lippen aufeinander. Das Kinn kräuselte sich und seine Bäckchen glühten. Dann sah er auf die Uhr, die er sportlich innen am Handgelenk trug, stand auf und ging hinaus.

Rechtzeitig vor den ersten Fernsehnachrichten kam Holz vor dem Haus an, in dem Hiltsch wohnte. Er parkte seinen Wagen und sah die glatte Fassade hinauf. Viele der Fenster waren erleuchtet und versprachen Geborgenheit. Ein kalter Mond lauerte über der Silhouette der Dächer. Der Wind griff zu und rüttelte an Klappläden. Ein Moped knatterte vorüber. Holz zog den Reißverschluss seiner Windjacke hoch und überquerte die Straße.

Der erste, bei dem er sich Zutritt verschaffen wollte, war ein gewisser Limbach, den er mit energischem Klingeln von der Zeitungslektüre aufscheuchte.

Wenn Holz in eine Wohnung wollte, dann gab es praktisch nie Schwierigkeiten. Ein Blick in die Augen des Wohnungsinhabers, Schulter vorgereckt, zum Stoß gegen das Türblatt bereit, Füße in Schulterbreite ausbalanciert. In die rechte Hand flutschte der Dienstausweis, den man präsentieren kann wie ein Schiedsrichter eine rote Karte. Amtssicher und schnell die Vorstellung »Kriminalpolizei«, damit keine Verwechslung mit Anzeigenwerbern oder anderen Drückern aufkommt.

»Darf ich mal sehen«, sagte Limbach, ein umgeschlagenes Zeitungsblatt in der Hand und die Brille vor kurzsichtigen Augen und deutete auf den Ausweis.

»Da!«

»Dange, Herr Kollesch«, sagte Limbach auf rheinhessisch und wich keinen Finger breit von seiner knapp geöffneten Tür.

»Kollege?«, fragte Holz. Das roch nach Amtsanmaßung, seine rötlichen Brauen zogen sich zusammen.

»Baubollizei«, sagte Limbach und nahm die Brille ab. Der Türspalt öffnete sich nicht. »Worum geht's donn?«

»Kann ich für eine Minute reinkommen?« Das war für ganz schwierige Fälle.

»Nöö«, sagte Limbach und lächelte. »Sie wern verstehe ...«

Natürlich verstand Holz überhaupt nichts. Man sah es ihm an.

»Womit kann mer diene?«, fragte Limbach und legte eine schmale Stahlkette vor.

»Sie, ich bin kein, kein ...« Holz suchte nach dem richtigen Wort.

»Womit kann mer diene?«

Holz fasste sich, wenngleich nur mühsam. »Ein gewisser Hiltsch, hier im Hause, zweite Etage, links, ich hätte ...«

»Auauau«, sagte Limbach von der Baupolizei, »leider keine Auskünfte. Isch weiß nix und hör nix, isch bin en schlechter Zeuche.«

»Vorgestern, Faschingsdienstag, waren Sie anwesend, nachts?«

»Naaa«, erleichtertes Grinsen, »da war isch in Meenz im Schloss, Fassenacht.«

»So, so?« Skepsis.

»Aber vielleicht weiß die Frau, wie haast se noch? Die unnerm Dach wohnt, die Knecht, vielleicht waas die was? Die sacht, dass se immer so schlecht schloft.«

»Knecht?«, fragte Holz, und schon hatte Limbach mit energischem Stoß seine Wohnungstür ins Schloss gedrückt und der Polizist starrte den gläsernen Spion an, unsicher, ob sein Kollege ihn im fischaugenverzerrten Breitformat studierte, Brille auf der Nase und immer noch das umgeschlagene Zeitungsblatt in der Hand. Holz wandte sich deshalb mit einer abrupten Drehung um und stieg die Stufen hoch, in der zweiten Etage an der Tür des Delinquenten Hiltsch vorbei, hinauf unters Dach. Oben gab es drei Türen, eine zum Speicher und zwei zu den Mansardenwohnungen. Knecht stand an der einen. Der elfenbeinfarbene Lack blätterte ab und war gelb und braun in den Fugen.

Haargenau die gleiche Anlaufstellung. Schulter, Hüfte, Füße, Hand am Ausweis. Holz klingelte kraftvoll, ohne Zaudern flog die Tür auf. Eine Frau, so klein wie Holz und zierlich, stand da, bereit, jemand Erwarteten freudig zu begrüßen. Sie ließ enttäuscht die Arme sinken.

»Kriminalpolizei«, schnarrte Holz.

»Jessas«, sagte Frau Knecht und blieb stehen.

»Ein paar Fragen, wenn Sie gestatten«, schon war er in dem kurzen, schrägen Flur, hatte mit einem Griff die Tür hinter sich ins Schloss gezogen und den Polizeiausweis schwungvoll in die Tasche seines Anoraks gesteckt. Frau Knecht machte Platz und ließ den ungebetenen Gast vorgehen. Er betrat den einzigen größeren Raum in dieser ärmlichen Dachwohnung. Es war dunkel. Nur die Kerzen in einem indischen Messingleuchter gaben warmes Licht. Im Radio spielte ein Flötenkonzert. Der kleine Tisch vor dem Dachgaubenfenster war festlich in braun und gelb gedeckt. Man konnte von hier ein Stück weit hinaussehen über die glitzernde Haut der Stadt. Es roch nach Blätterteig und geröstetem Schinken. Papierservietten bildeten Kronen auf gestapelten Tellern. Flackerndes Kerzenlicht ließ Schatten tanzen. Eine kleine Schale mit Oliven stand neben einem Aperitif.

Das Deckenlicht wurde eingeschaltet und wischte die Schattenspiele weg.

»Eine Frage, Frau Knecht«, sagte Holz und musterte flink das Zimmer mit den Einrichtungsgegenständen und der Tapete.

»Bitte«, ein höflicher und hilfloser Ton.

»Sie kennen Herrn Hiltsch, hier im Haus, zweite Treppe links?«

»Ja.«

»Haben Sie zufällig gesehen, wann er vorgestern Nacht nach Hause gekommen ist?«

»Was wirft man ihm vor?«, fragte die kleine Frau.

»Nichts, nichts, Routine, und Sie helfen ihm, wenn Sie bestätigen könnten ...«

Holz lies absichtlich den Rest des Satzes in der Luft hängen. Er wollte eine Antwort provozieren und hielt dem prüfenden Blick stand, deshalb sagte die Frau: »Er wird wohl ausgegangen sein, in seinem Alter. Es war doch Fasching, nicht?«

»Ja, ja«, nickte Holz.

»Es war spät.«

»Wie spät? Es wäre wichtig.« Holz versuchte seine Spannung zu verbergen.

»Ich schlafe nicht mehr so gut wie früher. Der junge Dangl ist vorher gekommen. Man hört das, diese laute schwere Maschine. Er stellt sie immer in den Hof, und der Herr Hiltsch kam vielleicht eine Viertelstunde später. Dreiviertel eins. Beim

Einuhrgeläut von der Kirche, da bin ich ins Bett, da war er schon zu Hause.«

Holz notierte. »Haben Sie Hiltsch genau gesehen?« fragte er. »Hat er sich anders als sonst verhalten?«

»Nein, nein«, ein mildes Lächeln breitete sich über ihrem Gesicht aus, »ich habe ihn erkannt, aber nicht gesehen wie jemanden, den man am Tage sieht. Er ist hereingehuscht. Ich stand am Fenster«, sie zeigte hinüber zu der Dachgaube, »fast zufällig, weil der junge Dangl mit seiner Maschine immer einen solchen Lärm macht, ja, und da habe ich kurz darauf Herrn Hiltsch hereinhuschen sehen. Und das Laternenlicht da unten macht nicht viel her.«

»Kann es früher gewesen sein, vor halb eins?«

»Nein, nein«, Frau Knecht lächelte wieder, »da war doch der junge Dangl gerade gekommen.«

»Kommt Hiltsch öfters später?«, fragte Holz.

»Also … Sie tun, als würde ich den Nachbarn nachspionieren.« Frau Knecht lachte plötzlich über den Gedanken. »Nein, nein, das liegt nicht in meiner Natur, es war nur Zufall, nicht mehr.«

»Aber da sind Sie sich sicher, zwischen dreiviertel eins und eins? Nicht vorher, nicht nachher?«

»Ja, in diesem Fall schon«, sagte Frau Knecht, und dann setzte sie hinzu: »Ich hoffe, dass es dem Herrn Hiltsch hilft, wenn ich das sage.«

»Genau«, antwortete Holz. Er forschte weiter, doch er erfuhr nichts mehr von Belang. Also verließ er die kleine Dachwohnung und federte die gut gebohnerten Treppen des Mietshauses hinunter. Unten kam ihm ein weißhaariger Mann im Zweireiher entgegen, einen kleinen Strauß in den Händen und kurzatmig. Sein Gesicht war mit Leberflecken gesprenkelt. Er blickte das enge Treppenhaus mit seinen Holzstiegen und den zierlichen Eisengittern hinauf, bevor er sich anschickte hoch zu klimmen.

»'n Abend«, brummte Holz im Vorbeispurten.

Sein Gruß blieb ohne Antwort.

Holz machte sich am selben Abend noch seine Notizen auf dem Dienstcomputer in seinem Büro und gab Daten ein. Die Tür stand offen. Holz hatte nichts zu verbergen. Mit knappen Sätzen hielt er das Ergebnis der informatorischen Befragung der Hausbewohnerin Knecht fest. Adresse, Uhrzeit, alles akkurat. Auf dem Flur kam ein Beamter von der Nachtschicht mit zwei Pappbechern in der Hand vorbei. Es roch ein wenig nach Kaffee.

»Sieh an, der Kollege Holz macht wieder Überstunden«, sagte er. Holz erwiderte nichts. Er starrte vor sich hin und grübelte. Der Kollege ging und polterte am Ende des Flurs eine Holztreppe hinunter. Nun konnte er Hiltsch die erste Lüge nachweisen. Eine halbe Stunde war er länger unterwegs gewesen, als er bei seinem Verhör angegeben hatte. Und die mögliche Version, dass Hiltsch später noch einmal ausgegangen sei, konnte er sich an den Hut stecken, dachte Holz, denn im Vernehmungsprotokoll stand eindeutig, dass er sich hingelegt und geschlafen habe. Doch warum hatte er sich herumgetrieben? Wie ist das, wenn ein Mann nach einer Vergewaltigung von der Frau ablässt? Wischt er sich dann die Hände an der Hose ab und sagt sich, okay, gut, und legt sich ruhig hin, schläft ein wie ein Engelchen? Was fühlt er, was geht durch seinen Kopf? So einen Mann muss es doch noch umtreiben wie wild und zwar eine ganze Zeit lang. Das kann durchaus zu Hause stattfinden, das Abreagieren und Auslaufen, muss aber nicht. Vielleicht braucht der Hiltsch die Nachtluft, um wieder klar zu denken. Dann sammelt er sich bestimmt, gewissenhaft bereitet er sich auf eventuelle Nachforschungen durch die Polizei vor, legt sich Antworten auf gefährliche Fragen zurecht, verwischt Spuren, kehrt vielleicht sogar noch einmal zum Tatort zurück, bis er endlich einigermaßen seine Ruhe findet und wieder nach Hause kann, um den Rest der Nacht vielleicht zu schlafen. Aber genügt eine halbe Stunde zum Abreagieren und Verarbeiten einer solchen Ungeheuerlichkeit wie einer Vergewaltigung?

Holz war klar, dass es besser war, wenn er das Ermittlungsergebnis und seine Erwägungen vorerst für sich behielt und nicht zu diesem arroganten Staatsanwalt lief oder gar den Beschuldigten oder seinen Anwalt damit konfrontierte. Jetzt drängte die Zeit nicht mehr wie vor dem Haftrichtertermin, und ihn traf die Verantwortung nicht, wenn Hiltsch noch einmal aufbrechen würde, um sich ein neues Opfer zu suchen. Die Verantwortung könnten sich dann die drei Juristen teilen, allen voran dieser Leuschner und dann Abel und der Richter. Es war besser, wenn Hiltsch und sein Verteidiger sich in Sicherheit wiegten. Kurzum, Holz setzte darauf, dass Beharrlichkeit zum Ziel führen werde.

Zu dieser Taktik gehörte es, dass er den angeblich wertlosen DNA-Test noch einmal überprüfen lassen wollte. Das ging ihm schon länger im Kopf herum: Es muss doch eine präzisere Methode zur Analyse und zum Vergleich der Proben geben als die, welche der Rechtsmedizin in München zur Verfügung steht. Holz nahm sich vor, am kommenden Morgen diesen Gedanken weiter zu verfolgen.

Zuversichtlich schloss Holz die Akte ein und machte sich für diesen Tag auf den Heimweg.

Biggi Mayer gehörte zu einem Netzwerk von besten Freundinnen, mit denen sich Jane im Laufe der Jahre umgeben hatte. Biggi war energisch und ehrgeizig, Eigenschaften, die man ihr nicht auf den ersten Blick ansah. Rosig und ein wenig pummelig wie sie war, konnte sie wie eine Endzwanzigerin durchgehen, die ihre Tage damit verbrachte, mit leuchtenden Augen von einer romantischen Zukunft zu träumen. Biggi war Journalistin und arbeitete seit ein paar Jahren in der Lokalredaktion, ein Job, der Illusionen über eine romantische Zukunft in unserem Land systematisch zerstörte, sofern man sie sich überhaupt machte. Jane schätzte Biggis realistische und kritische Haltung, wenn es um Beziehungsfragen ging. Abel nutzte den Kontakt zu Biggi eher beruflich. Anders als die meisten

Kollegen war er nicht sonderlich scharf darauf, seinen Namen in der Zeitung zu lesen – das zog seiner Meinung nach nur Querulanten an. Aber er schätzte Biggis Zugang zu besonderen Informationen aus der Redaktion und dem Archiv. Wenn Hiltsch einschlägig vorbestraft war, dann, so mutmaßte er, könnte sein Mandant auch Spuren in der Presse hinterlassen haben. Indes, so war es nicht. Über Hiltsch war nie ein Artikel erschienen, versicherte Biggi, noch nicht einmal unter einem von der Redaktion geänderten Namen.

»Kann sein, dass das wirklich nur Bagatellen waren«, sagte Biggi.

Abel nickte, und Jane wiegte den Kopf.

Die Wirtshausgeräusche um die drei Personen nahmen überhand: klappernde Gläser, Stimmen, Rufe, Stühlerücken, Musik, Schritte, Lachen, Würfelfallen, Besteck auf Tellern. Abel spürte die Wärme des Körpers seines Hundes an seinem Fuß. Der Alkohol zog einen hellen Schleier vor seine Wahrnehmung. Rauchschwaden schwebten in Schichten durch die Luft, stiegen auf und senkten sich, wirbelten durcheinander, wenn jemand sich vorbeischob.

»An Fasching und in den Wochen zuvor sind doch bestimmt noch andere Übergriffe passiert«, fragte Abel. »Vergewaltigungen, Missbrauch, Belästigungen. Da könnte doch was zusammenpassen.«

Jane warf ein: »Siehst du, du traust dem Hiltsch doch selber nicht.«

»In solchen Fällen traue ich keinem.«

Zu Biggi gewandt erklärte Jane: »Er bohrt immer stur rum, weißt du …? Aber er kann nie klipp und klar sagen, was er will.«

»Ich will wissen, ob es eine Serie gibt. Ist das nicht klar genug? Der Holz hat nicht umsonst sofort abgebogen, als ihm das Wort ›Serie‹ herausgerutscht ist.«

Biggi griff nach ihrer Tasche, die über dem Stuhl hing, und kramte darin herum, schließlich zog sie einige zusammengefaltete Fotokopien heraus und legte sie vor sich auf den Wirtshaustisch.

Abels Gesicht kam neugierig näher. Er warf einen Blick auf die Kopie eines Artikels aus dem Archiv. »Und?« fragte er.

»Ja«, antwortete Biggi, »es könnte so etwas wie eine Serie geben.« Sie faltete weitere Kopien auseinander, man erkannte nun eine Reihe kleiner Meldungen aus der Zeitung. »In letzter Zeit sind ziemlich viele Sexualdelikte passiert, das nimmt sogar zu, und keiner weiß so richtig warum. Aber für die Serie könnten eigentlich nur die hier in Frage kommen.« Sie deutete auf die Artikel.

»Warum?«

»Nun, bei einigen folgte die Aufklärung über kurz oder lang. Die Aufgeklärten habe ich aussortiert.«

»Fleißarbeit«, sagte Jane anerkennend und prüfte mit einem Seitenblick, ob Abel beeindruckt nickte. Das war der Fall.

»Nicht so wild, wenn man die Meldungen datumsgemäß von hinten her liest. Unsere Berichte sind hinlänglich präzise, also triffst du zunächst auf den Täter und später auf die Tat, dann fliegt die raus.«

»Und wenn einer der gelösten Fälle mit der Serie zusammenhängt?«

»Gott, mach's doch noch 'n bisschen komplizierter«, sagte Jane.

»Schieß los«, sagte Abel.

»Nach dem Aussortieren bleiben diese Meldungen hier aus dem letzten Jahr übrig.«

»Immerhin.«

»Viel, nicht? Und ich habe mit Marker gekennzeichnet, was nach meiner Ansicht in Frage kommen könnte; denn so wie du diesen Holz schilderst, denkt er sich was dabei, wenn er von einer Serie spricht.«

»Auch wenn er sich nur verplappert«, ergänzte Abel. Er nahm die Kopien und sah sie durch. »Da, die erste rot gekennzeichnete.«

Junge Frau angefallen

e. B. München. Gestern Nacht gegen 23 Uhr 30 wurde eine junge Frau auf dem Heimweg in den Anlagen am Haidhausener Isarufer von einem Mann angefallen und zu Boden gerissen. In unmittelbarer Nähe des Weges versuchte der Unbekannte, sich an der 23-jährigen zu vergehen. Er schlug ihr ins Gesicht und zerkratzte ihr den Hals. Es kam aber nicht zum Schlimmsten, weil die Überfallene sich heftig wehrte und schrie. Daraufhin floh der unbekannte Täter. Die von dem Opfer selbst mit dem Handy herbeigerufene Polizei transportierte die leicht verletzte Frau in das Klinkum Rechts der Isar.

Biggis schwarz lackierter Fingernagel kratzte über das Papier und deutete auf das Datum. 12. Juli. »Das war ein Dienstag«, sagte sie, »ich habe im Kalender nachgesehen.«

»Sauber«, sagte Jane.

»Und hier«, sie legte eine andere Kopie heraus, ebenfalls angestrichen, »noch ein Dienstag und wieder so eine Schweinerei. Einer fällt wie ein Tier über eine Frau her, die spät Parkanlagen passiert. Nymphenburg, am anderen Ende der Stadt.«

»Ein Kerl mit einem Datumstick? Komisch.« Abel nahm dem Kellner die Gläser ab, die er über den Tisch reichte und konzentrierte sich wieder auf die Hände der Journalistin, die sorgsam neue Blätter aussortierte.

»Ist es in diesem Fall zur richtigen Vergewaltigung gekommen?«, fragte Jane.

»Nein.«

»Wurde der Täter wieder gestört?«, fragte Abel.

»Geht nicht aus dem Bericht hervor. – Hier, Dienstag, den 3. Mai. Das ist Nummer fünf, erneut dasselbe.« Biggi zitierte:

»... wurde sie von dem Täter niedergerissen und sofort schlug der Mann auf die Frau ein. Er zerfetzte ihre Kleider auf brutale Weise und ließ dann aber plötzlich von seinem Opfer ab. Der Täter entkam unerkannt ...«

Jane fragte: »Ob er Angst hat oder eine innere Sperre?«

»Richtiges Sensibelchen, dieser Mann, willst du sagen?« Abel grinste, wurde dann aber sofort wieder ernst. »Melly Moslech ist aber vergewaltigt worden. Daran besteht kein Zweifel. Also passt die Serie nicht ins Bild.« Abel fügte nach einer Pause nachdenklich hinzu: »Aber im Protokoll steht, dass sie sich nicht erinnert, ob der Mann einen Erguss hatte. Die bei ihr gesicherten Spermaspuren waren unergiebig. Vielleicht passt das doch ins Bild. Der Täter kommt einfach nicht zum Ende ...»

Jane ergänzte: »Er findet nicht seine perverse Befriedigung und es treibt ihn weiter um.«

»Kann sein«, sagte Biggi, »aber warum Dienstags?«

»Und ausserdem sind bei Melly Moslech Samenspuren entdeckt worden. Und sie hat angegeben, dass sie sich sehr intensiv gewaschen hat.«

»Das hätte ich auch, das kann ich dir sagen«, ächzte Biggi, und Jane nickte.

»Ich muss versuchen herauszubekommen, ob sie vorher mit einem anderen Mann geschlafen hat«, sagte Abel.

»Und genau hier fängt es schon an, für eine Frau vor Gericht brutal zu werden«, warf Jane ein.

»Aber ich muss doch so was fragen«, sagte Abel kopfschüttelnd. »Einerseits geht es um die Schuld meines Mandanten, andererseits gibt's da noch einen völlig neuen Zusammenhang: Stell dir mal vor, die Vergewaltigung, die man dem Hiltsch vorwirft, passt in des Schema einer Serie, für die ein anderer Täter verantwortlich ist. Und der Täter läuft frei herum. Er wird immer brutaler.«

»Er hat Recht«, sagte Biggi.

»Aber pass auf, wie du fragst«, sagte Jane zu Abel.

Abel bekam einen Anflug schlechter Laune. »Jane, ihr zwei, dieser Holz, jeder motzt mich an, nur weil ich meinen Job mache!«

»Mir kommen die Tränen.« Biggi sortierte noch drei weitere Blätter aus. »Insgesamt acht Mal am Dienstag. Hier«, sie schnickte eine der Kopien zu Abel hinüber, »hier ist die einzige Beschreibung des Täters.« Sie las vor: »Von mittlerer Größe, ungefähr vierzig Jahre, bartlos und kurze Haare. Das Opfer hatte im Streiflicht einer Laterne das Gesicht sehen können.«

»Gott sei Dank«, sagte Abel und strich über seinen kurzen Bart, »ich komm nicht in Frage.«

»Aber sonst fast jeder in München und Umgebung!« Es war selten, dass Jane sarkastisch wurde.

Freitag, den 3. März

Blendend weißer, kalter Nebel. Unter der dichten Dunsthaube brodelte die erwachte Stadt, zischend rollten die Reifen über das schwarze, nasse Pflaster. Nebellichter verschwammen. Blechern hämmerte der Kirchturm acht Schläge. Die Stempelautomaten schnappten bei der Nägler KG nach den Karten der Belegschaft: Angestellte. Die Arbeiter wuchteten unten im Lager die Pakete schon seit sieben.

Die Angestellten traten ein und begrüßten einander flüchtig, der Arbeitsmorgen im Büro begann.

Prokurist Seidel stand unweit der Stechuhr und sprach mit dem Vertreter, der Bayern und Baden-Württemberg zu bereisen hatte. Seidel hatte die linke Hand in der Tasche und gestikulierte mit der rechten. Er sprach von der Krise und den Versäumnissen der deutschen Sozialpolitik in den letzten Jahren und davon, dass der Chinese den Reformstau im Westen geschickt ausnütze. Doch er war nicht recht bei der Sache. Seine Augen flogen immer wieder zu den aufschwingenden Flügeln der Tür hinüber, wenn einer der Angestellten hastend, weil verspätet, eintrat. Doch er ließ sie vorbeieilen, erst Melly Moslech nahm er auf die Seite und verabschiedete abrupt den Vertreter für Bayern und Baden-Württemberg. »So, wenn Sie mal mit mir kommen wollen«, sagte er zu Melly und zog sie am Ärmel den Flur hinunter in sein Prokuristenbüro. Melly wusste, dass es nicht mit ihrer Verspätung zusammenhing, wenn Seidel mit ihr sprechen wollte.

Seidel öffnete die Tür und tatsächlich saß da Hiltsch schon auf einem Stuhl vor dem Schreibtisch. Er war auch nicht gefasst auf das Zusammentreffen mit Melly Moslech, zumal man damit hätte rechnen können, dass sie krank gemeldet sei.

»So, und nun gebt euch mal die Hand«, sagte Seidel wie zu Kindern, die miteinander gerauft haben. Hiltsch fuhr von seinem Stuhl auf und stand steif da, die Arme hingen schlaff nach vorne, die Hände nach innen offen. Langsam hob er die Rechte, sein unsteter Blick huschte hinüber zu Seidel.

»Los, los«, sagte der Prokurist und schob Melly auf Hiltsch und dessen zaghaft ausgestreckte Hand zu. Melly biss sich mit den Zähnen auf die Unterlippe und nahm sich vor, diese Hand von Hiltsch nicht zu ergreifen.

»Los, los«, sagte Seidel noch einmal.

»Nein.«

»Bitte!« Seidel sah Melly durchdringend an. Er war kein Mann, der oft das Wort Bitte benutzte. Es klang wie eine Drohung aus seinem Munde.

Arbeitsplätze waren auch in München knapp – und Melly griff nun doch zu, ein flüchtiger kalter und feuchter Druck, und sie ließen beide wieder die Arme sinken. Melly steckte die Rechte in die Tasche ihrer Jeans und knetete ein gebrauchtes Taschentuch.

»Na also«, strahlte Seidel. Er strich sich über die Revers seines wieder aufgefrischten Anzugs, schritt um den Schreibtisch herum und setzte sich. Hiltsch und die Frau ließen sich zögernd nieder. Der Prokurist, der sofort zu sprechen begann, ersparte beiden, sich anzusehen. »Tja«, sagte er, »da sind schlimme Sachen am Laufen, richtige Apparate, wenn Sie wissen, was ich meine. Und ich habe da für den Chef ein Wort mitzureden. Sie wissen, was der Frau Moslech passiert ist?«, fragte er zu Hiltsch hinüber. Hiltsch nickte, er fixierte die Schreibtischkante. »Ich brauche Sie wohl nicht zu fragen, ob Sie's waren?« Hiltsch schüttelte den Kopf. »Bitte«, sagte der Prokurist, »das Wort eines Mannes, ich meine, Frau Moslech, das müssen wir respektieren, meine ich.« Keine Reaktion. Dennoch redete Seidel weiter. »Sie wissen, dass wir Sie beide brauchen, beide, sage ich, der Herr Hiltsch ist unentbehrlich in der Lagerdisposition; wenn ich denke, was der schon gezaubert hat, wenn wieder mal Not am Mann war. Das Materiallager ist immer tipptopp und ich kenne keinen Kunden, der nicht seinen Sonderservice kriegt bei der Auslieferung. Können wir auf so einen Mann verzichten? Können wir das, bloß wegen eines vorschnellen Verdachts?«

Melly rührte sich nicht. »Sehen Sie, Sie widersprechen mir nicht«, kommentierte Seidel.

Melly mit ihrem vagen Verdacht im Bauch, den sie schon hundertmal in den vergangenen Stunden geprüft, bestätigt und dann wieder verworfen hatte.

»Und Frau Moslech?«, fragte Seidel hinüber zu Hiltsch, der sofort »ja, ja« murmelte und nicht von seiner Schreibtischkante aufsah. »Sie schmeißt die Bestätigung der Exportaufträge. Drei Fremdsprachen! Immerhin gehen wir mit 65 Prozent in den Export. Das wär was, wenn sie das Handtuch werfen und uns mit ihrem Know-how verlassen würde. Ich kenne eine Menge Kunden, die immer nach der Frau Moslech fragen, immer nur nach ihr, verstehen Sie?«

»Ja, ja«, Hiltsch nickte.

»Wissen Sie, heute wird immer Emanzipation gefordert. Das betrifft doch nur die Hausfrauen, die von Tuten und Blasen keine Ahnung haben, nicht wahr? Emanzipation, das geht eine Frau wie die Kollegin Moslech doch nichts mehr an, Emanzipation, das ist für sie Realität; denn sie steht ihren Mann im Export. Davor hat jeder Respekt. Der Chef und ich eingeschlossen.«

Melly sah ihren Vorgesetzten von unten herauf prüfend an. Der lachte und fuhr fort: »Das ist ein dickes Ei, was Ihnen da passiert ist, liebe Frau Moslech, und keiner will da was beschönigen. Ich brauche mir nur vorzustellen, wie es wäre, wenn meine Frau ... Nicht auszudenken so was.« Er machte eine Pause, erhob sich halb und stützte die Fäuste auf den Tisch. »Donnerwetter«, sagte er, »das muss seine Strafe finden, so was.« Seidel setzte sich wieder. »Aber dabei müssen die Fakten glasklar auf den Tisch, und das wird so kommen, ich verspreche es Ihnen, Ihnen beiden. Und der wahre Täter, wenn wir den haben, dem gnade Gott.«

Es entstand eine Pause. Man hörte auf dem Flur den Buchhalter Gertfeld nach einem Kaffee rufen, eine Tür schlug. Vor dem Prokuristenfenster zog der kalte weiße Nebel in Schwaden vorbei. Keiner rührte sich in dem Zimmer.

»Dem gnade Gott«, sagte Seidel schließlich noch einmal, weil er die Stille nicht aushielt. »Und kein Wort zu den anderen Mitarbeitern. Noch was zum Schluss: was für die Frau Moslech gilt, gilt für Sie auch, Hiltsch. Es war kein schöner Zug von Ihnen, den Kühn bei der Polizei namentlich ins Spiel zu bringen. Sehen Sie, keiner braucht dem anderen was vorzuwerfen. Jeder soll vor seiner eigenen Schwelle kehren.«

Seidel stand auf und ging zur Tür. So blieb den beiden anderen nichts übrig, als ebenfalls aufzustehen. Seidel öffnete die Tür. Er rief gekünstelt munter: »Raus jetzt und an die Arbeit.« Hiltsch nickte und ging voraus. Seidel verließ hinter Melly das Zimmer. Er starrte ihr nach, wie sie den Flur hinunterging. Die Sonne bahnte sich über München einen Weg durch den Nebel.

Das Licht begann sich an diesem Freitag früh zu verkriechen. Dichte Wolken waren aufgezogen. Die erste Frühlingsstimmung war vorbei. Draußen roch es nach spätem Winter und fauligem Laub. Abel spähte am halb geöffneten Fenster dem Tag hinterher, die Arme hinter dem Rücken gekreuzt.

Jane sah von ihrer Arbeit auf und sagte: »Herr Hiltsch kommt noch.«

»Ich weiß«, antwortete Abel.

»Bei solchen Gesprächen solltest du die Tür zwischen deinem und meinem Büro schließen«, sagte Jane beim Schreiben, »nicht dass es mir was ausmacht, ich schreib ja alle Schriftsätze und daher weiß ich, wie der Hase läuft. Aber für den Mandanten ist es etwas einfacher. Gerade bei so heiklen Sachen wie dieser. Scheidung und dann noch eine Vergewaltigung.«

»Du kannst den Hiltsch nicht leiden«, stelle Abel wie beiläufig fest.

»Nein.«

»Sicher.«

Ein Fahrradfahrer fuhr vorbei. Sein Licht durchdrang kaum die Dämmerung, sein Rücken war über das Rennlenkrad gebeugt, hinter ihm folgte ein anderer, beide im Trainingsanzug. Abel hörte, wie sich die Männer etwas zuriefen. Sie lachten. Ein

Auto überholte. Krähen zankten sich um einen Hühnerknochen neben einem Papierkorb.
Zur gleichen Zeit studierte Holz das bei Hiltsch beschlagnahmte Material. Er hatte lange die Asservate durchgeblättert und mit dem Protokollaufschrieb verglichen. Bei »Serie 69« erinnerte er sich an das Wort »Serie». »Serie 69« war ein Magazin, von dem exakt sieben verschiedene Varianten bei den Asservaten waren. Eine dänische Produktion aus den frühen Sechzigern. Die Männer trugen noch einen kurzen Haarschnitt, die Frauen toupierte, meist blonde Haupthaare. Sonst das Übliche. Er sah es dennoch durch, dann legte er das siebte Magazin zur Seite und machte einen Haken an die entsprechende Position im Protokoll. Schließlich hob er den Hörer ab und wählte eine Nummer im Haus. Es dauerte lange, bis eine mürrische Stimme antwortete: »Ja, Aktenarchiv.«

»Wohl schon Feierabend?«, sagte Holz kalt und nannte seinen Namen. »Es gab doch da eine Serie von Überfällen auf Frauen, das bearbeitet ein anderer Kollege, es war in der Dienstbesprechung mal die Rede davon ...«

»Nicht hier, hättsch sonst geläsen«, antwortete der Mann in sächsischem Tonfall.

»Doch, da war was mit 'ner Serie«, beharrte Holz.

»München ist groß. Frachnse doch mal bei der Frau Guser.«

»Guser? Sitte römisch zwo?«, fragte Holz.

»Ja«, sagte der Archivangestellte und legte den Hörer auf.

Frau Guser war nicht da. Natürlich nicht, dachte Holz, weil sie zwei Kinder hat und freitags immer um 14 Uhr Schluss macht, wenn die Kinder samstags keine Schule haben, damit sie in ihr Ferienhaus irgendwo im nahen Tirol fahren kann. Arbeitet angeblich vor. Holz machte sich auf den Weg durch die Flure bis rüber zur Sitte II, wo fast nur Frauen beschäftigt waren. Er schnüffelte die abgestandene Parfumluft im Büro von Frau Guser, das er mit der Putzfrau betrat. Mit geübten Fingern grub er sich durch einen Aktenberg auf dem Fenstersims. Er zückte das eine oder andere Dossier, schlug es auf, überflog die

Protokolle, stockte hier und da, auch bei den Fotos, die man eingeheftet hatte. Prostitution und Gewalt gegen Frauen waren hier dokumentiert. Stapelweise systematisch aufgearbeitete Fälle, sauber geordnet und für den Staatsanwalt vorbereitet, für dessen juristische Arbeit, den Subsumtionsakt. Fertig, damit Paragraphen des Strafgesetzbuches drüber geschrieben werden konnten.

Holz suchte im schwachen Licht, das vom Flur hereindrang, weiter. In angrenzenden Zimmern heulten Staubsauger. Die Akten glitten schnell und sicher durch seine Hände. Geduld zahlt sich aus, dachte er, als er unter einem Lippenstift, den er vorsichtig herausnahm, in einer Schublade die Akten zur Dienstagserie fand, alle schmal und ohne Aussicht auf bessere Ausbeute, gebündelt mit einem Haargummi. Er fingerte einen Zettel aus der großen Schublade und schrieb einen Aktenentnahmevermerk, damit man die Unterlagen wiederfände, wenn sie – aus gegebenem Anlass, den Holz schon vorhersah – gebraucht würden. Mit seiner Beute unter dem Arm eilte er zurück durch die Gänge in sein Büro, zu dem warmen Licht der Stehlampe auf seinem Tisch.

»Ich geh jetzt, Herr Abel«, sagte Jane, die ihren Chef in Anwesenheit der Mandantschaft immer siezte, und warf ihren Mantel über die Schultern. Ihre Ledertasche zog sie an einem langen Bändel über den Kopf. Die Post vom Tage trug sie in einer Plastiktüte bei sich. Behutsam schloss sie die Eingangstür zur Kanzlei, stieg die drei Stufen hinunter und ging hinaus in die kalte Luft.

Hiltsch senkte den Kopf fast bis zu dem Kaffee, den Jane noch vor dem Abschied serviert hatte, griff mit beiden Händen die Tasse und hob sie nur ein wenig hoch. In dieser Haltung schlürfte er leise einige Schlucke. Abel lehnte am Fenster, die Hände an der lauwarmen Heizung, hinter sich die Dämmerung und die Geräusche des Feierabends im Viertel. Auch hier brannte nur eine Lampe auf dem Schreibtisch, blieb der Raum dahinter dunkel und zunehmend undurchdringlich.

Endlich begann Hiltsch zu sprechen: »Ich möchte wissen,

woher sie von dem Verdacht erfahren hat?«, fragte er und deutete auf den Schriftsatz des Prozessbevollmächtigten seiner Frau, den Abel ihm vor einer Viertelstunde zum Lesen ausgehändigt hatte.

Abel zuckte mit den Achseln.

»Dieser Holz?«

»Glaube ich nicht, der hat Besseres zu tun.«

Eine Pause entstand. Hiltsch senkte wieder den Kopf und trank in kleinen Schlucken seinen Kaffee.

»Es stand immerhin in der Zeitung, der Vorgang als solcher«, sagte Abel dazwischen.

»Aber wie käme meine Frau dazu, einen Zusammenhang mit mir herzustellen?«

Abel beantwortete die Frage nicht.

Wieder schwiegen sie. »Vielleicht doch dieser Holz«, sagte der Anwalt schließlich, »es ist immerhin eine informative Befragung denkbar.«

»Kann er das denn so einfach?«

Abel nickte. Seine Hände befühlten die warmen, glatten Lamellen der Heizung neben seinem Oberschenkel. »Das kann er. – Was weiß Ihre Frau über Ihre Vorstrafen?«

Hiltsch blickte auf.

»Nichts«, sagte er mit ungewöhnlich resoluter Stimme. »War immer meine Sache.«

»Verstehe.«

Sie besprachen die Einwendungen der Gegenseite in der Scheidungssache zu den von Hiltsch vorgetragenen Wertbemessungen des Mobiliars. Es ging um Schränke, Truhen und Betten, um Teppiche und Öldruckbilder, um die Einbauküche und die Lampen an der Decke. Einkaufswert/Verkehrswert. Alles zusammen addiert ergab sicher über fünfzehntausend. Ein ordentlicher Streitwert. Abel hatte Geduld in dieser Sache. Die spitzen Bemerkungen zu dem Verdacht gegen Hiltsch im Schriftsatz taten in diesem Streit nichts zur Sache, sie waren Polemik und nur aus der aufgesetzten Besorgnis vorgetragen, dass Hiltsch, einmal in U-Haft, gekündigt werden und wegen seiner Verpflichtungen in Verzug geraten könnte. Abel versprach, mit angemessener Schärfe zu erwidern, und hörte sich geduldig Hiltschs Argumentationen an, die dieser mit monotoner Stimme und Akribie vortrug. Abel machte sich gelegentlich Notizen und fand aber bald wieder zu seinem Platz an der Heizung zurück. Im Stehen fragte er Hiltsch: »Was sagte eigentlich Ihre Frau zu dem Studio im Keller?«

»Welchem Studio?« Hiltsch wollte Zeit schinden, doch Abel schwieg unerbittlich. »Ich sage doch: Meine Sache!« Abel schwieg weiter. »Sie meinen den kleinen Raum, unten im Keller?«

»Ja. Man kann vielleicht Gerichtstermine vor seiner Frau verbergen, aber doch nicht ein Zimmer im eigenen Haus!«

»Ich habe gesehen, den hat man ausgeräumt, ja, ja.« Ein wenig hob sich die Oberlippe, weit auseinander stehende Zähne wurden sichtbar, Hiltschs Augen lagen dagegen im Dunkeln. »Sie sagte nichts, was sollte sie sagen. Wir sind erwachsene Menschen, wissen Sie.«

»Es ist im Scheidungsverfahren auch nichts dazu vorgetragen worden, obwohl sie jetzt die Sache Moslech erwähnt. Vielleicht hat sie wirklich nichts mitbekommen«, sagte Abel mehr zu sich selbst. Dann hob er die Stimme. »Und Ihre Mutter?«

»Ich bin erwachsen.«

»Sie macht einfach da unten sauber und schichtet die Magazine beim Staubwischen von der einen Seite auf die andere?«

»Hören Sie, Herr Abel«, man sah Hiltschs Kopf zurückweichen aus dem Lichtkreis der Lampe, »Sie sind mein Anwalt, nicht der Staatsanwalt, warum diese Fragen?«

»Weil es Ihnen nichts bringt, wenn ich Ihnen nach dem Mund rede. Genau dieselben Fragen werden Ihnen das Gericht und der Staatsanwalt stellen. Und man wird Ihre Antworten genauestens abwägen.«

Hiltsch kam wieder nach vorne, man sah sein rundes Kinn und die schmale Nase und den unruhigen Adamsapfel. »Da habe ich selbst saubergemacht.«

»Ihre Mutter wohnt doch bei Ihnen, seit Ihre Frau ausgezogen ist. Haben Sie mit Ihrer Mutter darüber gesprochen?«

»Worüber?«

»Über den Keller?«

»Nein.« Kopfschütteln. Ein ehrliches Gesicht.

»Weiß sie überhaupt davon?«

Zögern, dann die behutsame Antwort: »Ich glaube nicht.«

Ein distanziertes: »Tja.«

Hiltsch fuhr auf. »Es wurde nicht darüber gesprochen, was soll das denn. Bitte, ich bestreite ja nicht, dass ich Erotika sammle und das geht keinen etwas an. Weder meine Mutter noch meine Frau, die schon gar nicht.«

Abel schwieg. Vor dem Fenster ging ein Mann pfeifend vorbei. Nebenan in Abels Küche knurrte der Hund.

Abel schnalzte leise mit der Zunge, um den Hund zu beruhigen. Hinter der angelehnten Tür kam nun Paul Schmitz in voller Größe hervor. Seine Pfoten kratzten beim Gehen auf dem glatten Boden. Vor Abel blieb er stehen und streckte sich, gähnend und ächzend, dann rollte er sich zu Füßen seines Herrn zusammen. Hiltsch hatte sich beruhigt. Da fragte Abel noch einmal: »Wer weiß sonst noch alles von Ihrer Erotikasammlung?«

»Bin ich wegen der Erotika im Verdacht oder weswegen? Ich bin erwachsen!« schrie Hiltsch. Seine Aggression kam unvermittelt, hatte hysterische Züge, er schnellte hoch, seine gestikulierenden Hände und sein Gesicht waren kaum zu erkennen.

Abel reagierte geduldig: »Die Erotika sind als argumentum colorandi in der Sache Moslech gefährlich, so ähnlich wie die Vorstrafen wegen der so genannten Beobachtungen, die Sie in der Nacht angestellt haben, früher. Sehen Sie, und da liegt der Keller mit dem roten Licht und den Magazinen für einen Mann wie Herrn Holz ziemlich auf derselben Linie.« Abel schnickte mit dem Finger. »Da geht die Phantasie der Ermittler auf die Reise und ich mag nicht ausschließen, dass ein Richter dem folgt.«

»Niemand weiß davon. Ich kaufe im Internet und meine Mutter öffnet nie meine Post.«

Abel zögerte, dann setzte er sich auf seinen Sessel, dem Mandanten gegenüber. Der Hund räkelte sich und legte den breiten Kopf auf die Knie seines Herrn. Abel griff in das warme, struppige Fell und kraulte ihn am Hals. Der Hund streckte sich und winselte leise. »Und diese Ausflüge, Herr Hiltsch, nachts, diese Touren? Hat das aufgehört? Der Herr Holz ...«

»Was weiß der schon?«

»Immerhin, er hat Berufserfahrung und er sagt, das hört nicht so einfach auf. Was ist nun damit, Herr Hiltsch?«

»Hat nichts mit der Sache zu tun.«

»Doch, doch, weil ich als Ihr Verteidiger alles wissen muss, was im Entferntesten zu der Sache gehört, auch das mit den Ausflügen in der Nacht. Wie soll ich Ihnen sonst helfen?«

»Wie ein Staatsanwalt sind Sie«, sagte Hiltsch. »Ich brauche jemanden, der für mich eintritt, der mir glaubt, verstehen Sie?«

»Ja, ja, nur, das setzt voraus, dass ich alles von Ihnen weiß, Klartext, so kompliziert oder kompromittierend es sein mag, was dabei herauskommt. Meinen Sie, dass einer von mir hört: Achtung Leute, mein Mandant Sigurd Hiltsch ist immer nachts auf Tour gegangen und er hat sich's noch nicht abgewöhnt?« Abel ließ den Hundekopf los und stand auf, trat zurück in die Dunkelheit vor dem Fenster. »Wie sieht's aus, Herr Hiltsch, was ist mit den Ausflügen nachts?«

Hiltsch brauchte eine Weile, ehe er antwortete:

»Nein. Nichts mehr.«

Abel schwieg, dann erklärte er seinem Mandanten noch einmal geduldig, wie strikt das Anwaltsgeheimnis ist und wie sehr er als Verteidiger darauf angewiesen war, die Wahrheit zu erfahren, bevor Hiltsch damit herausrückte.

»Sie müssen schon entschuldigen, Herr Abel, aber es ist schwierig.«

»Also, was ist mit den Ausflügen, Herr Hiltsch?«

»Ja, hier und da, nicht oft, wissen Sie, aber es gibt so Augenblicke, da gehe ich gerne spazieren in der Nacht, wenn ich nicht schlafen kann. Die Leute sind doch alle selbst dran Schuld, sie ziehen die Vorhänge nicht zu, alles ist so offen und wenn sie es miteinander treiben ...« Er brach ab, unbeweglich sitzend, dann fuhr er fort. »Ich suche die Gelegenheit nicht, sie stellt sich ein, bei einem nächtlichen Spaziergänger wie mir. In diesem Viertel hier … mit den vielen Neuzuzügen. Sogar Schwule … Was glauben Sie, was mich Schwule interessieren? Einen feuchten Kehricht. Ich gehe vorbei. Und mir ist es egal, ob sie die Vorhänge geschlossen haben oder nicht. Egal ob schwul oder hetero. – Nur wenn sie einen bemerken, dann werden sie wild. Erst sind sie miteinander beschäftigt und von einer Sekunde zur anderen fahren sie auseinander, dann ist der Partner egal und die Sinne sind geschärft und dann gerät der nächtliche Spaziergänger in ihr Visier, dann greift man an, beschuldigt andere dafür, dass es nicht geklappt hat, was sie so machen. Es ist immer dasselbe.« Hiltschs Stimme war laut und voller Empörung. Er klopfte mit der flachen Hand auf den Tisch.

»Und am Faschingsdienstag?«, fragte Abel behutsam. »Wie war es da?«

»Ich bin nach Hause von der Betriebsfeier; sofort«, sagte Hiltsch.

»Keine Umwege?«, fragte Abel. Hiltsch schwieg. Nach einer Pause fuhr Abel fort: »Könnte ja sein, dass Sie jemandem …« Abel suchte nach einer passenden Formulierung, »bei Ihren Beobachtungen ins Visier geraten sind. Vielleicht etwa zu der Zeit, als Frau Moslech angefallen wurde. Das ergäbe ein Alibi, wenngleich damit ein neues Verfahren wegen sexueller Belästigung auf Sie zu käme.« Abel verschränkte die Arme vor der Brust. Er starrte Hiltsch in die Augen, und als dieser den Blicks senkte, auf die Schreibtischplatte und die zwei Aktendeckel mit Hiltschs Rechtssachen. Davor lag, blau mit weißen Rändern, ein Scheck über den Vorschuss. Fünfhundert Euro. Hiltsch hatte die Forderung sofort akzeptiert, obwohl er nicht gut bei Kasse war.

»Ich bin nach Hause. Basta.«

»Eine klare Antwort.«

»Was genau passiert jetzt eigentlich?«, fragte Hiltsch.

»Holz wird weiter ermitteln.«

»Es ist doch schon alles untersucht worden.«

»Aber den Holz lässt so ein Fall nicht los, wissen Sie, da ist viel persönliches Engagement drin.«

»Warum?«

»Das kann ich Ihnen nicht sagen. Aber haben Sie nicht auch den Eindruck, dass er wie besessen ist, so wie er Sie mit dem Beweismaterial konfrontiert hat, wie er Sie angegangen ist?«

»Das muss doch irgendwann sein Ende haben.«

»Sicher, dann wird eingestellt.«

Hiltsch fragte vorsichtig: »Und wenn nicht? Ich meine nur so, einen Anlass zur Sorge habe ich nicht, aber man weiß ja nie bei der Polizei.«

»Dann werden Sie angeklagt«, antwortete Abel, »aber so weit ist es noch lange nicht, Herr Hiltsch.«

Hiltsch erhob sich und streckte seine Hand in das Licht vor. »Da sei Gott vor«, sagte er mit leiser Stimme. Abel nickte und begleitete seinen Mandanten hinaus.

Dann kam er zurück, griff nach dem Diktiergerät und sprach einige Bemerkungen zu dem eben beendeten Gespräch aufs Band, bevor er die Scheidungsakte zu sich heranzog, um den polemischen Schriftsatz der Gegenseite zu beantworten. Abel beschränkte sich darauf, den Verdacht, Hiltsch verliere seinen Posten, entrüstet ins Reich der Fabel zu verweisen, bevor er auf die verschiedenen Bewertungen des Mobiliars einging.

Die Frau neben Uli hieß Änne. Sie führte das Wort unter den Frauen. Eine dritte, Heike, besorgte den Tee, den sie rituell und mit Eifer nachgoss und frisch aufbrühte, sobald die kleine Steinzeugkanne geleert war. Sie sprach wenig, beobachtete aber aufmerksam Mellys Reaktionen.

»Was haben Sie gegen meine Kleider?«, fragte Melly und sah Änne an.

»Du«, verbesserte Uli, »wir haben gesagt, wir duzen uns.«

»Ja, aber trotzdem, was ist falsch an den Kleidern?«

»Du, nichts«, sagte Änne, »im Prinzip nichts, echt, aber diese bordeauxroten Strumpfhosen ...«

»Aubergine«, sagte Melly schüchtern.

»Du, einerlei, das ist eine Farbe, die von Männern ganz eindeutig interpretiert wird, ein enger Rock und die superflachen Schuhe, das trägt doch irgendwie auf, verstehst du. Es fehlt nur noch, dass man unter der Bluse erkennt, dass du keinen BH trägst.«

»Ja, soll ich denn Trauer tragen?«, fragte Melly in bockigem Ton.

»Nein, sieh doch, das Gericht wird nur aus Männern bestehen ...«

»Und wenn«, unterbrach Uli, »wenn eine Frau dabei ist, dann denkt sie in Männerkategorien, das musste sie irgendwie lernen, während ihrer Ausbildung, sonst wäre sie nicht das geworden, was sie ist ...«

»Genau!« Änne übernahm wieder. »Jedenfalls ist so eine Kleidung doch genau die Bestätigung des Vorurteils, dass die Frauen, die vergewaltigt werden, die armen, unschuldigen Männer irgendwie auf die geile Tour gereizt haben, echt!«

»... dass sie sozusagen selbst dran Schuld sind, soll das heißen«, fuhr Uli fort. »Du, in so einem Verfahren stehst gerade du doch da wie eine, die vorher den Mann angemacht hat. Da ist's dann echt schnell soweit, dass einer fragt, ob es denn nicht doch ein klein wenig Spaß gemacht hat. Der lauert doch da drauf.«

Melly schüttelte sich. »Aber ich fühl mich doch nicht so, als Frau, meine ich.«

»Eben«, sagten die beiden anderen wie aus einem Mund.

»Nein, Sie verstehen mich nicht.«

»Du«, mahnte Änne.

»Es kann doch nicht wegen der Kleidung gewesen sein. Rache oder Hass vielleicht ... oder wenn es ein anderer Mann gewesen ist ... es war doch dunkel im Park.«

»Und davor? Beim Fest? Du hast selbst gesagt, dass du getanzt hast wie eine Wilde und dass es dir Spaß gemacht hat, verstehst du, und dann kann man sich schon denken, wie der Hiltsch dich angegafft hat, echt, daher kommt's sozusagen.«

»Soll ich also doch schuldig sein, indirekt?«

Die drei Frauen sahen sich an, bevor Uli sagte: »Du, ehrlich, es geht um die Aussagen vor dem Gericht, die Verwertung. Da wird bestimmt die Tanzerei breitgetreten und wenn du dann noch in solch ›aufreizenden‹ Kleidern erscheinst …»

»Lass, die Tanja sagt's ihr schon noch.« Änne winkte ab, dann lächelte sie sofort wieder geschäftsmäßig.

»Wer ist Tanja?«, fragte Melly.

»Wiesenhofer.«

Melly nickte, das war die Anwältin, die ihr die Gruppe besorgt hatte.

»Wenigstens ein paar Tage vor dem Prozess irgendwie dezenter, das geht doch, Melly?«

»Klar«, antwortete sie.

»Es wird ein Kampf auf Biegen und Brechen werden, ehrlich«, sagte Uli. »Hiltsch hat schon einen Verteidiger, Abel heißt der. Ich kenne ihn. Genau der Richtige für solch einen Fall, dickfellig und brutal, dumm und dreist, der will was aus der Sache machen. Du, da bist du wie ein Opferlamm sozusagen, wenn wir dich nicht genau präparieren, echt, ich kenne ihn.«

»Ist er wirklich so schlimm?«, fragte Melly unsicher.

»Ich sag nur so«, Uli schob ihre Teetasse zum Nachfüllen an die Seite.

»Du, wir haben nämlich unsere Erfahrungen mit solchen Prozessen«, sagte Änne fest, »davon musst du profitieren. Solidarität, nur Solidarität hilft uns weiter.«

Da klirrte es und eine der braunen Teetassen lag zerbrochen auf dem Linoleumboden. »Pass doch auf«, sagte Uli scharf. Heike hatte sich an der heißen Schale die Finger verbrannt, sie pustete die schmerzende Haut und sah auf die nassen Scherben vor ihren Füßen. Melly wollte aufstehen, doch Ännes Hand griff über den Tisch und hielt ihren Unterarm, fest. »Du, lass sie, sie hat es auch hinuntergeworfen. »

Melly beobachtete, wie die Frau, die sie Heike nannten, den langen Rock hochnahm, oben zusammenschlug und mit spitzen Fingern die Scherben einsammelte. Sie blies eine Strähne ihres dunklen Haares dabei aus der Stirn. Nachdem sie alles weggeräumt hatte, holte sie aus der winzigen Küche nebenan Papier und wischte die Flüssigkeit vom Boden.

»Schön habt ihr's hier«, sagte Melly, um das Gespräch wieder in Gang zu bringen. Die Teestube der Frauengruppe war tatsächlich behaglich eingerichtet, eine Kredenz und zwei Tische, alles mit matter Farbe in hellem, warmem Grün gestrichen, eine Basttapete und zwei naive Bilder in gedämpften Farben mit Frauen, Kindern und Katzen als Motiv. Auf den beiden Tischen flackerten Kerzen in Leuchtern aus demselben irdenen Material wie das Teeservice. Keine Plakate an der Wand. An einer Pinnplatte neben der Tür klebten geordnet Zettel mit Aufrufen und Anzeigen. Dort hing auch die Hausordnung, der zu entnehmen war, dass man demokratisch darüber abgestimmt habe, dass Rauchen nicht gestattet sei. Es folgte eine breite Begründung mit den hinlänglich bekannten Argumenten. In Ausführung dieses Beschlusses gab es auch keine Aschenbecher auf den beiden Tischen. Natürlich verabreichte man auch keinen Alkohol in einer Teestube. Das verstand sich, scheint's, von selbst, denn dazu enthielt die Hausordnung kein Beschlussverfahren. Melly hatte beim Betreten die Hausordnung lesen müssen. »Damit du dich auskennst«, hatte Änne freundlich gesagt. Änne hatte braune Haare, ein wenig gefärbt, weil es graue Strähnen zu tilgen galt. Eine runde Nase ragte aus einem stets ernsten Gesicht. Ihr Blick folgte dem Mellys auf dem Weg über Wände und Einrichtung.

»Ja, jetzt ist es gemütlich, aber es hat viel Zeit und Geld gekostet. Wir können es nur leisten, weil so viele Frauen aktiv mitarbeiten.«

Uli kam wieder zur Sache: »Das Kleiderproblem hätten wir«,

sagte sie. »Du, es geht jetzt noch um unsere Gewalt-Dokumentation, so 'ne Art Schwarzbuch, weißt du? Ja, wir bereiten so was vor. Du, und wir wären ganz froh, wenn du da aktiv mitarbeiten und dich und deinen Fall einbringen könntest, das vermittelt den anderen Frauen ein Gefühl von Solidarität und die Erfahrung, dass sie nicht alleine sind.«

»Wie einbringen?«, fragte Melly.

»Du, wir machen so eine Dokumentation über Fälle, ganz regional und spezifisch hier für München. Da machen wir Gewalttaten transparent und stellen die Täter und ihre Tat an den Pranger. Wir ermutigen damit andere Frauen, zu uns zu kommen, damit wir ihnen helfen können. Leider schweigen so viele von uns.«

»Mein Gott, was würde Seidel sagen«, fuhr es Melly durch den Kopf, doch sie sah die Notwendigkeit ein, die Sache zu erledigen. Und zwar gleichgültig, was Seidel davon hielt. Kein Wort über die Firma, aber zu ihrem Fall musste Melly stehen. Sie musste durch. Und sicher war die Hilfe dieser Frauen nicht das Schlechteste, was ihr widerfahren konnte. Sie nickte und erklärte den Frauen die Sache mit dem firmenschädigenden Verhalten, das vermieden werden müsste.

»Ist doch klar, dass wir deinen Job nicht aufs Spiel setzen! Du, ich freu mich so arg, ganz arg, weißt du«, sagte Änne und lächelte ein wenig. Sie griff nach Mellys Hand und drückte sie. Heike freute sich auch, man sah es ihr an, als sie den Tee nachschenkte.

Als Melly die Teestube verließ, zündete sie sich gierig eine Zigarette an. Trotz allem hatte sie das Angebot, von einer der drei Frauen nach Hause gefahren zu werden, ausgeschlagen und ging zur nächsten Telefonzelle, um einen Bekannten anzurufen und zu fragen, ob er noch Lust habe, irgendwo ein Bier zu trinken.

Während Mellys Bekannter sich aufmachte, um sie vor der Telefonzelle aufzulesen, schloss Holz die letzte Akte der Dienstagserie. Er sah auf die Uhr, dann streckte er sich ächzend.

Noch einmal nahm er eines der Magazine der »Serie 69« herüber, blätterte flüchtig darin und bestaunte die auf den Fotos gestellt und unnatürlich wirkenden Fertigkeiten der Akteure. Doch der Dienstagfall ging ihm trotzdem nicht aus dem Kopf. Wie das Gedächtnis oft vernagelt ist, dachte er, als sei der Faschingsdienstag ein anderer Dienstag! In jedem der Fälle lag die Tatzeit in einer Nacht vom Dienstag auf den Mittwoch und zwischen 23 Uhr und morgens 1 Uhr 30. Nie früher, nie später. Stets fiel der Täter sein Opfer unvermittelt an, ohne zunächst plumpe oder verklemmte Annäherungsversuche gemacht zu haben. Er schlug sofort zu, schwieg bei der Tat. Kein Wort der Beschimpfung. Soweit stimmte alles mit der Vergewaltigung am letzten Dienstag überein. Doch niemals zuvor hatte der Täter eine Ejakulation gehabt, nirgends war folglich Sperma gesichert worden, nur Spuren der Gewaltanwendung durch Schläge und Kratzer, leichte Verletzungen, die immer ambulant versorgt werden konnten. Nur das war letztlich der Grund dafür gewesen, dass die Kollegen diese mysteriöse Serie so achtlos behandelt haben.

Einen Hinweis gab es auf den Täter, eine oberflächliche und völlig unpräzise Beschreibung, denn der Mann lauerte sonst immer in der tiefen Dunkelheit. Zum ersten Mal hat Melly Moslech einen konkreten Anhaltspunkt gegeben und einen Namen nennen können. Jeder Verteidiger, und dieser Abel auf alle Fälle, würden den Hinweis vor Gericht atomisieren, aber Holz glaubte an den Instinkt dieser Frau – und prompt trifft man auf einen einschlägig vorbestraften Spanner, der seine Wäsche penibel sauber hält, also noch mitten in der Nacht wäscht, und der in seinem Keller eine delikate Sammlung verbirgt. Wusste denn die Moslech, als sie diesen Hiltsch beschuldigte, dass er kein unbeschriebenes Blatt war, hat sie ihn nur deshalb vor der Polizei als möglichen Täter benannt? Und genau dieser Gedanke gab für Holz den Ausschlag. Es mag vielleicht zutreffen, dass ein Dieb sich bessert oder ein Schläger, aber nach Holz' eingefleischter Überzeugung niemals ein Sexualtäter. Die waren falsch gepolt und würden es auch bleiben. Resozialisierung oder eine wirksame Therapie gab es nicht. Solche Männer mussten einfach weggesperrt werden, sagte er sich, nur dann ist Ruhe.

Das Telefon schrillte, Holz hob den Hörer ab und lauschte, dann sagte er: »Ja, sicher«, nach einer Pause wieder: »Ja, ich komme jetzt, du brauchst nicht zu warten«, und noch zwei weitere Male, bis er endlich den Hörer wieder auflegte und sich erhob, um die Akten wegzuschließen.

Samstag, den 4. März

Am folgenden Tag geschah nichts Berichtenswertes, außer dass der Rechtsanwalt Abel, den manche seiner Bekannten für ziemlich faul und sanguinisch hielten, alle Vorurteile bestätigte und mächtig unter die Räder kam. Abel besuchte ohne seine Freundin Carola die Party eines Kollegen aus besseren Kreisen, einem stadtbekannten Rechtsvertreter der Alternativen, einem Mann aus alter Familie mit großem Namen. Abel war, trotz Bedenken seitens der Ehefrau des Kollegen, eingeladen worden.

Er benutzte die Gelegenheit, unmäßig vom leckeren Elsässer Landwein (vom Hausherrn persönlich auf einem genossenschaftlichen Weingut gezogen, an dem er Anteile hielt) zu trinken, die Tochter aus der ersten Ehe der Hausfrau anzugraben und, als sie ihn stehen ließ, unsinnige Gerüchte unter die herumstehenden und -lungernden Anwesenden auszustreuen. Abel liebte es in bestimmter Gesellschaft, auf Vorurteilen herumzureiten und damit augenzwinkernd zu gewissen Einsichten beizutragen. Da waren von Abel frei und spontan erfundene Gerüchte wie: er habe unter den Gästen einen befreundeten Anwalt erkannt, der für die Saudis arbeite und gutgehende Anwaltskanzleien aufkaufe, damit Ölgeld auch in den freien Beruf fließe; oder: es gäbe unter den Landtagsabgeordneten von Bündnis 90/DIE GRÜNEN (einer hatte gerade hereingeschaut) Spekulationen mit Eon-Aktien. Es ist erstaunlich, wie viele Leute solche Gerüchte sofort glauben. Die »Stille Post« war mal wieder auf den Weg gebracht. Abel fühlte sich pudelwohl. Kurz, er trieb es so lange mit dem Saufen und Quatschen, bis er kaum noch stehen konnte, sich die Hälfte der Gäste zu Feinden gemacht und neue, erstaunliche Freundschaften geschlossen hatte, und vom Gastgeber mit Unterstützung der Ehefrau stets jovial bereits ein Dutzend Mal verabschiedet worden war, ohne zu gehen.

Endlich kam die Tochter der Hausfrau, hakte ihn unter und bugsierte ihn polternd die Treppe hinunter. Abel kicherte, als er auf der Straße stand und die Nachtluft seinen Kopf kühlte.

Er blickte die Tochter des Hauses an und prustete los. Sie lachte mit. Abel hakte sich bei ihr ein. Und es gelang ihm, wenige Schritte vor dem Taxistand noch eine offene Kneipe zu finden, was im angeblich so weltläufigen München fast schwerer ist als in Castrop-Rauxel. Es gelang ihm ausserdem zu erfahren, dass die Tochter des Hauses Olivia hieß. Er betrat mit Olivia die besagte Kneipe und bestellte Kaffee und Wasser. Im Laufe der nächsten Stunden erzählte ihm Olivia ihr Leben. Abel wusste danach, dass sie Vegetarierin war, Beziehungsprobleme hatte, keine Empfängnisverhütung betrieb, als Steuerberaterin derartig erfolgreich war, dass sie so viel zu tun hatte, dass sich Empfängnisverhütung nicht lohnte, und dass sie in Formentera Urlaub gemacht hatte. Abel konnte wunderbar zuhören. Und Abel studierte stets hingebungsvoll die Augen der Frauen, denen er zuhörte.

Es war der feine Singlemalt, den Olivia ihm bei ihr zu Hause einschenkte, der Abel in dieser Nacht im übertragenen Sinne das Genick brach. Als Olivia dann noch ein wenig zärtlich sein wollte, versuchte Abel wirklich sein Bestes. Er fiel dabei aus dem Bett, kam zurück und schlief sofort tief und wahrscheinlich traumlos ein. Olivia kuschelte sich an seinen breiten Rücken und fühlte sich geborgen.

Sonntag, den 5. März

Sonntagmorgens erwachte Jean Abel ächzend in einem fremden Bett in einer fremden Wohnung und hielt sich die Augen zu, weil Tageslicht grell ins Zimmer fiel. Zum Glück war es ruhig im Haus. Kein Staubsauger brummte, keine Spülmaschine orgelte. Die Straße drunten dröhnte noch nicht. Abel versuchte, seine Mundschleimhäute zu befeuchten. Es schmeckte wie Pappe mit Leim. Abel dachte an seinen Magen, seine Leber, sein Gehirn. Bei dem Versuch, mit geschlossenen Augen aufzustehen, fiel er ein zweites Mal aus dem Bett, rappelte sich hoch und tappte mit halb geschlossenen Lidern zu den Vorhängen, die er mit sicherer Bewegung zuzog. Schwer atmend wie ein Marathonläufer am Ziel lehnte er an der Wand und starrte auf das Bett mitten im Zimmer und das nackte Bein seiner Zufallsbekanntschaft, das unter der blauen Decke hervorsah, unbeweglich und weiß im Dämmerlicht. Wie ein Blinder tastete er sich durch die geräumige Wohnung. Zum Glück keine WG, wo man wildfremden Menschen über den Weg läuft. Er fand die Toilette und dann die Küche. Im Kühlschrank fand er eine beißend kalte Bierdose, knackte sie und goss sich die Hälfte des Inhalts mit geschlossenen Augen in den Mund, der nun nicht mehr nach Pappe und Fäkalien schmeckte. Abel rülpste leise und zufrieden und holte tief Luft. Endlich ging er ins Bad, wo er sich, am rechten Waschtisch festhaltend, im großen glänzenden Spiegel beobachtete, seine borstigen Haare, seinen Bart mit den Wirbeln, die graue Haut unter den roten Augen. Er öffnete die Lippen und besah sein Gebiss, die Zähne nicht gerade rein weiß, trotz guter Pflege, keine Kronen, keine Füllung. Bravo! Abel senkte den Kopf und begrub ihn unter einem Schwall kalten Wassers, bis er sich wieder im Spiegel betrachtete, nackt und nass und triefend. Er putzte die Zähne mit der Zahnbürste seiner Gastgeberin und inspizierte sein Gebiss. Keine Änderung. Abel ging wieder ins Bett zu Olivia, die davon erwachte, dass er sich an sie kuschelte. Im Laufe des Morgens klappte es dann mit den Zärtlichkeiten ganz gut, zumal Olivia keine Frau war, die man schön trinken musste. Und Abel gehörte in Olivias verschlafenen Augen nicht zum unerfreulicheren Teil der Weltbevölkerung. Sie war etwas enttäuscht, dass Abel schon kurz nach neun ging, ohne gefrühstückt zu haben. Denn Abel hatte eine andere Verabredung zu diesem Anlass.

»Komm, gehma, gehma, du hast hingehen wollen«, sagte Carola und scheuchte Abel hoch, der heimlich Gewissensfragen in seiner Brust wälzte und auf einem Biedermeierstuhl schaukelte. Er stand auf und war ungewöhnlich freundlich zu Carola.

»Ja, mein Schatz.« Er nahm Carola in den Arm und drückte sie fest an sich, als fürchte er, sie zu verlieren. »Du weißt nicht, was für eine tolle Frau du bist.«

»Ich versuche ständig, es mir einzureden … manchmal bist du vielleicht komisch, Jean«, sagte Carola und lachte. Abel versuchte sich einzureden, dass eine Frau wie Carola auch gelegentliche Abenteuer hatte. Er sah schon an der Art wie sie lachte, wenn ihr ein anderer Mann gefiel. Das Aspirin wirkte, der Tag war trüb und kalt, die Wohnung war warm. Und wenn Abel gestern nicht entgleist wäre … die Welt wäre schön an diesem verträumten Sonntagmorgen.

Carola löste sich aus Abels Umarmung und drängelte, »Sie warten nicht auf uns. Wir sollten es uns ansehen.«

Abel griff sich Schal und Lederjacke und folgte Carola.

Sie waren rechtzeitig gekommen. Zurückgelehnt in den Sitzen des Wagens starrten sie hinaus in den farbenverschlingenden Vorfrühlingstag mit seinem tiefen Anthrazithimmel. Das Zehn-Uhr-Geläut bollerte in die Sonntagsstille, das Kirchenportal ging langsam auf, die Orgel fand umständlich zu den Schlusssequenzen der Messe.

Carola drückte den Fensterheber an der Fahrertür. Summend schloss sich die Scheibe, und Orgel und Geläut verloren an Wirkung.

»Dort, das ist er«, Abel deutete auf Holz.

»Ich hätte mir einen blauen Anzug vorgestellt, Schlips, schwarze Schuhe«, sagte Carola.

»Nein, so ist er nicht, Holz geht mit der Zeit, Freizeitanzug, offenes Hemd, da ist nichts mehr dabei heutzutage.« Er lachte.

»Und die Frau an seiner Seite, eingehakt, unverbindlich?«, fragte Carola.

»Ich weiß es nicht, vielleicht steht er auf reifere Jahrgänge«, sagte Abel.

Carola schnippte an ihrem Feuerzeug und zog an einer frischen Zigarette. Ihr Kunststoff-Feuerzeug zeigte eine schlanke braune Frau, die aus einer Muschel Wasser trinkt. Abel besah sich aus dem Augenwinkel das Bild.

»Sie sieht ihm ähnlich«, sagte Carola.

»Das soll bei alten Ehepaaren vorkommen, gemeinsames Erleben prägt.«

»Schau, dort, der Pfarrer, sie stehen herum wie bei einer Cocktailparty vor der Kirche. Es könnte nieseln, so schwarz ist der Himmel. »

Abel zog das Knie hoch und klemmte es hinter das Armaturenbrett. Er suchte im Handschuhfach nach einem Kaugummi. »Sie können nichts dafür, sie sind nun mal so.«

»Wir lassen sie ja auch.«

»Wenn sie uns nur in Ruhe lassen mit der Mission.«

»In den letzten fünfzig Jahren ist es besser geworden.«

»Ach ja, du Jungspund kennst das alles aus der eigenen Anschauung«, sagte Abel. Und als Carola nicht reagierte, weiter an ihrer Zigarette zog und den Rauch an die Windschutzscheibe blies, fuhr Abel fort: »Meinst du, dort in der Kirche lernt er Toleranz?«

»Braucht er das denn in seinem Beruf?«, fragte Carola. Sie drehte den Zündschlüssel herum, gab Gas und fuhr davon. Sie fügte hinzu: »Und außerdem gehen immer weniger Leute in die Kirche.«

Carola bog in einen der asphaltierten Feldwege ein und rollte noch ein Stück weiter, ehe sie den Wagen seitlich im grauen Gras parkte. Abel nahm sein Knie vom Armaturenbrett und zog den Schal fester um den Hals. Auf den beiden Notsitzen im Fond rumorte Paul Schmitz hechelnd. Carola klappte den Fahrersitz vor und Schmitz stürmte aufs Geratewohl davon. Sein Herr stieg ächzend aus und rieb sich die Augen. Die Sonne schwamm nun als fahle Scheibe im Hochnebel. Auf den dunkelbraunen umgebrochenen Äckern glitzerte der Tau. Krähen schwebten über den blattlosen Bäumen und krächzten. Abel und Carola schritten Seite an Seite leicht hügelan, vom hechelnden Hund in großen Bögen umkreist. Die Sonne versank in einem Wolkensack hoch über den Nebelflächen. Der Tag bekam wieder ein eisernes Gesicht.

»So ein Mann darf nicht Recht bekommen«, sagte Abel.

»Holz? Bloß weil er mit einer älteren Frau in die Kirche geht?«

»Nein, weil er eine Verfolgermentalität hat.« Abel pfiff durch die Zähne nach dem Hund, der sich um den Pfiff nicht scherte, sondern weiter ein Loch am Feldrand grub, die Nase tief in der Erde, die Ohren sahen nur knapp hervor. Mit grunzendem Laut schnüffelte er einer längst entkommenen Wühlmaus nach. Abel zerrte Schmitz am Halsband aus dem Loch hervor und warf ihm einen Stein. Der Hund stob in langen Sätzen davon. Erde spritzte.

»Und was ist, wenn Holz trotzdem Recht hat?« fragte Carola.

»Caro, ich habe nicht von Recht haben sondern von Recht bekommen gesprochen. Wenn Holz Recht hat, dann ist es okay»

»Wortklauberei.«

»Man muss die Begriffe auseinander halten. Begriffe sind unser Werkzeug.«

»Ja. – Und wenn Hiltsch doch der Täter ist?«

»Dann wird man um eine richtige Therapie kämpfen, eine, die den Namen verdient. Das ist oft schwerer, als wenn es um einen Freispruch geht.«

Sie blieben auf einem kleinen Hügel unter drei mächtigen

nackten Eichen stehen und blickten auf den milchigen Ammersee. Ein kalter Wind strich vom Westen her. Das Gras zu ihren Füßen war modrig. Die Sonne bekam endlich Überhand und goss fahle Farben über das flache Tal, das den See umgab. Carola sah Abel von der Seite an, studierte sein Profil mit der krummen Nase und den kräftigen Augenbrauen. Das Gesicht wirkte jung und faltenlos im matten Sonnenlicht.

»Ihr habt für alles so schnell ein Wort parat, ihr Juristen«, sagte Carola und blickte wieder über den See.

»Caro, soll ich mich deshalb rechtfertigen?«, fragte Abel. Er schlug vor, ins Kloster Andechs zu fahren, um seinen Rausch mit einer Maß Bockbier aufzufrischen. Statt dessen landeten sie wieder bei Carola zu Hause. Abel kochte Pasta mit Phantasiesauce und summte vor sich hin. Carola schickte SMS an Leute, die Abel nicht kannte und blätterte zerstreut in eleganten Frauenzeitschriften. Sie unterhielten sich beiläufig über den Sommerurlaub.

Carola bezweifelte, dass die Sache mit Abel noch so lange dauern würde. Sie beobachtete ihn heimlich. Sie spürte nach, ob er heute anders zu ihr war als sonst, die wenigen Male, die sie sich trafen. Sie konnte es nicht sagen. Und vielleicht war die kurze SMS, die ihr eine Freundin geschrieben hatte auch aufgebauscht. Aber trotz Nachfrage blieb die Freundin dabei, heute Nacht mit einem »süßen Advokaten« abgestürzt zu sein, »irgendeinem Jacques oder so».

Dienstag, den 7. März

Es dauerte bis zum folgenden Dienstagabend, bis Abel wieder mit Holz zu tun bekam. Abel bezog sehr vorsichtig seinen Posten. Er hatte zur Tarnung Carolas Auto ausgeliehen und parkte es schräg gegenüber vom Hauseingang bei Hiltsch, abseits der Straßenlaterne. In Hiltschs Wohnung lief der Fernseher, wie man an den Lichtreflexen erkennen konnte. Abel nahm seine flache Schnapsflasche aus der Innentasche und steckte sie in den Handschuhfach, bevor er ausstieg und Hiltschs Nummer auf dem Handy wählte.

Freizeichen. Es läutete fünfmal. Endlich hob jemand ab.

»Hiltsch«, sagte Hiltschs Stimme.

Abel antwortete nicht. »Hallo, hören Sie, hallo.« Ja, es war eindeutig seine Stimme. Hiltsch rief noch einmal »hallo«, dann legte er auf, nach Abels Überzeugung ohne den Verdacht geschöpft zu haben, dass er überwacht wurde.

Als Abel aus dem Wagen steigen wollte, sah er auf der anderen Seite der Straße eine kleine Gestalt flink und beweglich an der Mauer entlanghuschen. Eine schwere Haustür öffnete sich und klappte ins Schloss. Im Flur wurde kein Licht gemacht.

»Aha«, sagte Abel zu sich und schloss die Autotür wieder. Er fuhr den Fahrersitz weit zurück, so dass er gut vor neugierigen Blicken verborgen war, aber immer noch ohne Behinderung beobachten konnte. Er nahm einen Schluck aus der Schnapsflasche. Klar, dass Holz heute ebenfalls hier sein würde, daran hätte er eigentlich denken sollen. Nicht optimal, wenn der Bulle feststellt, dass der Anwalt den eigenen Mandanten observiert. Aber Abel brauchte Klarheit. So oder so wäre er deshalb in dieser Nacht auf Holz getroffen.

Die Zeit verrann. Abel teilte sich die Schlucke aus der Schnapsflasche ein. 23 Uhr 35 wurde der Fernseher abgeschaltet, das Zimmerlicht angeknipst. Man sah eine Frauensilhouette kurz am Fenster auftauchen. Sie zog die Übervorhänge zu. Zehn

Minuten später erlosch das Licht in der Wohnung. Kurz vor zwölf begann es zu nieseln. Abel stieg aus, um sich die Füße zu vertreten, und stellte sich in den Schatten eines Hauseingangs. Niemand verließ das Haus, niemand betrat es. Kurz nach Mitternacht lag das Gebäude dunkel da, bis auf ein Fenster im Dachgeschoss, das gelbes Licht verstreute. Die wenigen Straßenlaternen funkelten auf dem Asphalt und den nassen Blechen der geparkten Fahrzeuge. In der Ferne kreischte die letzte Straßenbahn in ihren Schienen. Wasserschleier wehten unablässig vom Himmel herunter. Wieder verrann eine halbe Stunde. Abel setzte sich ins Auto und kämpfte eine Zeit lang gegen den Schlaf, der sich seiner breit und sanft bemächtigen wollte. Ein Uhr. Abel rieb sich die Augen. Immer noch blieb die Tür geschlossen. Das Licht im Dachgeschoss brannte unverändert. Abel stieg aus. Die feuchte Luft tat ihm gut. Es war kalt. Er zog sich wieder in seinen gedeckten Hauseingang zurück.

Genau um 1 Uhr 30 stand Holz neben ihm, im Parka mit Kapuze. Er war lautlos aufgetaucht. Klein und flink stellte er sich neben Abel in die Nische,

»Entwarnung«, sagte er mit halblauter Stimme, »halb zwei. Er hätte längst fort sein müssen, wenn er den typischen Zeitplan hätte einhalten wollen.«

Abel antwortete nicht. Er starrte die Fassade gegenüber an.

»Da ich nicht glaube, dass Sie um diese Zeit Ihren Mandanten für eine Konsultation erwarten, darf ich annehmen, dass Sie ihn beobachten.«

Abel schwieg. Was hätte er dazu sagen können?

»Misstrauen?«

»Nein«, sagte Abel kalt.

»Verwunderlich nur, wie Sie auf die Dienstagserie kommen.«

»Hiltsch hat es mir nicht gesagt.«

»Wohl kaum, ob er was damit zu tun hat oder nicht. Aber wer sonst?«, sinnierte Holz.

»Tja«, sagte Abel.

»Wenn der Tip von der Polizei oder der Staatsanwaltschaft stammte, dann geht mich das was an.«

»Daher hab ich's nicht.«

Holz zuckte mit den Achseln und schwieg eine Zeit. »Durch die Hintertür ist er auch nicht, Herr Anwalt.«

Abel stieß sich mit der Schulter ab, drehte sich um und sah auf den kleinen Mann unter der Kapuze hinunter: »Ich möchte wissen, was mit Ihnen los ist, ganz persönlich, Holz«, sagte er. »Sie wissen genauso wie ich, dass dieses Haus nur einen Ausgang hat, und zwar den nach vorne. Hinten ist es angebaut. Warum die Tricks?«

Holz beantwortete diese Frage nicht. Man hörte ihn nur leise lachen, so als bereite ihm dieses Spiel Freude.

»Schnick, schnack, Bullenpack.« Abel schnippte mit den Fingern.

»Übrigens, Herr Advokat, wir haben in Hiltschs Schuhen Bodenspuren gefunden. Sie werden's ja sowieso erfahren, alles passt ganz vorzüglich, sagen die Gutachter. Hiltschs Schuhe waren am Tatort. Diesmal sind Zweifel ausgeschlossen. Allerdings könnten Sie vor Gericht die Frage vertiefen, ob Hiltsch seine Schuhe getragen hat oder der Große Unbekannte. Und wenn wir einmal den wahrscheinlicheren Fall unterstellen, dass nämlich Hiltsch höchstpersönlich seine Schuhe getragen hat, dann kommen wir der Sache näher.«

Abel grinste in die Nacht hinein. »Sie wissen damit aber immer noch nicht exakt, wann Hiltsch durch die Büsche im Park gelaufen ist? Deswegen liegt mein Mandant unbehelligt in seinem Bett dort droben und sitzt nicht in Stadelheim und deswegen treibt's den Bullen Holz um, ihm etwas nachzuweisen, weil ihm die Fantasie fehlt, sich einen anderen Täter vorzustellen.« Abel hob die Hand und salutierte mit dem Zeigefinger. »Tschau und viel Vergnügen noch«, sagte er.

»Guten Abend«, sagte Holz, »und machen Sie einen Bogen um die Funkstreifen. Der Flachmann voll Schnaps reicht für die 0,8 Promille.«

Abel schloss die Fahrertür auf und blickte zurück zu dem dunklen Hauseingang. Die kleine Gestalt des Polizisten war nicht mehr erkennbar.

Unbehelligt fuhr Abel auf dem geraden Weg nach Hause.

Donnerstag, den 9. März

Zwei Tage später las Holz in einer älteren Ausgabe der Fachzeitschrift »Der Kriminalist«, dass es eine exaktere und modernere Methode gab zum Vergleich Hiltschs DNA mit den Befunden, die man bei Melly Moslech erhoben hatte. Er wurde sofort geschäftig und legte sich mit dem Leiter der Fahrbereitschaft an, um kurz vor Feierabend noch einen Dienstwagen mit Fahrer zu bekommen, der das Material aus der Münchner Rechtsmedizin holen und nach Tübingen zum Biochemischen Institut der Universität bringen konnte. Endlich klappte es. Und Holz wies persönlich den Fahrer ein. Händereibend machte er sich auf den Weg zu einer schon seit Tagen geplanten Vernehmung.

Diesmal musste er in ein Reihenhaus eindringen, wie üblich mit dem Ausweis in der Hand und dem schnellen Schritt zur Tür.

Die Frau gab ihm die Hand, feucht von der Küchenarbeit.

»Ja, Sie haben doch angerufen?«, fragte sie. Ein Stockwerk höher polterten und schrien Kinder. Ein Spielzeugauto klapperte die Holztreppe herunter. Ein kleiner Junge, vielleicht vier, rotznäsig, rannte hinterher, stockte, als er Holz sah, lächelte verlegen, hob das Auto auf und hastete die Treppe wieder hinauf.

»Kommen Sie«, sagte die Frau und führte Holz an einem Durchgang zu einem altdeutsch möblierten Wohnzimmer vorbei in eine winzige Küche, wo sie ihm sofort einen Stuhl in die Kniekehlen schob. »Setzen Sie sich«, sagte sie und wendete ihm den Rücken zu, um am Spülbecken mit einem Salatsieb zu hantieren. »Wir essen immer abends warm«, sagte sie, ohne sich umzudrehen, »mein Mann arbeitet mittags durch.«

»Ja«, sagte Holz.

»Sie kommen wegen dem Überfall«, sagte die Frau, suchte mit geschickter Hand ein kurzes Küchenmesser aus der Schublade und begann, eine Zwiebel zu schälen. Dann setzte sie sich neben Holz an einen kleinen Tisch und schnitt sorgfältig die

Zwiebel in kleinste Würfel. Unterdessen tobten oben die Kinder weiter. Es dröhnte und knallte, ein Kind weinte klagend. Die Frau, mit ihrer Arbeit beschäftigt, reagierte nicht.

»Ja«, sagte Holz, »ich komme noch einmal wegen des Überfalls.« Scharfer Zwiebeldunst zog heran und reizte Nase und Augen des Polizisten. Er massierte die Nasenwurzel und fuhr fort: »Wir haben einen Mann im Verdacht, der für den Überfall in Frage käme. Jetzt geht es darum, dass Sie ihn identifizieren.«

Die Frau beobachtete aus dem Augenwinkel, wie Holz sich die Augen rieb. Sie lachte. »Sehen Sie, mir macht das nichts aus, ich trage Kontaktlinsen.«

»Haben Sie den Mann eigentlich einigermaßen sehen können?«

»Einigermaßen vielleicht«, sagte sie, »es ging blitzschnell, und er hat nur einmal den Kopf so gedreht, dass das Licht der Straßenlaterne auf sein Gesicht gefallen ist. Das ist nicht viel, so was.«

»Normalerweise bleibt es doch haften, wie bei einer Fotografie.«

»Kann sein, kann auch nicht sein. Bis jetzt habe ich ihn nicht wiedergesehen.«

»Glauben Sie, Sie würden ihn erkennen?«

»Kann sein, kann auch nicht sein, verstehen Sie?«

Holz nickte. Der Spektakel über seinem Kopf klang bedrohlich. Die Kinder schlugen sich. Zwei Stimmen weinten. »Frau Fiedler«, sagte er, »ich möchte eine Gegenüberstellung machen. Sie kennen doch so was aus dem Fernsehen?«

»Ja, ja.«

Holz faltete die Hände, zog die Schultern hoch und besah sich die geschickten Finger der Frau. Dann sagte er: »Es geht um viel in dieser Sache, wissen Sie, liebe Frau Fiedler. Immer dienstags in der Nacht fällt dieser Mann seine ahnungslosen Opfer an. Sie alle waren wehrlos seiner Gewalttätigkeit ausgeliefert. Und es geschah immer am selben Wochentag. Er wird wieder zuschlagen und seine Opfer finden. Nach allem, was wir aus der

Erfahrung wissen, wird er nicht aufhören, bis ... ja, bis an einem Tag eine Frau sterben wird. Irgendeine, die jetzt noch glücklich mit ihrem Mann und den Kindern lebt und für sie sorgt, wird er töten, erschlagen, erwürgen, erstechen. Wie wissen wir noch nicht, aber dass es geschehen wird, ist sehr wahrscheinlich.«

Holz pausierte und blickte von seinen gefalteten Händen auf, besah sich die emsig arbeitende Frau Fiedler.

»Ja, ja«, sagte sie und setzte hinzu: »… die Kinder in so einem Fall …«

»Es kommt auf Ihre Mitarbeit an, Frau Fiedler, in diesem Fall, ganz entscheidend. Sie verstehen?«

»Ja, schon.«

»Sie sind die einzige, die ihn gesehen hat, wenigstens für einen Augenblick, kurz, aber das muss reichen.« Er sah der Frau in die Augen. »Es muss reichen!« wiederholte er suggestiv. »Was war das für ein Typ, den Sie erkannt haben?« Der Polizist kannte natürlich die frühere Aussage und die vage Beschreibung in dem Protokoll.

»Typ, ich weiß nicht.«

»Ein kalter«, Holz suchte nach einer Beschreibung, »ein schmaler Mann, sieht aus wie Mitte Vierzig oder so etwa, ich kann mir vorstellen, dass er wild werden kann.«

»Ich streng mich an. Ich kann es Ihnen versprechen.«

»Ich werde Sie wegen eines Termins anrufen«, sagte Holz.

»Bitte«, sagte Frau Fiedler und streifte die Zwiebelwürfel vom Brett in eine Salatschüssel, gab Essig, Öl und Wasser hinzu, bevor sie mit den Händen den Salat in die Tunke streute und zu wenden begann. Einige Spritzer Maggi setzte sie hinzu, nachdem sie ein Blatt gekostet hatte. Aus dem Herd zogen Dampfschwaden. Es roch nach gepökelter Zunge. Sie drückte mit dem kleinen Finger ihrer linken Hand auf den Knopf der Dampfabzugshaube. Das Gebläse brummte los.

Während sie Holz an die Tür begleitete, erstarb der Lärm im ersten Stock. Eine Kinderstimme sang: »Heile, heile Segen, drei Tag Regen, drei Tag Schnee ...«

»Wiedersehen, Frau Fiedler, ich rufe an«, sagte Holz und ging schnell durch den schmalen Vorgarten auf die Straße zu seinem Dienstfahrzeug.

Dienstag, den 14. März

Hiltsch lief ihnen am folgenden Dienstagmorgen in die Arme. Auf der Treppe kamen sie ihm entgegen, nebeneinander, so dass er nicht vorbeigleiten konnte. Sie blieben stehen und ließen ihn noch einige Stufen herabsteigen.

Holz hatte den Delinquenten zutreffend beschrieben, bevor er sie zu ihm geschickt hatte.

»Herr Hiltsch?«, fragte der eine Beamte und zeigte seinen Ausweis. Die Stimme hallte im kahlen Treppenhaus.

»Ja?« Sein Blick pendelte zwischen den zwanzigjährigen Milchgesichtern mit dünnen Oberlippenbärtchen hin und her.

»Wir müssen Sie mitnehmen, kommen Sie!«

»Weshalb?«

»Herr Holz wird's Ihnen sagen.«

Die Polizisten nahmen ihn in die Mitte, und Hiltsch blieb ungefesselt. Niemand kam entgegen. Sie traten hinaus auf die Straße. Ein schneevermischter Nieselregen wehte herab. Ein Lieferwagen preschte vorbei und warf eine Fontäne Schmutzwasser über die drei Männer. Die Polizisten stießen Hiltsch in ein Zivilfahrzeug.

Plötzlich, schon im Auto auf dem Rücksitz, fing Hiltsch an zu schreien: Was man von ihm wolle? Er gehe zur Arbeit und könne nicht einfach fehlen ohne Nachricht. Er habe ein Recht, seinen Anwalt zu sprechen. Und so weiter. Seine Stimme überschlug sich, doch seine Gesten blieben sparsam. Keine Gewalt, noch nicht einmal eine Drohung. Er geiferte, sein Speichel sprühte auf Schultern und Revers des Fahrers. Sie passierten die Kanzlei des Rechtsanwalts Abel. Jane schloss gerade die Tür auf. Dabei wendete sie ihren Rücken der Straße zu. Sie konnte nicht sehen, wie Hiltsch mit den Fäusten an das Seitenfenster schlug. Schnell war das Fahrzeug vorbeigefahren. Die Bremslichter glühten auf, dann gab der Fahrer Gas. Durch die rückwärtige Scheibe hätte man erkennen können, wie der Polizist Hiltsch am Kragen packte und in den Sitz presste.

Holz stand hinter seinem Schreibtisch, die Beine etwas weiter als schulterbreit gespreizt, Knie durchgedrückt. Die Arme hatte er vor der Brust verschränkt. Er starrte die Tür an. Er übte, die Mundwinkel nach unten zu ziehen, dabei kräuselte sich die Haut auf dem Kinn. Er versuchte das Mundverziehen ohne Kinnkräuseln, was misslang. Über der Nasenwurzel bildeten sich kleine scharfe Falten in der elastischen Haut. Trotz allem blieben die Augen unter den hellen, roten Wimpern ohne Ausdruck, blieben kontrastlos, wässrig-grün.

Es klopfte.

Holz stützte sich mit den Fäusten auf den Schreibtisch. »Ja!«, rief er. Ein Mann trat ein, etwa so groß wie der Polizist, doch breitschultrig mit keulenähnlichen Oberarmen und krummen Beinen. Die Hände hielt er offen und nach innen gekrümmt, wie man es bei Schwerarbeitern sehen kann. Sein Kopf war rund und dick, schwarz behaart. Schwarzer Bartschatten lag um das Gesicht mit einer kleinen Nase.

»Bitte?«, sagte Holz.

»Es ist wegen dem Gegenüberstellen von meiner Frau und dem Kerl.«

»Herr Fiedler?«, fragte Holz.

»Ja.«

»Und was gibt's wegen der Gegenüberstellung?«

»Das geht nicht«, sagte Fiedler mit einer seltsam hohen Stimme, hob den Arm und fuhr mit der Handkante durch die Luft. Holz zog seine Mundwinkel herunter, und das Kinn kräuselte sich.

»Tut mir Leid, aber es geht nicht«, wiederholte Fiedler.

»Warum?«

»Wie stehen denn die Kinder und ich da – und meine Frau?«

Holz lachte, sah auf die gedrungene, bullige Gestalt vor sich und lachte. Fiedlers Gesicht wurde rot. Er sagte: »Wie stehen wir alle da?« Eine Pause, während der Polizist hinter seinem Schreibtisch weiter lachte. »Ihr zerrt meine Frau herum. Hin und her.

Was soll sie denn zu so einem Kerl sagen? Der lacht doch nur. Es ist passiert, das reicht doch!«

Holz hatte sein Gesicht wieder erstarren lassen. »Wenn sie ihn erkennt, dann wird er bestraft, dafür sorge ich«, er zeigte auf seine Brust. Fiedler trat zwei Schritte näher.

»Sie? Dass ich nicht lache! Bestrafe nennet ihr das? Wenn der Bewährung kriegt, dann ist es viel. Freispruch wegen ... weil er da oben nicht richtig tickt.« Wieder diese Handkantenbewegung. »So einem gehört der Kopf nicht ab, Euch gehört er ab, runter. Aus!.« Fiedler machte kehrt und ging zur Tür.

»Halt«, brülle Holz. Fiedler drehte sich um und sah auf den Polizisten Holz hinter dem Schreibtisch.

»Was?«, fragte er.

»Strafvereitelung, Begünstigung ist das, Herr Fiedler!« Holz' Stimme war ruhig und klar, er wiederholte die Straftatbestände. »Darauf steht Freiheitsstrafe, und dann können Sie selber über Bewährung froh sein!« Man könne ruhig zusammen hinübergehen zum Rechner und nachsehen, ob der Fiedler Vorstrafen habe, wie viel und ob noch etwas zur Bewährung ausstehe. Holz pausierte und spitzte die Lippen. Er studierte das rote Gesicht des Mannes vor ihm, die unruhigen Augen und die Bewegungen des Mundes.

»So was … das darfst du nicht«, sagte Fiedler schließlich.

Holz lachte wieder ohne Emotion, er öffnete dabei den Mund, ohne die herabgezogenen Lippen zu verändern. »Soll ich?« fragte er dann. Fiedler blieb noch einen Augenblick. Endlich setzte sich auf Holz' Zügen eine flach empfundene Heiterkeit durch. Fiedler stampfte hinaus und warf die Tür hinter sich zu. Holz griff nach einer der Akten auf dem Tisch und lief flink dem Mann nach auf den Flur.

Draußen standen vier Beamte mit unbeteiligtem Ausdruck und hielten Schilder mit Ziffern vor der Brust. Hiltsch dazwischen mit der Nummer drei. Sie hatten ihn ohne Vorbereitung, Belehrung oder Aufklärung vor sich hergestoßen und auf dem schmalen Flur mitten zwischen den vier Polizisten postiert und ihm die Nummer gegeben. Links hinter Hiltsch stand ein Registraturist, der den Schnupfen hatte und heiser und nasal auf seinen Kollegen einflüsterte. Rechts hatte Hiltsch zwei blutjunge Polizeimeister z. A. an seiner Seite, die aufgeregt hinter Fiedler herblickten, der nun bei seiner Frau am Ende des Flurs in der Nähe der Treppe angekommen war und ihr einige Worte zuraunte. Holz war rasch bei ihnen. Die Fiedlers sahen ihn feindselig an.

»Kommen Sie«, sagte Holz. Die Frau, auf einem Holzstuhl sitzend, blickte an ihrem Mann hoch, dann erhob sie sich und schritt auf die an der Wand Stehenden zu, schnell, mit sicherem Gang. Ihr folgten Holz und Fiedler auf dem Fuß. Bei der Nummer eins hielt sie an, sah in dessen Gesicht und ging zum zweiten, dem Registraturbeamten. Der grinste durch den feuchten Schleier um seine Augen und zog sich den Handrücken unter der Nase entlang. Das ziehende Geräusch störte Frau Fiedler nicht. An Hiltsch ging sie fast achtlos vorbei. Ihr Blick streifte das vor Aufregung graue, regungslose Gesicht, glitt auf die mit zwei Händen akkurat in der Mitte der Brust gehaltene Nummer drei. Erst bei dem letzten, dem Fünfer mit dem frischen Jung-Polizisten-Gesicht, blieb sie stehen und besah sich Hände, Figur und das verlegene Grinsen. Sie drehte sich um. Ihr Mann stand halb hinter Holz. Sie sah seinen roten Kopf.

»Kommen Sie, Frau Fiedler«, sagte Holz und ging auf die Tür seines Dienstzimmers zu. Ihm fiel der Blickwechsel zwischen dem Ehepaar nicht auf. Er vertraute auf seine Autorität.

Endlich alleine mit Frau Fiedler, fragte er: »Sie haben ihn erkannt, nicht wahr?«

»Nein«, sagte sie.

Holz schwieg lange, bevor er leise zu sprechen begann und mit denselben Drohungen herauskam: »Strafvereitelung, Begünstigung.«

»Nein«, sagte Frau Fiedler, und dass man keinen beschuldigen könne, wenn man nichts Genaues wisse. Es sei schließlich dunkel gewesen, damals als es passierte.

»Und das Licht von der Straßenlaterne«, Holz' Finger fetzten die Akte auf. Er zeigte auf das Vernehmungsprotokoll. »Sie haben das Gesicht flüchtig erkannt. Sie müssen es erkannt haben. Hell genug war es doch.«

»Ich hab das Gesicht gesehen, ja, aber ich hab keinen von denen da draußen«, sie zeigte mit dem Finger über ihre Schulter, »mit dem Gesicht zusammenbringen können.«

»Keinen?«

»Nein, keinen von denen!«

Wieder schwieg die Frau. Sie sah am Kopf des Polizisten vorbei auf einen Rahmen mit einem Spruch. Der Anfangsbuchstabe war rot. Die Schrift erinnerte an die Schriften, die evangelische Künstler gerne benutzen. Der Text war ein paar Zeilen lang und nicht aus der Entfernung zu lesen. Mit der Betrachtung überbrückte sie die Pause, die Holz einlegte.

»Sie werden vor einem Gericht das wiederholen müssen, was Sie sagen. Und dann kann es ein Meineid werden. Und glauben Sie nicht, dass man Ihnen etwas zugute hält, wenn Sie wider besseres Wissen schweigen.«

»Was wissen Sie?«, fragte Frau Fiedler. »Grad Sie da. Und Sie meinen, es war was, wenn einer sagt, dass es der oder der gewesen ist, ohne dass er es wirklich weiß, der, wo es sagt? Nein, Herr ...« Sie suchte in ihrem Gedächtnis nach dem Namen des Polizisten. »Auch nicht, wenn Sie einen von denen da draußen auf dem Kieker haben, Ihnen zuliebe doch nicht.«

Damit ging sie hinaus, ohne Gruß. Ihr Mann wartete unmittelbar vor der Tür, die Arme seitwärts hängend mit den gekrümmten Fingern nach innen. Sie gingen schweigend den Flur hinunter. Und erst als Holz, der in seiner offenen Tür stand und den beiden nachstarrte, es nur undeutlich verstehen konnte, sagte die Frau zu ihrem Mann, dass man den Rothaarigen nicht trauen dürfe, besonders dann nicht, wenn sie grüne Augen haben.

Holz warf die Tür ins Schloss, und die Versammlung der Nummernmänner im Flur des Polizeigebäudes löste sich auf.

Die beiden Polizeimeisteranwärter nahmen Hiltsch die Nummer drei ab und brachten ihn hinunter auf die Straße, wo sie ihn entließen.

Unterdessen grübelte Holz oben über seiner Dienstagserie, dann schrak er hoch, rannte wie gehetzt hinunter und hinaus auf die Straße, wo er Hiltsch gerade noch um die Ecke biegen sah. Als er die Treppe der Unterführung zur U-Bahn hinunterpolterte, verschwand Hiltsch gerade nichtsahnend in einer Telefonzelle, um in der Firma anzurufen und sich für die Verspätung zu entschuldigen. Holz rannte vorbei zu einem Zug, der gerade klappernd die Türen schloss. Er war überzeugt, dass Hiltsch an Bord dieser U-Bahn aus dem Bahnhof hinausfuhr. Ein schneller Blick durch die Halle – Holz rannte zurück.

Natürlich war Hiltsch nicht geflohen. Aufgabe der ängstlich gehüteten bürgerlichen Existenz, Firma, Wohnung als Schuldeingeständnis – wie Holz in seiner Panik fast befürchtet hatte – kam für ihn nicht in Frage. Jedenfalls jetzt noch nicht. Hiltsch saß in seinem Büro mit seinen Expeditionsplänen und dem Verzeichnis der deutschen und internationalen Speditionen vor sich. Holz mochte die Frage, die ihm am Morgen so wichtig gewesen war, nicht am Telefon stellen, also legte er auf, beruhigt, weil Hiltsch arbeitete.

Hiltsch fehlte dazu allerdings die nötige Konzentration. Immer wieder sah er auf, hinaus aus dem Fenster auf die schwarze Brandmauer des Hauses gegenüber. In einer Fuge hatte sich vor drei Sommern ein Birkensamen verfangen und die Hand voll Humus auf einem Sims daneben ausgenutzt, um eine karge, aber im Wesentlichen unbehelligte Existenz zu beginnen, deren Ende mit dem Aufwachsen der Pflanze und dem zunehmenden Nahrungsbedürfnis bald abzusehen war. Hiltsch beobachtete oft bei der Arbeit die kleine Birke, ihre krüppeligen, dreckigen Äste, die kleinen, wie sie sich hungrig dem Licht in der Häuserschlucht entgegenreckten.

Als Hiltsch an diesem Morgen, am Bleistift kauend, die Äste

der kleinen Pflanze beobachtete, setzten sich Schneeflocken in kleinen Hohlräumen auf dem Sims um die Birke an. Aus einer Anwandlung von Selbstmitleid heraus erwog Hiltsch zum ersten Mal seit drei Jahren an der Brandmauer mit einer Leiter hinaufzusteigen, den kleinen Baum auszugraben und an einer sonnigen Stelle in gutem Erdboden im Englischen Garten einzusetzen, damit ein aberwitziger Zufall der Vorsehung ein Schnippchen schlägt.

Da schnarrte die Stimme des Prokuristen Seidel in der Sprechanlage, und Hiltsch erhob sich seufzend, raffte die unfertigen Lagerpläne zusammen und trat seinen Weg zum Prokuristen zwecks Rücksprache an.

Erst zur Mittagspause konnte er aus der Firma entkommen, um mit offenem Mantel durch den pappigen Schnee zu der Kanzlei seines Anwalts zu eilen. Außer Atem, mit nassen, kalten Füßen, seine Krawatte mit der linken Hand routiniert zurechtschiebend, trat er ein. Jane stand gleich auf und ging auf ihn zu, lächelte. »Herr Hiltsch?«, fragte sie.

»Ist der Herr Abel da?«, fragte er.

»Sie haben keinen Termin?«

»Nein, aber es ist sehr wichtig«, antwortete Hiltsch und klopfte sich die in Wassertropfen verwandelten Schneeflocken vom Mantel. Jane ging zur Küche, wo Abel hantierte und sich gerade ein Brot mit Mettwurst strich. Zu seinen Füßen saß der Hund und fegte mit dem Schwanz die Staubflocken auf dem Küchenboden herum. Die Hundeaugen verfolgten gewissenhaft und glitzernd Abels Bewegungen. Von Zeit zu Zeit schleckte die flinke Hundezunge über die Lefzen. Der Anwalt ließ ein Brotstück fallen und hörte das Schmatzen des Tieres. Der Schnee im Hof vor der Küche leuchtete weiß, ein friedliches Licht. Kinder schrien vor Vergnügen. Dumpf knallend flog ein Schneeball ans Küchenfenster. Die Scheibe zitterte, der Hund bellte. Fräulein Gautinger, eine alte Dame, die in der Wohnung über Abel lebte, fegte Schnee und schimpfte mit den Kindern.

Jane trat ohne anzuklopfen ein und sagte, dass der Herr Hiltsch da sei und dass es was Wichtiges sei.

»Soll warten«, sagte Abel, warf dem Hund wieder ein Stück zu und biss in sein Brot. »Mahlzeit«, brummte er, und Schmitz schmatzte.

»Mahlzeit«, sagte Jane und trat wieder hinaus, hinter sich die Tür schließend. »Herr Abel ist bei Tisch«, sagte sie, »aber Sie können warten, Herr Hiltsch«, sie zeigte auf einen bequemen Ohrensessel, der vor dem Schaufenster stand. Hiltsch sah auf die Uhr und bemerkte, dass er nur in der Mittagspause schnell herübergesprungen sei, nur mal so, und dass er pünktlich, ja, besonders pünktlich, wieder zurück in die Firma müsse. Trotzdem gab er Jane seinen Mantel und setzte sich in den Sessel, aber ohne sich zu strecken oder auszuruhen, jederzeit bereit aufzuspringen, falls Abel einträte. Er war mit seiner Sache beschäftigt, die Gedanken kreisten im Kopf, er starrte hinaus durch die Vorhänge auf die mit grauem Matsch überzogene Straße und die Autos mit den weißen Schneekappen auf dem Parkstreifen. Natürlich entgingen ihm das Zivilfahrzeug der Kriminalpolizei gegenüber und die beiden Beamten, die Abels Kanzlei im Auge behielten.

Abel aß schweigend und teilte mit Paul Schmitz. Fräulein Gautinger kam und klopfte mit dem Besenstil an die Scheibe und rief ihm etwas zu, was er nicht verstand. Schmitz hörte die Stimme der alten Frau, war sofort auf den Beinen und kratzte an der Küchentür, die zum Garten hinaus ging. Fräulein Gautinger verwöhnte Schmitz ständig mit Leckereien aus der Metzgerei, obwohl Abel ihr das verbot. Nun sollte Abel etwas gegen die Kinder unternehmen. Abel hatte keine Lust den bösen Mann zu spielen. Er tat, als könne er Fräulein Gautinger nicht verstehen, lächelte sie an und befahl seinem Hund, sich hinzulegen.

Endlich kam der Anwalt aus der Küche, mit dem Knie seinen Hund an der Tür zurückdrängend, der sich nicht im geringsten Mühe gab, seinem Herrn zu gehorchen. Abel kaute noch, sagte »Mahlzeit« und wischte sich die Hände an einer

Serviette ab, bevor er die Rechte seinem Mandanten entgegenstreckte. »Setzen wir uns.«

Hiltsch war aufgesprungen und blieb wo er stand. »Sie haben mich wieder geholt«, sagte er schnell.

»Wer, Holz?« fragte Abel und seine Züge verfinsterten sich.

»Nicht persönlich, aber er hat es angeordnet. Manchmal kommt es mir vor, als würde sich ein Netz immer enger zusammenziehen.«

»Was war los?«

»Eine Gegenüberstellung.«

»Mit wem?«

»So eine Frau war es, sie sollte jemanden identifizieren.«

»Sie sollte Sie wohl identifizieren«, sagte Abel. »Ergebnis?«

»Nichts, nein, es ist nichts rausgekommen. Sonst hätte er mich dabehalten.« Hiltschs Gesicht entspannte sich, und er schilderte den Vorgang minutiös, während Abel in der aufgeschlagenen Akte seines Mandanten mit einem kurzen Bleistift Notizen machte. Er ließ Hiltsch ausreden. Eine Pause entstand. Schließlich sagte der Mandant: »Das ist ja wie früher in der DDR. Sie holen einen ab, keiner sagt, warum, das ist Verschleppung!«

»Bei den Nazis kam die Gestapo, nur dass es früher am Morgen war und die Opfer nicht wieder zurückgekommen sind. Wir haben da schon eine gewisse Tradition in diesem unserem Land.«

»Ohne Anlass – was soll ich mit dieser Frau zu tun haben, ich?«

Abel überlegte, dann entschloss er sich, das Problem beim Namen zu nennen: »Es geht, soviel ich weiß, um eine Serie von Gewalttaten gegen Frauen, die in unregelmäßiger Folge in der Nacht zwischen Dienstag und Mittwoch verübt werden.«

Hiltsch fragte in sachlichem Ton: »Was hab ich damit zu tun? Das ist wirklich wie bei den Nazis ...! Wo bleibt da der Rechtsstaat?«

Abel starrte seinem Mandanten in das Gesicht, er suchte

den Blick, fand ihn nicht. Das Telefon läutete, Jane nahm ab und versprach zurückzurufen. »Das Verbrechen, das man Ihnen zur Last legt, Herr Hiltsch«, fuhr Abel fort, »geschah auch in einer Dienstagnacht. Was liegt für einen Polizistenverstand näher, als bei anderen Opfern nach einem Verdachtsmoment gegen Sie zu suchen.«

Jane kam herüber und legte einen gelben Telefonzettel vor Abel auf den Tisch. Uhrzeit, Name, Nummer des Anschlusses, alles war säuberlich notiert. »Es ist was Neues«, sagte sie mit einem schrägen Blick auf Hiltsch.

»Danke.« Abel wandte sich wieder seiner Akte zu. Er blätterte.

»Für uns ist das nicht schlecht.«

»Prost Mahlzeit«, rief Hiltsch, »das gefällt mir, prima.«

»Überlegen Sie doch, es muss jemanden geben, der immer dienstags Frauen überfällt. Ausschließlich in dieser Nacht. Und unser Fall Moslech ereignete sich ebenfalls an einem Dienstag. Vielleicht liegt dort des Rätsels Lösung? Vielleicht gehört unser Fall in die Serie. Es kann ein wichtiger Entlastungsbeweis werden, dass diese Frau heute morgen Sie nicht erkannt hat, Herr Hiltsch. Wir wissen nicht, was sie mit dem Dienstagmann zu tun hat, aber immerhin so viel, dass unser Freund Holz eine Gegenüberstellung wagt. Wenn sie misslungen ist, gut für uns, schlecht für Holz.«

»Trotzdem, dieser Holz muss weg. Er kann doch seine Ermittlung nicht so führen!« Es schien, als wolle Hiltsch aus sich herausgehen.

»Eine Dienstaufsichtsbeschwerde?« Abel lachte. »F, f, f, das heißt form-, frist- und fruchtlos. So eine Eingabe begreifen die Polizisten doch nur als ein Kompliment. Den Holz trifft man tiefer, wenn er seinen Fall nicht so lösen kann, wie er sich das vorstellt, wenn ihm das Phantom des Täters, das er vor sich selbst aufbaut, zwischen den Fingern durchschlüpft. So was trifft ihn hart. Härter als alles andere, Herr Hiltsch. Nur Geduld.«

Man erkannte an Hiltschs Gesicht, dass er mit dem Vorschlag Abels nicht einverstanden war. »Es muss was geschehen gegen diesen Typen.«

»Vielleicht schnappt er den Dienstagmann«, sagte Abel. »Dann sind wir draußen.«

»Dann will ich eine Entschädigung.« Hiltschs Stimme bekam einen entschlossenen Klang, Abel blickte ihn irritiert an.

»Gibt's nach dem Gesetz nur bei zu Unrecht erlittener Haft. Hoffen wir, dass es nicht soweit kommt!«

»Der Staat lässt es also zu, dass ein unschuldiger Bürger aus dem Bett gerissen wird, dass man medizinische Untersuchungen mit ihm macht, dass er in seiner Firma ins Gerede kommt, dass man ihn wieder abholt und er wildfremden Menschen wie ein Verbrecher vorgestellt wird! Man wühlt in der Wohnung herum, im Allerintimsten, es wird beschlagnahmt, verschleppt, und zu allem soll es nur ein Achselzucken geben?« Abel hörte die Untertöne sehr wohl. Vor sich hatte er die beiden Akten des Sigurd Hiltsch liegen. Scheidung und Strafsache. Beides Fälle, an denen ein Anwalt gutes Geld verdienen kann, beides auch Fälle, in die er, Abel, eine Menge Arbeit gesteckt hatte. Hiltsch hatte kein Wort gegen die Arbeit seines Rechtsanwalts gesagt, dennoch überlegte Abel zum ersten Mal in dieser Sekunde, ob er nicht besser die Mandate niederlegen sollte. Nicht weil er der Meinung war, dass Hiltsch irrte, wenn er für die Belästigungen, Beleidigungen und Erniedrigungen, denen ein Verdächtiger ausgesetzt wird, Regress verlangte, sondern weil Abel diese Argumentation hohl und zu pathetisch vorkam. Dafür aber, dass Hiltsch sich nur vordergründig verteidigte, weil er Dreck am Stecken hatte, gab es keinen objektiven Beleg. Deshalb sagte Abel: »Sie haben einen Anspruch darauf, dass man zu Ihren Gunsten davon ausgeht, dass Sie nichts mit der Sache zu tun haben. Und ich arbeite für den Unschuldsbeweis. Aber so ein Verdacht, das ist wie ein böses Wetter, man könnte es einen Schicksalsschlag nennen, der jeden treffen kann. Dann muss man froh sein, wenn es einen nicht endgültig erwischt – an Entschädigung denkt nach meiner Erfahrung keiner mehr, wenn es einmal vorbei ist. Obwohl eine

Entschädigung ausgesprochen gehört in so einem Fall.« Abel setzte dann noch dazu: »Objektiv, rechtspolitisch.«

Hiltsch hatte auf die Uhr gesehen und dann zu Abel hinüber. »Man kann also nichts machen?«

»Im Augenblick nicht, Herr Hiltsch. Natürlich gehe ich dem Zusammenhang nach, was die Dienstagserie angeht. Aber wenn Holz wieder eine Zeugin findet, die den Kerl gesehen hat, dann wird er Sie wieder für das Spielchen abholen lassen. Es steht in der Prozessordnung, dass so was zulässig ist.«

Hiltsch erhob sich. Man sah seine Beunruhigung. »Ich muss jetzt in die Firma. Ich war heut Morgen schon so spät dran.« Er gab Abel die Hand. Hiltschs Hand fühlte sich nicht gut an. Er ging.

»War er's oder nicht?«, fragte Jane von ihrer Schreibmaschine her. Abel hatte die Schultern hochgezogen und stand am Fenster, die Hände flach in die Taschen geschoben. »Warum?« fragte er.

»Muss man das nicht wissen, wenn man so einen verteidigt?«

»Besser wär's schon, dann weiß man, wie man es anpacken muss, Jane.«

Sie stand auf und öffnete die Küchentür. »Kaffee?«

»Ja.«

»Wie verteidigt man einen Mann, der so was gemacht hat?«, fragte sie beim Hantieren mit der Kaffeemaschine.

»Dann braucht er zuerst einmal einen Arzt, und zwar einen guten, der was von solchen Fällen versteht.«

»Alles schiebt man auf die Krankheit, nicht wahr?«

»Ja, ist denn einer gesund, wenn er so etwas macht?«

»Warum geht er nicht zu einer Nutte?«, fragte Jane und brachte den Kaffee. Abel stand immer noch am Fenster, starrte hinaus, die Schneeflocken beobachtend, die dick und unbeweglich aufs Pflaster klatschten und zu grauem Matsch gefroren.

»Ich weiß nicht, ich hab noch nie für die körperliche Liebe bezahlt.« Abel blickte Jane an, »jedenfalls nicht direkt. Ich könnte mir aber vorstellen, dass so etwas eine erbärmliche, kalte und nasse Handlung ist, wie wenn man sich heute draußen nackt auf das Pflaster legt. Da kann so ein Vergewaltiger vielleicht nichts von dem finden, was er sucht.« Abel grübelte. »Angst. Vielleicht braucht er es, dass eine Frau vor ihm panische Angst hat?«

»Er war verheiratet. Seine Frau hat nie etwas von Gewalt beim Sex ins Spiel gebracht. Und sie hat nicht mit Vorwürfen hinter dem Berg gehalten. Ich habe die Akte gelesen.«

»Ja, und wir verwalten die Trümmer dieser Ehe.« Abel setzte sich und nahm einen Schluck aus der Kaffeetasse.

»Kennst du die Frau Hiltsch?«

»Klein, überschminkt, verletzlich, vielleicht auch zu empfindlich.« Abel stemmte sich aus dem Sessel hoch: »Babyjane, wir lösen die Rätsel dieser Welt heute nicht mehr, arbeiten wir was. Was ist mit der neuen Sache?«

»Hört sich gut an«, sagte Jane, sie rieb Daumen und Zeigefinger aneinander und begann zu tippen. Der Hund ließ sich an ihren Füßen nieder. Abel begann zu wählen, hielt inne. »Jane, heute ist Dienstag, nicht?« fragte er. Sie nickte ohne aufzuschauen. Dann wählte er weiter.

Endlich graute der Abend. Der nachmittags niederprasselnde Regen hatte die grauen Schneefetzen weggewaschen. Nun, im Dämmerlicht, verwandelten sich die Tropfen in Flocken zurück, die schwarz zu tanzen begannen, wenn man in den Himmel schaute. Die Scheinwerfer der Wagen fingerten im Zwielicht, glitten vorbei. Die Straße schwitzte noch. Der Asphalt blieb dunkel, wenngleich sich auf den Fahrzeugblechen der Schnee wieder anzusetzen begann.

»Dienstagabend, Ausgehzeit«, sagte Abel zu seinem Hund, der neben seinem Bein saß und mit der Tatze nach der Leine schlug. »Mal sehen, was los ist.« Er öffnete die Tür. Hinten schrillte das Telefon. Abel zögerte ein wenig, dann trat er hinaus; der Wind trieb ihm eine Schneebö um den Kopf. Der Hund stürmte los. Das Telefon schrillte weiter und Abel schloss die Tür von außen ab.

Es wurde ein langer Weg für Abel. Seinen unerzogenen Hund ließ er zu Hause. Er ging zuerst bei Hiltsch vorbei. Dasselbe Bild wie vor einer Woche. Holz war nicht zu sehen, aber sicher präsent. Abel schlenderte durch das Lehel, am St. Anna Platz vorbei, der wie eine Kleinstadtidylle wirkte, inzwischen aber ein Treffpunkt der besseren Münchner war, die sich in einem Restaurant namens Gandl trafen, sofern sie in unmittelbarer Nähe einen Parkplatz fanden. Fast an der Isar überquerte er die Prinzregentenstraße und ging hinauf in den Englischen Garten. Abel schritt den kleinen Weg am Eisbach entlang Richtung Monopteros und folgte dem Weg, den Melly Moslech in der Nacht zum Aschermittwoch laut Protokoll eingeschlagen hatte. Heute, im Feierabendlicht, das ein dünner neuer Schnee zurückwarf, erschien sogar der Weg zwischen den kahlen Sträuchern und den Eiben und Birken hell, fast heiter, jedenfalls ohne Bedrohung. Jeder Ast, jeder Zweig hob sich vor dem fahlweißen Boden ab. Im nassen Schnee auf dem Weg befanden sich einige Fußspuren und Abdrücke von rutschenden Fahrradreifen. Abel blieb stehen und sah sich um. Die Schneeflocken hatten zwischenzeitlich zu tänzeln begonnen. Der Wind kam zur Ruhe. Kalte Luft legte sich über die Stadt, zog Ruß und Dreck mit sich herunter. Sofern ein klarer Spätwintertag am folgenden Mittwochmorgen aufzog, würde man die lila und schwarzen Schwaden in der blutroten Morgensonne sehen.

Abel spürte im Park nichts von dem Grauen der Bedrohung, nichts von der Gewalt, die hier stattgefunden hatte. Nichts. Er ging weiter Richtung Schwabing auf der anderen Seite des Englischen Gartens. Er wollte noch einen Kaffee trinken, bevor es Zeit war, sich wieder auf die Lauer zu legen

Im Kaffee saß Abel am Fenster und blickte auf die Straße. Die Zeitung vom Tag lag zusammengefaltet und ungelesen vor ihm. Plötzlich sah er Melly Moslech. Sie stand keine zehn Meter entfernt von ihm an der Bushaltestelle und hielt sich den Mantelkragen zu. Ihre Haare hatte sie streng nach hinten gebunden.

Ihr Kopf war unbedeckt. Schneeflocken schmolzen in ihren Haaren. Sie drehte sich herum und erblickte Abel im Licht des Kaffees. Beider Augen trafen sich. Der Bus kam mit spritzenden Reifen an. Doch Melly wandte sich um und lief weg.

Im Polizeigebäude kam kurz vor Feierabend ein Bote von der Poststelle durch die Flure und verteilte die letzten Kuriereingänge. Er klopfte bei Holz, trat ein und öffnete seinen Sack, den er unter dem Arm getragen hatte, und legte Holz einen Plastikbeutel mit Asservatennummer und einem angehängten Kuvert des Biochemischen Instituts der Universität Tübingen auf den Tisch.

»Feierabend und gut Nacht.« Er ging. Holz schwieg und arbeitete weiter an einer Strichliste für die Deliktstatistik, die er über seine Sexualfälle führte. Dienstlicher Anlass waren die jährlichen Erhebungen des Statistischen Landesamts. Die liefen über das Intranet der Polizei. Aber das genügte Holz nicht, folglich führte er seine eigenen, privaten Listen mit spezifischen, auf die Sexualdelikte des Strafgesetzbuches ausgerichteten Gruppen und differenzierten Untergruppen. Die Listen von Holz enthielten Namen, Aktenzeichen, Tatorte, Beweismittel und genaue Angaben über Verurteilungen und Strafvollzug. Für jeden Datenschutzbeauftragten eine Fundgrube für unzulässige Datensammlungen. Im Rechner wäre Holz damit aufgefallen. Aber er bevorzugte Strichlisten. Da er sie von seinem Vorgänger übernommen hatte, reichten die Angaben weit zurück. Holz hatte die Liste nur ergänzen und verbessern müssen. Es war ein unersetzliches Brevier geworden, das er in einer verschlossenen Schublade verwahrte. Den Kollegen gönnte er nur selten Einblicke.

Ohne die Kurierpost zu betrachten, blätterte er systematisch den in grünen Pappkarton gebundenen Band seines Vorgängers mit der Aufschrift 1980-1995 durch. Dabei ärgerte er sich wieder über die in seinen Augen nachlässige Arbeit; denn es fehlte ein alphabetisches Namensregister mit Fundstellennachweis.

Die zeitraubende Suche hatte indes Erfolg. 1992 und 1994 war Sigurd Hiltsch verzeichnet. Die Notizen waren spärlich:

»Hiltsch, Sigurd, 20.4.1961, Anzeige wegen sex. Bel. Mindj. am 13.8.82. Exhibitionistischer Auftritt in Kinotoilette, Verf. eingestellt wg. Beweisprobl. 25. 2.1983.«

Und einige Seiten später hieß es über einen S. Hiltsch mit demselben Geburtsdatum: »Sex. Bel. und gr. Unfug, Ehepaar mit Feuerwerkskörpern beim G V gestört. 2 Mon. Haft a. Bew., Bew.-Zeit 3 Jahre.«

Also doch! Ein ganz alter Hecht im Teich, sagte sich Holz und begann, auf seinem Stuhl zu schaukeln. Schon mit knapp über zwanzig war er einschlägig straffällig geworden. Taten, die in den offiziellen Strafregistern längst gelöscht waren, bewiesen Holz Verdacht. Für den Polizisten war lediglich offen, wann Hiltsch die nächste Stufe seiner Täterkarriere erklommen hatte und gewalttätig geworden war.

Holz gähnte und streckte sich, dann schaute er auf seine Armbanduhr. Er stand auf und holte seinen Parka aus dem Schrank. Der war noch feucht und roch muffig. Im Hinausgehen griff er nach der Eilsendung, die immer noch auf der Schreibtischkante lag. Als er den Absender las, legte er schnell seinen Anorak auf den Stuhl.

Mit freundlicher Anrede schrieb ein Oberarzt, dass der Untersuchungsbefund über die eingeschickten Spuren in der Sache »zum Nachteil der Melly Moslech« nun vorliege. Es folgte ein kurzes Referat der Analyseergebnisse und eine Zahlenkolonne, Holz überflog dies hastig. Hier, endlich, Holz las sich halblaut vor: »Trotz der schlechten Qualität der beim Opfer gesicherten Spuren, was auch das Untersuchungsergebnis nach unserer vorstehend geschilderten Methode in gewissem Umfang beeinträchtigt, kann doch als Ergebnis zusammenfassend festgestellt werden, dass es sich bei dem Spender, von welchem der DNA-Abstrich stammt, und dem Spender, von dem die beim Opfer Moslech gesicherte Spur stammt, mit großer Wahrscheinlichkeit (89,3 Prozent) um denselben Mann handelt.«

Holz warf den Brief und den angeklebten Asservatenbeutel auf den Schreibtisch, griff nach dem Telefon und wählte hastig. »Kriminalbereitschaft?«, fragte er mit lauter Stimme. »Zwei Mann für eine Festnahme. Aber Beeilung!«

Der Schnee hatte die Oberhand gewonnen. Nur auf den Straßen hinterließen die Autoreifen noch schwarze Spuren. Unter Abels Füßen knarrte es beim Gehen. Noch hatten sich die Hausmeister nicht über das Weiß auf dem Pflaster mit Besen und Schaufel hergemacht. Das Salz vom Vortag hatte der Regen in den Rinnstein gespült. Vier, fünf Zentimeter weißer Schnee, durchmischt mit Splitt und eingefangenen Abgasen, bedeckten den Asphalt. Abel hatte nun doch seinen Hund geholt, ging mit ihm die Maximilianstraße entlang und betrachtete die glitzernden Lichter der Stadt. Eine alte Frau stand an der Haltestelle für die Tram am Max-zwei-Denkmal unter einem schwarzen Schirm, auf dem der Schnee eine Haube getürmt hatte. Im Näherkommen erkannte Abel, dass es Hiltschs Mutter war. »'n Abend, Frau Hiltsch«, sagte er.

»Ach, guten Abend. Herr Abel?«

»Guten Abend«, wiederholte er und nahm die Hände aus den Taschen seiner Lederjacke.

»Sie sehen älter aus mit dem Schnee auf dem Kopf.«

Abel lachte und fuhr mit den Fingern durch die Haare, um sich zu säubern.

»Ist das Ihr Hund?«, fragte die Frau.

»Ja, komm her, Schmitz!« Der Hund kam mit hängendem Kopf angetrottet.

Die alte Frau betrachtete das Tier. »Ein schöner Kerl«, sagte sie in liebenswürdigem Ton.

»Sie mögen Hunde?«, fragte Abel.

»Ja, ja, bloß der Vermieter erlaubt mir keinen. Auch für meinen Sohn ist es schlecht wegen der Haare. Er war mal allergisch gegen Tierhaare, als Kind, wissen Sie.«

Abel nahm den Hund an die Leine, Frau Hiltsch sah ihn an.

»Sie sehen nicht aus wie ein Anwalt, Herr Abel, so wie Sie sind«, sagte sie. »Aber ich glaube, Sie sind tüchtig, und ich glaube, dass mein Sigurd einen Anwalt braucht, der zupacken kann.« Abel schwieg und zügelte den Hund, der an der Leine zerrte. Er vermied es, danach zu fragen, wie nach Ansicht von Frau Hiltsch ein Anwalt aussehen müsse. So was führt regelmäßig zu fruchtlosen Diskussionen.

»Wird eigentlich noch etwas nachkommen wegen der Durchsuchung neulich?« fragte sie.

Abel fiel wieder der singende fremdartige Dialekt auf. Die Hiltschs kamen aus Thüringen, nach dem Krieg waren sie geflohen, als der Vater nicht mehr heimgekommen war. Abel wusste das inzwischen aus den Akten. Er ließ sich Zeit mit der Antwort, weil er sich überlegte, ob er denn mit der Mutter seines Mandanten über dessen Fall reden dürfe. Die Schweigepflicht des Anwalts. Er entschloss sich zu einer nichtssagenden Antwort: »Ich glaube nicht.«

»Glauben heißt nicht wissen, Sie sind sein Anwalt.«

»Es war ein Irrtum der Polizei, meine ich, es wird sich alles aufklären. Man hat Ihren Sohn mit einem anderen Mann verwechselt, so was kommt vor.«

»Meine Schwiegertochter wird sich wie ein Habicht darauf stürzen, wenn sie etwas erfährt, wie ein Habicht, das sag ich Ihnen, Herr Abel, sie ist eine kalte Frau und nie herzlich zu uns gewesen, nur ihren Vorteil sieht sie, sonst nichts. Jetzt ist sie mit einem Ingenieur zusammen. Der hat Abitur und studiert hat er auch. Das imponiert ihr. Der Mensch, so wie er ist, bleibt auf der Strecke.« Eindringlich sah sie Abel ins Gesicht, sie fasste ihn am Arm. Es war ein fester Griff. »Treten Sie für meinen Sigurd ein, Herr Abel, ich bitt Sie drum. Er hat es menschlich nicht verdient, so behandelt zu werden von seiner Frau und jetzt noch von der Polizei. Er ist ein tüchtiger Mann und hat sich noch nie was zuschulden kommen lassen.«

Abel nickte. Der Griff mit ihren Wollhandschuhen auf seiner Jacke war ihm unangenehm. Er ließ den Arm sinken. »Jeder verdient, dass man ihm hilft«, sagte er, »und das ist auch schließlich mein Beruf.«

Die Tram kam langsam heran. In den Strahlen ihres Scheinwerfers spielten die Schneeflocken. Die blauen Türen klappten auf. »Ich muss jetzt fahren«, sagte Frau Hiltsch, »auf Wiedersehen, Herr Abel, und besuchen Sie uns mal, den Sigurd wird's freuen und mich auch.« Die alte Frau stieg aufrecht die hohen Stufen hinauf. Abel sah sie nach hinten gehen und sich setzen. Hinter der abfahrenden Tram überquerte er die Fahrbahn und ging nun zügig, den Hund kurz an der Leine, hinunter in die Straße, wo Hiltsch wohnte.

Abel hätte sich nicht länger aufhalten dürfen, denn gerade, als er um die Ecke kam, sah er seinen Mandanten aus dem Hauseingang treten und in entgegengesetzter Richtung davongehen. Die Fenster der Wohnung waren dunkel. Es fehlte sogar die Fernsehbeleuchtung. Zwischen den Männern lag eine Distanz von etwa 300 Metern. Hiltsch bog in die Widenmayerstraße ein und Abel verfiel in Trab, um den Abstand zu verringern. Als auch er um die Ecke biegen wollte, bemerkte er einen Audi, der trotz der glatten Fahrbahn mit hoher Geschwindigkeit herbeigerast kam. Das Fahrzeug bremste, rutschte und stand etwas schräg. Die Türen flogen auf und drei Männer sprangen heraus. Sie rannten auf Hiltschs Eingangstür zu. Einer kam wieder zum Auto und schaltete die Warnblinkanlage ein. Abel ging wieder ein paar Schritte zurück, bis er sicher war, dass er Holz an der kleinen Statur und dem Parka erkannt hatte. Keiner beachtete den Anwalt. Jemand hatte auf den Summer gedrückt und die Polizisten drängten sich ins Haus.

»Gehma, Schmitz«, sagte Abel zu seinem Hund und spurtete los. Hiltsch war verschwunden. Abel rannte zwei Querstraßen weiter, sah sich rechts und links um, endlich, unten an der Luitpoldbrücke, bemerkte er wieder seinen Mandanten, der mit den Händen in den Manteltaschen an der Ampel stand und auf grün wartete. Er trat vor Kälte von einem Fuß auf den anderen und sah dabei öfter auf die Uhr. Als die Ampel auf grün schaltete, überquerte Hiltsch nicht die Straße. Er blieb auf seiner Seite und schlenderte über die Brücke Richtung Friedensengel. In der folgenden halben Stunde trieb sich Hiltsch in Haidhausen herum. Abel vermochte nicht zu deuten, was in Hiltsch vorging. Von Zeit zu Zeit studierte der Mann dem Anschein nach ungeduldig die Auslagen in Schaufenstern, dann ging er zügig in Nebenstraßen hinein, blieb aber bald wieder stehen, so als ob er unschlüssig sei, kehrte zu den Lichtern eines Platzes zurück und verschwand bald darauf erneut.

Unterdessen fiel der Schnee in immer dichteren Schleiern herab. Nun war auch die Fahrbahn vollständig weiß. Nur wenige Fahrzeuge glitten fast lautlos vorüber. Erst gegen halb acht löste sich Hiltsch mit einem entschlossenen Ruck von der Lektüre der Börsenkurse im Fenster einer Bankfiliale und schritt nun zielstrebig und schnell bergauf in die Wohnquartiere von Haidhausen hinein. Abel folgte. Es war eine schwierige Aufgabe, den Mann unbeobachtet zu überwachen; denn bei diesem Wetter war kaum jemand auf den Straßen. Durch die leuchtenden Lichtreflexe auf dem Schnee war es schwer, sich zu verbergen. Abel musste deshalb weit zurückbleiben, damit ihn die Schneefahnen einigermaßen verbargen. Oft folgte er nur den Fußspuren seines Vordermannes, die in dem fahlen Licht und dem dichten Schneetreiben sehr schnell verwehten. Hiltsch führte ihn Richtung Isarufer. Hier gibt es keine imponierenden Altbauquader und schon gar keine Mietskasernen oder Sozialwohnungen. Eine bessere Gegend, teilweise am Hochufer über dem Herzogpark, teilweise entlang der Isar. Wo der Quadratmeter Land über 1200 Euro kostet, gibt es keine Reiheneigenheime mehr. War dies das Revier des nächtlichen Spaziergängers Hiltsch? Er schlenderte nicht einher wie einer, der in Gedanken geht. Abel folgte mit seinem Hund, die freie Hand tief in den Taschen vergraben, den Kopf eingezogen, einer kaum noch im Schnee erkennbaren Spur im Park bis zu einer Stichstraße, die zum Fluss hinunterführte.

Eine Katze kam ihm über den Weg, und Paul Schmitz begann, heftig an der Leine zu ziehen, zu knurren und zu bellen. Abel riss das Tier wütend zurück. Hiltsch, keine 100 Meter vor ihm, sah sich jedoch nicht um. Abel hastete auf die andere Straßenseite und stellte sich vor eine eiserne Gartentür, tat so, als warte er, dass jemand öffnete. Aus den Augenwinkeln beobachtete er Hiltsch, der stehen geblieben war, kurz die Straße hinunter- und hinaufspähte, dann mit einer flinken Bewegung seiner Hände ein Stück Drahtzaun aushängte und zur Seite schob. Durch die Lücke glitt er in ein Gartengrundstück, hängte den Zaun wieder ein und war untergetaucht. Abel duckte sich, rannte gebückt zu der Stelle, an der Hiltsch verschwunden war, und blickte durch die mit Schnee fast zugehängten quadratischen Öffnungen im Maschendraht in der Nähe des Durchschlupfs. Hinter dem Zaun war das Gelände unübersichtlich. Büsche bildeten dicke, weiße Kugeln. Die Straßenlaterne war zu weit entfernt, als dass Abel in ihrem Licht jemanden hätte erkennen können.

Er zögerte zu folgen. Auf der Straße hätte es Zufall sein mögen, wenn der Anwalt bei einem Abendspaziergang mit Hund einen Mandanten trifft, hinter dem Zaun würde es keine Ausrede mehr für Abel geben. Er entschloss sich trotzdem zur Verfolgung und ging zu dem Durchschlupf, der an dem abgestreiften Schnee gut zu erkennen war. An dieser Stelle war der Maschendraht mit einer Zange durchgetrennt worden bis zum Boden. Drei provisorische Haken ließen sich lösen, und Abel war auf fremdem Grund. Geduckt schlich er zu den Sträuchern. Die diffusen Geräusche aus dem Talkessel übertönten weder das Knarren des frisch gefallenen Schnees unter Abels Füßen noch das Hecheln des Hundeatems. Paul Schmitz nahm Witterung auf und grunzte. Abel zog das Tier am Halsband, der Hund spitzte die Ohren. Nichts geschah. Vorsichtig schlich er einige Schritte weiter. Abel stellte sich auf die Zehenspitzen und spähte über die Kronen der Büsche. Jetzt sah er ein bläuliches Licht glimmen. Er entdeckte eine Lücke zwischen den Gehölzen. An den kahlen Zweigen erkannte er, dass auch Hiltsch diesen Weg genommen hatte. Vorsichtig sichernd näherte sich Abel dem Durchlass. Die Büsche bildeten einen hufeisenförmigen Raum von fast zwanzig Meter Durchmesser. Dahinter fiel das Gelände in zwei Stufen ab zu einer Terrasse. Daran anschließend sah man nun die Fensterfront eines privaten Hallenbades. Die Scheiben waren an den Rändern beschlagen, ein kaltes blaugrünes Licht strahlte heraus. Buschige Palmen und verzweigte Zierpflanzen behinderten die Sicht. Dennoch konnte Abel erkennen, dass eine Frau in dem Schwimmbecken ihre Bahnen zog. Kein Geräusch drang heraus in die Kälte der Schneenacht. Abels Augen suchten die Sträucher und die Böschung ab. Hiltsch war nirgends zu sehen. Der Hund an Abels Seite hatte Witterung aufgenommen und schnüffelte am Boden. Abel streichelte behutsam den Kopf des Tieres. Ihm schien, als schneie es nicht mehr so dicht. Die Sicht wurde besser. Endlich entdeckte er Hiltsch, der in seinem grauen Mantel regungslos hinter dem Stamm einer Birke stand. Sein Gesichtsausdruck war nicht zu erkennen.

Abel zog sich zurück und schlich hinter der gegenüberliegenden Buschreihe vor bis an die Kante des Abhangs. Hier standen niedrig geschnittene Koniferen und gaben den Blick besser frei auf das Schwimmbadfenster und Hiltsch.

Fünf Minuten veränderte sich nichts. Der Hund drehte sich neben Abel im Kreis und legte sich, vorsichtig zusammengerollt, in den Schnee. Abels Füße in seinen alten Fallschirmspringerstiefeln begannen kalt und gefühllos zu werden. Unterdessen schwamm die Frau unten im Bad in ruhigem Rhythmus ihre Bahnen.

Endlich bewegte sich Hiltsch. Er ging aufrecht und ohne Zeichen der Vorsicht bis auf einen Meter an die Scheibe des Bades heran. Er blieb in der Nähe einer großen Palme mit bizarren Wedeln stehen. Das musste ihn vor dem Blick der Badenden verbergen. Die Frau erreichte das Kopfende des Beckens, schwamm zur Treppe, die geschwungen ins Wasser lief, und stieg langsam heraus. Abel sah, dass die Frau nackt war. Sie hatte breite Hüften und hängende schwere Brüste. Ihr Geschlecht war fast bis zur Hälfte des Unterbauches dicht behaart. Die Haut des Körpers war braun. Sie hüpfte auf einem Fuß, weil sie Wasser im Ohr hatte, dabei wendete sie dem Fenster den Rücken zu. Schließlich stand sie still und drehte sich um. Da trat Hiltsch aus der Deckung der Palme hervor, fast unmittelbar an die Scheibe heran. Abel sah von hinten, wie der Mann seinen Mantel aufknöpfte und ihn unterhalb der Aufschläge schließlich auseinander breitete, langsam, beinahe feierlich. Vor dem bläulichgrünen Fenster stand er da, umrahmt von den Silhouetten der Pflanzen, schwarz im Schattenriss, wie eine Krähe, den Mantel ausgebreitet wie Gefieder der Flügel. Die Frau rieb sich mit dem Handtuch die Haare trocken und blickte in die Schneenacht hinaus. Ob sie den Mann vor der Scheibe bemerkte, war nicht festzustellen. Hiltsch trat noch einen halben Schritt näher. Die Frau hatte sich indessen schon wieder abgewendet. Sie ging zu einem Handtuchhalter an der Wand, nahm ein weiteres Badetuch und trocknete ihren Körper ab. Ihre Lippen bewegten sich. Möglich, dass sie sang. Hiltsch stand immer noch da, gab seine Pose nicht auf. Die Frau warf ihr Handtuch achtlos über einen Stuhl und ging zur Längsseite des Beckens, wo man durch die beschlagenen Fenster nur undeutlich eine Liege erkennen konnte. Nach einigen Sekunden flammte das grelle Licht einer Höhensonne auf. Die Blätter und Zweige der Pflanzen warfen nun violette Schatten mit scharfen Umrissen an die Scheibe. Der nackte Körper der Frau war gut zu sehen. Er schimmerte bleich und kalt, und selbst die großen Brustwarzen waren grau geworden in diesem Licht.

Abel sah an den ruckartigen Bewegungen, dass sein Mandant onanierte. Es dauerte nicht lange, bis er fertig war. Nun trat Hiltsch zwei Schritte zurück, er nestelte an seinen Kleidern, knöpfte den Mantel von oben nach unten zu, prüfte den Sitz.

Abel stahl sich davon, nun doch grinsend, weil er an den blaugefrorenen Schwanz des nächtlichen Spaziergängers denken musste. Ganz zufällig war er also wieder einmal dort vorbeigekommen, wo sich was tat, der Hiltsch. Schuld waren nur die anderen, die so schamlos waren, wie beispielsweise die Frau in ihrem privaten Schwimmbad hinter einem hohen Zaun, der zufällig ein Loch hatte.

Abel spähte vorsichtig um die Ecke und beobachtete Hiltschs Haus. Natürlich war das Polizeifahrzeug längst aus dem Blickwinkel der Passanten verschwunden. Holz und seine zwei Kollegen lauerten vermutlich verborgen hinter parkenden Fahrzeugen oder in Hauseingängen. Abel hielt es für besser, an diesem Dienstag nicht mit Holz zusammenzutreffen und blieb, wo er war. Er fror erbärmlich, denn die Wolken über ihm rissen auf und ein eisiger Sternenhimmel war zu sehen.

Seine Geduld wurde auf keine große Probe mehr gestellt, denn Hiltsch kam bald, und die drei Polizisten glitten flink aus ihren Verdecken und verhafteten ihn, noch bevor er sein Haus betreten konnte.

»Nasdrowje«, der Mann hob sein Bierglas und stieß mit Mellys Sektkelch an.

»Nasdrowje«, sagte Melly und musste lachen. Dann tranken sie. Er war Vertreter für Präzisionsmeßinstrumente oder auch Damenstrumpfhosen, allein ausgegangen an diesem Abend, zufällig in dieser Kneipe hängengeblieben, Tresen, zweite Reihe, Schulter an Schulter mit Unbekannten und Melly. Sie hatte sich eine Flasche Prosecco bestellt. Prosecco für sich allein im verchromten Kübel mit Ringen zum Tragen, klickernde Eiswürfel und grün die Sektflasche. Kein Champagner, Prosecco, bitte sehr, das genügte ihr. Der mutmaßliche Präzisionsmeßinstrumentstrumpfvertreter stellte sein Glas ab und fuhr fort, darüber zu sprechen, dass er aus Steppe, weiter jenseits Ural, mitten in Bauch von großem Mütterchen Rußland geboren, ausgebildet in Leningrad nun tätig sei – großes Geheimnis, bitta schen – als »Agent, ist nicht Geheimdienst, ist besser: Wir unterwandern Wirtschaftskraft westliche mit System. Gewerkschaftsforderungen für Fünfundvierzig-Stunden-Woche für halben Lohnausgleich ...« Er redete wirres Zeug, das Melly nicht verstand und nicht verstehen wollte. Aber wenigstens redete jemand mit ihr. Und sie spürte, dass der Mann sie aufheitern wollte. Auch wenn sie die Witze nicht verstand, sie lachte.

Es war immer noch Dienstag. Ihr ging nicht aus dem Kopf, was Holz ihr erzählt hatte.

Und zu Hause hatte sie Angst. Obwohl sie ein einbruchssicheres Schloss hatte in die Tür setzen lassen.

Melly sah in ein Paar grüne Augen und streifte mit dem Blick die Lachfalten, die knollige Nase, braune Haut (»von Skifahren in Kaukasus«), gelbe Zähne, aber auf so was kommt's nicht an.

»Joy, Mama«, sagte der Mann, holte Luft und stieß an, trank, bestellte seinerseits eine Flasche Prosecco.

Gegen zwölf war Schluss. Man zahlte. Die beiden steckten die Köpfe zusammen, sahen sich an, der Mann sprach leise, dann wieder mit verschwörerischem Ton und kleinen sympathischen Gesten. Er hatte die Hände bei sich behalten. Deswegen fasste Melly Zutrauen. Er roch gut und seine Hände waren schön.

Schließlich führte der Mann Melly hinaus auf die Straße. Die Nacht war schwarz.

»Tschau«, sagte Melly.

»Nachtkuss«, sagte der Mann – Melly drehte sich weg, doch er hielt ihren Kopf, sah ihr in die Augen. Sie spürte seine Hände an den Wangen, er kam auf sie zu, sie schloss die Lider, spürte seine Zunge eindringen, behutsam, ja, bedächtig hin und her streichen. Sie zog ihn an sich, und sie küssten sich. Melly staunte über sich, dass sie das zulassen konnte.

Zu Hause bei Melly. In der kleinen Sitzgruppe, die vor der dunklen Schrankwand stand, fehlte das Geräusch der Kneipe, der Dunst, die Anonymität. So saßen sie sich gegenüber, eine Flasche Wasser auf dem Tisch, weil der Mann keinen Alkohol mehr trinken wollte. Er sei – kein Scherz! – Pilot und müsse am nächsten Abend wider ins Cockpit seines Frachtjets steigen. Das Gespräch schleppte sich hin. Der Mann kam schließlich zu Melly hinüber, kniete vor ihrem Sessel, seine Hand löschte das Licht der Stehlampe, eine Kerze warf unruhige Schatten. Wieder ein Kuss, lang und zärtlich. Melly war nicht wohl dabei, weil sie sich in ihrer eigenen Wohnung ausgeliefert fühlte. Sie hatte sich zurückdrücken lassen, spürte seine Hände auf den Brüsten, an den Schenkeln, dort, wo die Kratzer aus der Aschermittwochnacht kleine Narben hinterlassen hatten, ihre Brustwarzen wurden spitz. Er nestelte an ihrem BH-Verschluss, konnte ihn nicht öffnen, Melly half ihm widerwillig, und ihre Brüste sanken in seine Hände. Ihre Schenkel hatte sie trotz allem fest geschlossen, und sie traute sich nicht, ihn zwischen den Beinen zu streicheln und seinen Schwanz herauszuholen und zu lutschen, obwohl sie wusste, dass er es erwartete.

»Mein Gott«, sagte sie, als er den Reißverschluss ihrer Hose öffnete und mit einem Spruch seine Hand darin verschwinden ließ. Die Beine gingen nicht auf.

Es dauert fast eine halbe Stunde, bis der Pilot sie auf dem Kanapee hatte. Melly kämpfte mit sich und dem Mann. Früher hatte sie diese Situationen beherrscht, entweder den Mann in die Schranken gewiesen oder hinausgeworfen oder sich unter ihm lustvoll zurechtgelegt.

Sie waren inzwischen nackt und sie spürte seine imponierende Erektion, doch er konnte nicht in sie eindringen. Immer schneller kamen vor ihren Augen diese Bilder wieder hoch von dem matt erleuchteten Monopteros im Englischen Garten, von dem dunklen Asphaltweg, den Büschen und Sträuchern und dem Wind, der hoch über ihrem Kopf in die Äste der Bäume greift und sie wütend schüttelt. Der klickernde Stein auf dem Pflaster. Und jetzt kommt die schwarze Gestalt. Das prasselnde Geräusch der niederstürzenden Körper im Gebüsch, die Schläge, die zerfetzten Kleider, der Schmerz, das Gefühl, diesen Mann in sich zu spüren, seine unbarmherzige Gewalt.

Melly schrie und warf ihre Zufallsbekanntschaft ab wie eine unerträglich gewordene Last.

Nun lag sie da, zusammengerollt und heulend. Wieder einmal heulend, weil ihr nichts anderes übriggeblieben war. Sie war immer noch nackt, wirkte schön im Kerzenlicht, und sie hatte auch artig in diesem Theater mitgespielt. Es war ein Theater für Melly Moslech gewesen. Nicht für den Piloten. Ihm musste sie nichts beweisen. Sie war zum ersten Mal alleine in eine Kneipe gegangen. Und sie hatte, bei Licht besehen, Glück gehabt mit diesem Mann, denn er war phantasievoll, einfühlsam und zärtlich, als es darum ging. Egal.

Dennoch: Tilt. Nichts ging mehr. Gar nichts. Ein Häufchen Dreck und Elend, zusammengekauert und unfähig, mit einem Mann zu schlafen, so fühlte sich Melly, und deswegen heulte sie. Sie fühlte sich vor dem Fremden bloßgestellt. Nichts mehr wert als Frau.

Sie hörte, wie der Mann hinausging, die Tür des Bades suchte, im Flur ging das Licht aus. Sie merkte, dass er lange blieb. Der Mann kam zurück. Er hatte kalte Hände vom Waschen. Er streichelte ihre Schulter, nahm ein Glas Wasser, sagte leise »Nasdrowje».

»Das ist dir wohl noch nie passiert mit einer Frau?«, fragte Melly.

»So was? Manchmal sind doch Männer impotent und Frauen verstehen das nicht.«

»Das ist was anderes.«

»Ich kann das verstehen. Wir kennen uns ja nicht. Was machst du dir Gedanken?« Er schlüpfte in seine Unterhosen. Amerikanische Shorts, weiß mit Muster. An der linken Seite gab es einen kleinen feuchten Fleck. Melly sah jetzt erst, dass der Mann einen Bauch hatte und Leberflecke und keine Haare auf der Brust. Aber ein Mann braucht keinen Teppich auf Brust und Bauch, sagte sich Melly. Es liegt nur an dir, an dir selber, Melly. Warum lässt du dich von diesem Schwein Hiltsch auch noch in deinen Gefühlen verfolgen?

»Wie heißt du wirklich?« fragte sie den Mann, der sich anzog.

»Gebhard Fürchtgott.«

Melly hielt das für einen Witz.

»Stimmt leider«, grinste der Pilot beim Anziehen. »Ich muss jedem erklären, dass es kein Witz ist.«

Mittwoch, den 15. März

Alex Ross fand sich pünktlich bei der Kriminalpolizei ein. Er setzte sich auf die Bank im Flur, sagte zu jedem Vorübereilenden freundlich »Guten Tag« und wartete, bis man ihn hereinrief. Endlich war er an der Reihe. Eine Beamtin gab ihm die Hand, ohne ihn genau anzusehen. Die sexuellen Belästigungen, die sie zu bearbeiten hatte, hingen ihr zum Hals heraus. Sie wäre lieber beim Wirtschaftsdezernat gewesen oder bei »Mord und Totschlag«. Ohne Umschweife führte sie Ross an einen Bildschirm mit der Lichtbildkartei.

»Gibt's auch eine anständige Belohnung?«, fragte Ross und rieb sich beim Hinsetzen unternehmungslustig die Hände.

»Nein«, sagte die Beamtin.

»Ich hab aber gedacht«, antwortete Ross enttäuscht.

»Sehen Sie sich das an, lassen Sie sich Zeit, niemand hetzt Sie, Herr Ross. Hier ist die Maus. Linksklick, wenn Sie weiterblättern wollen.«

Ross setzte sich und begann, lustlos zu blättern. Er hatte genügend Zeit, solange er auf einen Studienplatz an der Fachhochschule für Technik wartete. Und die Jobs, die es so gab zur Überbrückung, waren nichts wert, weil sie für sein Talent viel zu primitiv waren. Und wozu sollte er arbeiten? Fräulein Schneider hatte einen guten Job. Sie verkaufte in einem Uhrengeschäft in der Sendlingerstraße.

Ross sah sich die Gesichter an, dic ihm entgegenblickten. Meist ernste Männer, darunter Rocker, runtergekommene Penner, oft aber mit biederen Gesichtern, gleichgültig dreinschauend, so als habe man mit dem Vorwurf nichts zu tun. Sie waren alle säuberlich nummeriert und katalogisiert. Namen fehlten. Einige Gesichter kamen ihm bekannt vor, besser »irgendwie bekannt». Die Menge verwirrte ihn. Hatte er vorhin noch schwören mögen, dass er die Fratze des Spanners in allen Einzelheiten im Kopf habe, war nun das Bild weg. Ausgelöscht. Bei wenigen Fotos verweilte er länger, darunter auch dem Hiltschs, den man auch in der Kartei hatte. Ross legte den Kopf schräg und musterte das Porträt, spielte wieder einmal mit dem Gedanken, den betreffenden Mann für den Täter zu halten, doch dann verwarf er ihn wieder und suchte weiter.

»Warum gibt's eigentlich keine Belohnung, das gibt's doch sonst immer?«, fragte er die Beamtin, die hereinschaute.

»Weil das nur Bagatellen sind.«

»Bagatellen«, sagte Ross entrüstet und klickte die Kartei zu. »Es war Körperverletzung dabei. Mein Auge, müssen Sie wissen.«

»Nichts?«, fragte die Beamtin. Sie zeigte auf die Kartei.

»Nein.«

»Dann vielen Dank, Herr Ross.« Sie machte sich Notizen.

Wieder Termin. Wieder der Richter Konsalla. Und Hiltsch war schon vorgeführt worden. Die Staatsanwaltschaft befand sich heute in einer ganz erheblich besseren Position, deshalb konnte man auch einen Referendar schicken, und der Erste Staatsanwalt Leuschner blieb – Vakanzen hin oder her – in seinem Büro. Abel war noch beim Amtsgericht in einer Zivilsache, telefonisch von Jane entschuldigt mit der Versicherung, eilends zum Termin zu erscheinen, sobald die Beweisaufnahme beim Amtsgericht beendet sei. Endlich kam die Verteidigung in Jeans mit einem Trench über dem Arm und in Schlips und Jackett. Den Referendar ging es nichts an, wie der Verteidiger gekleidet war, und bei Konsalla war es egal.

»Ja, endlich, der Meister der Paragrafen«, sagte der Richter, sein Lächeln richtete sich wie stets gegen die Decke. Schräg auf dem Holzstuhl liegend fragte er: »Da sind die neuen Befunde, der Herr Sitzungsvertreter der Staatsanwaltschaft gibt sie Ihnen zu lesen, Herr Abel.« Der Anwalt griff nach der Kopie des Eilbriefes an Holz und studierte die Angaben in dem amtlichen Schreiben.

»Und?«, fragte er schließlich.

»Eine gute Frage.« Konsallas Stuhl kippte nach vorn. »Wir rekapitulieren das Ergebnis vom letzten Mal: Vorstrafen, beschlagnahmte Erotika, Aussage des Opfers, Tatumstände – alles sprach für eine Täterschaft des Herrn Hiltsch. Alles. Nur das Ergebnis des Tests aus der Münchner Rechtsmedizin sprach dagegen, Herr Abel. Es war eine knappe Abwägung, sozusagen. Deshalb habe ich den Herrn Hiltsch nicht in Gewahrsam genommen. Aber jetzt bringt die Staatsanwaltschaft ein wenig mehr Butter bei die Fische! Die Biochemie in Tübingen, das ist ja keine ganz schlechte Adresse. Ein neues Untersuchungsverfahren. Darum geht's.«

Abel zögerte einen Augenblick, bevor er sprach: »Nein, es ist keine schlechte Adresse, und sie haben dort die Wahrscheinlichkeit auf keine 90 Prozent angehoben. Was heißt das?«

»Immerhin«, warf der Referendar dazwischen.

»In der Tat, man hat beim Opfer Sperma gefunden. Aber hat denn die emsige Polizei nach anderen Geschlechtspartnern von Frau Moslech gefragt? Lebendes Sperma ist bis zu 72 Stunden nachweisbar. Was ist vor dem Aschermittwochmorgen geschehen? Es macht der Frau Moslech keiner einen Vorwurf, wenn sie mit einem Mann schläft, ohne ein Kondom zu benutzen. Aber das muss festgestellt werden. Falls das so war, muss ich auf einer DNA-Probe von diesem Mann bestehen. Es tut mir Leid, aber das Interesse meines Mandanten erfordert das.«

Hiltsch sah mit einem bewundernden Blick zu seinem Verteidiger hinüber. Der Schachzug gefiel ihm.

»Es sind fast 90 % Sicherheit angegeben worden«, sagte der Referendar. »Und es geht um eine Sexualtat. Da greifen die besonderen Haftgründe.«

Abel kämpfte, weil er sah, wie der Richter schwankte. »Herr Konsalla, die 10 Prozent, die noch offen bleiben, die sind Grund genug, um an der Täterschaft von Herrn Hiltsch begründet zu zweifeln. Im Familienrecht, bei den Vaterschaftsklagen, da gibt man sich mit solchen Gutachten schon lange nicht mehr zufrieden, das ist sicher. Dort müssen es weit über 95 Prozent sein, bevor ein Mann zu Alimente verurteilt wird. Aber was ist Geld gegen die Folgen, die für meinen Mandanten auf dem Spiel stehen?« Abel schüttelte den Kopf. Konsalla schaukelte.

»Die Methode ist erprobt«, sagte der Referendar. »Lesen Sie das ganze Gutachten.«

»Ja, ja«, sagte Konsalla. Schließlich fuhr er fort: »Es fällt mir nicht leicht – genauso wenig wie neulich –, zu einem Beschluss zu kommen. Das ist ein Grenzfall. Aber jetzt meine ich, dass es heute ausreicht, wenn ich Herrn Hiltsch in U-Haft nehme. 90 Prozent, das ist ganz überwiegend wahrscheinlich. Ob so ein Gutachten schließlich eine Verurteilung trägt, das mag zweifelhaft sein; ich muss nur über einen Haftbefehl entscheiden. Zweifel bleiben, gewiss. Darauf weist die Verteidigung mit respektablen Gründen hin. Aber bei Abwägung aller Umstände und die potenzielle Gefahr, die von dem Beschuldigten ausgehen könnte ...« Er zögerte.

»Es ergeht folgender Beschluss: Gegen den Beschuldigten Sigurd Hiltsch wird die Untersuchungshaft angeordnet.«

»Das ist ja!«, rief Hiltsch, doch Abel packte ihn mit der Hand am Ärmel.

»Rechtsmittelbelehrung«, sagte Konsalla, er hatte sich über den Schreibtisch gebeugt, saß da, die Augen waren zwischen Abel und Hiltsch an die Wand gerichtet, die Unterarme lagen auf der hölzernen Schreibtischplatte. Er haspelte den Hinweis auf die Haftbeschwerde herunter.

»Gewonnen«, murmelte der Referendar und notierte den Beschluss mit der Hand auf einem Schmierzettel.

»So was gibt's nicht bei uns, Herr Kollege«, sagte der Richter Konsalla ruhig zu dem Referendar, »bei uns siegt so selten das Recht. Wie will da die Staatsanwaltschaft gewinnen?«

Man führte Sigurd Hiltsch hinaus, wieder gefesselt. Kaum, dass man ihm ein Wort mit seinem Anwalt gönnte, wurde er nach Stadelheim gefahren, in die ausbruchsichere Betonfestung hinter den hohen grauen Mauern, Bollwerk der Unfreiheit in einer keineswegs freien bayrischen Vorstadtwelt am Rande eines Autobahnzubringers.

Hiltsch kam wenige Stunden später in das Getriebe des Aufnahmerituals der Strafanstalt. Schwer für einen Anfänger, denn bisher war er auf Bewährung gewesen und von der Haft verschont. Er durchlief die Abfertigungsmaschinerie mit ihren Formularen, Quittungen, Fragen, Worten und Sicherheitsräumen, bis ihn diese Maschine ausspie und auf einen Haufen menschlichen Strandguts in einer Mehrmannzelle warf.

Hiltsch betrat den Raum, in dem es nach Urin und Zigarettenqualm, Bohnerwachs und alten Wolldecken roch. Er dienerte, sein Blick glitt schnell über die Gesichter der Männer am Tisch, die Karten spielten.

»Hiltsch«, sagte er und verkniff sich ein »Gestatten».

»Dort unten«, sagte einer der Männer und deutete mit dem Kopf auf die Pritsche, die dem Abtritt am nächsten lag. Hiltsch breitete Decke und Kopfkissen aus, die Habseligkeiten, die er bei der Einlieferung an Stelle seines Eigentums empfangen hatte.

Und ausgerechnet in der Mittagspost an diesem Tag war ein Schriftsatz des Prozessbevollmächtigten der Frau Hiltsch mit süffisanten Andeutungen und ziemlich präzisen Angaben über Strafverfahren, Vorstrafen et cetera. Abel las mit finsterer Miene die gedrechselten Formulierungen:

»Die Antragstellerin beabsichtigt nicht, im Rahmen des Zugewinnausgleichs auf die sexuelle Abartigkeit des Antragsgegners im einzelnen einzugehen, erlaubt sich aber den Hinweis, dass der Verdacht einer Gewalttat beim Antragsgegner Hiltsch nicht so außerhalb des Möglichen und Vorstellbaren liegt, wie dessen Prozessvertreter glauben machen will.

Die Befürchtung der Antragstellerin, dass der Antragsgegner einer sexuell motivierten Gewalttat für schuldig befunden und entsprechend verurteilt wird, liegt folgerichtig nicht so weit außer dem Bereich des Möglichen, dass schon heute seitens der Antragstellerin erneut auf die Möglichkeit hingewiesen wird, dass der Antragsgegner seine Stelle verlieren könnte und die Ausgleichsforderung der Antragstellerin notleidend werden kann.«

Das Fazit des Schriftsatzes: Man bittet um einen nahen Termin und schnelle Entscheidung, damit Frau Hiltsch ihre Klauen in das schmale Guthaben ihres Verflossenen schlagen kann, dachte Abel. Er warf den Brief auf seinen Schreibtisch, wandte sich um und ging ans Schaufenster, blickte hinaus. Hinter ihm klapperte Jane auf der Tastatur. Telefon. Jane vereinbarte einen Termin. Der Hund hockte unter dem Aktenbock und kratzte sich. Er wimmerte dabei. Jane legte auf.

»Ein Verkehrsunfall, Totalschaden, kann nachher noch kommen, passt rein.«

»Ja«, brummte Abel, »er soll ...« vollendete den Satz nicht und ging in die Küche. Er sagte: »Mahlzeit.«

»Mahlzeit«, antwortete Jane, nahm den Hörer ab und legte ihn neben den Apparat, deckte ihr Sitzkissen darüber. Ihre Vesper bestand aus einem belegten Brot mit Sülze und einer trockenen Apfelsine.

Abel stahl sich unterdessen zur Küchentür in den Garten hinaus in den Schnee. Er nahm noch nicht einmal seinen Hund mit. Er musste ein Stück gehen und grübeln, alleine und unbehelligt, unbeeinflusst über den Fall Hiltsch nachdenken.

»Und was ist dabei herausgekommen?«, fragte ihn Carola am Abend.

»Resultat?«

»Ja.«

»Sagen wir vorläufiges Zwischenergebnis.«

»Advokatengeschwätz! Resultat?«

Abel blieb stehen, die Hände in den Taschen, sah sie an. Er verzog sein Gesicht zu einem stillen Lachen. »Ja, Resultat. Beschlossen und verkündet: Ich halte diesen Hiltsch nach wie vor für unschuldig. Kein Lämmlein, beileibe nicht! Aber die Frau Moslech hat er nicht angefallen und vergewaltigt. Der nicht. Das ist nicht der Mann für diese Art unmittelbarer Gewalt, der packt nicht zu, denn er hat Angst vor den Frauen. Angst, Furcht, Panik. Was glaubst du, wie es in so einem aussähe, wenn eine

Frau vor ihm in den Büschen liegt, heulend vor Schmerzen und Wut, um sich schlagend, die Beine aneinander gepresst. Du kennst ihn nicht persönlich, das wird es sein. Aber glaub mir, der ist dann paralysiert, da geht gar nichts mehr. Aus, Ende. Ich hab's dir geschildert, wie dieser Mann vor der Glasscheibe des Schwimmbads stand – er machte einen richtig andächtigen Eindruck. Wie er den Mantel öffnete, behutsam und keinesfalls aggressiv, so als würde er etwas ganz Kostbares enthüllen, nur für diese Frau hinter dem Glas bestimmt, die auf einem Fuß hüpfte, Wasser im Ohr und ihn nicht bemerkt hat. Absurd! Er tobte nicht, kratzte nicht an der Scheibe, versuchte nicht, sie einzuschlagen oder sonst wie in das Bad einzudringen um sie zu vergewaltigen. Er holte sich einen runter, richtete sein Gemächt und ging davon. Der Hiltsch ist ein Getriebener, eine Unglücksratte. Aber der Dienstagmann, der ist er nicht.«

»Es wäre eine klare Sache gewesen, wenn der Dienstagmann gestern Nacht zugeschlagen hätte, möglichst am anderen Ende der Stadt, aber so, lieber Jean, wer wettet einen Cent auf deine Westentaschenpsychologie?«, sagte Carola Serafin.

»Ich wette nicht, aber ich brauche einen Standpunkt in dieser Sache, von dem aus ich operieren kann, verstehst du das?«

»Du hast ihn doch zweimal beobachtet, am Dienstag. Zweifel?«

»Zweifel, Bedenken, Angst, dass ich mich irre.«

Carola wechselte das Thema. »Kann es sein, dass du am letzten Samstag eine Freundin von mir kennen gelernt hast?«

Abel war sofort klar, dass er in der Falle steckte, falls Olivia über die ganze Nacht mit Carola gesprochen hatte.

»Du kennst Olivia Breitschwerdt?«

»Ja.«

Abel schwieg. Er wartete was kommen würde. Er hatte sich nicht wieder mit Olivia getroffen, aber er hatte es vor. Täglich gingen zwei oder drei SMS hin und her.

»Wie findest du sie?«, fragte Carola.

»Schicke Frau«, antwortete Abel ausweichend.

»Sie hat schöne Haare«, ergänzte Carola, »sie vögelt bloß ziemlich herum.« Carola konnte sich diese Spitze nicht verkneifen, nachdem es ihr nicht gelungen war, aus Olivia herauszubekommen, wer genau der süße Anwalt war, der in ihrem Bett Samstagnacht versagt hatte. Abel versagte bei Carola selten. Aber sie trafen sich nicht sehr oft.

»Skifahren wär jetzt auch was«, sagte Abel und sah in den Himmel hinauf. »Oben hätte es bestimmt Pulverschnee und Sonne. So was gibt einem das Gefühl, als wäre alles in Ordnung.«

»Du würdest dir nur die Knochen brechen, Jean«, antwortete Carola.

Freitag, den 17. März

Im Haus der Fiedlers sollte Ruhe eingekehrt sein. Deshalb wartete der Polizeibeamte Holz auf der anderen Straßenseite, bis die Lampen im oberen Stockwerk gelöscht worden waren. Er gab zehn Minuten zu. Drüben flackerte das Licht aus der Fernsehröhre auf. Jetzt stieß Holz sich ab und ging hinüber. Den Widerstand der Frau Fiedler an der Tür überwand er schnell, ein Kinderspiel. Er schob sie zur Seite, trat ein und antwortete, als er Fiedler aus der Küche rufen hörte, wer das denn sei: »Polizei.« Mit wütendem Gesicht erschien Fiedler im Flur und sah den Beamten an. »Du?« fragte er.

Holz ging auf die Anrede nicht ein. Er hielt dem Blick des Mannes stand. Hinter sich spürte er Frau Fiedler.

»Es ist alles gesagt«, rief sie. Die Tür war offen geblieben.

»Bis auf die Feststellung, dass der Mann, der Sie, Frau Fiedler«, Holz drehte sich nicht um, »angegriffen und vergewaltigt hat, den Sie sehr wohl erkannt haben, dass dieser Mann seit gestern Abend in Polizeigewahrsam sitzt und dass der Richter heute einen Haftbefehl erlassen hat.« Mit einer langsamen, sicheren Bewegung griff Holz in die Innentasche seines Militärparkas und zog ein Foto heraus, das Hiltsch auf dem Stuhl des Erkennungsdienstes zeigte, von vorne und im Profil, die Augen weit aufgerissen, Mund halb geschlossen, Ratlosigkeit auf den Zügen des weichen Gesichts. »Dieser Kerl war's, nicht wahr?« Er federte herum, stand breitbeinig da, und sein Kinn kräuselte sich.

Keine Antwort. Frau Fiedlers Blick streifte das Bild, glitt zu ihrem Mann hinüber.

»Ich hab was gefragt.«

Fiedlers schwere Hand packte den schmächtigen Oberarm des Polizisten, zerrte ihn daran wieder herum. »Auf dem Kasernenhof sind wir hier nicht. Nicht dieser Ton.«

Holz machte sich unwirsch los, er hielt erneut der Frau das Foto unter die Augen. »Hiltsch, Sigurd, heißt er, vorbestraft, schon seit langem. Ein Frauenschänder, wie er im Buch steht.

Immer noch nichts? Keine Erinnerung? Nichts?« Er bemerkte den hilflosen Blick der Frau über seinen Kopf hinweg zu ihrem Mann.

»Halt's Maul«, sagte der. Unklar wen er meinte.

Holz, der die Bemerkung auf sich bezogen hatte, drehte sich grinsend herum. »Wie es beliebt«, sagte er mit zynischem Ton, »ich werde schweigen, kein Mensch hört was von mir.«

»Warum fragst du dann?«

»Es geht auch niemanden was an«, fuhr Holz unbeirrt fort, »dass eine gewisse Cornelia Fiedler, geborene Salzer, wohnhaft in diesem Haus, gerade vor 6 Monaten wegen eines Vergehens des Diebstahls, § 242 StGB, rechtskräftig zu einer Geldstrafe von 30 Tagessätzen à 10 Euro verurteilt worden ist. Sachverhalt: Entwendung von einem Damenmantel, Wert 69,50 Euro in einem Kaufhaus der Firma H & M in München. Edel sei der Mensch, hilfreich und gut.«

Frau Fiedler hatte mit einer abrupten Bewegung die Tür ins Schloss gezogen.

»Sauber«, sagte ihr Mann, »schon wieder eine Drohung!«

»Es ist nur für das Recht«, sagte Holz. Er grinste. »Ich verlange ja nichts Ungesetzliches von Ihrer Frau. Aber es ist ein Unterschied in meinen Augen, ob eine Frau von einem Sittenstrolch überfallen wird und darüber eine wahrheitsgemäße und von ihrem Mann unbeeinflusste Aussage machen soll, wenn Sie wissen, was ich meine, oder ob eine in einem Warenhaus klaut und sich dabei erwischen lässt. Es war ja nicht zum ersten Mal. Wollen Sie die anderen Vorgänge noch hören?«

»Nein«, sagte Frau Fiedler leise.

»Also!« Holz steckte das Bild wieder weg. »Ich will nur wissen, wie es wirklich war. Es gibt eine Verhandlung vor dem Gericht. Ein Gericht mit mehr Richtern als bei Ihnen, gnädige Frau. Da werden Sie aussagen müssen, wie es war. Auf Falschaussagen steht Strafe, wird der Richter sagen, und er hat Recht. Hören Sie nicht auf Ihren Mann. Er ist verbohrt in dieser Sache, kein objektiver Ratgeber.«

»Eugen!«, sagte Frau Fiedler, denn ihr Mann packte sich diese Handvoll Polizist, riss ihn am Kragen zu sich her, starrte ihm in die Augen. »Pass bloß auf, Mann!«, brüllte er. »Ich werde dir geben fürs Drohen!« Er schüttelte Holz. Der kleine Mann langte zu, setzte einen Polizeigriff an der Faust Fiedlers an, doch er rutschte ab, der Angriff ging ins Leere. »Tür auf!« Die Frau gehorchte. Es entstand ein schabendes Geräusch, weil Holz über den kurzen Flur schleifte, und dann prasselten die Zweige der Ligusterhecke vor dem Haus, als der Polizist sich mit Schwung in die Büsche setzte. Die Tür klappte wieder zu. Im oberen Stock gingen die Lichter an. Kinderstimmen riefen: »Mutti?«

Als Holz sich aufrappelte und seinen Parka zurechtzog, hörte man aus dem Nachbarhaus Schüsse. Pferdegetrappel folgte, wieder Schüsse, dann setzte eine Westernmelodie ein.

Mittwoch, den 22. März

Für Hiltsch hatte die Routine der Untersuchungshaft begonnen, das Aufstehen, Essenfassen, der sich träge dahinschleppende Tag, die Zelle und die Mitgefangenen – alles ertrug er mit Geduld, fast mit Demut, rührend um Ausgleich bemüht. Die Männer in seiner Zelle haderten oft mit ihrem Schicksal, die Gespräche kreisten um die Haft, die Freiheit, die Staatsanwälte und Richter, die Verteidiger und die Vollzugsbeamten, ja, und natürlich um Frauen. Weibergeschichten morgens beim Aufstehen, am Tag, nachts. Nur, einer, wegen Diebstahls in Fortsetzungszusammenhang in Haft, war schwul. Der tat sich schwer bei diesem Theater. Von den anderen verlacht und gelegentlich mit ein paar Schlägen attackiert, suchte er in Gesprächen mit dem verlegen schweigenden Hiltsch Schutz und Verständnis. Hiltsch ertrug die Zuwendung und achtete darauf, keinen Anlaß zu geben, aus dem der andere schließen könne, seine Zuwendung werde von Hiltsch wie Zuneigung interpretiert. Andererseits war Hiltsch froh, wenigstens einen zu haben, der mit ihm sprach; denn die anderen ignorierten ihn, weil er nichts von sich erzählte und auch keine Weibergeschichten. Selbstverständlich hielten die anderen auch Hiltsch für schwul, weil er sich mit dem schwulen Gewohnheitsdieb abgab, was keiner der Knastvögel verstehen konnte. Hiltsch hatte als Delikt Unterschlagungen angegeben, ein Straftatbestand, der ihm wegen seiner beruflichen Tätigkeit einigermaßen begreiflich war. Er wusste, dass er es erheblich schwerer haben würde, wenn die Wahrheit ans Licht käme. Die Faszination des angeblich veruntreuten Geldes schlug die anderen Männer anfangs in den Bann, sie fragten Hiltsch aus, der freilich nur zögernd antwortete. Und weil Hiltsch auch nicht Karten spielte und, wie gesagt, keine Weibergeschichten und Schwänke aus seiner Jugend erzählte, war er schnell ein Außenseiter und auf die ermüdenden Gespräche mit dem Schwulen angewiesen, ständig in Sorge, diesem Mann ein Zeichen zu geben, das falsch verstanden werden könnte. Der Schwule nannte ihn Sigi und buhlte unablässig. Der Schwule hieß Beppo, unklar, ob als Spitzname oder wirklich.

Im Gegensatz zu Abels Kanzlei machte das Büro der Rechtsanwältin Wiesenhofer einen etablierten Eindruck. Auch wenn die Mandanten auf dem Flur, in einer Nische sitzend, warten mussten. Man kam auf telefonische Voranmeldung, setzte sich anstandshalber ein paar Minuten, ehe man von einem Mädchen in ein helles Zimmer mit Stores und Übergardinen vor den Fenstern und eher privat anmutenden Büromöbeln geführt wurde.

»Guten Tag«, sagte Melly und gab Frau Wiesenhofer die Hand, die nicht aufstand, sondern mit einem Kopfzeichen auf eine kleine Sitzgruppe wies. Melly setzte sich. Frau Wiesenhofer musste noch unterschreiben, sie blätterte in voluminösen Mappen, aus denen Aktenbündel lugten, murmelte hier und da ein Wort, dann setzte sie mit schnellem Zug ihre Unterschrift auf das Papier. Auf dem Schreibtisch vor ihr standen dickleibige Gesetzbücher in roten Plastikdeckeln und Kommentare in betulichem Grau. Melly studierte das Gesicht ihrer Anwältin. Keine Zicke, dachte sie, klein und zierlich der Kopf, modischer Haarschnitt, nur die Augen und Lippen nach Mellys Geschmack zu stark und in den falschen Farben geschminkt.

Zum Lesen brauchte sie eine Brille. Falten fehlten im Gesicht, das war auffällig. Ja, die Bluse war gut. Seide vermutlich. Melly dachte, dass ihr selbst auch so was stehen könnte. Endlich drückte Frau Wiesenhofer die Taste an einem Rufgerät.

»Fertig«, sagte sie, dann stand sie auf, nahm Akte, Kuli und Papier und kam zu Melly herüber. Die Tür öffnete sich und eines der Büromädchen glitt herein und holte die Unterschriftenmappen ab.

»Nun, Frau Moslech«, sagte sie und sah Melly in die Augen. Ihre Stimme war klar, mit einer gewissen Schärfe. »Ich habe mir die Akten kommen lassen. Es war nicht leicht, die Polizei sitzt darauf, und sie werden für die Ermittlungen dringend gebraucht. Sie verstehen?« Melly nickte. »Also, eingesehen habe ich sie. Gegen diesen Hiltsch liegt eine Menge vor, von früher. Er ist als Spanner aufgefallen und als Exhibitionist. Man hat bei ihm im Keller stapelweise pornographische Magazine und Bücher gefunden. Das wird gesichtet. Man ermittelt weiter.«

»Ja«, sagte Melly.

»Der Mann sitzt seit gestern«, sie blätterte in ihrer Akte.

Melly sagte: »Es hat sich heute Mittag im Betrieb herumgesprochen.«

»Der Verteidiger, ein gewisser Rechtsanwalt Abel, hat Haftbeschwerde eingelegt. Das hätte er sich auch sparen können.«

»Verteidigen Sie auch manchmal?«

»Wie?«

»Ob Sie auch Angeklagte verteidigen?«

»Ja«, sagte Frau Wiesenhofer. »Also, man kann davon ausgehen, dass der Täter bis zur Verhandlung in U-Haft bleibt. Das dauert – je nach Ermittlungsaufwand – noch drei Monate oder ein bisschen mehr. Zeit genug, damit Sie sich eine Meinung bilden.«

»Meinung?«

»Ob Sie den Mann, diesen«, sie blätterte, »Hiltsch, wirklich und zweifelsfrei erkannt haben oder nicht. Das ist allein Ihre Sache.«

Melly atmete durch. Sie ließ den Blick vom Gesicht hinunter auf die Hände sinken, die unbeweglich nebeneinander auf der Akte lagen und Sauberkeit und sogar Kraft ausstrahlten, obwohl sie mager und feingliedrig waren. Ein breiter Ehering leuchtete golden.

»Ich habe mich das schon hundertmal gefragt«, erklärte Melly.

»Und was glauben Sie?«

Melly zögerte, dann gestand sie, dass sie keineswegs sicher war.

»Sicher, sicher«, sagte Frau Wiesenhofer. »Ich will Sie nicht beeinflussen.«

Melly fühlte sich ein wenig schuldig, weil sie sich in diesem Augenblick für eine Versagerin hielt.

»Sollen wir nun die Nebenklage rausschicken oder nicht?« Eine klare Frage. Routinemäßig erläuterte die Anwältin: »Mit der Nebenklage tritt das Opfer der Staatsanwaltschaft bei. Wir können selbständige Beweisanträge stellen, das Verfahren mitgestalten.«

»Ich weiss, wir tragen zur Verurteilung bei«, sagte Melly. »So ist es doch im Ergebnis?«

Melly hatte sich diese Nebenklage fest vorgenommen. Uli hatte sie drei Mal angerufen, um sie in ihrer Haltung zu bestärken. Sie war entschlossen zur Anwältin gegangen. »Ja«, sagte sie.

Die Anwältin füllte eine Vollmacht aus und schob sie Melly zu.

»In solchen Prozessen wird das Vergewaltigungsopfer oft gedemütigt. Man übt enormen Druck aus. Da hilft die Rolle der Nebenklage. Man ist nicht nur das Objekt des Verfahrens. Was wichtig ist: Sie können während der ganzen Verhandlung im Saal anwesend sein, brauchen nicht draußen zu warten. Sie wissen was abläuft.«

»Muss ich überhaupt kommen, ich hab gedacht, dass Sie ...«

»Aber gewiss. Wir kommen beide. Beide! Wir haben nichts zu verbergen.« Frau Wiesenhofer schlug die Akte auf. Melly begann den Text der Vollmacht zu lesen.

»Hier«, Frau Wieshofer streckte ihr den Kuli hin.

»Wo?«, fragte Melly.

»Dort«, sagte die Anwältin und deutete auf die Zeile, wo man unterschreiben muss. Melly zögerte noch. Frau Wiesenhofer sah auf die Uhr, Melly unterschrieb.

»Wird es schlimm? Ich meine, der Prozess?«

»Nein. Ich werde es in Grenzen halten. Es kommt auf den Vorsitzenden des Gerichts an.« Frau Wiesenhofer heftete die Vollmacht ab. Melly klappte ihre Handtasche auf und zog ein zusammengefaltetes Schriftstück mit viel Kleingedrucktem heraus. Sie legte es auf den Tisch und glättete es mit der Hand.

»Hier ist meine Rechtsschutzversicherung«, sagte sie.

Doch Frau Wiesenhofer besah sich die Papiere noch nicht einmal.

»Nein, das trägt diese Rechtsschutzversicherung nicht.« Sie klappte die Akte zu. »Sehen wir deshalb zu, dass wir gewinnen. Hat dieser Hiltsch Vermögen? Sie kennen ihn ja ein wenig.«

»Ja«, sagte Melly verblüfft, »ich glaube es zumindest.«

»Na dann. Er trägt die Kosten, wenn man ihn verurteilt. Das kommt auch auf Ihre Aussage an, Frau Moslech.«

Donnerstag, den 6. April

Der Psychiater kam pünktlich wie der Henker, mit allem Handwerkszeug ausgerüstet, kalt, mit berufsbedingter Distanz. Sie führten ihm Sigurd Hiltsch vor, diesmal nicht Angeschuldigter, sondern Proband, Versuchsperson, Objekt wissenschaftlichen Interesses, das sich auf die vermuteten sexuellen Abartigkeiten konzentrieren sollte. Der Psychiater hieß Altschul und nahm an Hiltsch zunächst einen Persönlichkeitstest vor. Der Proband musste zu den Rorschach-Bildchen Assoziationen bilden, was ihm sichtlich schwer fiel. So saß Hiltsch da und entzifferte die Chiffren der Tintenklecksereien, durchaus willig zur Mitarbeit. Er hatte sich korrekt angezogen, Schlips, Anzug, Weste. Seine Schuhe waren poliert. Der Untersuchungsraum war das Besuchszimmer für Anwälte. Ein Tisch, ein Stuhl. Eine abgeschnittene Konservenbüchse als Aschenbecher. Grüngrau changierender Boden aus widerstandsfähigem Plastik. Hellgrüner Anstrich an Wänden und Decke und von oben einsickerndes graues Frühlingslicht, das durch Glasbausteine drang. An zwei gegenüberliegenden Wänden Stahltüren in schweren Eisenzargen.

Die Geräusche der Anstalt waren ausgeschlossen. Was blieb, waren die monotonen Fragen des Psychiaters Altschul und das Kratzen seines Filzstiftes auf dem Notizpapier. Hiltschs pflichtschuldige Antworten hallten in dem öden Raum. Er räusperte sich oft. Altschul nahm keinen Anteil, wieso auch? Er hatte lediglich zu untersuchen, festzustellen, objektiv und sachlich niederzuschreiben, was der Proband so von sich gab; es war eine Menge, offen war, ob auch aufschlussreich.

Hiltsch war klar, dass im Test viele Fallen steckten, auch wenn man ihn zum ersten Mal zwang, ihn zu absolvieren. Seine Augen beobachteten den Psychiater, dessen Blick auf die schriftlichen Fragen und die Bögen für den Probanden fixiert war und Hiltsch als Person nicht wahrnahm; denn Anlagen, Neigungen, Einstellungen, der Charakter und der Trieb, das alles sind natürlich Ziele des wissenschaftlichen Erkenntnis- und Feststellungsinteresses und nicht eine Frage der persönlichen, subjektiven Beurteilung durch den Arzt, der die Untersuchung durchführt. Deshalb spielen die Augen und das Gesicht des Probanden keine Rolle. Das war Altschuls Credo, das er jedem Richter erklärte, wenn er auf seine Methoden zu sprechen kam.

Endlich. Zwei Stunden waren für Hiltsch im Flug vergangen. Altschul entließ ihn mit einem Handschlag. Hiltsch hatte sich kaum getraut, dem Psychiater die Hand zu geben. Sie standen sich gegenüber, schon verabschiedet, der Psychiater an der Tür, die in den Gang hinausgeht, der über verschiedene Stationen, durch schwere Sicherheitstore, die Überprüfungsbaracke, in der es nach Urin und imprägniertem Holz riecht, hinaus in den warmen, verhangenen Frühlingstag führt, Hiltsch an der anderen Tür, der zum Gefangenentrakt, wo man in Lärm und Gestank, Einsamkeit und abgestandene Luft kommt. Nicht allein, sondern mit einem Beschließer.

Die Tür hinter dem Arzt ging auf. Hiltsch nickte seinem Gutachter zu, doch der schob sich, seine Untersuchungen vor die Brust geklemmt, rasch hinaus in den Gang, ohne eine Antwort.

Hiltsch holten sie erst später ab, so dass er Zeit hatte, noch einmal den trostlosen Raum zu mustern, in dem er noch zweimal zwei Stunden des Frage- und Antwortspiels zu überstehen hatte. So weit hatte ihn die Anstaltsleitung in die Pläne des Arztes eingeweiht. Und Hiltschs Verteidiger hatte dazu die Stirn gerunzelt, als er ihn besuchte hatte, und bemerkt, dass man wohl ganz offensichtlich glaube, auch von der Gutachterseite die Sache übers Knie brechen zu können.

»Drei Mal zwei Stunden, das ist zu wenig, wenn man ein Gutachten erheben will«, hatte Abel gesagt, »da muss eine stationäre Untersuchung durchgeführt werden, anders geht es nicht.«

Hiltsch, in großer Sorge, dass man ihn in eine psychiatrische Klinik einweisen könne, hatte protestiert und es als ausreichend bezeichnet, wenn man ihn ambulant analysiere. Abel widersprach. Hiltsch fürchtete, sein Anwalt werde sich für eine Einweisung ins Zeug legen.

»Bitte nicht in die Klapsmühle«, hatte Hiltsch gefleht. »Ich will nicht, dass Sie sich dafür einsetzen.«

»Na gut, ich kann dann im Prozess die kurze Untersuchung als einen Verfahrensfehler rügen.«

»Sie machen aus allem was«, hatte Hiltsch gesagt, halb bewundernd, halb ängstlich.

Abel hatte nur mit den Schultern gezuckt.

Endlich rasselte es an der Stahltür.

Der Wachtmeister sagte: »Hiltsch, Sigurd?«

»Ja.«

»Gut, folgen!«

Hiltsch folgte dem Wachtmeister in seine Zelle. Seine? Ja, es war seine Zelle. Die anderen blickten auf, als man ihn über die Schwelle schob und Hiltsch mit Schlips und Kragen zum Abtritt ging, den Deckel abnahm und zu pinkeln begann. Beppo schlich sich an und lugte über Hiltschs Schulter, seine Hand legte sich väterlich – oder wenn man so will, zärtlich – auf den Oberarm.

»Soso«, fragte er auf schwäbisch, »wie war's au?« Beppo kam aus Obertürkheim bei Stuttgart.

Hiltsch sagte nichts, er schlug den Harn ab und beeilte sich, seine Hose zu schließen. »Di Anwälte kennet oin Sache froga«, sagte Beppo, der davon ausging, dass Hiltsch so lange mit seinem Verteidiger gesprochen hatte, wie Hiltsch das angedeutet hatte.

»Ja, ja«, sagte Hiltsch. Hinter ihm lachten die drei anderen. Er drehte sich um und sah sie an dem primitiven Holztisch sitzen, die Skatkarten in der Hand. Vor sich eine lange Liste mit unendlich scheinenden Ziffernkolonnen, die auf die endgültige Addition warteten, auf den Ausgleich der Konten, einmal in Freiheit, bei Strömen von Bier und Klarem. Sie grölten vor Lachen. Einer stand auf. Er wurde Erwin genannt und war hier wegen vagen Verdachtes auf irgendwelche Beteiligungen bei BTM-Geschichten. Er war untersetzt und hatte fleischige Lippen und eine blühende Akne im Gesicht. Die Haare schütter, obwohl er kaum dreißig war.

»Komm, Beppo!« sagte er und lockte den Schwulen mit dem Finger. »Komm!«

Beppo wandte sich ab, er machte ein indigniertes Gesicht und führte Hiltsch mit einer freundschaftlichen Geste vom Abtritt beiseite in Richtung seiner Pritsche. Da packte ihn der andere an der Schulter, warf ihn auf die Seite, dass er an die Bettkante prallte. Es schepperte blechern. Hiltsch wollte protestieren, schreien, zumindest schimpfen, da kam Erwin auf ihn zu. Sein Gesicht glühte rot vor aggressiver Begeisterung. Die Narben der Akne stachen blau hervor. »Ja, ja, der gute Sigi«, sagte er, und seine zwei Skatbrüder brüllten vor Lachen. »Was ist denn jetzt mit dem großen Geld? Wo ist die Kohle, Herr Hiltsch?«

Beppo sprang auf, griff den Mann an, schlug ihm mit den Fäusten auf den Kopf. Er schrie schrill, als er sah, wie dieser mit festem Griff Hiltsch herumgewirbelt hatte, ihn um die Hüften packte, ihn an sich zog, festhielt. Auch Hiltsch prügelte um sich. Er wehrte sich mit viel Mut. Aber er hatte keine Erfahrung in Schlägereien mit Typen, wie sie im Knast zusammengewürfelt werden. Es half nichts. Die anderen beiden kamen zur Hilfe und Erwin schlug zuerst dem schwulen Beppo aus dem Handgelenk ins Gesicht, dass dessen Nase blutete. Beppo flog auf seine Pritsche, schlug sich den Kopf an. Er wimmerte.

Eine gefährliche Stille entstand.

Hiltsch spürte die feuchte Wand in seinem Rücken. Vor ihm die drei Männer. Er begann zu verhandeln, um fiktives Geld feilschen, das er angeblich zur Seite gebracht hatte, Zeit gewinnen. Die drei Typen grölten und lachten, je mehr sich Hiltsch ins Zeug legte, umso weiter stieg das sadistische Gejohle.

Plötzlich packte Erwin Hiltsch an der Hüfte, wirbelte ihn um 180 Grad herum, riss ihm die Hose herunter. Er zog seinen Schwanz heraus. Hiltsch schrie vor Schmerz. Erwin begann mit Kopulationsbewegungen. Beppo saß mit aufgerissenen Augen auf der Kante seiner Pritsche und verfolgte was geschah. Er sah, wie Hiltsch die Tränen über das Gesicht rannen. Krawatte und Hemd waren von der Schlägerei verschmutzt, aber der Schlips saß immer noch korrekt. Erwin erhöhte die Frequenz. Die beiden anderen klatschten den Takt.

Hiltsch vergaß das Prügeln, er brüllte, er kreischte nach den Wachtmeistern, immer die kraftvollen, wie Feuer brennenden Stöße des Mitgefangenen im Arsch und im Ohr das Johlen, Gegröle und Gelächter der Skatbrüder, er stöhnte vor Schmerz und Erniedrigung und hörte wie Erwin ihm ins Ohr brüllte: »Kinderficker, Kinderficker, so geht's nem Kinderficker.«

Es war absurd, dass Hiltsch mit stoßweisem Atem um Verschonung bettelte, weil er kein Kind vergewaltigt hatte. Er hatte zu viel gelogen. Es half nichts. Hiltsch hörte, wie die Typen vor Vergnügen heulten und brüllten, bis Erwin kam und Hiltsch von sich stieß.

Natürlich achtete um diese Zeit keiner der Beamten auf Geheule und Gejohle aus einer Zelle. Allerhöchstens, dass einer vorbeiging und mit dem Schlüsselbund an die Stahltür schlug und »Ruhe« brüllte. Doch noch nicht einmal das geschah.

Erwin trat Hiltsch noch hinten rein und der flog auf Beppo.

Jetzt waren die Linien klar, fanden die drei Skatbrüder, während Hiltsch sich aufrappelte. Beppo stützte ihn dabei. Sein Gesicht war vom Blut verschmiert.

Hiltsch heulte.

Wimmernd beteuerte er, dass er unschuldig eingesperrt sei. Unschuldig.

»Ist ja gut, es geht schneller vorbei als du denkst. Und es ist gar nicht so schlimm«, tröstete ihn Beppo in schwäbischem Tonfall.

»Wenn du das Maul aufmachst, dann fickt dich die Schwuchtel aus der Küche und die ist Positiv«, drohte Erwin vom Waschbecken her, wo er sich wusch.

Hiltsch ignorierte den Mann und rückte an seiner Krawatte.

Freitag, den 5. Mai

Der Schriftsatz mit der Nebenklage der Melly Moslech in dem Verfahren gegen den Angeschuldigten Sigurd Hiltsch ging bei der Staatsanwaltschaft ein. Er war ohne Anrede und Grußfloskel am Schluss. Korrekter Amtsumgang. Die Rechtsanwältin führte in einigen Bemerkungen zur Sache aus, dass man dem Angeschuldigten die Tat zweifelsfrei nachweisen könne. Um das Verfahren zu beschleunigen, beantrage die Nebenklägerin Moslech, die Ermittlungsergebnisse hinsichtlich möglicher anderer Straftaten nicht Gegenstand eines und desselben Verfahrens mit dem der Straftat zu Lasten der Nebenklägerin zu machen, sondern abzutrennen und nach Abschluss der Ermittlungen selbständig anzuklagen. Der Nebenklägerin, die ja in dem Verfahren gegen den Angeschuldigten als Zeugin auftreten müsse, sei die nervliche und seelische Belastung des Wartens bis zum Abschluss eines umfangreichen Ermittlungsverfahrens nicht zuzumuten.

»Okay, Schwester«, brummte der Staatsanwalt Carl A. Breuer, »kann so laufen.« Keiner hörte zu, denn der Staatsanwalt mit den Prädikatsexamina und dem sportlichen, unstaatsanwaltsgemäßen Outfit, dem braunen Teint und der gestählten Figur, war allein in seinem Dienstzimmer. Er führte öfter Selbstgespräche. Breuer hatte die Akte in der Sache Hiltsch auf dem Schoß und die Füße auf dem Tisch. Auf allen Schriftstücken in dem Papierkonvolut war ein Stempelabdruck mit den stereotypen Worten Haft, eilt!. Roter Stempel, versteht sich. Breuer, der auf sein saloppes Äußeres großen Wert legte und das flapsigdynamische Element in der Sprache pflegte, sagte noch einmal zu sich: »Wacker, die Schwester Anwältin, schlau, schlau!« Er beschloss, der Anregung von Frau Wiesenhofer zu folgen und das Verfahren im Tatkomplex Moslech gesondert anzuklagen. Die Vorteile: die Zahl der erledigten Verfahren, Indikator für Fleiß und Anklagefreude eines jungen Staatsanwalts, verdoppelte sich durch die Abtrennung des anderen Tatkomplexes; der Täter könnte, wenn er klug wäre und auf Rechtsmittel verzichtete, schneller aus der U-Haft in den normalen Strafvollzug verlegt werden. Das ersparte der Staatsanwaltschaft die Auseinandersetzung mit den zu befürchtenden ständigen Haftbeschwerden des Verteidigers. Und schließlich: eine Seite des Tatkomplexes war abgehakt, einschließlich psychiatrischem Gutachten und so weiter.

Diese Dienstagserie mit Hiltsch zusammenzubringen, war augenblicklich ohnehin nur sehr schwer möglich; vielleicht verrannte sich die Sitte da ein wenig. Es ist nicht die Aufgabe der Staatsanwaltschaft, sich für wachsweiche Anklagen einen Freispruch zu fangen. Holz konnte weiter ermitteln und er, Breuer, würde versuchen, für den Hiltsch ein paar Jährchen zu bekommen.

Breuer kannte den Polizisten nur flüchtig. Seine seltsamen Methoden waren gerüchteweise sogar bei der Staatsanwaltschaft aufgefallen, und dabei hatte Breuer ihn als einen freundlichen und diensteifrigen Charakter kennen gelernt, der gerne und ohne mürrische Ausreden zusätzliche Ermittlungen übernahm und ausführliche, gut lesbare Abschlussberichte schrieb. Hinter Breuer stand das Fenster offen. Der Lärm des Verkehrs schien gedämpft. Es wehte eine warme Frühlingsluft den Geruch von Asphalt, Diesel und Fernheizwerk, kurz, von Stadt herein. Es war 14 Uhr

Breuer nahm sein Telefon ab und wählte Holz' Anschluss bei der Kripo. Der Polizist meldete sich knapp, fast militärisch. Nach den auch unter Beamten üblichen Höflichkeitsfloskeln zu Beginn des Gespräches kam der Staatsanwalt zur Sache:

»Herr Holz, wie steht's überhaupt?«, fragte Breuer.

»In der Sache zum Nachteil der Melly Moslech?«

»Ja.«

»Abschlussbericht geschrieben. Täterspuren Sperma stimmen, Gutachten liegt bei. Zeugenaussage Moslech einigermaßen.«

»Sie ist als Nebenklägerin beigetreten«, sagte der Staatsanwalt.

»Dann wird sie auch richtig aussagen. Bin ich ganz sicher!

Das Alibi hat Lücken, besser vielleicht: stimmt nicht. Tatspuren wurden plan- und zielmäßig verwischt. Denken Sie an die Vorstrafen und das Zeug im Keller.«

»Ja, ja«, der Staatsanwalt wirkte abwesend, »warum hat man eigentlich nie den Tatort abgesucht? Das läge doch auf der Hand.«

»Ich bitte Sie«, sagte Holz entrüstet, »das Opfer erinnert sich praktisch nie an die genaue Stelle, wo's ...«

»Wie war's bei der Moslech?«

Holz vermied eine direkte Antwort: »Was glauben Sie, was man in den Büschen im Park alles findet, da kann man ein Fundbüro aufmachen. Das bringt's nicht. Die Beweise, die wir haben, reichen dicke, wenn Sie mich fragen.«

»Jetzt ist es sowieso zu spät«, murmelte der Staatsanwalt.

»Es muss reichen!«, rief Holz ins Telefon.

»Mir fehlt noch eine Angabe des Opfers darüber, ob sie vor der Tat mit einem anderen Mann Verkehr hatte.«

»Ich empfinde eine solche Frage unanständig, das soll der Verteidiger fragen«, knurrte Holz.

»Ich laufe nicht gerne in Fallen«, gab Breuer zurück.

»Herr Staatsanwalt«, es war ungewöhnlich, dass ein Polizist seinen Vorgesetzten so förmlich ansprach, »der Verteidiger macht sich bei Gericht mit so einer intimen Frage unbeliebt. Sie wissen, wie heute die Richter denken – glücklicherweise. Und selbst wenn sie Verkehr hatte, einen 89-Prozenter … das ist unwahrscheinlicher als ein Sechser im Lotto.«

»Ist sie denn verheiratet oder in festen Händen?«

»Sie trägt einen Ehering. Ich denke aber nur um sich abzuschotten. – Es muss reichen, Herr Staatsanwalt.«

»Müsste reichen«, sagte Breuer, er sog die Luft ein und legte den Kopf in den Nacken. An der Decke konnte er Fliegen bei ihrem unablässigen Tanz um die Neonröhren beobachten.

»Wie ist die Psychiatrie ausgegangen?«, fragte Holz.

»Ist im Werden«, antwortete Breuer, »ich habe mir gedacht, dass ich den Tatkomplex Moslech abtrenne und vorab anklage, damit Sie noch in der Dienstagserie Zeit haben mit den Ermittlungen. Wie sieht's da eigentlich aus?«

»In einem Fall bin ich weiter. Eine Augenzeugin.«

»Hat sie Hiltsch identifiziert?«

»Man kann davon ausgehen.«

»Komm, sag's genau, für Erwachsene«, brummte Breuer.

»Sie hat ihn erkannt, aber sie sagt's noch nicht, ich kriege sie aber dazu, dass sie den Mund aufmacht.«

»Wie?« Es klang leicht süffisant.

»Indem ich Sie bitte, auch die Frau Fiedler als Zeugin zu benennen.«

»Geht nicht, wenn ich die Dienstagserie abtrenne.«

»Versuchen Sie's trotzdem, als Indiz. Dies wird ihr Eindruck machen. Vor der Polizei lügt sich's leicht, aber ich glaube, sie wiederholt ihre Falschaussage so schnell nicht vor einem Gericht.«

»Schreiben Sie's halt in Ihren Abschlussbericht, Herr Holz, mal sehen.« Breuer fuhr fort: »Noch was, Herr Holz, ist es denn in dieser Dienstagnacht ruhig geblieben an der Front?«

»Bitte?«

»Herr Holz!« Breuer hätte den Polizisten für weniger schwerfällig gehalten. »Ich will wissen, ob die Dienstagserie abgebrochen ist, seit wir den Hiltsch auf Nummer Sicher haben? Liegt doch nahe, diese Frage, nicht?«

Holz' Stimme klang fest: »Nein, da war nichts, was ins Bild passen würde.«

»Kommen Sie, da war doch was, ich höre es doch Ihrer Stimme an. Sagen Sie es doch in Gottes Namen.«

»Verzeihung, Herr Staatsanwalt«, sagte Holz, seine Stimme war verändert, »ich muss Ihnen sagen, dass ich ein wenig altmodisch bin, ich weiß, aber ganz subjektiv: Du sollst den Namen Gottes Deines Herrn ... wenn Sie wissen, was ich meine, das sollte beileibe keine Kritik sein, aber ich wollte auf das Gebot hinweisen. Die Gebote sind so etwas wie Rechtsnormen. Sie als Jurist können das ermessen, wie das ist mit diesen Gesetzen.«

»Ja, ja ... Okay, ist gut, Herr Holz«, sagte Breuer und lachte, ohne den Polizisten auszulachen. »Ich sag's nicht wieder.«

»So hab ich's nicht gemeint.«

»Egal.«

»Der Abschlussbericht kommt, Herr Staatsanwalt«, sagte Holz.

»Aber avanti!«, sagte Breuer, verabschiedete sich und legte auf.

Die Frage nach der Dienstagserie blieb unbeantwortet.

Breuer nahm die Füße vom Schreibtisch, warf die Akte auf den hölzernen Bock neben dem Stuhl, obenauf, weil er sich vorgenommen hatte, gleich morgen früh mit dem Entwurf der Anklageschrift zu beginnen, gleich morgen früh. Er zog aus seinem schmalen Dienstschrank aus hellem Holz eine Tennistasche heraus, die den Markenaufdruck eines führenden Herstellers von Rackets und Zubehör trug und mit Schlägern, Ballbüchsen, Stirnbändern, Shirts und Hosen prall gefüllt war. Er sah auf die Uhr, schloss die Fenster und ging den Flur hinunter zum Aufzug. Dort traf er einen Kollegen, der ebenfalls im Begriff war, das Amt zu verlassen. Der Kollege hatte einen Staubmantel an und sah an Breuer herunter, dessen Kleidung ebenfalls auffällige Markenzeichen trug und sehr leger war.

»Aktenstudium zu Hause. Bereite langen Anklagesatz vor«, sagte Breuer im Aufzug grinsend zu dem Kollegen im Staubmantel. Er deutete auf seinen Tenniskoffer. Der Kollege hatte keinen Koffer zum Draufdeuten. Er war nur ganz einfach auf dem Nachhauseweg, ohne Akte, er fühlte sich in der Defensive und wurde deshalb aggressiv.

»Noch Tennis, heute?«, fragte er spitz.

»Morgen wieder, aber heute nicht«, sagte Breuer, der Wahrheit zuwider, denn er hatte ab 15 Uhr drei Tennisstunden auf dem Ameisenberg zu geben, die Lektion zu 40 Minuten, 20 Euro brutto gleich netto. Ein Staatsanwalt muss auch leben, nicht wahr. Nur ein Schelm würde ihm das kleine Zubrot im Sommer missgönnen.

»Schönen Tag noch«, sagte der Kollege, der mit Breuer aus dem Aufzug gestiegen war, hob die Hand und ging in die andere Richtung.

Mittwoch, den 10. Mai

Während Staatsanwalt Breuer morgens den Abschlussbericht der Kripo erhielt und sich an die Arbeit machte, den Anklagesatz gegen Sigurd Hiltsch zu verfassen und das wesentliche Ermittlungsergebnis niederzuschreiben, wurde in Stadelheim draußen die Post unter den Gefangenen verteilt. Für Hiltsch war ein Brief mit dem Abdruck des Freistemplers seiner Firma dabei. Er erschrak heftig und versteckte den Brief in der Innentasche seines Jacketts, das er auch in der Untersuchungshaft stets trug, genauso wie im Büro.

Er musste zunächst Beppo abwimmeln, der wie immer lebhaften Anteil an Hiltschs Geschick nahm und keine Minute von der Seite seines neuen Freundes wich, so dass Hiltsch nichts anderes übrig blieb, als ihn zu verscheuchen.

Als Beppo sich mit beleidigtem Gesicht an den Tisch getrollt und zu den Skatspielern gesellt hatte, zwängte sich Hiltsch auf seine Pritsche, riss mit dem Daumen das Kuvert auf. Hastig öffnete er den Brief, ein routinierter Blick auf das Diktierzeichen zeigte, dass Seidel der Verfasser war. Der Prokurist teilte dem Sehr geehrten Herrn Hiltsch mit, dass sich bedauerlicherweise eine Kündigung trotz erheblicher Verdienste als Mitarbeiter und Mensch, ja, auch als Mensch, nicht habe vermeiden lassen. Die Firmenleitung habe sich den Entschluss nicht einfach gemacht, namentlich wegen der langen Betriebszugehörigkeit des Mitarbeiters. Eine Lösung des Arbeitsverhältnisses sei aber unumgänglich geworden, weil, nach den Informationen, die die Geschäftsleitung eingeholt habe, eine baldige Freilassung nicht erwartet werden könne, zumal noch nicht einmal Anklage erhoben worden sei. Die geschäftlichen Interessen geböten indessen, wofür er, Hiltsch, doch sicher Verständnis habe, dass die Expedition und Lagerverwaltung kontinuierlich arbeite und stets vollständig besetzt sei.

Als weiteren Kündigungsgrund gab Seidel an, dass nun doch erhebliche Verdachtsmomente gegen Hiltsch vorlägen und folglich unter Umständen mit einer Verurteilung wegen eines Delikts gerechnet werden müsse, das gegenüber einer Mitarbeiterin des Unternehmens begangen worden sei. Die unvermeidbaren Schwierigkeiten, die sich hierdurch ergäben, seien geeignet, den betrieblichen Frieden so nachhaltig zu stören, dass nur ein Ausweg gegeben sei, die Kündigung.

Man habe, so hieß es weiter, bewusst auf eine an sich rechtlich mögliche fristlose Kündigung verzichtet, löse aber das Arbeitsverhältnis mit Wirkung zum 31.12. des Jahres, weil ihm als langjährigem Mitarbeiter eine entsprechende Kündigungsfrist zustehe. Sein Gehalt, einschließlich tariflicher Zuschläge und 13. Gehalt, werde man ihm unverzüglich überweisen und die ihm gehörenden Gegenstände seiner Mutter zusenden. Das Schreiben schloss:

Bitte haben Sie Verständnis, wenn ich Sie im Namen der Geschäftsleitung bitten muss, die Büro- und Versandräume der Firma nicht mehr zu betreten, auch wenn Sie früher aus dem Polizeigewahrsam entlassen werden sollten. Von Ihren beruflichen Pflichten haben wir Sie entbunden. Wir bitten um Beachtung, dass das Hausverbot sich auch auf die Filialen in Karlsruhe und Straubing erstreckt.

Mit vorzüglicher Hochachtung grüßte der Prokurist Seidel in Vertretung der Fa. Nägler KG. Hiltsch nahm den Schlips ab und knöpfte sich das Hemd auf, zumindest den obersten Knopf.

»Soso«, sagte er vor sich hin. Schon war Beppo wieder an seiner Seite und erkundigte sich, ob er irgendwie helfen könne.

»Der Mohr hat seine Schuldigkeit getan«, Hiltsch versuchte es mit Sarkasmus. »Er kann kaum noch gehen«, grölte einer der Skatspieler, die anderen droschen auf den Tisch und lachten.

Auch wenn Erwin wegen BTM inzwischen zu fünf Jahren Knast verurteilt und in den Vollzug verlegt worden war, ignorierte Hiltsch die anderen Gefangenen außer Beppo. Er erwähnte nie etwas von der Vergewaltigung. Nicht gegenüber den Vollzugsbeamten und schon gar nicht gegenüber Abel.

»Sag, was ist los?«, fragte Beppo.

»Nichts, was soll auch sein.« Hiltsch hatte den Brief wieder weggesteckt und starrte geradeaus. »Absolut nichts ist los.«

An der Tür war ein Beschließer. Es klapperte. Er schloss auf. Dann brummte er herein: »Hiltsch, Besuch.«

Hiltsch rappelte sich hoch.

»Wer?«, fragte er.

»Ihre Mutter.«

»Nein«, sagte Hiltsch, er setzte sich wieder.

»Doch, komm, mein Junge«, der Beschließer nahm Hiltsch unter dem Arm und zog ihn mit sich, »geh ma schön zum Mutterl, das hilft.« Auch Beppo assistierte, und sie brachten ihn aus der Zelle auf den Gang.

Knallend fiel die Stahltür ins Schloss.

Melly ging mit einer Unterschriftenmappe voll eiliger Auftragsbestätigungen für den Export den Flur hinunter, vorbei an der offenen Tür zum Prokuristenbüro, sie summte vor sich hin. Ein strahlender Tag, fast Frühsommer draußen. Alle Fenster standen offen, ein leichter Durchzug wehte durch die Bürozimmer und nahm den Aktengestank und den kalten Qualm mit, tauschte die Luft aus. Es roch frisch, und die Sonne goss helles Licht an die rauchgelben Stores, die hin und her schwangen und sich bauschten. Melly warf einen Blick in Seidels Büro. Der Prokurist saß am Schreibtisch und hatte die Zungenspitze zwischen den Zähnen. Er grinste ins Leere, es bildeten sich spitze Bäckchen. Melly war schon vorübergegangen, da hörte sie ihn rufen: »Frau ... ach Frau Moslech, wenn Sie mal schnell kommen könnten?«

Melly ging zurück, blieb aber an der Tür stehen, sie zeigte auf die Mappe, die sie trug. »Es ist eilig, muss heute noch ...«

Seidel winkte ihr wortlos zu, dass sie hereinkommen solle, sie folgte und schloss auf eine weitere Geste die Tür hinter sich.

»Da bitte«, sägte Seidel und wies auf einen Platz, »Sie sollten es als erste erfahren, dass wir dem Hiltsch haben kündigen müssen. Es war unausweichlich und ich denke mir, dass Ihnen doch ein Stein vom Herz gefallen ist, wenn ich das sage.«

Melly nickte.

»Ich wollte dann nur noch sagen, dass die Firmenleitung erwogen hat, beiden, sozusagen, na ja, Parteien zu kündigen, weil das ja den Betriebsfrieden stören kann. Es gibt da Rechtsprechung dazu, dass wir berechtigt gewesen wären. Ich habe das aus dem »Betriebsberater«, da steht die Entscheidung eines Arbeitsgerichts drinnen. Sie sollen nur wissen, dass ich dagegen war, weil ich gesagt habe, dass Sie, liebe Frau Moslech, ja weiß Gott nichts dafür können, dafür, dass so was passiert ist, und dass Sie mir andererseits Ihre Loyalität zugesichert haben. Das hat dann überzeugt, wissen Sie.«

Melly sagte »danke«, dann fuhr sie fort: »Das ist gut, dass Sie mich nicht entlassen haben, danke. Aber dass Hiltsch gehen muss, das wird der Anwalt von ihm ganz schön ausschlachten, wenn man mich im Gericht als Zeugin vernimmt. Der stellt das doch so dar, als würde ich hinter dem Ganzen stecken und als wäre das dann auch noch meine Schuld, dass der Herr Hiltsch hat gehen müssen.«

Seidel winkte ab. »Gottchen, der Hiltsch soll doch ein Kerl sein und zu dem stehen, was er gemacht hat: Zuerst den Lehrling noch beschuldigen! Nein, nein, Frau Moslech, das glaube ich nicht. Der hat zu viel Dreck am Stecken, unser Hiltsch, ich habe mich bei der Polizei erkundigt, den pfeift sein Anwalt schon zurück, wenn nicht, statte ich diesem Herrn Advokaten mal einen Besuch ab und spreche mit ihm Auge in Auge. Werden schon sehen, was dann übrigbleibt.«

»So leicht stell ich mir das nicht vor, Herr Seidel«, sagte Melly. Sie nahm ihren Mut zusammen und sah dem Prokuristen ins Auge. »Der Mann muss doch jetzt erst recht kämpfen. Nun hat er auch seinen Arbeitsplatz verloren, jetzt steht ihm doch das Wasser bis zum Hals. Da gibt's nichts mehr zu verlieren. Wenn er sich rehabilitieren kann, dann ist er doch wieder hier im Betrieb und ...«

»Nee, nee«, Seidel grinste und schüttelte den Kopf, »das kann er sich abschminken, der gute Hiltsch, Verdacht genügt da, Verdachtskündigung, wissen Sie, auch das aus dem »Betriebsberater«, wir müssen den nicht mehr einstellen, auch wenn die ihn freisprechen.«

»Um so schlimmer, die greifen mich in dem Prozess doch dann an wie die wilden Wölfe.« Melly suchte nach Formulierungen. »In seiner Prozesstaktik lässt sich so ein Anwalt nichts sagen, denke ich«, sie erinnerte sich an ihre eigene Rechtsanwältin.

Seidel lachte selbstsicher. »Wolln mal sehen.«

»Der Herr Hiltsch wird vor's Arbeitsgericht gehen, bestimmt.«

»Gewinnt er keinen Blumentopf, sage ich, alles juristisch abgecheckt, ist doch klar, bevor die Geschäftsleitung so was beschließt. Wir zahlen dem Mann ja noch sein Gehalt bis Ultimo plus dreizehntes, das ist doch was. Kein Pappenstiel. Und im Prinzip alles, damit man Sie schützt vor diesem Mann und dass Sie seine peinliche Nähe hier in der Firma nicht mehr spüren müssen.«

»Danke«, sagte Melly, die fühlte, dass es keinen Wert hatte, weiter an der Sache herumzudiskutieren, »kann ich jetzt?« Sie zeigte auf ihre Unterschriftenmappe, die sie auf ihren Knien hielt.

»Ja, ja, gleich.« Seidels Gesicht verzog sich zu einem wohlgefälligen, schmalen Lachen, er legte den Kopf etwas zur Seite. Es hätte nur noch gefehlt, dass seine Zunge wieder mitten in diesem Lächeln erschienen wäre. Er fragte: »Kommen Sie mit Essen, heute Abend nach Dienstschluss, bei dem Wetter?«

Melly war nicht verlegen. Sie kannte solche Situationen: »Wer geht mit?«, fragte sie.

»Na, wir zwei alleine, ich muss Ihnen doch ein bisschen Mut machen für diesen Prozess und wir besprechen, was wir dem Advokaten sagen. Einverstanden?«

»Kommt Ihre Frau nicht mit?«, fragte Melly.

Der Prokurist hob bedauernd die Hände, das Lachen auf seinen Zügen fror ein. »Nein, meine Frau kann nicht und geschäftlich ist es sowieso ... wissen Sie, Frauen verstehen so wenig vom Geschäft.«

»Ich wollte mich bedanken, aber vielleicht haben Sie Verständnis, wenn ich nicht mit Ihnen zum Essen weggehe, bevor das Verfahren nicht ausgestanden ist, wer weiß, wer uns zusammen sieht, jetzt, wo der Hiltsch gekündigt ist.« Sie versuchte ein Lächeln, das ihr, weil sie routiniert war, auch ganz gut gelang. Seidel stand auf und schloss den Knopf an seinem Jackett.

»Ja, dann«, sagte er, »dann halt nicht, Frau Moslech.«

Sie ging schnell hinaus, ohne sich umzudrehen. Ein Erinnerungsfetzen huschte durch ihren Kopf, als sie das Zimmer des Prokuristen verließ, es war die Szene, wie Hiltsch am Cola-Automaten auf sie gewartet hatte, der Ausdruck in seinen Augen, er schien ihr heute wie eine hilflose Bitte gewesen zu sein. Dann dieser eigentümliche Versuch eines Kusses, ihre Reaktion und dann noch einmal die Augen Hiltschs, einfach diese Augen, die jetzt hart und verschlossen wirkten, undurchsichtig und kalt. Der Gedanke verflog. Sie schloss die Tür. Der Lehrling Kühn kam vorbei. Seit der Faschingsnacht grüßte er sie nicht mehr. Doch heute sagte er höflich: »Guten Tag, Frau Moslech.«

»Tag«, antwortete sie.

Die Kündigung hatte sich herumgesprochen.

»Glück muss der Mensch haben«, sagte Abel am Telefon und legte seine Füße auf den Tisch. »Hab ich total überlesen.«

»Wie man's nimmt«, antwortete Biggi, »für die Frau war's kein Glücksfall.«

»Nein, für die bestimmt nicht.«

Jane machte ein sehr gespanntes Gesicht, deshalb hielt Abel den Hörer zu und sagte: »Bring mal die Zeitung, der Dienstagmann hat wieder zugeschlagen.«

Jane ging schnell in die Küche, um das Blatt vom Frühstückstisch zu holen.

»Einzelheiten?«, fragte Abel.

»Nichts Genaues bekannt. Es muss eine ziemlich üble Sache gewesen sein.«

»Wieder mal.«

»Ja, diesmal in Sendling. Der Täter hat sein Opfer in einen Hof gezerrt, dann hat er sie geschlagen, gewürgt, versucht, sie zu vergewaltigen. Sie hat geschrieen, und die Anwohner haben ihn verjagt.«

»Zeugen?«

»Offenbar nichts Brauchbares. Aber wichtiger ist, dass vor sechs oder sieben Wochen, vor Ostern, noch ein Vorfall war. Den hat man damals aus fahndungstaktischen Gründen nicht publiziert, wie ich vom Pressesprecher der Polizei gehört habe,« sagte Biggi.

»Der fahndungstaktische Grund hieß Holz und sein Ehrgeiz.«

»Hiltsch steht jetzt eine Spur besser da, nicht?«

Abel streckte sich und gähnte. »Mag sein. Die Anklageschrift ist heute zugestellt worden. Kein Wort von der Serie. Man wirft ihm die Sache Moslech vor. Anklagetaktisch brauchen die Hiltsch im Moment nicht als den Dienstagmann. Die Karten sind wohl nicht so gut. Das wird später kommen als Argument der Verteidigung.«

»Wer ist Staatsanwalt?«

»Mein besonderer Freund Carl A. Breuer, Tennislehrer, Ranglistenspieler und im Nebenberuf Staatsanwalt.«

»Wofür steht ›A‹?« fragte Biggi.

»Für Arschloch«, antwortete Abel.

»Ein objektives Urteil.«

Freitag, den 12. Mai

Eingeführte Verteidiger geben in Stadelheim einen Zettel beim Beamten ab. Dieser Zettel enthält eine Liste der Gefangenen, die der Anwalt zugeführt haben will, um mit ihnen zu sprechen. Es gibt feste Zeiten, und alles ist mit hoher bürokratischer Perfektion geregelt. Das Zuführen klappt regelmäßig, so dass der Rechtsanwalt nicht warten muss und seine Mandanten wie am Schnürchen empfangen kann. Abel hatte heute drei Zuführungen. Die drei heute waren ein mutmaßlicher Scheckbetrüger, dessen Fall für Abel völlig neu war, ein wegen Drogenhandels festgehaltener junger Mann und Hiltsch.

Mit Hiltsch hatte er das Gutachten des Psychiaters Altschul zu besprechen. Eine Kopie hatte er seinem Mandanten per Verteidigerpost zugeschickt. Das Gutachten summierte die Vorgeschichte des Falles auf, erging sich in Wiederholungen des Akteninhalts und der Feststellungen der Polizei, wie Abel befürchtet hatte. Es dauerte Seiten, ehe Altschul zu seinen Untersuchungsergebnissen kam, die erstaunlich blass blieben. Es schien, als vermeide er eine klare Stellungnahme zu den krankhaften sexuellen Aktivitäten des Angeklagten, als ginge es nur um die Frage der Zurechnungsfähigkeit. Dazu hatte er mehrere Seiten verfasst, mit dem Ergebnis, dass der Angeklagte schuldfähig im Sinne des Strafgesetzbuches sei. Einen Einundzwanziger, wie es die Juristen nennen, also die Anwendung des §21 StGB (verminderte Schuldfähigkeit) schloss er aus. In solchen Gutachten werden üblicherweise die Angeklagten wie Verurteilte behandelt, deren Tatbeitrag objektiv feststeht, nur weil es in der amtlichen Akte steht, und über die der begutachtende Arzt lediglich noch sein endgültiges Urteil fällen muss. Das geschah mit dem Gutachten indes nur halb, denn der Auftrag, der von der Staatsanwaltschaft kam, erstreckte sich ausdrücklich auch auf die Frage einer »eventuellen Abartigkeit in sexueller Beziehung«. Dazu blieb die Expertise noch dürftiger, nichtssagend und verzettelte sich in Wertungen verschiedener Ergebnisse bei der Assoziationsbildung in den angewendeten Persönlichkeitstests. Eine Stellungnahme zu der Neigung des Probanden zur Gewaltanwendung fehlte völlig. Verwunderlich bei dieser Fallkonstellation.

Wie sollte der Rechtsanwalt Abel in der kargen, grünlich gehaltenen Besucherzelle des Untersuchungsgefängnisses seinem Mandanten die Zweifel und Einwände erläutern, die er gegen das Gutachten hatte, wenn der Mandant das Gespräch meidet?

»Ja, ein Gutachten. Gutachten und Gegengutachten, da ist doch alles drin«, sagte Hiltsch ungewohnt freundlich zu Abel und warf seine Kopie verächtlich auf den Tisch. »Die finden doch immer was.«

Das war nicht das Problem. Eher, dass der Gutachter nichts gefunden hatte. Wenn man das Gutachten beim Wort nahm, war Hiltsch ein ganz normaler Mann, der nur ein paar sexuelle Spleens hatte, die er ohne weiteres beherrschen können müsste, wenn er nur wolle. Das war Schlamperei. Auch wenn der Vorwurf der Vergewaltigung nicht zutraf und Hiltsch nicht das Geringste mit der Dienstagserie zu tun hatte, er war sexuell neurotisch veranlagt. Er war ein kranker Mann. Und Abel hatte von Altschul erwartet, dass er mit seinen Methoden zumindest zu dieser Diagnose kommen würde, ohne dass man ihm auf dem Silbertablett präsentierte, was Abel wusste, aber wegen des Anwaltsgeheimnisses nicht verraten durfte: Hiltsch war ein Spanner mit abartiger sexueller Veranlagung.

Abel spürte die Widerstände seines Mandanten, sich ein zweites Mal einer Begutachtung zu unterziehen, dessen Angst vor einer stationären Diagnose. Das brauchte man nicht als ein Schuldeingeständnis zu werten. Wer dürfte nicht skeptisch sein angesichts der Kunst unserer Psychiater?

Mit diesem Thema war man damit fertig.

»Ich bin gekündigt worden«, sagte Hiltsch, dem diese Frage wichtiger war als das Gutachten. Er griff in sein Jackett und faltete den inzwischen nicht wieder gelesenen Brief des Prokuristen Seidel auf, ohne ihn anzusehen, und schob ihn über den Tisch.

Abel las das Schreiben. »Starkes Stück«, sagte er.

»Ich bin gerne in die Firma gegangen, und ich habe immer gerne dort gearbeitet«, sagte Hiltsch in nüchternem Ton.

Abel sagte geschäftsmäßig: »Drei Wochen nach der Zustellung der Kündigung ist die Kündigungsschutzklage zulässig.«

Hiltsch war das im Prinzip nicht geheuer. Es sträubte sich etwas in ihm, seine eigene Firma zu verklagen, mit ihr vor Gericht herumzurechten. »Und außerdem, ich habe schon die Prozesse mit meiner Frau und das da«, er zeigte auf das Gutachten Altschul. »Es wächst mir langsam über den Kopf.«

Hiltsch saß mit bedrücktem Gesicht vor seinem Anwalt und starrte auf die Tischplatte. »Und es kostet wieder Geld.«

Abel schwieg eine Weile, ehe er sprach: »Sehen Sie, nach Ihrer langen Betriebszugehörigkeit stehen Ihnen einige Monatsgehälter zusätzlich als Abfindung für den Verlust des Arbeitsplatzes zu. Das wird praktisch immer im Gütetermin ausgehandelt, selten durch das Gericht entschieden. Ich würde das Geld nicht drangeben, Herr Hiltsch. Wir können den Rechtsstreit auch noch aussetzen lassen, bis das hier«, auch Abel zeigte auf das Gutachten, »vorbei ist. Gewinnen wir, dann steht ohnehin die Kündigung auf wackligen Füßen, Verdachtskündigungen sind schwer zu begründen, verlieren wir, dann bleibt immer noch genug Raum zum Argumentieren.«

»Sie sind vielleicht ein Optimist«, sagte Hiltsch und fügte schnell hinzu, »Ich meine das nicht abschätzig, nur so halt.«

Hiltsch signierte schließlich eine Vollmacht für den Arbeitsrechtsprozess.

Ein Schlüssel rasselte im Schloss. »Der Koflach wäre dann da«, sagte ein Wachtmeister und schloss wieder ab. Der Koflach war der mutmaßliche Scheckbetrüger.

»Gleich«, rief Abel. Er sammelte seine Papiere in der Sache Hiltsch zusammen. Sein Mandant stand auf, schloss den Jackettknopf und machte sich bereit für die Verabschiedung.

»Eine Frage noch.« Abel sah nicht auf dabei. »Ich habe am letzten Dienstagabend Ihre Mutter angerufen, sie war nicht da.«

»Und?«

»Am Dienstag zuvor auch nicht.«

»Sie geht immer dienstags zu einer Bibelstunde, ich bin nicht religiös, aber mir ist es recht, wenn sie hingeht, da hat sie Anschluss«, sagte Hiltsch. »Warum rufen Sie dienstags an, Herr Abel?«, fragte er.

»Zufall«, brummte Abel und gab Hiltsch die Hand, »reiner Zufall.« Er nickte mit dem Kopf in Richtung der Tür, durch die man die Gefangenen abführte. »Der nächste, bitte«, sagte er.

An diesem Abend war es spät geworden. Abel war allein im Kino gewesen. ›Das Fenster zum Hof‹, ein alter Streifen, volles Haus. Abel, mit seinen langen Beinen zwischen die Sitzreihen geklemmt, eine Tüte Weingummi essend, hatte den Film genossen. Vor allem Grace Kelly imponierte ihm wegen ihrer Schönheit und ihrer unfehlbaren Souveränität. James Stewart auch. So etwas elegant-cooles gibt es heute nicht mehr. Heute ist cool prollig.

Vorne auf der Leinwand war der Fall geklärt, die Helden gerade noch so davongekommen. Abel zwängte sich aus dem Sitz, legte seine Motorradjacke um die Schultern. Ihm schien, als kratzten die Weingummireste hinten im Hals. Er trat aus dem klimatisierten Saal hinaus in die Nacht. Warme Luft schlug dem Publikum entgegen. Zigaretten wurden angezündet und tief inhaliert. Endlich. Man besprach um Abel herum, was man noch unternehmen könne. Abel war verabredet. Carola hatte auf den Film verzichtet, weil sie ihn schon kannte. Sie wartete zu Hause auf ihn.

Abel holte den Hund aus dem Wagen und ging zu Fuß die paar Ecken weiter, bis er zu Carolas Wohnung kam. Auf den Straßen war noch Betrieb. Abel sog den Duft der Blätter einer kleinen Anlage ein. Der Hund musste pinkeln und hob das Bein an einer Hausecke.

Abel klingelte, der Summer ertönte, und er ging die breite, an den Kanten schon ausgetretene Steintreppe hinauf. Sie hatte ein reich verziertes Schmiedeeisengitter. Carola wohnte herrschaftlich, was in München teuer ist, aber Stil hat. Sie verdiente ihr Geld mit dem Vertrieb von Insolvenzversicherungen für Unternehmen. Carola konnte sich viel leisten. Mehr als Abel.

Der Hund, von der Leine gelassen, rannte vor und schnupperte am Türfalz im dritten Stock. Er wedelte mit dem Schweif und kläffte. Die Tür öffnete sich, wurde nicht wieder geschlossen. Im Hausflur erlosch das Treppenlicht. Aus der Wohnung im dritten Stock fiel ein breiter weißer Lichtstrahl auf die Treppe. Abel schloss hinter sich die Tür. Von der Küche her waren schmatzende und krachende Geräusche zu hören. Abel fragte, ob es Carola schmecke. Sie antwortete nicht.

»Brav, mit vollem Mund spricht man nicht«, sagte Abel und legte seine Jacke über einen Stuhl in der Diele. Er ging durch das große Zimmer hinaus auf den Balkon. Unter sich die lange Reihe geduldig parkender Fahrzeuge am Bordsteinrand. Auf der Straße lachte eine Frau. Ein Mann pfiff nach seiner Katze.

Carola trat hinter Abel und legte ihm die Arme um den Hals. »War's gut?«, fragte sie.

»Ja«, sagte Abel, dass es sehr gut gewesen sei, wieder einmal in die gute alte Hitchcockwelt einzutauchen und dass er sich prima amüsiert habe und sich vorstelle, wie es gewesen sein müsse, mit einer Frau wie der Kelly im Bett. Sie war ja nicht nur schön, sondern zu allem Überfluss noch aus gutem Hause. Kelly-Bricks. Eine guter Markenname in den USA.

»Soweit sowas ein gutes Haus ist«, antwortete Carola.

»Stell dir mal vor, sie haben Hiltsch nicht wegen der Dienstagserie angeklagt«, sagte Abel. »Das macht mich stutzig.«

»Hunger?«, fragte sie dann.

»Wie ein Wolf«, antwortete Abel und strich über seinen sich langsam ein wenig vorwölbenden Bauch.

Das war ein Fehler, denn Carola trug selbst gemachte Zwetschgenknödel auf, die total versalzen waren und bei der leichtesten Berührung auseinander liefen.

Carola konnte nicht kochen. Sie war in so ziemlich allem anderen besser als im Kochen. Dennoch war es schwierig, sie darauf anzusprechen. Abel vermied eine Grundsatzdebatte und aß. Als Carola ins Bad ging, fütterte er den Hund mit zwei Knödeln.

Endlich saß er auf dem Balkon in der warmen Nacht, die natürlich nicht so warm und so blau war wie in dem Film vorhin, aber immerhin, für alltägliche Verhältnisse ... Er tröstete sich mit einem Cocktail. Carolas Cocktails waren fast so gut wie ihre Küsse. Gegenüber gab es auch offene Fenster und Balkontüren, die im lauen Wind schwankten. Allerdings verhüllten brave Vorhänge die Fenster zur Straße, denn man kann sogar in einer solchen Nacht nicht wissen, was geschehen würde, wenn man hinter offenem Fenster säße.

»Eigentlich hält die Kamera eine Voyeurposition im ›Fenster zum Hof‹.«

»Sie zeigt nur den Voyeurismus des Hauptdarstellers, glaube ich«, sagte Carola. »Ihm bleibt ja nichts anderes, als am Fenster zu sitzen und in die Nacht hinauszustarren, mit seinem Bein. Die Kamera vollzieht das nur, immer stur der Blick aus seinem Fenster zum Hof.«

»Mit einer Ausnahme, aber das ist nicht so wichtig. Für den Journalisten, den der Stewart spielt, gibt es was zu sehen, hier nicht.«

Abels Hand machte eine weite Bewegung über das Fensterpanorama gegenüber. Unten auf der Straße bremste kreischend ein Auto. Ein Katzenbesitzer fluchte, dann senkte sich seine Stimme. Mit zärtlichen Lauten rief er nach dem Tier. Vom Balkon aus war nichts zu sehen. Der beschimpfte Fahrer fuhr schweigend davon.

»Es ist eine merkwürdige Neugier, die den Beobachter antreibt, den Hals zu recken, die Augen aufzureißen, den Nachbarn zu fragen, was denn los sei, sich vorzudrängen, ja, schon stehen zu bleiben, wenn was passiert ist.«

»In diesem Film sind wir alle Voyeure, alle, wie wir dasitzen.«

»Ich frage mich oft, ob ich weggehen würde, wenn ich zwei beim Vögeln sehen würde.« Carola sah Abel an.

»Gibt's eigentlich Frauen als sexuelle Spanner?«, fragte Abel.

»Warum eigentlich nicht? Ich kenne Frauen, die sagen, dass es ihnen Spaß macht zuzugucken.«

»Aber doch nicht heimlich von der Straße aus.«

»Das kann doch prickeln.«

Carola stellte ihr Glas auf den Boden, setzte sich rittlings auf Abels Schoß, schloss die Augen, und die beiden küssten sich. Abel hing ein wenig schief, weil er versuchte, dabei auch sein Glas abzustellen, um beide Hände frei zu haben.

Montag, den 15. Mai

Supermarkt einer überregional tätigen Firma. Food, Non Food. Alles leidliche Qualität, billigste Preise. Man verkauft fast nur unausgepackte Ware, schnell in Regale geworfen, mit Preisschildern etikettiert. Die bunten Werbungsversprechungen der Packungen wiederholen sich schier endlos in der Stellage. Kundschaft war an diesem frühen Mainachmittag nur spärlich in den Gängen unterwegs, Einkaufszettel ablesend, Preise und Qualität vergleichend. Unter den Leuten war auch Frau Fiedler, die ihren Ältesten an dem Einkaufswagen mit Zurufen dirigierte, was er liegen lassen solle – »Finger weg, sage ich« –, was er einzuladen und was er vorsichtig zu behandeln habe, weil es zerbrechlich war.

Holz saß in gespannter Aufmerksamkeit neben dem Filialleiter der Handelsfirma, einem gewissen Obernthaler, und beobachtete den Monitor der Videoanlage, Frau Fiedler mit Filius präzise verfolgend.

Die beiden gingen zu der Tiefkühltruhe. Frau Fiedler hob ein tafelfertiges Tiefkühlhühnchen auf, wog es in der Hand, tauschte es mit einem anderen aus, das sie wieder prüfte, bis sie schließlich eines fand, das sie zufrieden stellte.

»Haben die Dinger eigentlich alle Salmonellen?«, fragte Holz.

»Ja, wahrscheinlich, ich habe meiner Frau verboten, so was auf den Tisch zu bringen«, antwortete Obernthaler, keinen Blick von der Mattscheibe lassend. »Aber auf der Wies'n verkaufen's dieselbe Sorte.«

»Aber dort werden sie gut durchgebraten.«

»Sie muss es wissen, was sie ihrer Familie zumutet«, sagte Holz. Dann schwiegen beide wieder. Frau Fiedler ging nun hinüber zur Non-food-Abteilung. Der Filialleiter schaltete auf eine andere Kamera um. »Dort ist es besser«, sagte er dabei. Frau Fiedler grub in einem Regal mit Kleidern, die überwiegend aus Acryl gefertigt waren und bunte, aufregende Farben hatten. »Alles China-Produktion«, sagte der Filialleiter. »Bayer liefert die Fasern, drüben weben sie das Zeug und schneiden die Konfektion. Es sitzt ganz ordentlich.«

Frau Fiedler konnte selbstverständlich nicht hören, was die beiden Herren hinter dem Monitor über sie äußerten. Sie hatte sich drei Kleider der Größe 42 herausgesucht, eines in moosgrün, eines saharabraun und ein türkisfarbenes.

Sie vergatterte ihren Ältesten, beim Einkaufswagen stehenzubleiben, und drohte ihm Ohrfeigen an, wenn sie ihn erwische, wenn er Unfug treibe. Dann ging sie in eine der beiden Umkleidekabinen, zog den Vorhang vor, überzeugte sich, dass keiner hinsehen konnte, und schließlich begann sie, sich auszuziehen.

Holz und der Filialleiter starrten schweigend auf den Fernsehschirm vor ihnen, der nur ein unbewegtes Bild von dem Vorhang und der Kabine bot.

»So, jetzt kommen die kleinen Spezialitäten, wir sind ja unter uns«, sagte Obernthaler und knuffte Holz in die Seite. Er schaltete auf eine andere Kamera um. Klack und klack. »So, jetzt sehen wir klarer«, sagte er. Auf dem Monitor erschien das Bild der Frau Fiedler, die an dem Reißverschluss ihres Kleides auf dem Rücken zerrte. Endlich hatte sie ihn auf. Sie klemmte den Unterrock zwischen die Knie und zog das Kleid über den Kopf. Nun stand sie voll im Bild der Weitwinkelkamera, drehte sich herum und wendete sich in den Hüften hin und her. Ihr kritischer Blick war in die Kamera gerichtet.

Die Beobachter fühlten sich beobachtet.

»Ist im Spiegel eingebaut«, sagte Obernthaler, »sie kann das Objektiv nicht erkennen.«

»Strafbar so was«, bemerkte Holz, der keinen Blick von der Frauenfigur ließ.

»Was heute nicht alles strafbar ist«, seufzte der Filialleiter. »Und wer zahlt uns die Ausfälle wegen der Diebstähle? Keiner. Keiner, sage ich. Das geht alles ab von meiner Gewinnbeteiligung, so ist es doch. Ich zahl die Diebe. Klau ich denn?«

Holz zuckte mit den Achseln. »Ich sag ja nur so.«

»Für die gewerbliche Wirtschaft hat heute doch keiner Verständnis. Wir sind doch immer der Buhmann, nicht wahr, Gewerkschaften, Presse und so, wer sich da nicht selber ein wenig hilft, der kann sehen, wo er bleibt, nicht wahr?«

Unterdessen hatte Frau Fiedler ihre kritische Musterung beendet. Offenbar war vor der Kabine etwas vorgefallen, sie schob den Vorhang ein wenig zur Seite, raffte ihn unten, damit keiner hereinsehen konnte, und schrie etwas hinaus. Ihr Rücken und ihr Hintern waren nun prall vor der Kamera, in den Proportionen von dem Weitwinkelobjektiv verzerrt. Man konnte die Konturen des Schlüpfers sehen. Dann zog sie sich zurück. Nun wurden ihre Bewegungen hastig. Sie griff sich das eine der drei Kleider, streifte es über, drehte sich behende zum Spiegel, legte den Kopf schräg und betrachtete sich kritisch. Noch ein Blick und das Kleid war gekauft. Sie öffnete ihre Handtasche, eine kleine Schere kam zum Vorschein. Mit einer geschickten Bewegung schnitt sie den elektronischen Melder aus dem Stoff.

»Das Kleid kann sie jetzt wegschmeißen«, sagte Holz lakonisch.

»Sicher nicht«, Obernthaler lächelte. »Sie nimmt ein Stück Stoff aus dem Saum und flickt ihn in die Stelle. Wenn sie clever ist, lässt sie es kunststopfen. Das kostet bei uns in der Reinigung – gehört alles zu unserem Unternehmen – elf Euro vierzig. Das ist ein Kampfpreis, müssen Sie wissen, man muss sehen, wo man bleibt, gegen die Konkurrenz, nicht wahr. Elf Euro vierzig, wie gesagt, wir legen da noch mal drauf. Beweisen können wir nichts, und der Fetzen kostet 24 Euro im Einkauf. Kalkuliert ist er auch knapp, wenn er in der ›Aktion‹ mit 37,90 Euro kommt. Verlust auf der ganzen Linie.«

Unterdessen zog Frau Fiedler in der Kabine ihr eigenes Kleid wieder über den Kopf und zerrte auf dem Rücken an dem Reißverschluss herum, bis er geschlossen war. Das beschädigte Acrylkleid für siebenunddreißig neunzig hatte sie darunter angelassen.

»So, das wär's«, sagte Holz. Er stand auf.

»Ja, gehen wir.« Der Filialleiter öffnete die Tür.

Es gibt bei der Polizei schon lange einen Pressesprecher. Früher war dieser Mann für die Rationierung und Zuteilung von Tatsachen zu Kriminalfällen zuständig. Das gibt es heute auch noch, aber sonst ist man viel weiter. Ein moderner Innenminister, der wusste, dass man mit dem Computer besser die Leute im Griff hat und seine Ganoven fängt, ein Planer, Kybernetiker, der musste zwangsläufig bei den erfolgreichen Methoden der gewerblichen Wirtschaft und der Industrie Anleihen nehmen, auch zum Thema PR-Arbeit. Und deshalb hatte die Polizei keine Pressesachbearbeiter mehr, sondern einen Pressesprecher. Der war nun auch dafür zuständig, dass die Presseleute nicht mehr so negativ über die Ermittlungsbehörden berichteten, bloß weil das Verfahren gegen einen Strafrichter beim Oberlandesgericht eingestellt wurde, der einen Besoffenen über den Haufen geschossen hatte, weil er sich von ihm angegriffen fühlte. Der Pressesprecher konnte Begriffe wie »Putativnotwehr« in einem solchen Fall erläutern, konnte lächeln, gute Miene zum bösen Spiel machen und das Interesse der Reporter auf die wirklich wichtigen Fälle konzentrieren, in denen die Polizeiarbeit hervorragend geklappt hatte. Gab's trotzdem Krach, konnte der Pressesprecher auch bis in den frühen Morgen durchsaufen und danach standhaft mit dem Auto nach Hause fahren, nicht ohne den ebenfalls sternhagelvollen Journalisten zu versichern: »No question, Leute, heute hat's keine Kontrollen, fahrt nur zu, macht aber keinen Scheiß.« So fuhr er winkend davon.

Der Pressesprecher war bei den Journalisten beliebt, und er kannte alle. Deshalb nahm er auch nicht die Hände aus den Taschen, als Biggi eintrat. Sie lächelte. Er schob mit der Zunge den Kaugummi vor die Zähne. »Die gute Frau Meier«, sagte er und sein Blick glitt flink an ihrer fülligen Figur hinunter und zurück zum Gesicht. »Setzen wir uns«, eine Geste zu dem kleinen Besuchertisch hin. Er beugte sich mit dem Kopf über den Papierkorb, öffnete sein Pferdegebiss und ließ den Kaugummi herunterfallen.

»So, wo klemmt es, wo kann der Freund und Helfer dienlich sein?«

»Sie sind doch ein sympathischer Bürokrat«, sagte Biggi, »und Bürokraten heben alles auf, Akten, Vorgänge und so.«

Der Pressesprecher lachte schmerzlich. »Vorurteil, Frau Meier, nicht? EDV, Terminals, moderne Kommunikationstechnologien, das ist ein Wort, keine Akten mehr, nicht?«

»Egal, aber wir haben einen Schlamperladen bei uns im Archiv.«

»... und da soll die Polizei aushelfen, nicht?«

»Ja.« Biggi lächelte und zündete sich eine Zigarette an, obwohl ein Rauchverbotszeichen an der Tür klebte.

»Dass Sie's nicht lassen können. Ich kenne nur noch Damen, die rauchen«, der Pressesprecher erhob sich seufzend, ging zu seinem Schreibtisch und brachte einen Aschenbecher. Natürlich ein Privatstück, schöne alte Reklame drauf.

»So«, sagte der Pressesprecher und wedelte mit der Hand durch den Rauch.

»Polizeibericht, Faschingsdienstag, nein, natürlich Aschermittwoch. Den finden wir nicht. Gab's da keinen?«

»No, no, no«, der Pressesprecher wedelte erneut, diesmal mit dem Zeigefinger hin und her, »stets im Dienste der Presse, ja?« Er erhob sich wieder und ging an ein Regal an der Wand, nahm sich einen Aktenordner heraus, blätterte.

»Also doch Akten«, sagte Biggi und lachte.

»Es ist ein Jammer mit Ihnen, Sie wollen nichts verstehen, es muss am Willen hängen bei einer so attraktiven und, das kann man doch so sagen, äußerst intelligenten Frau. Das ist doch nur eine andere Form der Koketterie, nicht?« Sein Gesicht hellte sich auf. »Da«, er zeigte auf ein Blatt, nahm es heraus.

»Kopie?«, fragte Biggi.

»Aber klaro«, sagte der Polizeisprecher, er ging pfeifend hinaus und Biggi folgte ihm.

Der Filialleiter Obernthaler und der Polizist Holz standen am Ausgang in der Nähe der Kassen. Eine Pyramide von Konservenbüchsen schützte sie vor den Blicken der Kunden und der

Kassiererinnen. Sie warteten auf Frau Fiedler. Es dauerte eine Weile, bis sie endlich erschien. Sie hatte den Inhalt des Einkaufswagens in zwei Pappkartons geschichtet, obenauf der Kassenbon. Wie sich das gehört. Der Junge, er mochte knapp zehn Jahre alt sein, schob den Wagen in Richtung Ausgang und Parkplatz. Holz und der Filialleiter gingen mit schnellen Schritten auf die Kundin Fiedler zu. Sie erreichten sie ganz knapp vor der Tür.

»Halt, bitte, können Sie mir mal den Bon zeigen«, sagte Obernthaler routiniert. Schon hatte er die kleine Papierschlange in der Hand: pro forma überflog er die blau gedruckten Zahlenkolonnen auf dem Papier. Ein Blick in den Wagen und einer in die Augen des Opfers. »Ich glaube, da fehlt was«, sagte der Filialleiter zur Frau Fiedler.

»Nichts fehlt«, sagte die Frau erstaunlich selbstsicher. »Zählen Sie's nach.«

»Mal abgesehen davon, dass Sie Hausverbot haben, gute Frau Fiedler«, sagte Obernthaler, »fehlt trotzdem ein Kleid aus dem Ständer in der Bekleidungsabteilung mit dem ›Angebot der Woche‹.«

In diesem Augenblick erkannte Frau Fiedler den Polizisten Holz, der noch ein wenig abseits stand, die Arme verschränkt hatte und die Szene aufmerksam beobachtete. Sie erkannte, dass sie verloren hatte, aber gab nicht auf.

»Ich verlange einen Anwalt. Diesmal will ich gleich meinen Anwalt sprechen, und mit meinem Mann will ich sprechen, denn, müssen Sie wissen, ich lass mich von Ihnen hergelaufenem ...« sie suchte nach einem Wort, ließ die Beleidigung ungesagt, »nicht noch einmal beschuldigen. Hören Sie.«

»Ja, ja«, sagte der Filialleiter, »kommense mal mit in mein Büro, da werden wir schon weitersehen, nicht wahr.« Er packte die Frau am Oberarm. Unter dem Stoff des Kleides spürte er deutlich das eingezwängte Gewebe des Acrylkleides.

Der Junge hatte sich längst umgewendet und mit zusammengekniffenen Augen den Wortwechsel beobachtet. Jetzt, als er sah, dass der Filialleiter es wagte, seine Mutter zu berühren, sprang er vor und riss dessen Arm herunter und versuchte hineinzubeißen.

»Thomas, lass!«, fauchte seine Mutter, und der Kleine stand betreten da, weil er wieder einmal etwas unterlassen musste. Den Sinn des Ganzen sah er natürlich nicht ein, wenn so ein Mann seine Mutter anfasste. Nicht vorstellbar, wie sein Vater in einer solchen Situation gehandelt hätte. Sie ließen ihn stehen, hinter den Kassen, vor der Ladentür, im verkäuferischen Niemandsland vor den Parkplätzen mit dem Einkaufswagen, den Pappkartons, der Ware und dem Additionsstreifen, der anscheinend nicht mehr interessierte.

»So, Frau Fiedler«, sagte Holz, der hinter dem Schreibtisch des Filialleiters Platz genommen hatte, »jetzt wollen wir mal vernünftig miteinander reden.«

Frau Fiedler kannte diese Art von Vernunft im Gespräch und zuckte mit den Achseln.

»An Sie hätte ich nicht gedacht«, sagte sie zu Holz. Der nickte.

»Also, Frau Fiedler, was ist jetzt mit dem Kleid aus dem Sonderangebot?«

»Ich habe alle wieder zurück auf den Ständer gehängt und habe eins probiert. Das ist alles. Man muss doch nicht kaufen, was man probiert?«

»Keineswegs.«

»Gut, und jetzt will ich mit meinem Mann reden.«

»Alles zu seiner Zeit«, sagte Holz. Er stand auf und ging um den Tisch herum. In der Nähe der Frau Fiedler blieb er stehen. Er schwieg. Der Filialleiter wollte nicht stören. Er beobachtete imponiert, wie Holz sich in Positur stellte, die Beine wieder in Schulterbreite, alles okay für den Angriff.

»Wir haben in der Kabine, die Sie benutzt haben, einen abgeschnittenen Melder gefunden, Frau Fiedler, müssen Sie wissen, mit dem Stoff von dem besagten Kleid dran.«

»Der war sicher schon vorher da.«

»Aha.« Holz bewunderte ihre Kaltblütigkeit, die Fähigkeit zu lügen. Trotzdem, er war auf dem richtigen Weg.

Endlich kam der Angriff. Wie es sich gehört, unvermittelt. Holz schnellte vor und griff Frau Fiedler unter den Rock, zerrte einen Zipfel des Acrylkleides hervor. »Da, hier, das war wohl auch schon vorher da, Frau Fiedler«, schrie er, und sein rotes Gesicht leuchtete unter den roten Haaren, und die blassen Augenbrauen stachen hell ab. Frau Fiedler reagierte wie jede Frau, sie fuhr zurück in Panik. Verschreckt schlug sie die Arme vor ihr Kleid und riss dem Polizisten den Stoffzipfel wieder aus der Hand.

Holz' Gesichtsfarbe hellte sich nur langsam auf. »Hausfriedensbruch, Diebstahl im Wiederholungsfall, diesmal wird's teuer, gute Frau. Der Mann und die Kinder werden sich freuen und die Nachbarn auch, das kann ich Ihnen versprechen. Besonders die lieben Nachbarn. Wir gehen jetzt zusammen aufs Revier und da wird eine weibliche Beamtin bei Ihnen eine Leibesvisitation vornehmen, und dann können wir leicht prüfen, ob der Stofffetzen an dem Melder tatsächlich von dem Kleid stammt, das Sie als Unterrock anhaben, oder nicht. Mal sehen, ob Sie dann immer noch unbedingt und sofort Ihren Mann sprechen wollen, oder ob Sie langsam vernünftig werden, Frau Fiedler.«

Was denn nun in dieser Situation vernünftig sei, fragte Frau Fiedler schließlich, weil sie schon lange unter den beiden Kleidern schwitzte.

»Mal sehen«, sagte Holz und bot Frau Fiedler einen Stuhl an, damit man die Sache besser besprechen konnte.

»Jean, es gab am Faschingdienstag tatsächlich zwei Fälle sexueller Belästigung«, sagte Biggi abends am Telefon zu Abel. Sie fuhr sich mit gespreizten Fingern durch die Haare, warf den Kopf in den Nacken und lachte. Dann betrachtete Biggi ihr Gesicht beim Sprechen im Spiegel. »Ja, ich rufe vom Festnetz an, aber ich bin zu Hause und nicht in einer Telefonzelle.« Ihre Zunge fuhr über die Lippen, dann beugte sie sich vor und besah sich kritisch ihre Nase. »Nein, es steht nicht drin, wer, was, wieso und wann. Schwaches Bild.« Sie nahm das Telefon wieder in die Hand und ging hinaus in die Diele. Von einer Anrichte nahm sie eine bunte Haarspange und steckte damit eine Strähne zurück. »Wenn sie den Täter, den Spanner, gefasst haben, dann sagt er's mir bestimmt. Ist doch ein Fahndungserfolg, das ist für das Image der Polizei immer wichtig. Dann ist die Sache aber uninteressant für dich, wie ich's sehe. Und wenn der Täter noch nicht geschnappt ist: Datenschutz, das große Schweigen.« Abel sprach wieder, sie nickte und schob ein zweites Spängchen in die Haare, dann schlüpfte sie in ihre Schuhe.

»Tschau, Abel«, sagte sie, »ich kann's ja noch mal probieren, aber laß mir Zeit, hörst du, der Mann ist zutraulich, aber wenn der Lunte riecht, dann kannst du alles vergessen.« Sie lachte wieder. Abel sprach schnell. »Nein, ich muss jetzt, ja, gut, tschau.« Biggi Meier legte auf, sie verließ die Wohnung und rannte die Treppe hinunter zu einem frühen Date. Der Mann, der auf sie wartete, hatte Familie.

Samstag, den 27. Mai

Es war ein heller, klarer Tag, dieser Samstag. Blankgeputzter Himmel, saubere Bürger, saubere Geschäfte. Der Einzelhandel erwirtschaftete ein Plus gegenüber dem Vergleichssamstag des Vorjahres. Es ging aufwärts. In der Fußgängerzone, namentlich in der Sendlingerstraße, herrschte reger Verkehr. Straßenmusikanten, Pflastermaler, Pantomimen, sogar ein Feuerschlucker, sie alle versuchten, auch Umsatz einzufahren. Dann gab es noch: Sektenprediger, Laienprediger und die zahlreichen politischen Wanderprediger, die zwischen den hastenden und schlendernden Menschen ihre Überzeugungen in den schönen Tag riefen. An Informationsständen wirkten Missionare, Hilfswerke, Gewerkschafter und Grüne und auch jene Frauengruppe, die sich des Falles Moslech angenommen hatte, mit Melly in der Mitte.

Sie stand da, ungeschminkt, Jeans und einen weiten Pulli an, weil sie morgens gefürchtet hatte zu frieren. Doch dann kam der Stand in die Sonne, und sie schwitzte und konnte den dicken Pulli nicht ausziehen. Sie bildete sich ein, nach Schweiß zu riechen. Sie stand da, hatte die Arme herunterhängen und wusste nicht, wohin mit den Händen. Es war schon nach elf. Noch zwei Stunden, dann wär's geschafft, dachte sie und hörte, wie Änne auf einen bärtigen Mann einredete, zu Melly herüberzeigte und sagte: »Echt, das ist nicht cool, das muss man transparent machen, sie hat immer noch ihren Schock, guck sie an, wie sie dasteht. Das muss man wirklich mal transparent machen.« Der Mann nickte und sah Melly an, seine Augen blieben an ihren engen Hosen hängen. »Glotz bloß nicht so«, sagte Änne. Der Mann zuckte zusammen und ging weiter.

Links und rechts von dem Tapeziertisch, der die Basis der Infobude ausmachte, waren zwei Plakatständer aufgestellt, auf denen mit Filzstift Parolen gegen die Gewalt an Frauen geschrieben waren. Darunter standen die Thesen, von der Gruppe beschlossen. Die Forderungen waren radikal.

»Es fehlt nur noch der Ruf nach der Todesstrafe für Sexualtäter«, sagte ein Mann im korrekten Anzug mit Krawatte, der auf seine einkaufende Frau wartete und mit hinter dem Rücken gefalteten Händen das Plakat durchlas.

Uli, die den Mann beobachtet hatte, antwortete, dass sich darüber auch noch reden ließe. Komisch, dachte sie, dass die radikalen Thesen bei den Leuten so gut ankamen. Hätte ich nicht gedacht, ehrlich. Uli war gegen die Radikalität gewesen.

»Das wäre doch mal was«, sagte der Mann und sah von der Lektüre auf, »die Todesstrafe.«

»Kastrieren reicht«, sagte Uli. Sie nahm ein Flugblatt vom Tisch und gab es dem Mann.

»Manchmal ist das auch die Todesstrafe.« Der Mann hielt Ausschau nach seiner Frau. »Ich bin Psychiater, wissen Sie, wenn's nur so einfach wäre, wie Sie sagen, dann wäre es viel leichter.«

»Kastrieren, aber sicher«, sagte ein kleiner Mann in Hut und Staubmantel, der dazugetreten war, »kastrieren und Rübe runter.«

»Würden Sie der Henker sein wollen?«, fragte der Arzt.

»Wenn's was zu verdienen gibt, immer«, antwortete der Mann und lachte.

»Aber sagen Sie mal«, der kleine Mann wendete sich an Uli, »das mit den Vergewaltigungen, das wird doch unheimlich aufgebauscht?«

»Diese Frau hier«, Ulis Finger zeigte hinüber zu Melly, »sie ist bestialisch vergewaltigt worden.« Der kleine Mann sah anerkennend zu Melly hinüber.

»So, so?«, sagte er. »Interessant.« Er lächelte Melly an, und sie sah weg. »Wie ist das denn passiert?«, fragte er. »Es ist nur, damit man sich ein genaues Bild machen kann, wissen Sie.«

Der Psychiater ging kopfschüttelnd seiner Frau entgegen.

Noch fast eineinhalb Stunden für Melly.

Dienstag, den 30. Mai

Es ist nicht leicht, Polizisten einer bestimmten Schicht im Revier anzutreffen. Jane hatte die Aufgabe bekommen, die Besetzung der Nachtschicht in der für das Lehel zuständigen Außenstelle zu ermitteln und dann noch die genaue Auskunft zu bekommen, wann die Herren wieder Dienst hatten. Sie schaffte alles mit Hartnäckigkeit und einem einnehmenden freundlichen Ton beim Telefonieren.

So erhielt Abel, säuberlich auf gelbem Telefonzettel getippt, einen genauen Dienstplan der beiden Polizisten. Das lag dann mehrere Tage auf einer Ecke des Schreibtischs herum, weil Abel in einer anderen Sache als Pflichtverteidiger bei Gericht war und kaum die Zeit fand, das Nötigste im Büro aufzuarbeiten. Zu dem Nötigsten gehörte eine beratungsaufwendige Scheidung. Abel vertrat eine Frau, sie war über Fünfzig und immer noch unselbständig wie ein Kind, verlangte seinen Rat zu jeder Kleinigkeit, brauchte Trost und Zusprache. Beratungstermine mussten auf den Abend verlegt werden. Dann gaben sich Kriegsdienstverweigerer, führerscheinlose Kraftfahrer, Ratenzahler mit den Abschriften von laufenden Vollstreckungstiteln, Kreditnehmer, streitbare Schrebergartenbesitzer, unterhaltspflichtige Kinderserzeuger und Straftäter die Klinke in die Hand. Unter den Straftätern war sogar eine Prostituierte.

»Das Geschäft blüht«, sagte Jane, »wir brauchen einen neuen Drucker und eine externe Festplatte. Der Umsatz trägt's. Wenn du endlich ausziehen würdest in eine ordentliche Wohnung, dann könnte man außerdem in der Küche das Wartezimmer einrichten, hinten raus, das ist ganz hübsch, und in dein Schlafzimmer ein zweites Mädchen setzen, wenn wir eins brauchen, beispielsweise einen Lehrling, bei der Lehrstellenknappheit.«

»Ja, ja«, brummte Abel. Er las in einer Akte. Dann sah er auf. »Überstunden aufschreiben und dann nichts wie raus! Dein Freund hat schon Sehnsucht.«

»Pah«, sagte Jane und schrieb die Überstunden in eine besondere Datei auf ihrem Rechner. Sie sah auf die Uhr. »Dann kommt um acht noch die Frau Knoll.« Abel reagierte nicht, Jane stand auf und nahm ihre Handtasche. »Muss die nicht arbeiten? Die ist doch Prostituierte, mein ich.«

»Oh, wie du dir die Halbwelt vorstellst, Babyjane«, brummte Abel, ohne aufzublicken.

»Vielleicht kann sie auch nicht.«

»Was weiß ich.«

»Vielleicht hat sie den Tripper oder so was.«

»Jetzt reicht's aber«, sagte Abel.

»Oder sie hat ihre Tage. Machen die's dann eigentlich auch?«, fragte Jane.

»Ich weiß es nicht, Du kannst sie ja fragen, wenn sie wieder einmal kommt, aber heute ist Feierabend.«

»Das wär schon eine Sauerei«, sagte Jane und ging zur Tür. »Tschau Abel«, sagte sie, hielt dann aber noch einmal inne. »Was machen denn die Frau Serafin und ihre Versicherungen?«

»Laufen.«

»Ach, eine gewisse Olivia hat wieder angerufen. Ich habe vergessen einen Zettel zu schreiben.«

»Hexe! Aber ich sehe Olivia sowieso heute Abend.«

Abel las Zeitung als seine Mandantin kam. Sie steckte den Kopf durch die Tür, lächelte, trat ein. Sie war sehr hübsch und sehr schlank. Die blonden Haare hatte sie zu einem Pferdeschwanz zusammengebunden. Man sah ihr den Beruf noch nicht an.

»Prost, Maria«, sagte Abel und hob sein Wasserglas, »und wie geht's dir?«

Sie zuckte mit den Achseln

»Was is'n heute los?« Abel ging zu seinem Schreibtisch zurück. Das Mädchen saß auf der Kante und ließ ihre Beine baumeln. »Mein Vermieter macht Terror.«

»Haste zu lange Herrenbesuch gehabt?«

»Quatsch, der erhöht wieder die Miete. Das stinkt mir langsam, soviel wie ich schon zahle, es gibt keinen Krach, alles ist sauber, und alle Vierteljahr kommt er und will mehr.«

»Wieviel zahlste?«

»Jetzt schon achthundertfünfzig kalt für 70 Quadratmeter. Ich finde das Geld ja auch nicht auf der Straße.«

»Aber so ähnlich«, knurrte Abel.

»Fast wie ein Anwalt.«

»Es ist halt ein gewerblicher Mietvertrag mit kurzfristiger Kündigung, den er dir aufgedreht hat.«

Abel starrte vor sich hin. Der gelbe Zettel mit dem Dienstplan der Polizisten fiel ihm ins Auge. »Was ist das für ein Typ, dein Vermieter?«

»Wie soll ich sagen? Er geht früh zu Bett und ist ein hochanständiger Mann. Er hat mir noch nie einen unsittlichen Antrag gemacht. Aber beim Geld, da ...«

»Money makes the world go round«, sang Abel. »Also ich trete ihm auf die Füße, wegen Sittenwidrigkeit und drohe mit einer Anzeige wegen Mietwucher, okay?«

Sie wollte Abel gerade auf die Wange küssen, da läutete das Telefon. Es war Biggi Meier. »Moment«, sagte Abel, »Mandantschaft ist gerade noch da, ich ruf zurück.« Das Mädchen ließ sich vom Tisch gleiten und nahm ihre Tasche über die Schulter, sie winkte ab und machte ein Zeichen, dass sie gehen werde. »Ja, ja«, sagte Abel ins Telefon, »wart 'ne Sekunde.« Doch Maria war schon draußen und hatte die Tür zugezogen. Vor ihm auf dem Schreibtisch lag ein Brief ihres Vermieters. »Schon gut«, sagte Abel ins Telefon, »ich kann jetzt.« Er räusperte sich.

Biggi begann mit ihrem Bericht. Sie hatte noch ein Gespräch mit dem Pressesprecher der Polizei geführt und ihm eine Legende erzählt, dass sie einen Bericht über Voyeure schreibe, na ja, so war sie weitergekommen, hatte Tatort und Tatumstände erfahren. »Bei euch ganz in der Nähe ist es passiert, und rate einmal ...«

»Was?«

»Die Tatzeit?«

»Passt?«

»Exakt, wie ausgesucht für dich, Herr Rechtsanwalt, und deinen sauberen Mandanten. Zwischen halb eins und eins, aber eher gegen halb eins.«

»Aha!«

»Ja, und noch was: der Täter hat den Mann des beobachteten Pärchens geschlagen, weil der ihn verjagen wollte. Es gab ein Handgemenge. Der Mann hat ein mächtiges Veilchen gehauen bekommen.«

»Ob das die Handschrift von Hiltsch ist, ich weiß nicht ...«, sagte Abel und zog den Hund vom Tisch, der mit den Vorderpfoten auf einem Aktenhaufen stand und herumschnüffelte.

»Das bei der Moslech war ja auch nicht so ohne, da muss er auch ganz deftig hingelangt haben.«

»Er wirkt nicht wie ein Schläger.«

»In die Enge gedrängt beißt jeder«, sagte Biggi. Dann fuhr sie fort: »Aber mit dem Namen der Opfer ist Fehlanzeige.«

»Sie haben den Täter also nicht.«

»Nein, diesmal Datenschutz. Jetzt musst du dich selber dahinterklemmen, Jean«, sagte Biggi, »dein Job.« Abel nickte und sagte »pfui«, weil der Hund schon wieder mit den Pfoten auf den Tisch kam.

»Was?« fragte Biggi.

»Schmitz war gemeint.«

»Ist Jane noch da, ich muss ihr was ganz wichtiges erzählen.«

»Nein, sie ist schon gegangen.«

In dieser Nacht krümmte sich Melly in ihrem Bett und weinte. Der Pilot mit dem schönen Namen Fürchtgott hatte mit ihr die Geduld verloren und war gegangen. Obwohl sie ihm einen geblasen hatte. Er wollte seit Wochen immer nur eines: in sie eindringen. Und Melly hatte sich dermaßen Mühe gegeben. Sie war sogar bei ihrer Frauenärztin gewesen. Sie hatte es selbst gewollt.

Melly weinte vor Scham und Verzweiflung.

Sie weinte vor Angst vor dem Prozess.

Sie wollte einschlafen und nicht wieder aufwachen. Zu mehr fehlte ihr der Mut.

Sigurd Hiltsch lag in der Zelle mit einer völlig anderen Belegschaft. Beppo hatte wie durch ein Wunder Bewährung bekommen. Nur einer von den Skatspielern war noch da. Ihm hatte Hiltsch beim Hofgang vor drei Tagen kurz einmal die Fresse poliert. Die Beschwerde des Mannes war von der Anstaltsleitung zurückgewiesen worden. Mangels Beweisen.

Es war dem bürokratisch erfahrenen Hiltsch schon bald gelungen, allmählich seinen neuen Schicksalsgenossen beim Abfassen von Rapportzetteln und Beschwerden, Anfragen und Bitten zur Hand zu gehen und damit sogar ein gewisses Ansehen zu bekommen.

Mit anderen Worten, Hiltsch hatte sich in der Haft akklimatisiert. Er lag im Bett und blätterte in einem Buch mit dem Titel »Elementarteilchen«, das im Knast kursierte, aber auf dem Index stand. Hiltsch spürte nichts, als er die abgewetzten Seiten umblätterte. Er fragte sich schon lange nicht mehr, warum er hier war. Er hatte verstanden, es so zu nehmen, wie es kam.

Und manches kam gar nicht schlecht. Sein Anwalt Abel hatte für ihn vor dem Arbeitsgericht einen lukrativen Vergleich herausgeholt, und die verdammte Scheidungssache war auch erledigt. Seine Ex hatte ihn geplündert, aber nicht finanziell ruiniert. Im Grunde war Sigurd Hiltsch auch optimistisch, was seine Strafsache anbelangte.

Montag, den 26. Juni

Es war über den Arbeiten der Staatsanwaltschaft Sommer geworden. Hiltsch saß immer noch in Stadelheim. Zwei Haftbeschwerden seines Anwalts waren erfolglos geblieben.

Nun hielt Melly Moslech endlich das Ergebnis der Tätigkeit der Verfolgungsbehörde in der Hand, in Kopie von ihrer Anwältin zugeleitet, zusammen mit dem Eröffnungsbeschluss der Strafkammer und der Terminsladung. Es war heiß im Büro. Sie schwitzte. Ihr Mund war trocken. Termin war an einem Montag um 10 Uhr.

Sie habe das Recht, die Verhandlung zu verfolgen, obwohl sie als Zeugin aufgerufen werde, schrieb ihr Frau Wiesenhofer erneut. Man müsse mit drei Verhandlungstagen rechnen. Eine Vorschussliquidation sei dem Schreiben mit der Bitte um Anweisung auf eines der Konten der Kanzlei beigefügt.

Mit freundlichen Grüßen.

Melly ging hinaus zum Automaten und zog sich eine Cola. Sie nahm einen Schluck aus der Flasche, es prickelte kalt durch ihre ausgedörrte Mundhöhle, sie kehrte in ihr Büro zurück. Seidel ließ sie anrufen, wo denn die schon lange überfällige Bestellungsliste Belgien bleibe? Melly schützte Datenabgleichprobleme vor und legte auf. Vor ihr lagen diese amtlich aussehenden Schriftstücke. Mit spitzen Fingern blätterte sie darin. Obenauf die Rechnung, fast tausend Euro. Vorgestreckt auf den Prozessausgang. Wenn Hiltsch freikam, war das Geld verloren.

Als nächstes lag die Terminsladung bei; noch drei Wochen, dachte sie. Es folgten der Anklagesatz und die Zusammenstellung der wesentlichen Ermittlungsergebnisse. Melly las das nicht. Nein. Schließlich holte sie aus dem Schreibtisch die Ginflasche heraus und füllte in die Colaflasche Schnaps. Fast Cuba libre. Für sie ganz persönlich war dies auch ein Aspekt von Freiheit. Die Cola war jetzt deutlich heller in ihrer Färbung. Melly nahm einen tiefen Schluck und wartete auf die Wirkung. Noch ein Schluck. Endlich kam es von unten herauf, warm und weich, wie der Sommertag draußen über München. Immer noch lagen die Dokumente auf der Schreibtischunterlage vor ihr. Sie räumte sie weg. In dieselbe Schublade, in der die kantige Schnapsflasche lag und die man abschließen konnte. Sie trat ans Fenster, beobachtete die Bäume, deren Laub vom Sommerwind zurechtgekämmt wurde. Unter den Federwolken stürzte sich ein Schwarm Mauersegler mit schrillen Rufen auf die Mücken, ohne sie wesentlich dezimieren zu können. Die winzigen schwarzen Silhouetten der Vögel flogen blitzschnell und elegant, packten zu, drehten ab, zogen hoch und stießen wieder herunter. Dann verschwanden sie über das Hochufer nach Osten. Melly ließ das Telefon hinter sich klingeln und dachte an das Schwimmbad, einen schattigen Platz, ein Eis, einen Piccolo. Sie nippte an der Flasche. Ein Mann mit einem Rennrad rollte die Straße herunter. Der Rahmen war rot lackiert. Die Speichen glitzerten in der Sonne. Die Gangschaltung surrte leise und klang zuverlässig. Der Mann hatte breite Schultern und einen Bauch. Unter dem Arm trug er Badezeug. Er lenkte nur mit einer Hand. Melly trank aus. Hinter ihr wurde die Tür geöffnet. Eine ältere Frau trat ein. Es war Seidels Sekretärin.

»Melly, die Liste«, sagte sie.

»Ist noch nicht fertig.«

»Menschenskinder«, sagte die Frau hinter ihr. Sie trat neben Melly ans Fenster. »Melly, Kind, Sie riechen schon wieder nach Schnaps, um halb elf, was ist mit Ihnen los in der letzten Zeit?«

»Ich bin nicht Ihr Kind«, sagte Melly und drehte sich weg, damit sie ausatmen konnte, ohne das Gesicht der Sekretärin zu treffen.

»Lassen Sie das Trinken, es wird nicht besser davon.«

»Haha.«

»Bestimmt nicht, und noch was: Ich habe in den letzten Wochen schon drei Aktenvermerke für Ihre Personalakte geschrieben. Seidel hat das alles selbst diktiert. Ich würde mir mal die Akte zeigen lassen, an Ihrer Stelle, bevor die Abmahnung kommt.«

»Bin ich dann klüger, geht's besser? Glauben Sie das?«

Die Angestellte zuckte mit den Achseln. »Ich wollt's bloß gesagt haben, aus Solidarität oder so einem Gefühl, wissen Sie«, sagte sie. »Ich wäre vorsichtig, da braut sich was zusammen. Und alles wegen dem verdammten Hiltsch.«

Abel hatte inzwischen einige Versuche unternommen, der Voyeurspur, die sein Mandant Hiltsch unter Umständen gelegt haben könnte, nachzugehen. Natürlich hatte er sich im Sprechzimmer der U-Haftanstalt Stadelheim darüber ausführlich mit Hiltsch unterhalten. Hiltsch war in einer depressiven Phase, hölzern und unzugänglich, zuckte nur mit den Schultern und sagte, dass er wisse, dass man ihn bereits verurteilt habe; was das alles solle, sei ihm ohnehin unklar, unklarer denn je. Hier lebe er nun, in dieser schrecklichen Zelle mit den anderen Männern, da habe er sich zurechtzufinden, das wär's. Von den Knastkollegen höre man viel und könne sich ein Bild machen. Für die Richter sei einer, den sie mal gefangen gesetzt hätten, ohnehin verurteilt. Besonders, wenn einschlägige Vorstrafen existieren. Alles nur Legende, dass einer freigesprochen werde. Die Reichen, ja, die mit Einfluss und Geld, aber für ihn ... Selbst wenn er freigesprochen werde, ohne Stellung und mit einem Loch von einem guten Dreivierteljahr in der Biographie, auch wenn er formell erst zum Jahresende gekündigt sei, was dann? In seinem Alter? Der ganze Hartz-Kram ...

Abel erläuterte seine Prozesstaktik, doch Hiltsch hörte nicht zu.

Zum Thema des Zwischenfalls bei der Beobachtung eines Liebespaares am Faschingdienstag wollte Hiltsch erst recht nichts sagen. Er wirkte müde und abgekämpft, als man ihn wieder über die stählernen Stufen und die Wandelgänge zurück in seine Zelle brachte, wo er sich aufs Bett legte, an die Matratze seines Obermanns starrte und grübelte. Verflogen war die übermütige Stimmung, in der er neulich auf dem Hof zugeschlagen hatte.

Abel war unschlüssig, wie er die Reaktion Hiltschs einzuordnen hatte. Er konnte oft diese Abstumpfung und Resignation beobachten, wenn er Mandanten zu besuchen hatte, die zum ersten Mal in Haft waren. Geübten Strafgefangenen gelang es viel schneller, sich anzupassen. Sie schlüpften bald in den Alltagsablauf im Knast hinein und glitten im Strom mit, wie Fische, die man vom Trockenen zurück in den Fluss warf. Abel hatte vor Jahren selbst eine Nacht in Stadelheim zugebracht, und ihn schauderte bei der Erinnerung, wie ihn der kurze Freiheitsentzug bedrückt hatte. Es ist eine typische Kette von Stadien, die ein Mensch durchläuft, den man seiner Freiheit beraubt, es bilden sich prognostizierbare Symptome heraus. Dazu gehört neben Zuständen euphorischer Hoffnung auch die Lethargie, Selbstaufgabe, Resignation, das, was Abel an diesem Tag an Hiltsch beobachtet hatte.

Natürlich war Abel wegen der Nachforschungen auch selbst zum Revier gegangen, als die beiden Polizisten nach dem Dienstplan eingeteilt waren. Man studierte zunächst umständlich den von Abel vorgelegten Anwaltsausweis, gab die Karte zurück. Der Rest war eine Kombination aus bayrischer und westfälischer Starrköpfigkeit.

»Dat is nich unsre Kompetenz, müssense wissen, Herr Anwalt, woll«, sagte Brunner, »wegen der Akteneinsicht, ja, nur über die StA.«

»Staatsanwaltschaft«, übersetzte Bärlach. Er hob bedauernd die Hände und ließ sie auf seine BILD-Zeitung fallen, »dös sand Tatopfer, und da können wir nix macha, ja, selbst wenn mir wollten. Gehens zur Staatsanwaltschaft.«

Davon hielt Abel wiederum nicht viel. Selbstverständlich hätte er jetzt schon einen Beweisantrag stellen können. Doch die Folge wäre gewesen, dass die Staatsanwaltschaft Holz mit den Nachforschungen beauftragt hätte. Und Abel konnte sich nur zu gut vorstellen, welches Ergebnis es bringen würde, wenn Holz einen Entlastungszeugen aufmischte, bevor er vor dem Gericht aussagen konnte. Es musste einen anderen Weg geben.

»Eigentlich war's nicht schwer«, erzählte Maria. Sie lachte

leise. »Es ist nie schwer.« Ihr Kopf lag auf Abels Brust. Die weiß-blauen abstrakten Bilder an der Wand lagen im Dunkeln. Das Fenster stand offen und draußen zirpte leise eine Grille im geräumigen und im Sommer zugewucherten Innenhof zwischen den Gründerzeithäusern. Maria blinzelte zu den Bildern hinüber. Abels Brust war von Schweißperlen überzogen. Die Hitze des vergangenen Tages strahlte noch aus den Mauern. Unter dem Bett winselte der Hund in einem Traum. »Der so bayrisch spricht, der ist am Anfang richtig erschrocken, wie ich ihn angesehen habe und angefangen zu reden und ihn anzustrahlen, ich hab noch gedacht, dass der ein Problemfall wird, weißt du, so einer, der dir die ganze Zeit, davor und danach, erzählt, warum und weshalb und wie es mit seiner Freundin ist, halt so ein Handscheuer. Aber dann war er doch anders, irgendwie komisch«, sie lachte wieder, »manchmal steckste einfach nicht drin in den Menschen.«

»Madre mia«, sagte Abel.

»Nein, du hättest ihn erleben sollen, wie er mir den Hof gemacht hat, natürlich nicht echt, nur so aus Jux, wie ein Prinz im Märchen. Ich hätte nie gedacht, dass er so aus sich rausgehen kann. Beamter, der er ist. Und das alles auf bayrisch mit Kratzfuß und Verbeugungen und dann hat er mich nach dem Bäckerschein gefragt. Ich hab mich fast angepisst vor Lachen, wie er geguckt hat, als ich dann tatsächlich einen Bäckerschein aus der Handtasche gezogen habe.«

»War er gut im Bett?«

»Das war ja ein sozusagen dienstlicher Auftrag«, sagte das Mädchen, sie hob den Kopf und blickte auf die Silhouette, die Abels Kopf auf dem Kissen bildete. Sie zog ihn mit den Zähnen leicht am Bart. »Da fragt man eine Dame nicht, was sie fühlt.«

»Amtsgeheimnis«, nickt Abel. »Schweigepflicht.«

»Und außerdem, was fühlt eine Dame schon bei einem Handjob?«

»Du warst aber geizig.«

»Es hat seinen Zweck erfüllt.«

Draußen im Hof begann das Vorspiel zu Aida. Breit, pastos, schön. Maria sah Abel verdutzt an.

»Das kommt von Fräulein Gautinger. Sie wohnt einen Stock über mir und liebt Opern. Schwerhörig.«

»Aha. … Schön. Kennst du das Stück?«

»Ich kann es mitsingen«, knurrte Abel.

»Gehen wir mal zusammen in die Oper? Ich war noch nie da.«

»Vielleicht.«

Maria küsste Abel. »Komm, sei kein Frosch, wer geht sonst mit einem Mädchen wie mir in die Oper? Ich zieh mir auch was Schönes an.«

»Nur wenn es extrem tief ausgeschnitten ist.«

»Sau«, sagte das Mädchen.

Abel lachte. Marias Körper schaukelte auf seiner Brust.

Abel sagte: »Wenn du die Karten besorgst, zahle ich sie.« Abel kam auf die Sache zurück. »Was hat dir der Bayer vor oder nach dem Handjob gesagt?«

»Ross heißt der Mann, der eine aufs Auge bekommen hat. Alex Ross«, sie nannte seine Adresse. »Er hat es extra nachgesehen und mich angerufen und mir das auf die Mailbox gesprochen. Das ist Dankbarkeit.«

»Der muss doch Lunte gerochen haben.«

»Klaro.«

»Und?«

»Nichts und. Er hat trotzdem gesagt, was ich wissen wollte; das ist das Mata-Hari-Prinzip.«

»Unser kleines persönliches Geheimnis. Merci auch.« Abel drehte sich auf die Seite, nahm ihren warmen Körper in den Arm und summte die Musik mit. Er streichelte ihre kleinen Brüste, spürte ihre Erregung und liebkoste ihre Haut und ihr Geschlecht.

»Warum machst du das eigentlich?«

»Anschaffen?«

»Ja.«

»Wenn du das fragst, hast du mich für immer gesehen. Willst du mich eigentlich abtörnen?«

Abel wollte das nicht. Er schmuste noch lange mit Maria und träumte in die Nacht. Die Musik war leider vorbei, weil die Nachbarn sich bei Fräulein Gautinger beschwert hatten. Es wäre still gewesen, wenn die Stadt geschlafen hätte. Aber sie stöhnte und ächzte unter der Hitze. Man hörte ihren Atem, der wie das Pulsieren der Fahrzeuge über die Schnellstraße klang. In einem der Fenster gegenüber flammte das elektrische Licht auf. Eine Frau im Morgenrock kochte Kaffee. Ein Morgen wie jeder andere im Sommer in München, wenn das Wetter gut ist. Ein warmer Wind glitt über die beiden Körper auf dem schweißnassen Laken.

Der Tag begann und Abel und das Mädchen schliefen endlich ein.

Freitag, den 30. Juni

Jedes Mal, wenn Abel mit dem Auto an der Adresse des Spanneropfers Ross vorbeikam, parkte er in der Nähe und ging nachsehen. Denn das Telefon wurde nie abgehoben, gleichgültig, zu welcher Zeit er anrief. Der Anschluss war nicht gesperrt und auch nicht gestört, wie Abel ermittelt hatte. Ross und ein Fräulein Anita Schneider waren polizeilich gemeldet. Erster Wohnsitz, kein Zweitwohnsitz.

Abel klingelte zum ersten Mal an diesem Donnerstag, lauschte auf Geräusche im Flur, klingelte wieder, anhaltend, drängend. Nichts. Die Tür zur Nachbarwohnung blieb auch verschlossen. Abel sah auf die Uhr. Eigentlich hätte er zurück in seine Kanzlei gemusst, aber der Verhandlungstermin gegen Hiltsch stand an. Er machte sich auf die Tour. Läutete an jeder Tür und fragte nach Herrn Ross und dem Fräulein Schneider. Alle kannten die beiden, doch keiner wusste, wo sie waren. In drei Wohnungen war niemand zu Hause. Abel notierte sich die Namen.

Abends kehrte er zurück. Bei Ross blieb der Versuch ohne Erfolg. Klár. Draußen im Hof lief dröhnend ein Motorradtriebwerk, brummte und heulte, stotterte und brach ab. Durch die offene Tür zogen Abgasschwaden ins Haus herein. Abel ging hinaus.

»Vielleicht wissen Sie, wo der Herr Ross ist?«, fragte er den Urheber des Krachs.

»Was?«, schrie der Mann. Seine Hände waren schwarz vor Schmieröl. Er drehte den Gashebel auf, blauer Qualm wehte über den Hof. Sein Gesicht zeigte Spannung, er lauschte auf das Motorgeräusch.

»Ob Sie wissen, wo der Herr Ross ist?«, schrie Abel zurück.

»Der Alex Ross?« Der Kopf des Mannes zeigte hinüber zu den Fenstern der Hochparterrewohnung.

»Ja.«

Der Motor verstummte gurgelnd. Die Farbe des Qualms

aus dem Auspuff wurde schwarz. »Zu fett«, sagte der Mann in die Stille hinein, nahm einen Schraubenzieher und kniete neben dem Motorblock nieder. »Was 'n mit dem Alex?«

»Wo er ist?«

»Ich krieg auch noch Geld von ihm. Weißte, Fachhochschulreife und nix wie Fürz' im Hirn und Schulden machen. Das Dickste ist ...« Er stand auf und trat auf den Kickstarter. Der Motor jaulte auf. Ein glückliches Lächeln huschte über das Gesicht des Mannes.

»Wieviel hat er bei dir gepumpt?«, schrie der Mann.

»Deswegen komm ich nicht, ich will nur mal mit ihm reden.«

Die Maschine kam auf Leerlauf herunter. »Wo treibt er sich rum?«

»Teneriffa, sagt er, der feine Herr mit seiner tollen Biene, da muss es ja gleich Teneriffa sein. Aber Geld pumpen. Ich versteh so was nicht. Verstehst du das?«

»Nein«, sagte Abel, obwohl er so was gut verstehen konnte.

»Also.«

»Wann kommt er wieder?«

»Nächsten Mittwoch.«

Am zweiten Verhandlungstag, dachte Abel. Nach dem Sitzungsplan würden am dritten Tag nur noch die Gutachter gehört werden, dann folgten schon Plädoyers und Urteil. Der Mann stellte das Motorrad ab und kniete sich wieder hin. Er schraubte die Verdeckung vor den Vergaser und montierte den Filter. »Uhrzeit?«, fragte Abel.

»Morgens irgendwann. Ist es so dringend, hat er was ausgefressen? Echt was, meine ich?«

»Nein, es geht da um die Sache mit dem Spanner.«

Der Mann lachte laut los. »He, die Geschichte war ja gut, das hat mir gefallen, lässt sich eine aufs Auge schlagen. Ganz easy. Dem Typ hätt ich das Kreuz rausgerissen, wenn ich den erwischt hätte.«

»Wem?«

»Dem Gaffer, bei so 'nem Kerl hilft nur eins«, er lachte immer noch und ballte die Faust und hielt sie Abel vors Gesicht. Abel roch das Maschinenöl. Er trat einen Schritt zurück. »Wer der Spanner ist, wisst ihr nicht?«

»Der Glotzer?« Der Mann trat den Kickstarter und der Motor brüllte auf. »Nein, null Ahnung.« Er schwang sich auf den Sitz, gab Gas und schoß die Rampe zur Hofeinfahrt hoch. Auf der anderen Seite schrie eine Frau aus dem Fenster. Sie keifte etwas von »Gestank« und »Lärm». Als Abel ging, hörte er, wie sich das Motorrad wieder näherte. Der Motor stotterte erneut.

Abel besuchte seinen Mandanten an diesem Tag ein letztes Mal vor dem Prozess in der Haft in Stadlheim, um das Konzept der Verteidigung durchzusprechen. Es wurde wieder ein Monolog. Hiltsch starrte an ihm vorbei an die Wand. Abel ging das auf die Nerven. Plötzlich fragte er aggressiv: »Wenn Sie wollen, können Sie einen anderen Anwalt beauftragen.«

»Mein Gott, das geht doch nicht um Sie. Bloß, ich sehe so oder so keine Perspektive.«

Als er auf die Tatsache zu sprechen kam, dass der Kammer eine Frau vorsitze, wurden Hiltschs Augen wacher. »Ne Frau auch noch? Da sieht man, dass ich keine Chance habe.«

Abel widersprach, aber Hiltsch hatte Recht, einfacher wurde die Verteidigung nicht.

Abel hielt die Zeit für gekommen, noch einmal auf die Spannerepisode einzugehen. Er nannte den Namen Ross, nannte die Adresse, beschrieb das Gebäude, erwähnte, dass die Uhrzeit präzise passe. Keine Antwort. Abel atmete durch und nahm noch einen Anlauf.

Natürlich geht es nicht an, dass ein Anwalt seinen Mandanten begünstigt – das wäre strafbar. Aber wo liegt die Grenze zwischen der zulässigen Verteidigung, den üblichen und notwendigen Schlichen und Finten, der vernünftigen List und der kriminellen Begünstigung? Dicke Bücher sind darüber schon geschrieben worden, doch in einer konkreten Situation passte keines der wohlerwogenen Beispiele, traf kein gerichtlich bereits entschiedener Fall zu. Wie sollte er auch? Und so oft hing es von der Intelligenz und der Aufmerksamkeit des Angeklagten ab, ob er den Darlegungen seines Verteidigers die notwendigen Hinweise für die richtige Verhaltensweise entnahm. Abels zweiter Anlauf hörte sich etwa so an: »Also, Herr Hiltsch, dass Sie später nach Hause gekommen sind, als Sie bei Ihrer ersten Vernehmung angegeben haben, das scheint die Staatsanwaltschaft beweisen zu können. Da gibt's, wie gesagt, die Aussage dieser Nachbarin von Ihnen, einer Frau Knecht, die Sie gesehen hat. Da kann man also schlecht drauf beharren, dass Sie sofort nach Hause sind. Wissen Sie.« Hiltsch zeigte keine Reaktion. »Das ist aber nicht strafbar, wenn man spät heimkommt. Wir geben keine Position von Bedeutung auf, korrigieren nur eine Aussage, die möglicherweise, ich weiß ja nicht, damit zusammenhängen könnte, dass Sie von diesem Holz eingeschüchtert waren und sich schämten, dass Sie, sagen wir es, wie Sie das ausdrücken, einen kleinen nächtlichen Spaziergang gemacht hatten. Herr Hiltsch, wenn Sie diesem Ross eine runtergehauen haben, dann ist das eine Körperverletzung, die eine Geldstrafe von ein paar Tagessätzen einbringt, sonst nichts, basta. Dazu kommt dann noch die sexuelle Belästigung. Da gibt's bei Ihren Vorstrafen schon mehr. Aber niemals so viel wie für Vergewaltigung. Ich kann Ihnen natürlich nicht zu einer Version raten, die nicht so passiert ist und die Sie nicht durchhalten wollen oder können. Gehen Sie davon aus, dass ich Sie für unschuldig halte, wenn man mal den Vorwurf in der Anklage betrachtet, isoliert, verstehen Sie. Doch mit den Ausflügen und den kleinen sexuellen Belästigungen haben Sie sich ja selbst mir gegenüber vor Ihrer Festnahme in Verbindung gebracht. So sind Sie ja auch bei der Polizei bekannt. Da geben wir doch auch wirklich keine Position auf.« Abel erhob sich und ging herum. Er schaute mit wütendem Blick seinen Mandanten an, der regungslos auf seinem Stuhl saß und die Hände zwischen den Knien eingeklemmt hatte.

»Dann halten Sie halt in Gottes Namen die Schnauze, Herr

Hiltsch, und lassen Sie mich machen!«, knurrte er. »Ich kann zwar verstehen, dass Sie rumhängen wie ein nasses Handtuch, aber billigen kann ich das nicht. Verweigern Sie die Aussage! Das ist Ihr Recht. Zur Person müssen Sie aussagen, sonst aber nichts. Den Rest besorge ich. Und ich pauke Sie heraus, wenn Sie unschuldig sind. Und davon gehe ich momentan aus, so lange Sie mir nicht das Gegenteil erklären.«

Auch das blieb ohne sichtbare Wirkung. Abel lehnte sich mit dem Rücken an die kalte, mit Ölfarbe gestrichene Mauer. Er starrte Hiltsch an. Das Gesicht mit dem runden, weichen Kinn hatte die typische teigige Knastfarbe angenommen.

Dem kann man nicht sagen, dass auch für den Verteidiger von solch einem Prozess was abhängt, dachte Abel. Dann nahm er sich vor zu schweigen, bis sein Mandant antwortete.

Endlich machte Hiltsch den Mund auf. »Ich kann ja auch ein Geständnis ablegen, dann wär's raus.«

Abel schwieg. Ein Geständnis? Das war das erste Mal, dass Hiltsch davon sprach.

»Bitte, ich höre«, sagte Abel. »Sagen Sie mir, was Sie zu sagen haben, und ich rate Ihnen, was zu tun ist.«

Hiltsch lachte, ohne den Anwalt anzusehen.

»Was ist mit dem Geständnis?«, fragte Abel behutsam.

»Nichts, Herr Abel, gar nichts. Aber manchmal denke ich, ob es nicht besser wäre, man sagt irgendwas. Kann man die Richterin nicht ablehnen?« fragte er unvermittelt.

»Nur weil sie eine Frau ist?« Abel schüttelte den Kopf. »Sicher nicht, da gehört noch ein bisschen Butter bei die Fische, irgendwelche Zitate von ihr, aus denen sich eine Vorverurteilung oder eine inhaltliche Festlegung ergibt, doch wir haben nichts.«

»Aber sie ist eine Frau.«

»Warten wir's ab, wie es läuft«, sagte Abel und läutete nach dem Wachtmeister, um sich öffnen zu lassen.

Mittwoch, den 5. Juli

Das Szenarium einer modernen Gerichtsverhandlung war vorbereitet. Die Große Strafkammer, der sogenannte Spruchkörper, besteht aus drei Berufsrichtern: der Vorsitzende, in diesem Fall eine Frau, und zwei Beisitzer. Hinzu kommen zwei Laienrichter. An ihrer Seite auf gleicher Höhe der Staatsanwalt. Gegenüber, angemessen tiefer platziert, die Verteidigung, davor der Angeklagte. Schon halb im Zuschauersaal die Nebenklage, Anwältin neben Frau Moslech, und schließlich die Zuschauer. Erstaunlich viel Interesse galt diesem Prozess, nicht zuletzt durch die Frauengruppe angestachelt. Sogar die lokale Presse war vertreten. Natürlich auch Biggi, die sich mit harten Bandagen in der Redaktion gegen die Gerichtsreporterin hatte durchsetzen müssen.

Dem psychiatrischen Sachverständigen hatte man einen Tisch in den Saal gestellt, und zwar so, dass er mühelos den Angeklagten beobachten konnte. Die Akten lagen bereit, der Staatsanwalt hatte die Anklage verlesen. Es konnte beginnen.

Abel saß mit offener Robe, weißem Hemd, weißem Schlips, auf seinem Stuhl, die Beine übereinandergeschlagen, und kaute an einem Streichholz. Er musterte die Vorsitzende Richterin Dr. Agricola. Ein freundliches Gesicht, aber ein schmaler Mund, ein Grübchen im Kinn. Sie war vielleicht fünfundvierzig, hatte erste graue Haare, eine gut geschnittene Frisur. Es kam selten vor, dass Abel vor dieser Großen Strafkammer zu verteidigen hatte. Er konnte die Vorsitzende deswegen nicht richtig einschätzen.

Berichterstatter war ein junger Richter, den man noch nicht auf Lebenszeit in das Amt berufen hatte. So ein Mann hat was zu verlieren, in jedem Prozess. Vorsicht! sagte sich Abel. Der Berichterstatter trug eine Hornbrille mit einem sehr modischen Gestell. Er hatte blondierte, gegelte Haarspitzen und eine operierte Hasenscharte, die im Seitenlicht der Fenster mehr auffiel als sonst. Der andere Beisitzer war etwa so alt wie die Vorsitzende, ein vierschrötiger Mann ohne Fortüne und ohne berufliche Ambitionen. Um ihn brauchte man sich nicht so viel zu kümmern. Die Laien waren beide Frauen, über Fünfzig, Durchschnittsgesichter. Hausfrauen mit Hausfrauenkörpern und Hausfrauenhänden und wahrscheinlich auch Hausfrauenängsten. Ob das für Hiltsch gefährlich war, konnte keiner wissen, aber wahrscheinlich war es gefährlich.

Unterdessen fragte die Vorsitzende Hiltsch nach seinen Personalien. Der Angeklagte hatte sich schnell erhoben, war stehen geblieben, obwohl ihm die Richterin das Sitzen angetragen hatte. Sein Anzug war grau und tadellos, die Krawatte saß korrekt. Es war dieselbe Krawatte, die er getragen hatte, als er vergewaltigt worden war. Er war inzwischen so abgestumpft, dass ihm das nichts ausmachte. Er blickte nie in den Zuschauerraum, obwohl dort weder seine Mutter saß noch seine Frau. Aber Melly Moslech saß in dieser Blickrichtung. Alle anderen Zeugen standen vor der Tür, in den Abstand verwiesen, wie man sagt. Gehorsam gab Hiltsch Antwort auf das, was man ihn fragte.

Die Nebenklägerin war sehr dezent gekleidet erschienen, in einem Kostüm, dunkelblau, weiße Bluse, wie zur Vorstellung bei einem neuen Arbeitgeber. Ihre Anwältin sortierte Akten, die Brillengläser funkelten kurz zu Abel herüber. Der Staatsanwalt Breuer lümmelte sich auf seinem Stuhl und war gelangweilt, weil er die Personalien des Angeklagten schon auswendig kannte.

Der Psychiater hatte die Lesebrille mit routiniert anmutender Geste von der Nase gezogen, als ihn die Vorsitzende ansprach, und hatte ernst genickt, als sie seine Personalien aufnahm.

»Zur Sache«, sagte die Vorsitzende Agricola, »brauchen Sie, Herr Hiltsch, keine Aussagen zu machen.«

»Nein, ich möchte nichts sagen«, sprach Hiltsch. Seine Stimme klang normal und verriet nichts.

»Ja, danke«, antwortete die Vorsitzende und murmelte für das Protokoll, dass der Angeklagte, belehrt, die Aussage verweigere. Ihr routiniertes Gesicht ließ keine Anzeichen erkennen, dass sie das Verhalten des Angeklagten als ungewöhnlich empfinde. Abel zog die Augenbrauen hoch, Hiltschs Entscheidung war ihm bis zur Stunde unbekannt geblieben. Bitte, jetzt war die Marschrichtung einigermaßen klar. Kein Geständnis und der Anwalt als Libero, als Ausputzer.

»Nun treten wir in die Beweisaufnahme ein«, sagte Frau Agricola und suchte auf ihrer Liste den Namen des ersten Zeugen. Der Finger des Berichterstatters schnellte aus der Robe vor und zeigte auf die zutreffende Stelle. Unterdessen hatte Abel seinen Talar zusammengerafft und sich erhoben. Die Vorsitzende sah ihn an. »Gestatten Sie, dass ich eine Erklärung der Verteidigung abgebe«, sagte Abel.

»Bitte.«

»Der Angeklagte bestreitet die Tat. Er hat nichts mit dem von der Anklage vorgetragenen Sachverhalt zu tun. Er schweigt nach Beratung durch seinen Verteidiger. Gegenüber seinen Aussagen vor der Polizei, die zwar nicht Gegenstand dieser Hauptverhandlung sein können, die aber als Protokolle in den Akten sind, ist eine Änderung ...«

»Ja, wer sagt jetzt aus?« Breuer war mit dem Oberkörper nach vorn gekommen und hielt ein auseinandergefaltetes Tempotaschentuch wenige Zentimeter unter der Nase. »Der Anwalt oder der Angeklagte?«

Die Vorsitzende reagierte nicht, und Abel sprach ohnehin sofort weiter: »... ist eine Änderung nötig: Der Angeklagte ist erst gegen ein Uhr am Aschermittwoch nach Hause zurückgekehrt, nicht früher.«

»Aha«, sagte Breuer und schnäuzte sich.

»Ich mache Ihnen einen Vorschlag«, sagte Abel, »ich werde Sie nicht unterbrechen, und Sie lassen mich ebenfalls ausreden, Herr Breuer.«

»Bitte, meine Herren«, sagte die Vorsitzende. Verteidiger und Staatsanwalt zuckten mit den Achseln. Breuer betrachtete das Resultat seiner Bemühungen im Tempotaschentuch, bevor er es faltete und einsteckte.

Abel: »Die Verteidigung verzichtet deshalb auf die Zeugin

Knecht und stellt anheim, die Staatsanwaltschaft möge sich dem anschließen. Der Angeklagte hat sich, das wäre noch hinzuzufügen, bei seiner ersten Vernehmung durch die Polizei geirrt. Man hatte ihn damals aus dem Bett gerissen. Am Vorabend war viel Alkohol getrunken worden, und wie man aus Erfahrung weiß, trübt ...«

»Kein Plädoyer!«, sagte die Vorsitzende. Abel nickte kurz und setzte sich. In solch einer Situation ging es darum, Terrain zu gewinnen.

Natürlich kannten die Berufsrichter die Akten. Doch die Prozessordnung geht davon aus, dass nur das in der Hauptverhandlung mündlich Vorgetragene verwertet werden darf, um das Urteil zu fällen. Das ist natürlich eine Fiktion. In den Köpfen haben sich Vorstellungen gebildet, sind Bilder entstanden. Und nach Abels Meinung galt es, deren Konturen zu verwischen und auf genauso unterschwellige Weise neue Beurteilungsschemata zu bilden. Je nach Persönlichkeit der Richter bedarf es der Härte oder der intellektuellen, ja, rabulistischen Spitzfindigkeit oder des behutsamen Aufbaus der richtigen Vorstellungen und Bilder – jedenfalls aus Sicht der Verteidigung. So gesehen war es in dieser Situation korrekt zu nicken und sich zu setzen, ohne weitere Umstände. Abel war zufrieden mit seinem ersten Intermezzo. Der Aufrechte korrigierte einen kleinen Fehler sofort, das müsste wirken. Oben am Richtertisch tuschelten Beisitzer und Vorsitzende.

»Herr Breuer, verzichten Sie auch?«

»Nein.«

Natürlich nicht, dachte Abel. Und es war ja auch recht so, dass man die Zeugin hörte, sonst hätte Abel sie vielleicht später noch einmal aufrufen müssen. So hatte Breuer den Schwarzen Peter. Er trug nicht zur Beschleunigung des Verfahrens bei. Beschleunigung im Prozess ist aber immer gut, eine Art Markenzeichen.

Man rief und belehrte die Zeugin Knecht, die dann klein und verwelkt vor der Schranke des Gerichts stand und mit dünner

Stimme, stets mit einer höflichen Geste zu Hiltsch hin, den sie als einzigen im Saal kannte, ihre Aussage machte. Sie wiederholte alles, wie es im Protokoll zu lesen war, dass in jener Nacht der junge Dangl mit seiner schweren Maschine kurz vorher gekommen sei und dass Hiltsch mit Sicherheit vor dem Ein-Uhr-Läuten von der nahen St. Anna Kirche in das Haus geschlüpft war.

Keine Fragen seitens der Staatsanwaltschaft.

Die Nebenklage verhielt sich offenbar abwartend und Abel winkte ab. Er las desinteressiert in seiner Akte und sagte nur sehr freundlich: »Danke, Frau Knecht« und »Auf Wiedersehen«, als die Frau ihre Ladung abzeichnen ließ und ging.

»Erklärungen?«, fragte die Vorsitzende.

»Nein, das war alles korrekt, wie ich schon gesagt habe. Etwa dreiviertel eins ist Herr Hiltsch zurückgekommen.« Abel hob noch nicht mal die Augen von seiner Akte.

»Gut, das ist klargestellt«, sagte die Vorsitzende, »damit grenzen wir die Zeit ein.«

Es war klar, dass nun der erste Paukenschlag kommen musste. Die Vernehmung des Opfers, der Nebenklägerin Melly Moslech. Abel studierte immer noch seine Akten, als sie vortrat, schüchtern wirkend in diesem blauen Kostüm. Ihr Blick musterte Hiltsch, der auf seine Hände starrte, und dann den lesenden Anwalt. Schließlich wanderte ihr Blick zur Vorsitzenden hinauf, die ein offenes Lächeln auf ihren schmalen Lippen hatte und Melly mit freundlich-mitfühlenden Redewendungen zur Wahrheit ermahnte. »Wissen Sie, Frau Moslech«, sagte die Richterin Agricola, »was Ihnen passiert ist, gehört zum Schlimmsten für jede Frau und das Gericht kann es durchaus nachfühlen ...«

Abel schnellte hoch, stützte sich auf die Fäuste und starrte die Vorsitzende an. Er sagte nichts. Die Richterin bemerkte ihren Fehler und fuhr fort: »Das Gericht muss allerdings Ihre Aussage genauestens prüfen, dazu gehört auch die Frage, ob Sie überhaupt Opfer einer Vergewaltigung waren.« Mellys Kopf fuhr herum zu ihrer Anwältin, Abel ließ sich unterdessen langsam wieder auf seinen Stuhl zurücksinken, ohne ein Wort gesagt zu haben. Ein Blickwechsel mit der Vorsitzenden deutete an, dass er sich Respekt verschafft hatte. »Also Grund genug, Sie zu ermahnen und zu bitten, sich streng an die Wahrheit zu halten und nichts zu verschweigen, was von Bedeutung sein könnte, und nichts hinzuzufügen.«

Frau Wiesenhofer hatte die Augen zusammengekniffen. Sie wusste sehr wohl, dass sie gegen die vorsichtige Würdigung des Gerichts nichts einwenden durfte. Sie erkannte indes den Vorteil, der darin lag, dass die Vorsitzende auf Grund der Aktenlage innerlich vom Faktum der Vergewaltigung ausging.

Melly war durch die Zurückhaltung ihrer Rechtsvertreterin irritiert und sah wieder zur Richterin hoch, die ihr ein Zeichen gab, dass sie mit ihrer Aussage anfangen könne. Langsam, mit stockender Stimme, begann Melly vom Betriebsfest am Faschingsdienstag zu berichten, sie räusperte sich, verhaspelte sich, doch langsam gewann ihre Sprache an Sicherheit, und sie konzentrierte sich auf das Gesicht der Richterin, meinte, dass es ausreiche, nur dieser Frau zu sagen, wie es an jenem Abend gewesen war, ohne den Staatsanwalt Breuer, den Rechtsanwalt Abel und die Rechtsanwältin Wiesenhofer einzubeziehen.

Endlich kam sie zu dem Punkt, an dem sie sich schminken gegangen war. Aufs Klo. Ja, und dann sei der Herr Hiltsch dagestanden.

»Er hat mich so angesehen, wie er mich vorher auch manchmal angesehen hat, als wir miteinander gesprochen haben, doch jetzt war's durchdringender, so ernst irgendwie. Er ist auf mich zugekommen, hat mich gepackt und hat versucht, mich zu küssen.«

»Versucht?«, fragte die Richterin Agricola dazwischen.

»Ja, weil ich es hab kommen sehen und den Kopf weggedreht habe.« Die Richterin nickte. Melly berichtete weiter, dass natürlich nach so einem Zwischenfall nicht mehr miteinander gesprochen werden könne wie vorher. Klar. Sie habe dann das Fest verlassen. Kurz vor halb eins. Der Weg zum Tatort: fünf

Minuten. Die Schilderung der Tat war sehr kurz, blieb blass und ohne Tiefe. Wer wollte Melly das übel nehmen?

Zeugen können oft mit wenigen und vor allem einfachen Worten eine Situation skizzieren, ihre Empfindungen und Ängste wiedergeben, und das Gericht weiß dann, wie es war. Verteidiger und Staatsanwalt gelingt in solchen Fällen nichts mehr, wenn sie versuchen, mit zusätzlichen Fragen daran herumzufeilen, um abzuschwächen oder aufzubauschen. Mellys Aussage dagegen konnte nicht so intensiv das Geschehene vermitteln; sie hörte sich an wie gelernt und hergesagt. Es waren die vielen Selbstkontrollen und Wenn und Aber in Mellys Kopf, die das Leben aus den Worten strichen. Melly endete mit ihrer Anzeige auf der Wache am frühen Aschermittwoch.

Um die eigentliche Antwort auf eine noch nicht expressis verbis gestellte Frage hatte sich die Zeugin allerdings noch gedrückt, wer nämlich nach ihren Wahrnehmungen – wohlgemerkt, nicht Vermutungen – der Täter gewesen war. Natürlich stellte die Richterin diese Frage mit genau denselben Kautelen: Wahrnehmungen statt Vermutungen! Melly sah nicht zu Hiltsch hinüber, geschweige denn zum Verteidiger, der die Aufschläge seiner Robe gepackt hielt und ihren Blick erwartete. Melly hatte sich diese Frage schon so oft gestellt, dass jede Spontanität bei der Beantwortung gründlich abgeschaltet war. Abwägen für und wider die Täterschaft Hiltschs, der unzweifelhaft versucht hatte sie zu küssen, das war alles, was in ihrem Hirn übriggeblieben war. Ja, sogar die Träume waren korrumpiert worden und nicht mehr klar und eindeutig. Sie hatte sich aber auch festgelegt, im Betrieb, in ihrer Frauengruppe, in Gesprächen.

»Ja, ich glaube, dass Herr Hiltsch es war«, sagte Melly endlich und musste sich räuspern.

»Amen«, sagte der Verteidiger Abel laut und frech. Sie zuckte herum und sah ihn sitzen, stämmig und weiß und schwarz, mit einem Gesicht, das aussah, als würde ihm dieser Kampf schon überhaupt nichts ausmachen, dazu der Bauchansatz und die verwirbelten Haare und diese forschenden Augen, deren Ausdruck Melly angriffslustig fand. Ihr Blick floh zu der Richterin nach vorne.

»Bitte!«, mahnte die Richterin zu Abel hinüber.

Abel blickte zur Pressebank, wo Biggi saß. Sie veränderte weder ihren Gesichtsausdruck noch ihre Haltung.

»Ja, was soll ich denn sonst zu Glaubenssätzen sagen, wenn die Zeugin belehrt wurde, Wahrnehmungen und nicht Einschätzungen wiederzugeben?«

»Nichts sollen Sie dazu sagen«, fauchte der Staatsanwalt und strich sich die Haare aus der gebräunten Stirn.

»Bravo«, sagte Abel und spendete ein wenig Beifall. Er klatschte mit den Fingerspitzen. »Es lebe der Rechtsstaat, Herr Breuer, da wünscht man sich doch eine Verteidigung, die was zu sagen hat?«

»Inhaltlich, ja«, sagte Breuer.

»Bitte, meine Herren.« Die Stimme der Vorsitzenden klang nicht streng. Aber man konnte sehen, dass der Berichterstatter verärgert war. Melly indes hatte durch das Geplänkel den Mut verloren. Und nun hatte sie das Gefühl, als ließe sie die Richterin auch noch allein. Sie konnte nicht sehen, wie ihre eigene Anwältin sich erhob und sich straffte. »Frau Vorsitzende«, sagte sie endlich, »ich appelliere an die Fürsorgepflicht des Gerichts gegenüber der Zeugin. Sie ist immer noch nicht von den verheerenden Eindrücken losgekommen, die von der Tat verursacht worden sind. Und genau in diesem Moment zettelt der Verteidiger, ohne an der Reihe zu sein, mit Perfidie einen Streit an, und der Staatsanwalt lässt sich darauf ein. Die Zeugin ist Opfer, sie ist diesem Streit wehrlos ausgeliefert, sie muss fürchten, dass der Verteidiger sie später mit allen Argumenten, die ihm zu Gebote stehen, in die Mangel nimmt ...«

»Nicht mit allen Mitteln, aber mit allen legitimen und moralisch sauberen Mitteln«, beharrte Abel.

»Da sehen Sie es!« Frau Wiesenhofer streckte die Hand anklagend aus. Abel blieb sitzen.

Die Vorsitzende reagierte keinesfalls so engstirnig, wie es sich die Beteiligten zu wünschen schienen. »Ein offenes Wort«, damit begann sie, »Frau Moslech, Sie wissen natürlich, welche Konsequenzen Ihre Aussage für den Angeklagten hat, je nach Ergebnis Ihrer Einlassungen. Dass dies schwierig ist, weiß das Gericht. Und die Kammer weiß auch, dass es nicht immer das Eindeutige, Klare bei einer Wahrnehmung gibt. Oft sind die Eindrücke flüchtig, unscharf und trügerisch. Wir haben unser Urteil nicht alleine auf Ihre Aussage zu stützen, Frau Zeugin, sondern auf das gesamte Ergebnis dieser Verhandlung. Erklären Sie uns, warum Sie glauben, dass der Angeklagte Sie überfallen hat.«

»Es ist so«, sagte Melly nach einer Pause, »ja, es ist so, dass ich glaube, dass der Herr Hiltsch mich ...« sie vermochte nicht das Wort ›vergewaltigt‹ auszusprechen, »diese Tat, dass er dafür verantwortlich ist. Aber genau weiß ich es nicht.« Sie sah in diesem Augenblick den Verteidiger an. »Das sage ich extra, weil es sicher noch mehrfach gefragt wird von einem der Herren da.« Sie drehte sich zum Staatsanwalt um.

»Fragen?«

Der Staatsanwalt vertiefte einige Details, immer knapp an der Rüge vorbei, dass dies das Gericht schon durchaus zur Kenntnis genommen habe. Abel unterbrach nicht, obwohl ihm der Protest bei einigen Kleinigkeiten auf der Zunge lag. Das war richtig, denn Breuers Fragen verebbten an der Vorsicht der Zeugin und der Befürchtung, sich definitiv festzulegen. Trotzdem, es war ein ehrenwerter Versuch, die Sache schon jetzt zu entscheiden, der freilich wegen der psychologischen Situation misslingen musste. Frau Wiesenhofer, die über die solideste Erfahrung verfügte, schwieg deshalb.

Abel hatte andere Spielräume. Als ihn die Richterin aufrief zu fragen, erhob er sich und nutzte die Bewegung aus, damit die Zeugin endlich ihn ansah. Dazwischen ein Blickwechsel mit Biggi. Tatsächlich schaute Melly herüber. »Bitte beantworten Sie meine Fragen zum Gericht hin«, sagte er und deutete nach vorne. Das war eine kleine Geste zum Schutz der Zeugin. Melly empfand es auch so – obwohl es nicht die

Pflicht des Verteidigers ist, die Belastungszeugen zu schonen.

»Es wird den Verteidigern in solchen Verfahren oft vorgeworfen«, begann Abel, »dass sie die Opfer im Zeugenstand nicht schonten und sie zu Frauen stempelten, die sich alles selbst zuzuschreiben hätten.«

»Frage?«, sagte der Staatsanwalt, der selbst ununterbrochen geblieben war. »Statements später.«

Abel ignorierte das. »Ich erkläre mit Nachdruck, dass ich Frau Moslech achte und ihre Aussage respektiere, wenngleich ich wegen des Glaubensbekenntnisses meine Vorbehalte geltend machen muss. Meine Fragen betreffen nur die objektive Wahrheitsfindung und werden nicht gestellt, um das Opfer zu diskreditieren. Die Fragen sind gleichwohl notwendig.« Melly tat ihm Leid, wie sie dort stand, den Blicken aller im Saal ausgeliefert genau wie den intimsten Fragen.

»Come on«, sagte Breuer.

»Herr Breuer«, rügte die Vorsitzende.

Abel machte eine Pause. Pro forma blätterte er in seinen Akten. Vielleicht gab es der Zeugin Sicherheit. Ihm ging es ja nur um ein paar wichtige Fakten, nicht um einen Psychokrieg.

»Wann hatten Sie vorher zum letzten Mal vor der Vergewaltigung Geschlechtsverkehr?«, fragte er die Zeugin.

Melly sah sich hilfesuchend um. Keiner zeigte eine Regung. Dies war eine Frage, die von der Verteidigung ohne Zweifel gestellt werden konnte, ohne dass man sie rügen dürfte. Es war sogar ein Versäumnis des Gerichts, diesen Punkt nicht vertieft zu haben. Immerhin kam einiges auf den DNA-Test und das Gutachten dazu an.

»Wie meinen Sie?«, fragte Melly. Sie wollte selbstverständlich Zeit gewinnen, weil sie sich dies selbst noch nie gefragt hatte. Ihre Anwältin hatte sie nicht auf die Frage vorbereitet. Ein Blickwechsel zwischen den beiden. Frau Wieshofer erkannte, dass sie einen Fehler gemacht hatte.

»Wann zum letzten Mal?«, fragte Abel mit fast kaum zu vernehmender Stimme.

»Davor?« Melly dachte nach, sie zermarterte sich den Kopf. »Ich glaube, es könnte sein, am Montag, Rosenmontag.«

»Mit Ihrem Mann? Sie tragen ja einen Ring.«

»Ich bin geschieden.«

»Hatte der Mann, mit dem Sie geschlafen haben, einen Samenerguss?«

Melly sagte, wie es war. »Ja.« Sie erinnerte sich jetzt. Es war tatsächlich montags gewesen.

»Benutzten Sie als Verhütungsmittel ein Präservativ?«

Melly biss die Zähne zusammen. »Warum will er das wissen?« Ihre Stimme zitterte, als sie das die Richterin fragte. Die Richterin wusste natürlich genau, warum der Verteidiger diese Frage aussprechen musste.

Sie erklärte Melly, dass es um die Bewertung des DNA-Tests gehe und wartete auf die Antwort.

Frau Wiesenhofer erhob sich und sagte: »Das ist nicht fair, so eine Frage. Das geht ins Intime, das geht niemanden etwas an. Alleine bei der enormen Differenziertheit des Erbguts in einer DNA ist es praktisch völlig ausgeschlossen, dass der Partner meiner Mandantin vom Rosenmontag auch nur in geringer Weise ähnliche Merkmale aufweist wie der Angeklagte.« Melly drehte sich wieder um zu dem Gericht.

»Sie müssen dies trotzdem beantworten«, sagte die Vorsitzende, »wir brauchen Klarheit.«

»Nein«, sagte Melly schließlich, »keine Präservative.«

Abel steckte die Hände flach in die Taschen seines Jacketts. Er wartete einen Augenblick bis zum nächsten Anlauf. »Und der Täter hatte auch kein Präservativ übergestreift?«

»Ich weiß es nicht, aber ich glaube, nein.« Melly sah Hiltsch an, dieser unscheinbare Mann, zusammengehalten von Anzug und Schlips, nicht fähig, überhaupt ein Wort zu sagen, und dahinter breit und groß der Verteidiger, dessen »Amen« ihr immer noch im Ohr hallte.

Abel bemühte sich um einen einfühlsamen Ton, weil es niemandem half, wenn er Melly fertig machen würde. »Nach der Tat, bis zur Untersuchung, hatten Sie da Geschlechtsverkehr?«

»Nein«, sagte Melly leise, sie sah gedankenverloren vor sich auf den Boden, »lange danach nicht, weil Sie's so zu interessieren scheint, Herr Abel.« Sie blickte auf und sah zum ersten Mal dem Anwalt in die Augen. Abel bildete sich ein, Hass in ihrem Blick zu spüren. Er konnte sie verstehen.

»Keine Fragen mehr«, sagte der Verteidiger und setzte sich. Man entließ Melly aus dem Zeugenstand.

Abel beobachtete, wie die Pressevertreter mitschrieben, und fragte sich, welche Märchen jetzt wieder aufgetischt werden würden.

Melly setzte sich, dann nahm sie ihre Handtasche und ging leise hinaus auf die Toilette. Sie schloss sich ein und nahm einen Schluck aus der flachen Schnapsflasche, die sie mitgebracht hatte, und murmelte: »So ein Arschloch.«

Drinnen im Gerichtssaal vernahm man nun den Lehrling Kühn. Er stand betont aufrecht, hatte die Hände hinter dem Rücken verschränkt und sprach leise, so dass man ihn mehrfach ermahnen musste. Bei seiner Aussage starrte er die Vorsitzende Richterin an.

»Ja, ich habe mit der Frau Moslech getanzt auf der Betriebsfeier am Faschingsdienstag in der Firma. Ich war als Frau verkleidet, mit Nylonstrümpfen und Perücke und so. Von der Sache mit dem Herrn Hiltsch weiß ich nichts. Ich habe nur gesehen, dass sie mit dem Hiltsch auch getanzt hat.« Die Vorsitzende fragte ihn nach dem Zwischenfall am Cola-Automaten. »Nein, davon weiß ich nichts. Man hat nur später in der Firma davon geredet. Gesehen habe ich das nicht.«

Der Staatsanwalt verzichtete, doch Frau Wiesenhofer bohrte nach: Ob Kühn den Eindruck gehabt habe, dass Frau Moslech in irgendeiner Weise aufreizend oder lasziv getanzt habe. Der Lehrling konnte mit der Frage nichts anfangen. Das zeigte sein Gesicht. »Aufreizend, lasziv? Ich weiß nicht, wie Sie das meinen.« Frau Wiesenhofer erklärte den Begriff »lasziv«.

Kühn sagte: »Danke, ich habe Abitur. Ich meine nur, was das im Zusammenhang mit Tanzen soll ... tanzen ist halt so ...« Er überlegte. »Nein, lasziv nicht. Sie tanzt gut.« Er drehte sich herum, aber Melly war noch nicht wieder zurück. »Ja, sie tanzt gut, richtig rhythmisches Gefühl, schon gut für 'ne Frau in ihrem Alter.« Sogar Frau Wiesenhofer musste über diese Bemerkung schmunzeln.

»Man konnte den Tanz also nicht als eine, sagen wir, eindeutige Aufforderung für einen Mann verstehen?«

»Ja, wie denn?«, fragte Kühn, der sich so verdammt viel nicht dabei dachte, wenn er eine Frau gut tanzen sah. Das kam öfter vor. Er sagte das auch.

Die Vernehmung verlief im Sande. Keine Seite konnte ein Klischee für den eigenen Standpunkt zurechtzimmern und das Gericht ging zu der Abhandlung der Formalien über:

»Anträge zur Vereidigung?«

»Nein, nichts.«

»Der Zeuge bleibt unbeeidigt.«

»Kann er entlassen werden?«

Auch hier war ein allgemeines Nicken zu erwarten. Abel sagte: »Nein.«

Nun war die Vorsitzende erstaunt. Breuer schnäuzte sich und lachte überlegen.

»Der Mann ist zumindest als Täter in der hier verhandelten Sache nicht auszuschließen«, sagte Abel. »Ihm kann man dasselbe vorwerfen wie meinem Mandanten, dass er mit der Nebenklägerin getrunken und getanzt und etwa um dieselbe Zeit das Fest verlassen hat. Immerhin hielt die Polizei das einer informatorischen Befragung für wert. Warum weitere Untersuchungen unterlassen worden sind, ist das Geheimnis der Ermittlungsbehörden. Ob der Zeuge nach §55 StPO zu belehren ist, stelle ich dem Gericht anheim.«

Der Staatsanwalt höhnte: »Abwegig! Herr Abel, einfach und

ergreifend abwegig. Selbst Ihr Mandant hat schon lange den Versuch aufgegeben, den Jungen da in die Sache hineinzuziehen.«

Die Vorsitzende Richterin beriet sich mit dem Beisitzer. Man wälzte in den Aktenkonvoluten. Der Berichterstatter bemerkte zu Abel: »Die Belehrung wäre allenfalls erforderlich, wenn man den Zeugen zu seiner Beteiligung an der Sache ganz konkret befragen würde, aber selbst die Verteidigung hat diese Frage nicht gestellt.«

»Ich behalte mir das jedoch ausdrücklich vor«, sagte Abel, »deshalb widerspreche ich der Entlassung des Zeugen. Das dient zur Beschleunigung.«

»Wenn es der Beschleunigung dienen soll, dann stellen Sie Ihre Fragen jetzt, Herr Rechtsanwalt«, sagte die Vorsitzende, »das Gericht selbst sieht im derzeitigen Verfahrens- und Erkenntnisstand keine Veranlassung zu erforschen, ob der Zeuge Kühn als Täter in Frage kommt.«

»Ich warte die Entwicklung ab, möchte deshalb den Zeugen nicht entlassen«, sagte Abel stur und setzte sich. Dem Gericht blieb nichts anderes übrig, als Kühn aus dem Verhandlungssaal zu schicken und ihn zu bitten, vorerst Platz im Zeugenzimmer zu nehmen.

Auf dem Rückweg von der Toilette traf Melly auf dem Gerichtsflur den Prokuristen Seidel. Man gab sich die Hand. »Ja, dann wolln wer mal«, sagte Seidel geschäftig und rieb sich die Hände. »War der Kühn schon dran?«

»Ja, ich glaube.«

Seidel schnüffelte. Sein Name hallte durch die Lautsprecher im Flur. Er verzog das Gesicht. »Ich versteh das ja, wenn Sie vor so einer Sache eine Aufmunterung brauchen, Frau Moslech, aber lutschen Sie doch bitte ein Pfefferminz.« Damit wandte er sich ab und ging zur Tür des Saales. Melly quetschte sich hinter ihm durch die Tür. Er verbeugte sich knapp beim Eintreten, schritt schnell und sicher vor, nickte zu Hiltsch hinüber, Lächeln zum Gericht hin.

Seidel hatte seine Erfahrungen, denn er war als Zeuge für die Firma schon öfter aufgetreten. Rechtsstreite vor einer Kammer für Handelssachen, er kannte das Zeremoniell, das sich nicht so sehr vom Zivilprozess unterscheidet, daher sagte er seine Personalien knapp und sicher her und begann mit einer weitschweifigen Schilderung des Firmenfestes, noch ehe das Gericht ihn mit dem Beweisthema seiner Aussage konfrontiert hatte. Man ließ ihn dennoch reden. Und Seidel legte die Erwägungen der Unternehmensleitung dar, die zur »Abhaltung dieses Festes geführt haben. Betriebsrat gibt es nicht bei uns, müssen Sie wissen. Und so was wie ein Fest verbindet die Mitarbeiter. Eiserne Regel im Managementgeschäft».

Es hörte sich an, als habe Seidel tatsächlich in wichtigen Dingen etwas zu sagen. Die Richterin musste ihn unterbrechen und behutsam zur Schilderung der Ereignisse an dem fraglichen Abend anhalten. Seidel erläuterte dabei noch Funktion und besondere Bedeutung der Herren, die er eingeladen hatte, skizzierte die »famose Stimmung, ja, wirklich ganz famos, haben mir später alle bestätigt«, griff vor auf dieses »bedauerliche Ereignis mit der Frau Moslech«, erst dann, endlich, endlich, hörte das Gericht seine Darstellung zu den konkreten Vorgängen. Doch viel ergab sich nicht. Seidel hatte mit seinen Gästen zu tun gehabt und nur gesehen, wie Frau Moslech mit Hiltsch und dem Lehrling getanzt hatte. Die Episode am Cola-Automaten war ihm nur vom Hörensagen bekannt, wann die drei Beteiligten gegangen waren, wusste er nicht. Er fuhr fort: »Der Charakter des Herrn Hiltsch ist einwandfrei. Er hat sich stets für die Belange der Firma eingesetzt, war fleißig und loyal.« Das hörte sich an wie ein Nachruf.

»Trotzdem haben Sie dem Angeklagten gekündigt«, sagte die Richterin.

»War unabweisbar.« Seidels Gesicht zeigte einen Ausdruck kaufmännischen Bedauerns. »Betriebliche Gründe, rein betrieblich, nichts Persönliches gegen den Herrn Hiltsch.« Er nickte sogar hinüber zu dem stummen Angeklagten. Dessen Verteidiger grinste.

Man entließ den Prokuristen, unbeeidigt, ohne dass seine Versuche, die Sache kurz nach der Tat innerbetrieblich zu bereinigen, zur Sprache gekommen wären.

Mittagspause.

Hiltsch hatten sie hinausgeführt und verwahrten ihn in einer Durchgangszelle, nahe dem Justizgebäude, zusammen mit einem angeklagten Brandstifter. Man verabreichte den Häftlingen ein in Plastik verpacktes, klebriges Sandwich und kalten Tee.

Abel mied die Justizkantine. Er stand an einem hohen Marmortisch in einem Bistro, trank Kaffee und aß eine Pasta mit Schinken und Käse. Er sprach mit dem Wirt über Hunde. Der Wirt hatte einen Bassett mit Hüftleiden.

»Das Tier hat nichts an der Hüfte, es hat nicht mehr alle Tassen im Schrank«, sagte die Bedienung im Vorbeigehen.

»Er kaut ständig die Schuhe vom Personal an«, räumte der Wirt ein. »Du kannst ihn für 50 Euro haben, samt Leine und Stammbaum.«

Abel hatte einen Hund und brauchte keinen zweiten. Die Bedienung lachte Abel an. Sie kannte ihn von seinen Besuchen in einem Billardcafé.

»Kein Billard mehr?«, fragte sie.

»Im Sommer spiele ich Boule«, antwortet Abel und er fügte hinzu, dass er dafür momentan keine Zeit habe.

Als die Bedienung sich ein wenig vorbeugte, um den Nachbartisch abzuräumen, sah Abel auf ihren Hintern. »Sie ist eine schöne Frau«, sagte er zu dem Wirt, der ihm einen Schnaps brachte.

Der Wirt verzog das Gesicht. »Vergiß es, Abel«, sagte er, »sie ist unausstehlich, weil sie gerade einen Architekten hat und der macht immer Wettbewerbe.«

Abel fragte: »Mit ihr?« Er sah Melly Moslech am Fenster auftauchen. Sie spähte herein.

»Nein, ohne sie«, sagte der Wirt, »da liegt das Problem.«

Abel antwortete nicht. Er beobachtete Melly. Sie betrat zögernd das kleine Lokal, sah sich um. Dann erblickte sie Abel im Hintergrund. Sie wandte sich ab und ging hinaus.

»Gewinnst du deinen Prozess?«, fragte der Wirt.

»Mal sehen«, antwortete Abel und biss in das Brot.

Endlich kam Biggi. Sie hatte noch mit der Redaktion telefonieren müssen. Sie bestellte und begann, wortlos zu essen. Abel beobachtete sie von der Seite und las dazwischen Zeitung. Sie standen beieinander, als hätten sie nichts miteinander zu tun.

»Einen guten Anwalt hat der Hiltsch«, Biggi sagte das pointiert. »Das ist jedenfalls die Meinung meines Kollegen von der BILD-Zeitung – Lokalteil München. Du solltest dir morgen mal ein Exemplar des Blattes leisten. Du wirst gut rauskommen, etwa so: Verteidiger schenkte Zeugin nichts.«

»Wozu auch«, sagte Abel, dem die Wut den Magen zusammenzog. Damit konnte man ihn reizen, dass er in der BILD-Zeitung groß rauskäme. Als ob es ihm darum gegangen wäre.

Abel hob das Zeitungsblatt und gab vor zu lesen. Biggi sagte: »Ich weiß sehr wohl, warum du nicht nach dem Namen fragst und keinen Antrag stellst, den Mann zu untersuchen.«

Abel antwortete nicht.

»Dir genügt es, Zweifel zu säen. Es wäre nicht gut für deinen Mandanten, wenn sich bei einer Untersuchung ergeben würde, dass Mellys Freund, mit dem sie am Tag vor der Tat geschlafen hatte, nichts mit den gefundenen Spermaproben zu tun hat. Nicht wahr, Abel?«

Abel zuckte mit den Achseln. »Es ist nicht meine Aufgabe, Hiltsch zu belasten.«

Es dauerte, bis Biggi Abel wieder bei der Lektüre des Sportteils unterbrach. »Justizirrtümer kommen auch bei Freispruch vor.«

»Okay, dann irren aber alle, Verteidiger und Gericht. Die Staatsanwälte kann man nicht zählen, die verfolgen immer, das ist ihre zweite Natur.«

»Damit wäre die Sache für dich erledigt? Bist du so naiv?«

»Natürlich nicht«, sagte Abel und zahlte.

Für die Vernehmung des Polizeibeamten Holz hatte das Gericht über eine Stunde am Mittwochnachmittag reserviert. Holz erwies sich dessen als würdig. Er hatte sich am Wochenende seinen Vortrag exakt vorbereitet, noch einmal das in der roten Höhle des Angeklagten sichergestellte Material gesichtet, die Akten der Dienstagserie überflogen, sowie seine private Deliktskartei durchgesehen und sich die Daten und Tatorte und die Vorstrafen eingeprägt, darauf achtend, dass er nicht Vorgänge erwähnte, die gesperrt waren. Er erschien, dem Anlass entsprechend, mit einem Schlips und im Freizeitanzug. Das Gericht möge mit seinen Fragen kommen.

Dass eine Frau dem Spruchkörper vorsaß, verstand er nicht. Für ihn waren Frauen parteiisch in diesen Dingen. Er fieberte zwar einer Verurteilung von Hiltsch entgegen. Aber nach außen musste alles korrekt sein. Gewöhnt, Autoritäten allein wegen des von ihnen bekleideten formalen Rangs zu respektieren, fand sich Holz dennoch schnell damit ab, wenngleich er ein wenig Hemmungen hatte, die Vorsitzende Richterin Agricola in ausgewählte Beispiele aus den asservierten Magazinen einzuweisen, zumal die Richterin ganz ersichtlich nicht die Neigung zeigte, sich in diese Materie zu vertiefen. Holz wurde ein für ihn doch sehr erstaunlicher Hinweis zuteil, dass die Verbreitung pornographischer Schriften ein Tatbestand sei, den man Verlegern gerne anlaste, dass aber der Besitz solcher Schriften noch nicht strafbar wäre. Die kleine Ironie bei dem Wörtchen »noch« war Holz nicht entgangen.

»Ohnehin hören wir einen Sachverständigen zu den inhaltlichen Fragen, zusammenfassend sozusagen«, erklärte der Berichterstatter.

Holz musste die nicht in voller Breite gezeigte Kollektion, um die er sich so besorgt hatte, wieder einpacken. Er sah aus dem Augenwinkel die grinsenden Gesichter des Staatsanwalts und natürlich des Verteidigers. Ein Mann wie Holz ließ sich indes durch solche kleinen Niederlagen nur schwerlich erschüttern. Dies hätte ja vorausgesetzt, dass er sich seiner Sache nicht sicher gewesen wäre.

»Der Angeklagte besitzt pornographische Schriften und Abbildungen in großer Anzahl«, sagte Holz, als er seine Asservate verpackt hatte. »Sie konnten in einem besonders dafür hergerichteten Kellerraum sichergestellt werden.«

»Waren denn dort auch Gegenstände zu finden, die der Gewaltausübung dienen können?«, fragte der Berichterstatter.

»Nein.«

»Und in der Wohnung? »

»Auch nicht. Dort war überhaupt nichts zu finden gewesen. Nicht der geringste Anhaltspunkt auf sexuelle Perversionen. Dieses Verstecken im Keller deutet auf ein Verdrängen der sexuellen Problematik beim Täter hin, wenn man mich fragt.«

Der Berichterstatter wollte unterbrechen, doch Holz sprach schnell weiter. Er schilderte die Funde in der Wohnung, die ungewöhnliche Tatsache, dass Hiltsch seine Wäsche noch in derselben Nacht gewaschen habe, als wolle er sich vor einer Spurensuche schützen.

»Wollen Sie Herrn Hiltsch noch einen Waschzwang unterstellen?«, höhnte Abel.

Die Richterin hob die Brauen und Holz berichtete über die Erdproben in den Schuhen und dass Sie mit Boden am Tatort übereinstimmten. Jeder sah den Einwand, den Abel schon sehr früh gemacht hatte. So fragte die Vorsitzende: »Wann Herr Hiltsch am Tatort war, lässt sich nicht bestimmen?«

»Nein«, sagte Breuer, »deshalb hat die Staatsanwaltschaft auch auf einen Sachverständigen verzichtet.«

Abel ärgerte es, dass die Gegner wieder punkteten und der Staatsanwalt auch noch dazu beitrug.

Holz sagte: »Nach meiner Auffassung war der Angeklagte zur richtigen Zeit dort!«

»Das sind Schlussfolgerungen, Herr Holz, die möchte das

Gericht im Zweifelsfall einem Sachverständigen überlassen«, sagte der Berichterstatter und rückte an seiner Hornbrille. Holz nahm auch diesen Tadel gelassen hin. All das hier bestätigte sein Bild von der Justiz in diesem unserem Land – dekadent, zu nachgiebig, intellektuell aufgesetzt und ohne die Energie, die Probleme so anzugehen, wie sie wirklich angegangen werden müssen: durch entschlossenes Handeln. Holz fand es infolgedessen auch nicht notwendig, länger in einer straffen Haltung vor dem Gericht zu stehen. Er bat um einen Stuhl, der vom Gerichtsdiener gebracht wurde.

So referierte er im Sitzen den Gang der Ermittlungen, berichtete über seine Suche nach dem richtigen Gutachter für die Spermaspuren, schilderte die Verstocktheit des Angeklagten beim Verhör. Bis dahin war es für die beteiligten Juristen eine leidige Routinesache, denn man hatte die Akten gelesen. One-man-show für den Polizisten. Man ließ ihn gewähren.

An den Fenstern stießen sich Fliegen wund und surrten an den Scheiben hoch und nieder, ohne einen Weg nach draußen zu finden. Das Geräusch nahm in den Sprechpausen die Aufmerksamkeit für sich in Anspruch. Es war heiß im Saal, die Luft verbraucht.

Die Presseleute gingen von Zeit zu Zeit hinaus, eine Zigarette rauchen; wenn die Tür des Verhandlungssaales geöffnet wurde, hörte man Stimmen und Gelächter. Nur Biggi blieb hartnäckig sitzen, wie Abel registrierte. Die Laienrichter hatten längst die Aufmerksamkeit abgeschaltet und dösten. Der vierschrötige Beisitzer ohne Fortüne gähnte und Breuer malte Männchen und Muster auf sein Löschblatt.

»Dann kam ich auf den Zusammenhang mit der Dienstagserie«, referierte Holz mit klarer Stimme. Das war das Stichwort für den Staatsanwalt, der seine Malerei zur Seite legte und von jetzt an zuhörte. Abel kniff die Augen zusammen. Nur die Vorsitzende konnte noch nichts mit diesem Wort anfangen. Deshalb erklärte Holz, dass es eine Serie von sexuell motivierten Gewalttaten immer in der Nacht von Dienstag auf Mittwoch gebe und man nun die hier angeklagte und verhandelte Straftat auch in diesem Rahmen sehe. »Fahndungstaktisch sozusagen«, sagte Holz, »deshalb bin ich diesen Wochentagen besonders intensiv nachgegangen. Und bei der Analyse der Vorverurteilungen des Hiltsch konnte festgestellt werden, dass alle Taten stets auf einen Dienstag fallen.«

»Wessen Vorverurteilungen?«, fragte Frau Wiesenhofer abwesend.

»Die des Angeklagten, sage ich doch.«

»Das ist ein Wort«, sagte die Nebenklägervertreterin.

»Frau Wiesenhofer zählt im Geiste schon die Jahre Knast zusammen«, spottete Abel halblaut. Er wurde gerügt.

Holz sah Abel an. »Der Herr Verteidiger«, sagte Holz in beiläufigem Tonfall, »schien vor einiger Zeit den Verdacht ebenfalls nicht für abwegig zu halten.«

Abel wusste, was jetzt kam. Er schützte sich mit einem undurchsichtigen Gesicht. Hiltsch drehte sich zum erstenmal während der Verhandlung um und blickte, wenngleich nur sehr kurz, seinem Anwalt ins Gesicht.

Abel stand auf. Ruhig sagte er: »Einspruch, meine Vermutungen gehören nicht hierher.«

»Was?«, fragte Breuer irritiert.

»Was?«, fragte der Berichterstatter, ebenso ahnungslos.

»Meine Einschätzungen des Falles sind momentan ohne Bedeutung. Ich werde sie dem Gericht im Rahmen des Schlussvortrages unterbreiten»

»Wollen Sie einen formalen Beschluss«, fragte die Vorsitzende routiniert.

»Ja«, sagte Abel.

Natürlich lehnte man den Einspruch ab.

Holz grinste Abel an, stand auf und trat einen Schritt näher an das Gericht heran. »Der Herr Verteidiger«, begann er, »hat nämlich seinen Mandanten am«, er zog ein schmales Kalendarium aus der Tasche, überflog es und nannte den Termin, »observiert, parallel zu uns, und noch einmal am Tag der Festnahme des Angeklagten, auch an einem Dienstag. Während der Angeklagte bei der ersten, darf ich sagen, gemeinsamen«, ein kleines freundliches Nicken zum Verteidiger hinüber, »Observation unauffällig blieb, kam es im zweiten Fall zu dem Versuch einer sexuellen Belästigung auf einem Privatgrundstück vor einer Schwimmbadhalle. Die Belästigte reagierte nicht. Der Herr Verteidiger beobachtete während des gesamten Vorgangs seinen Mandanten, ohne sich zu erkennen zu geben oder einzugreifen. Uns hat er nicht bemerkt«, ein kleines Lächeln der Überlegenheit, »kurz darauf habe ich den Angeklagten festnehmen lassen.«

Hiltsch drehte sich zu seinem Verteidiger um und sah ihn starr an, ohne ein Wort zu sagen.

Abel zuckte mit den Schultern und hielt den Blick seines Mandanten aus, bis Hiltsch die Augen senkte. Jeder im Saal beobachtete diesen stummen Vorgang, so schien es Abel.

Er erhob sich. »Es ist für die Verteidigung wichtig zu betonen, dass die Polizei nichts feststellte, was auf Gewaltanwendung hindeutet«, er wendete sich an den Zeugen, »Herr Holz, wenn Sie schon dabei waren, wie verhielt sich der Angeklagte? War er aggressiv, weil ihn die Frau im Schwimmbad nicht sah oder missachtete?«

»Nein«, sagte Holz verdutzt über Abels Gegenwehr. »Er hat sich sexuell befriedigt.«

»Und ist dann ohne weiteres gegangen?«

»Ja.«

»Bitte«, der Verteidiger streckte den Arm aus und ließ sich auf seinen Stuhl fallen.

Hiltsch zeigte keine Regung. Immer noch die gleiche Haltung.

Abel schwitzte. Biggi hatte den Kopf auf die Seite gelegt und sah herüber. Auch die Blicke des Gerichts ruhten auf dem Verteidiger, sogar die Schöffen hatten aufgehört zu dösen.

Abel raffte seinen Talar zusammen, er erhob sich wieder. Mit ruhiger Stimme begann er zu sprechen: »Ich habe gegen diese Aussage protestiert. Man ist meinem Einspruch nicht gefolgt. Ich beabsichtige im übrigen nicht, zu dem Vorwurf, der aus dieser Aussage herauszuhören ist, Stellung zu nehmen. Denn die Handlungsweise des Verteidigers ist nicht Gegenstand der Rechtsfindung in diesem Verfahren. Damit aber keine falschen Einschätzungen entstehen, nur diese Bemerkung: Ich habe meinen Mandanten aus anderem Grund beobachtet, auf den ich noch zu sprechen komme«, wieder drehte Hiltsch den Kopf und sah Abel intensiv an, »dieser Grund erschließt sich aus einem Beweisantrag, den ich am Ende der heutigen Sitzung stellen werde. Nun, Herr Holz, zur Dienstagserie.« Abel setzte sich.

»Nach der Überzeugung der Polizei ...« sagte Holz.

Abel fetzte dazwischen: »Einspruch, keine Schlussfolgerungen!«

Breuer, dem das alles ohnehin schon zu lange dauerte, erhob sich und appellierte an das Gericht: »Der Verteidiger ist schwer angeschlagen, er wird nun die Aussage in allen folgenden Punkten angreifen, ich bitte das als ein persönliches, psychologisches Problem des Rechtsanwalts zu werten.«

Die Vorsitzende Richterin blieb ruhig. Sie sagte zu dem Staatsanwalt: »Der Herr Verteidiger ist im Recht. Die Überzeugungen der Polizei dienen uns im Augenblick wenig.«

Holz lächelte souverän. Er konnte das, was er sagen wollte, umformulieren: »Die Polizei kann dem Angeklagten nachweisen, dass er der Sexualtäter ist, den wir den Dienstagmann nennen.«

»Ja, Kreuzsakra!«, fluchte Abel. »Was verhandeln wir denn hier? Mag doch der Herr Staatsanwalt eine Nachtragsanklage erheben, wenn er sich dessen sicher ist, was sein Hilfsbeamter hier aussagt.«

Abel schnappte vor Entrüstung nach Luft. Ihm war die Verhandlungsführung entglitten. Sein Konzept drohte ins Wanken zu geraten. Er feuerte die Worte mit großer Geschwindigkeit heraus. »Es widerspricht allen Regeln des fairen Prozesses, über die selbstgestrickte Aussage dieses Herrn Holz neue Straftatbestände in diese Sitzung einzuführen ohne entsprechende Erweiterung der Anklage.« Abel stand mit dem Rücken an der Wand. Er hatte früher schon gelernt, mit Zähnen und Klauen zu verteidigen.

Breuer wieherte vor Lachen. Er sagte: »Wir haben eine Zeugin für den Vorgang hier. Und glauben Sie mir, ich schreibe die Nachtragsanklage noch schnell mit der Hand, wenn es nach der Überzeugung des Gerichts darauf ankommen sollte.«

Abels Angriff kam schnell: »Gut«, sagte er, seine Hände wälzten Akte, bis er die Daten zusammengesucht hatte, »gut, reden wir von der Dienstagserie, Herr Holz.« Der Polizist sah herüber. Er traute dem Verteidiger nicht, das war ihm anzusehen. Abel hob ein Blatt seiner Akten hoch, las, dann fuhr er fort: »Nachdem der Angeklagte in U-Haft genommen war, gab es zwei Vergewaltigungsfälle an Dienstagen.« Er nannte die präzisen Daten.

»Mag sein«, sagte Holz.

»Bitte genauer.«

»Ja.«

Ein Blick zu Breuer. Dessen Gesicht zeigte deutlich Ärger.

»Okay«, sagte Abel, »der Dienstagmann arbeitet noch, wie man sieht, aber den Herrn Hiltsch hatten Sie ja auf Nummer Sicher.«

»Wir haben den Täter, der für die letzten beiden Sachen in Frage kommt, festgenommen.«

»Nur für die letzten beiden?«, spottete Abel. »Und ist dieser Mann denn schon angeklagt oder gar verurteilt?«

»Nein.«

»Aha.«

»Aber er war es sicher. Die Ermittlungsergebnisse ...«

»... sind kein Beweis an sich, sonst bräuchte man keine Gerichte.«

»Herr Abel, bringen Sie es doch mal über das Herz und akzeptieren Sie die Aussage eines Zeugen, auch wenn Sie nicht in Ihr Konzept passt«, sagte Breuer.

Abel kämpfte weiter: »Ich weiß, warum Sie die Nachtragsanklage noch nicht eingereicht haben.«

»Ich kann sie zu jeder Zeit einreichen.«

Abel winkte ab.

Breuer lachte wieder. Er machte einen überlegenen Eindruck. Er stellte schon seinen Tenniskoffer an den Füßen zurecht und sah auf die Uhr.

Holz beendete seine Aussage, ohne noch einmal auf die Dienstagserie eingegangen zu sein. Er hatte auch Antennen, und die sagten ihm, dass seine Mission erfolgreich war. Breuer ist ein guter Mann, dachte er, als das Gericht ihn entließ, er weiß, worauf es ankommt. Das mit der von Hand geschriebenen Nachtragsanklage war gut, prima, das musste man sich merken. Holz machte vor dem Gericht einen Diener, kurz und knapp mit geschlossenen Hacken, die Arme nach vorne herunterhängend. Ebenso eine kleine Verbeugung gegenüber Breuer, der schon stand und die Robe für die Pause aufknöpfte. Auch Melly Moslech und ihre Anwältin erhielten ein Nicken. Abel nicht. Dem genügte der Blick seines Mandanten.

In der Pause auf dem Flur herrschte aufgeladenes Schweigen zwischen den beiden Männern.

Als nächsten rief man den Gutachter auf, der im Biochemischen Institut der Universität Tübingen die genaue DNA-Analyse angefertigt hatte.

Es erschien ein junger, schmaler Mensch mit einem etwas unreinlichen Habitus, der eher zu einem Junggesellen aus den geisteswissenschaftlichen Disziplinen gepasst hätte als zu einem Arzt. Er trug einen Ziegenbart und roch nach Eau de Cologne und altem Schweiß. Er hatte eine braune Anzughose an und trug einen beigen Rollkragenpulli. Dem Gericht gegenüber verhielt er sich souverän, ohne überheblich oder altklug zu wirken. Er erläuterte geduldig die Zahlenkolonnen aus seinem schriftlichen Gutachten und die damit ausgedrückten Beziehungen sowie die angewendeten Untersuchungsmethoden und diskutierte die Ergebnisse stets unter einem kritischen Blickwinkel, vor allem wegen möglicher Fehler. Eine wissenschaftliche und methodische Offenheit, mit der er seine Zuhörer für sich einnahm. Gegen Ende seiner Ausführungen zauberte er eine kleine Rechnung auf ein Blatt, Grundrechenarten, also nichts Schwieriges, aber die Annahmen, die einflossen, waren noch zu unverdaut für den Zuhörer. Der Gutachter zog einen Taschenrechner mit vielen Tasten heraus, dem man ansah, dass er für Juristen und Kaufleute viel zu leistungsfähig war, er tippte mit spitzem Zeigefinger die Zahlenkolonnen in den Apparat, legte den Kopf schief, rundete ab und sagte: »89,3 Prozent Wahrscheinlichkeit, dass die Spermaspur von der Vergleichsperson« – gemeint war Hiltsch – »stammt. Das heißt aber auch, dass wir bei jedem zehntausendsten Mann mitteleuropäischer Herkunft eine vergleichbare Konfiguration mit einem ähnlich hohen Fehlerkoeffizienten finden. Unser Ergebnis kann trotz der relativen Unschärfe sehr hilfreich sein, wenn beispielsweise nur zwei Täter in Frage kommen – und nur diese beiden, dann können wir präzise Aussagen machen.«

»Das heißt«, sagte die Vorsitzende, »dass das Ergebnis dasselbe gewesen wäre, wenn die gesicherten Spuren von einem anderen Mann«, sie sah zu Melly hin, »verzeihen Sie«, dann fuhr sie fort, »stammen würden, der eine ähnliche Blutgruppenkonfiguration aufweist wie der Angeklagte, und der Täter beispielsweise nicht zu einem Samenerguss in die Scheide gekommen wäre?«

»Ja, ja«, der Gutachter strahlte, weil man ihn verstanden hatte, »nur dass eine solche vergleichbare Konfiguration nur einmal in 10.000 Fällen im durchschnittlichen mitteleuropäischen Genmaterial vorkommt, müssen Sie wissen.«

»Was ist das schon?« sagte Breuer verächtlich.

»Lassen Sie sich nicht von der Zahl 10.000 täuschen, Herr Staatsanwalt. Alleine in München könnten – ich schätze mal – bis zu 100 Vergleichsfälle innerhalb der männlichen Wohnbevölkerung vorkommen. Nicht einbezogen die zufällig Durchreisenden. Die Partnerwahl erfolgt nicht nach Kriterien der Blutgruppen«, erwiderte der Gutachter, »es kann also vorkommen ... Die überwiegende Wahrscheinlichkeit spricht, das muss man klar sagen, für oder, wenn Sie so wollen, gegen den Angeklagten.« Er zeigte auf Hiltsch wie ein Künstler, der auf der Bühne seinen Partner auch in den Genuss des Applauses bringen will.

»Das ist eine Menge, wenn wir die Zweifel gewichten müssen, um die es in einem Strafverfahren geht«, sagte Abel dazwischen.

»Stelle anheim«, sagte der Gutachter und verbeugte sich wieder. Durch die Verbeugung wehte eine Wolke des Schweißparfüms durch die Luft. Der Staatsanwalt versuchte, das Ergebnis noch ein wenig nachzufeilen, damit es spitzer werde gegen den Angeklagten. Er glitt an der wissenschaftlichen Sauberkeit des jungen Mannes ebenso ab wie der Verteidiger, der die 89,3 Prozent noch weiter herunterdiskutieren wollte.

Man beließ es bei der Zahl und den Schlussfolgerungen des Biochemikers. Er wurde unbeeidigt entlassen.

Diese Runde endete remis.

»Sie haben einen Beweisantrag angekündigt?«, fragte die Richterin Agricola. Es war nach vier, Zeit, für heute zum Schluss zu kommen.

»Ja«, antwortete Abel. Er erhob sich und verlas den Beweisantrag, den er schriftlich vorbereitet hatte:

»Zum Beweis der Tatsache, dass der Angeklagte zur Tatzeit nicht am Tatort weilte, beantrage ich, Beweis zu erheben durch die Einvernahme des Alex Ross, wohnhaft in München.«

Das war auch für Breuer eine neue Perspektive. Seine Augen suchten Holz, der nun im Zuschauerraum saß und nur noch pro forma dageblieben war, vielleicht, um von seinem Staatsanwalt die Einschätzung seiner Aussage zu erfahren. Holz, überrascht, zuckte mit den Schultern. Biggi schrieb schnell und sah nicht zu Abel hinüber.

Auch das Gericht war verblüfft. Ein Alibibeweis? Das ist das stärkste Geschütz in einer relativ klaren Sache wie dieser. Eine

Finte der Verteidigung? Wenn schon, man musste dem förmlich korrekt gestellten Antrag nachgehen.

»Begründen Sie den Antrag?«, fragte deshalb die Richterin.

»Nur soviel«, sagte Abel, »der Zeuge befindet sich derzeit, nicht postalisch erreichbar, im Urlaub. Zustellungen der Ladung dürften daher zwar durch Niederlegung möglich, vom Effekt her aber nicht erfolgreich sein. Der Zeuge wird von der Verteidigung am Montag in die Sitzung gestellt.«

»Staatsanwaltschaft?«

Breuer knöpfte die Robe wieder zu. »Beweisantrag ist korrekt gestellt, Begründung nichtssagend. Wir können den Zeugen hören. Wenn's der Wahrheitsfindung dient ...«

Das Gericht erließ den Beweisbeschluss antragsgemäß. Schließlich verzichtete die Verteidigung nun doch auf die weitere Anwesenheit des Zeugen Kühn, der sich aufatmend trollte.

Biggi fing Abel vor dem Gerichtssaal ab und wollte wissen, wie er an die Adresse von Alex Ross gekommen sei.

Abel benutzte eine Ausrede und verabschiedete sich von Biggi mit einem Kuss auf die Wange, was sie nicht so gut fand, so mitten im Gericht. Als Journalistin hält man gerne Abstand.

Als Abel die Kanzlei betrat, hatte er fest vor, noch am selben Abend eine Berufung zu begründen, die schon seit zwei Wochen anlag. Dazu braucht man Zeit und Ruhe.

Dann sah er seine »Problemscheidung« auf einem der Besucherstühle sitzen. »Oh, die Frau Eckert«, sagte er und legte Robe und Akten auf seinen Schreibtisch. Jane rollte mit den Augen hinter dem Rücken der Mandantschaft und machte Zeichen, dass sie vergeblich versucht hatte, der Mandantschaft einen anderen Termin zu geben. Frau Eckert hatte trotz der Hitze einen Hut auf. Abel wusste, dass sie keine vierzig war. Dennoch wirkte sie ältlich.

Mit schwerem Atem setzte sie sich vor Abel an den Schreibtisch. Ihre Stimme war weinerlich, wie stets. »Hier«, sagte sie, »das versteh ich nicht.« Sie gab dem Anwalt ein Kuvert einer Bausparkasse. »Sie können ruhig aufmachen.«

Der Brief enthielt einen Kontoauszug und ein Formular, in dem man neu geworbene Mitglieder eintragen konnte.

»Danke«, sagte Abel, er nahm die Akte Eckert / Eckert in die Hand, die ihm Jane bereitgelegt hatte, und heftete den Auszug ab. Den Rest, Werbung und Formular, warf er weg.

»Darf man denn das wegwerfen? Geht das denn?«, fragte Frau Eckert besorgt.

»Ja.«

»Und das, was Sie eingeheftet haben, was ist das, ich versteh das alles nicht.«

»Das ist ein Kontoauszug, den wir angefordert haben für die Scheidung.«

»Darf ich mal sehen?«

»Bitte«, Abel schlug den Aktendeckel auf und hielt ihr den Auszug hin. Dabei verkniff er sich eine Bemerkung, dass sie ja schon länger Zeit gehabt habe, das Papier zu studieren.

Jane benutzte die Gelegenheit, die gelben Zettel mit den Rückrufen vorzulegen. Abel sah sie routiniert durch. Auf dem zweiten stand: 19.30 Uhr. Elektra. Pünktlich sein. Keine Rückrufnummer. Abel lächelte in sich hinein.

Frau Eckerts Augen huschten über die Zahlenkolonnen. Ihr Gesichtsausdruck zeigte Hilflosigkeit. Abel nahm ihr die Akte wieder weg. »Ich sag Ihnen das Guthaben.« Er suchte die Zahl. »Hier: 24.433,56 Euro.«

»Ich glaube, der Kredit wäre bald zugeteilt worden, für ein Haus, unser Haus.« Die Tonlage ihrer Stimme wurde höher, unerträglicher. Jetzt entschied es sich, ob Abel die Berufung noch begründen konnte oder nicht.

»I wo«, sagte Abel, »die Bausparkassen heute haben eine Menge Verzögerung bei der Zuteilung«, er fasste Frau Eckert unter ihrem mageren Oberarm. Er fühlte sich unter den Pullover warm und feucht an.

»Es war nett, dass sie sich extra bemüht haben«, sagte er und schob sie zur Tür.

»Ich habe heute wieder versucht, meinen Mann anzurufen,

aber er nimmt nicht ab, Sie müssen es versuchen. Und fragen Sie, ob er wieder zu mir zurück kommt. Ich weiss nicht was ich mache ohne ihn. Wirklich nicht. Ich kenne mich doch nicht aus. Ich brauche Hilfe. So viel Hilfe. Und ich kann doch nicht wegen allem Fremde um Hilfe bitten. Bitte rufen Sie ihn an,«, tönte die Stimme, als Abel das dünne Frauchen zur Tür hinausschob. »Vielleicht morgen, bestimmt sogar morgen«, sagte er, »und vielleicht versuchen Sie sich selber zu helfen. Es ist oft leichter als man denkt. Und es macht frei, wenn man selbständig ist.«

»Ich kann aber nicht frei sein. Und ich will es auch nicht.«

Abel verabschiedete sich schnell. Es war schon kurz nach sechs.

»Das ist vielleicht eine Heimsuchung«, sagte er zu Jane, die wieder angefangen hatte zu tippen. Es klopfte, Frau Eckert war noch mal an der Tür. Jane spurtete, um sie abzufangen. Sie hatte glücklicherweise nur ihre Handtasche liegen lassen.

»Sehen Sie, dass ich Hilfe brauche«, rief sie zu Abel hinüber, »ich vergesse einfach alles. Ich kann nichts dafür. Und ich gebe mir viel Mühe, glauben Sie es mir. Es geht einfach nicht.«

Noch ein paar beschwichtigende Sätze, und sie war endlich draußen.

»Manchmal verdient man sein Geld schwer«, sagte Abel.

»Apropos, wie lief der Beweisantrag?«, fragte Jane.

Abel hatte es plötzlich eilig in seine Privaträume neben der Kanzlei zu kommen. Er ließ die Tür offen, während er sich auszog, um zu duschen und nach einem passenden Oberhemd für seinen besten Anzug suchte.

»Ross?«

»Ja.«

»Der lief prima.«

»Ist das nicht nur Schnickschnack?«

»Warten wir doch einfach ab, was Ross aussagt. Die Polizei hat ihn ja wohl nicht so intensiv befragt.«

»Weil Holz seine Finger nicht im Spiel hatte?«

»Hat er nicht den Ross vernommen?« Abels Kopf mit den zerzausten Haaren erschien kurz in der Tür.

»Nein, das war eine weibliche Polizistin. Es sei denn, Holz heißt mit Vornamen Beate.«

»Du hast Recht, ich muss die Akten besser lesen«, rief Abel aus dem Bad.

»Wie sieht eigentlich der Flugplan aus?«

»Prima. Um 10 Uhr 35 kommt eine DC 10 aus Teneriffa. Da ist alles drin, was am Freitag von der Insel nach München kommt. Alle Reiseveranstalter.« Jane blätterte in ihrem Stenoblock. »Und noch was: Der Rechtsanwalt Baum hat angerufen. Er kann selbst nicht kommen, um dich am Montagmorgen in der Verhandlung in Untervollmacht zu vertreten. Er hat keine Zeit. Er schickt dir aber einen Stationsreferendar, der im Strafrecht Ahnung hat.«

»Das geht«, sagte Abel zufrieden.

»Warum schickst du mich nicht zum Flughafen und gehst selbst zu Gericht?«

»Nee, Jane, den Ross, den will ich selber sprechen, kann ja sein, dass ich den Beweisantrag wieder zurückziehen muss.«

Abel begann, sich zu duschen.

Die Musik und die Arien waren für beider Ohren etwas zu modern. Aber Maria träumte mit geschlossenen Augen an Abels Schulter geschmiegt. Sie roch gut. Abel spürte ihre Hand auf seiner flachen Brust unter dem Jackett. Und Maria fühlte sein Herz pochen.

Er sah zu ihr, bewunderte ihr ebenmäßiges Gesicht und ihre weichen Haare, die sie offen trug. Maria lächelte in sich hinein, war anscheinend ganz bei sich. Sie sah aus wie ein kleines Mädchen, dem ein Weihnachtstraum erfüllt worden war. Voller Unschuld. Abel streichelte ihr junges Gesicht und verdrängte die Gedanken an die Strafakten Marias, die er schon in den Händen gehabt hatte.

Wenn es doch bei manchen seiner Freunde, Bekannten und Klienten einen »Restart«-Knopf fürs Leben geben würde.

Maria war eine gescheite Frau, schlagfertig, charmant. Mit der Bildung haperte es. Aber bei wem hapert es nicht bei der Bildung, wenn man genauer nachfragt. Sie hatte einen sehr guten Geschmack. Das Kleid, das sie heute Abend trug war ein kleiner Traum in Weiß mit fließenden Linien, ihr Parfüm dezent, ihr Make-up gekonnt. In der Pause hatten sich nicht nur die Männer nach ihr und Abel umgesehen. Abels Anzug saß perfekt, schmeichelte dem Körper. Abel wirkte wie ein Mann, der es zu etwas gebracht hatte, ein Mann, an den sich eine so attraktive junge Frau wie die Dame in Weiss gerne anlehnte.

Als sie aus dem klassizistischen Bau der Münchner Oper traten, umfing sie eine Art Renaissanceflair, wie es in Deutschland eben nur München ausstrahlt. Eine heitere Sommernacht. Abel nahm Marias Hand und schaute ihr in die Augen.

»Danke, Jean«, sagte Maria und küsste Abel mitten auf der Freitreppe und vor aller Augen.

Abel hatte einen Tisch im »Roma« auf der Terrasse reserviert. Nur ein paar Schritte entfernt. Er legte den Arm um Marias Schultern.

»Es war so schön«, sagte Abel und verbesserte sich: »Es ist so schön.«

Maria blieb stehen. Abel war irritiert, weil sie sich aus seiner sanften Umarmung löste.

»Es tut mir so leid, Jean.«

»Was?«

»Ich gehe jetzt besser.«

»Ich habe doch einen Tisch ...« Abel versuchte die Situation mit einem Witz zu retten: »Meine Klienten müssen auch manchmal warten.«

Maria zog Abel an sich und küsste ihn noch einmal. Und zwar so, dass ihm fast der Atem weg blieb. Ihr Gesicht war so nahe vor seinem, dass es schien als habe sie drei Augen.

»Ich habe doch keinen Termin heute Abend.«

»Und warum sonst …?«

»Ich werde mich nie wieder in einen solchen Rumtreiber verlieben wie du einer bist.«

»Ey … Maria …« Abel protestierte vergeblich. »Woher willst du wissen …?«

»Ich weiß es. Wir wären nur unglücklich. Denn ich bin eine treue Seele«, sagte Maria. Sie lächelte traurig und trat drei Schritte zurück. Sie winkte. Und bevor Abel reagieren konnte, rannte sie los, waghalsig mitten durch den Verkehr auf dem Altstadtring, und verschwand.

Abel bestellte den Tisch ab und ging nach Hause.

Er führte bei einer Flasche Rotwein ein eingehendes Gespräch mit seinem Hund, was ihn am Ende auch nicht schlauer machte.

Montag, den 10. Juli

Ein angenehmer Gong ertönte, und eine ebenso angenehme Frauenstimme, die etwas atemlos klang, bat einen Herrn Alex Ross zur Information. Ross schaltete sofort, überließ es Fräulein Schneider, die Koffer vom Band bei der Gepäckausgabe zu zerren, und eilte etwas beunruhigt zum Informationsschalter. Ein Mann im Anzug und mit einem weißen Schlips erwartete ihn.

»Herr Ross?«

»Ja bitte?«

»Abel ist mein Name, ich habe Sie ausrufen lassen, haben Sie einen kleinen Augenblick Zeit?«

Ross nickte und ließ sich beiseite ziehen. Neugierig sah er an Abel hoch. »Ich bin Anwalt«, fuhr der Mann fort, »und ich verteidige einen Mann, der beschuldigt wird, in der Nacht von Faschingsdienstag zum Aschermittwoch eine Frau vergewaltigt zu haben. Sie hatten doch in derselben Nacht ein Erlebnis mit einem Voyeur?«

»Ja, sicher«, sagte Ross und nickte eifrig. Sofort begann er zu erzählen, was ihm und Fräulein Schneider geschehen war. Mit entschlossenen Gesten unterstrich er seinen Einsatz im Kampf mit dem Phantom.

»Haben Sie das Gesicht des Mannes gesehen?«

»Sicher, als er durch die Scheibe starrte. Ich habe es mir eingeprägt wie auf einem Film«, Ross zeigte mit dem Finger auf seine Schläfe. Er sprach weiter: »Bei der Polizei habe ich sogar am Bildschirm die ganze Kartei durchgesehen, aber da war dieser Mann nicht dabei.«

Verwunderlich, dachte Abel, aber solche Karteien haben immer ihre Probleme. »Sehen Sie«, sagte er zu Ross, »mein Mandant, der Mann, den ich zu verteidigen habe, könnte der Täter in Ihrem Fall sein. Dann müsste man ihn zwar in Ihrer Sache verurteilen, aber das wiegt wenig gegenüber der Strafe, die er bekäme, wenn man ihn wegen Vergewaltigung verurteilen würde. Natürlich ist uns die ganze Sache sehr peinlich, aber in solch einer Situation werden Sie Verständnis dafür haben, dass ich Sie als Zeugen benannt habe.« Abel drückte Ross eine Ladung in die Hand. Ross las.

»Heute Mittag um zwei?«

»Ja.«

»Aber da habe ich ...« Ross dachte nach, dann erkannte er seine Bedeutung in der Sache. »Gut, ich manage das schon«, sagte er freundlich zu Abel. Dann fuhr er fort: »Wie ist das eigentlich, bekommt man da nicht eine Belohnung?«

»Ich fürchte nein, denn Sie entlasten ja meinen Mandanten, aber es gibt Zeugengeld.«

»Das ist nicht viel, ja?«

»Nur ein paar Euro Verdienstausfall.«

»Immerhin«, Ross dachte nach, »weil Sie Anwalt sind, noch eine Frage, Herr Abel. Ich hab mir gedacht, wenn der Kerl gefasst wird, steht mir doch Schmerzensgeld zu – und zwar nicht nur wegen des Hämatoms am Auge, sondern auch wegen des Einbruchs in die Intimsphäre oder so, dem Fräulein Schneider, das ist nämlich meine Bekannte, und mir? Mir ist das aber erst später eingefallen.«

»Ich kann Ihnen das nur abstrakt beantworten, Herr Ross, denn mein Mandant müsste das ja zahlen, verstehen Sie?«

Ross verstand gut. »Und abstrakt?«, fragte er.

»Ich fürchte, dass Sie Recht haben«, antwortete Abel.

»Über die Höhe oder so, da lässt sich jetzt noch nicht reden?«

»Nein, ich glaube nicht«, sagte Abel.

»Zahlt so was eigentlich dessen Versicherung?«

»Nein.«

»Aber zahlen muss er.«

»Der Täter muss zahlen, das ist richtig«, sagte Abel und sah seinen Entlastungszeugen an.

»Ich komme heute Mittag«, sagte Ross händereibend.

»Ja, dann, die genaue Adresse und der Verhandlungssaal stehen auf der Ladung«, Abel hob die Hand und beeilte sich fortzukommen.

Der Referendar tuschelte Abel zu. Die Sache stehe nicht schlecht, flüsterte er, die Mutter des Angeklagten habe die Aussage verweigert und die Ehefrau habe bislang nur den Charakter ihres Mannes geschildert, nicht einmal schlecht. Ordentlich, sauber, zuvorkommend.

»Trotzdem lassen Sie sich scheiden?«, fragte der Berichterstatter gerade.

»Ja, das hat andere Gründe.«

»Sexueller Natur?«

Abel spitzte die Ohren. Weil es im Scheidungsrecht nicht auf die Gründe des Zerwürfnisses ankommt, waren sie auch nicht zur Sprache gekommen.

Frau Hiltsch schwieg, sie dachte nach. »Ja, auch sexueller Natur. Aber ich bin nicht so, sagen wir, sinnlich veranlagt, dass ich nicht hätte auch so auskommen können, falls Sie verstehen, was ich meine«, sie zögerte, bevor sie weitersprach. Als sie sah, dass man sie verstanden hatte, setzte sie hinzu »ja, und in der Hauptsache war das mit seiner Mutter nicht mehr auszuhalten.«

Abel beobachtete die alte Frau, die nun nach ihrer Aussage in der dritten Zuschauerreihe saß, gerade und mager, sehr sauber und korrekt angezogen, untadelig, jemand, der sich noch nie etwas zuschulden hat kommen lassen. Sie schwieg auf die Anspielung ohne die Miene zu verziehen.

»Können Sie das erläutern?«, fragte der Berichterstatter.

»Er hängt sehr an seiner Mutter. Sie ist eine puritanische Frau, hart und selbstgerecht. Evangelisch. Sie hat ihren Sohn nie losgelassen. Ich war nur Gast im Haus. Dann habe ich nach langer Zeit, die für mich eine verlorene Zeit ist, einen anderen Mann kennen gelernt. Das ist alles, Herr Richter.« Der Berichterstatter nickte und sah seine Vorsitzende an.

»Noch Fragen?« Sie blickte sich um bei ihren Richterkollegen, keine Regung. »Herr Staatsanwalt?«

Ja, Breuer hatte Fragen. Er stand sogar auf.

»Frau Hiltsch«, sie drehte sich um und sah den großen blonden Mann an, »wussten Sie, dass Ihr Mann vorbestraft ist und zwar wegen sexueller Belästigung?«

»Ja.«

»Hat er es Ihnen gesagt?«

»Nein.«

»Sondern?«

»Ich habe es mehr aus Zufall erfahren.«

»Bitte lassen Sie sich doch nicht die Antworten wie Würmer aus der Nase ziehen.«

»Einspruch«, sagte Abel. Der Referendar erschrak und sperrte den Mund auf. »Für die Rechtsfindung spielt es keine Rolle, wie Frau Hiltsch von den Vorstrafen ihres Mannes erfahren hat, allenfalls kann aus dem Verschweigen der Vorstrafen geschlossen werden, dass mein Mandant diese Verurteilungen als einen Makel empfunden hat, etwas, was man nicht gerne herumerzählt.«

»Herr Breuer, es dürfte wirklich nicht von Bedeutung sein ...« sagte die Vorsitzende, sie wurde aber von der Zeugin unterbrochen:

»Ich kann es gerne sagen: seine Mutter hat alles verdeckt, sie hat alle Schriftstücke abgefangen. Erzählt hat es mir der Polizist, der mich in dieser Sache vernommen hat.«

»Aha, der Herr Holz«, sagte Abel dazwischen. Er lehnte sich zurück, nachdem er den Referendar mit Handschlag verabschiedet hatte. »Dann wird der Herr Holz Ihnen auch die Augen geöffnet haben über das Versteck Ihres Mannes im Keller.«

»Nein, das habe ich schon vorher gewusst. Mir ist eines Tages der Schlüssel dazu in die Hände gefallen. Zufall.«

»Hat das das Verhältnis zu Ihrem Mann nicht beeinflusst?«, fragte die Richterin.

»Nein, da war schon alles ... wie soll ich sagen, alles hin.«

»Verachten Sie Ihren Mann?«

»Nein, ich will nur noch einen fairen Ausgleich mit ihm. Wir haben einen Vergleich geschlossen vor Gericht. Ich bin einigermaßen zufrieden.«

»Herr Breuer, fertig?«, fragte Abel, der dann an der Reihe war.

»Ja.«

»Gut«, sagte Abel, »wichtig ist mir, ob Ihr Mann in der Ehe Gewalt angewendet hat?«

»Versteh ich nicht. Wir hatten doch praktisch nie ...« sie zögerte das Wort auszusprechen, »Sex miteinander.«

»Hat er Sie bei Auseinandersetzungen geschlagen?«

Frau Hiltsch lachte. »Mein Mann? Geschlagen? Aber nein, Herr Anwalt. Mein Mann schlägt nicht zu, der frisst alles in sich hinein. Alles, in der Firma, zu Hause, bei seiner Mutter, überall, da gab's auch keine Auseinandersetzungen. Wenn's Probleme gibt, dann rennt er fort, flieht und kommt erst zurück, wenn er meint, die Luft sei wieder rein. Nur selten ein mutiges Wort und nur, wenn er in der Ecke steht.«

»Danke, diese Aussage reicht«, sagte Abel.

Die Zeugin wurde entlassen. Hiltsch hockte wie immer unbewegt auf der Anklagebank, ohne den Blick zu heben, so als sei er an der Verhandlung seiner Sache nicht beteiligt. So überstand er auch die Vernehmung seiner Frau, die hinausging und sich nicht verabschiedete. Hiltschs Mutter saß die folgenden Stunden des Prozesses stets in der dritten Reihe, genauso unbeweglich wie ihr Sohn, aber mit erhobenem Kopf und aufmerksamen Augen. Sie beobachtete, wie Abel aufstand und auf seine Uhr sah.

»Eine Erklärung, hohes Gericht«, sagte er. »Ich war am Flughafen und habe den Zeugen Ross kurz sprechen können. Ich habe ihn gebeten, heute Mittag pünktlich um 14 Uhr hier zu erscheinen. Er hat mir das zugesagt.«

»Und was hat er Ihnen sonst noch zugesagt?«, bellte Breuer dazwischen.

»Wenn Sie meinen, ich habe es nötig, einen Zeugen zu beeinflussen, dann irren Sie sich«, fauchte Abel zurück.

Er fuhr fort, dass er es für opportun halte, auch die beiden Polizisten, welche die Anzeige des Herrn Ross aufgenommen hatten, zu hören. Es gehe um den Zeitpunkt der Anzeigeerstattung und um den Eindruck, den der Anzeigeerstatter hinterlassen habe.

»Die Herren sind von der Staatsanwaltschaft auf 14 Uhr geladen«, sagte die Vorsitzende und Breuer grinste von einem Ohr bis zum anderen.

»Meinen Sie, wir können nicht bis drei zählen, Herr Abel?«, fragte der Staatsanwalt.

»Ehrlich gesagt, manchmal schon«, sagte der Anwalt. Einige Leute im Zuschauerraum lachten. Hiltschs Mutter blieb ernst.

Nun folgte ein Gutachter vom Landeskriminalamt, der über die Bewertung der bei Hiltsch im Keller aufgefundenen Heftchen aussagen sollte. Abel bekämpfte das Gutachten, noch bevor der Gutachter ein Wort gesagt hatte, als nicht sachdienlich. In einem freien Land könne jeder Pornos bei sich horten, und ob er zehn oder hundert davon besitze, gehe niemanden etwas an. Der Beweis verletze die Intimsphäre, die auch einem Angeklagten in einem solchen Prozess zustehe, degradiere ihn zum bloßen Objekt der Verhandlung und setze ihn bürgerlich-sexuellen Vorurteilen aus. Einen sachlichen Sinn habe das Gutachten nicht, denn die Tatsache, dass beim Angeklagten pornographische Schriften gefunden worden seien, werde nicht bestritten.

Abels Argumentation prallte ab.

»Wissen Sie, Herr Verteidiger, wir müssen ja noch den psychiatrischen Sachverständigen hören, und wir können nicht ausschließen, dass der Sachverständige aus den Feststellungen des Gutachtens hier wichtige Schlüsse ziehen kann. Ein Gutachten über die gefundenen Schriften erspart uns deren Einführung in dieses Verfahren; das wollten Sie dem Gericht doch sicher auch nicht zumuten, das alles vorzulesen und anzusehen.«

»Darf ich daraus schließen, dass sich das Gericht bei der Bewertung der Schriften schon festgelegt hat, wenn es dies als Zumutung empfindet?«, fragte Abel böse.

»Ich empfinde die Verlesung von Pornos als eine Zumutung«, sagte die Vorsitzende in kühlem Ton, »und zwar generell. Sie können ja Anträge stellen, wenn es Ihnen beliebt.«

Abel hütete sich natürlich, einen Befangenheitsantrag zu stellen, er machte einen weiteren Versuch: »Zur Sachkunde des Gutachters.«

»Bitte.« In Richterin Agricolas Gesicht war offener Unmut zu lesen. Sie verstand nicht Abels Interesse daran, das Gutachten nicht vorgetragen zu bekommen.

Für Abel war das keine Grundsatzfrage, aber er fürchtete weitere Bloßstellungen seines Mandanten. Bisher war Hiltsch der Biedermann mit einem kleinen Tick. Dass der Tick chronischen Charakter hatte, musste Abel am Nachmittag zu enthüllen versuchen, um den Kopf seines Mandanten aus der Schlinge zu ziehen. Pornos passten ja noch zu diesem Image, aber was war, wenn sich darunter Gewaltdarstellungen befanden; Dreck aus der untersten Schublade? Hiltsch hatte darüber nie gesprochen, und von Holz hatte Abel erst recht nichts erfahren.

Daher die nächste Stufe: Zur Sachkunde. Man hat im Strafprozess das Recht, jeden aufgerufenen Gutachter zu seiner Sachkunde zu befragen, zu seiner Vorbildung, seinen Diplomen, seiner beruflichen Tätigkeit.

Der Gutachter war wissenschaftlicher Angestellter beim Landeskriminalamt, hatte Germanistik und Literaturwissenschaft studiert und mit dem Magister abgeschlossen. Er war seit drei Jahren im Dienst und begutachtete vorwiegend pornographische Schriften.

Kein Treffer für Abel.

Die Expertise, die der junge Mann nun referierte, unterteilte die gefundenen Schriften und Magazine in Gruppen, die eher für die Einordnung in die Tatbestände der verbotenen Verbreitung unzüchtiger Schriften passten als für die Meinungsbildung hinsichtlich des Charakters des Angeklagten nützlich waren. Die Frage, ob überhaupt Pornographie vorlag oder Literatur, beschäftigte den Gutachter fast bis 12 Uhr.

Der Psychiater Altschul, der eifrig mitnotiert hatte, fragte noch nach den Darstellungstypen, erfuhr, dass nur wenig Sodomie festzustellen sei, die Beschreibung der Kopulation in Wort und vor allem Bild dominierte, Fellatio, Cunnilingus.

»Gewalt?«, fragte der Psychiater.

Da war sie, die Frage!

»Ist als vorhanden in dem Material festzustellen.«

»Dominierend?«

»Nein.«

Abel redete dazwischen. »Weicht, sagen wir, die Sortierung der Themata vom Üblichen ab?«

»Was ist üblich?« fragte der Sachverständige.

»Na, beispielsweise das Sortiment eines Sexshops.«

»Wenn wir das mit dazu rechnen, was unter dem Ladentisch weggeht, dann nicht.«

»Danke.«

Auch der Psychiater hatte keine Fragen mehr. Man ging zum Mittagessen. Abel traf sich mit Biggi, um über die Berichterstattung in der BILD-Zeitung zu schimpfen, die ihn als hartgesottenen Typen dargestellt hatte. »Ein Anwalt, der beißt wie Salzsäure.«

Biggi hörte sich alles an und fand beschwichtigende Worte. Sie spürte, dass Abel nervös war.

Nach der Pause.

Ross war frühzeitig zur Stelle. Er beobachtete, wie die Prozessbeteiligten sich einfanden, einige Worte miteinander wechselten. Abel kam, nickte ihm zu. Ross beeilte sich, den Anwalt anzusprechen.

»Wann geht's los?«, fragte er frisch. Er war braun gebrannt und sah für seine Verhältnisse gut aus.

»In ein paar Minuten.«

Gerade in diesem Augenblick führte ein Wachtmeister den Angeklagten Hiltsch vor und löste die Handfessel. Ross beobachtete den Vorgang. Abel war an der Tür stehen geblieben und sah zurück. Hiltsch nahm von seiner Umgebung keine Kenntnis. Er hatte die Augen vor sich auf den Boden gerichtet und wartete, bis man ihn in den Gerichtssaal führte. Er war wie ein Blinder.

Ross dagegen musterte ihn von Kopf bis Fuß und von Fuß bis Kopf. Sein Gesichtsausdruck verriet nichts. Erst jetzt bemerkte er, dass der Anwalt ihn beobachtete. Er lächelte. Abel ging in den Saal. Die Fenster waren offen. Frische, heiße Luft drang herein. Der Himmel über der Stadt war grau und erst dahinter wieder ein wenig blau. Der Justizwachtmeister schwitzte. Er hatte dunkle Flecken unter den Armbeugen. Er roch nach Schweiß und Aktenstaub. Die frische Luft konnte sich nicht durchsetzen. Eine Hummel schwirrte ziellos durch den Raum.

»Hummeln stechen nicht«, sagte eine Journalistin zu Biggi. »Trotzdem.« Und sie schlug die Hummel mit einem zusammengerollten Exemplar der Zeitung tot, für die sie schrieb.

Das Gericht trat ein, man schloss die Fenster, die Verhandlung begann.

»Der Zeuge ist erschienen«, sagte Abel.

Man rief Ross. Der schritt in den Saal, seiner Bedeutung gewiss, mit erhobenem Kopf auskostend, dass er die Blicke auf sich zog. Er hörte sich die Belehrung an, besser: er nahm sie entgegen, nickte zum Zeichen, dass er alles verstanden habe, dann machte ihn die Vorsitzende Richterin Agricola mit dem Beweisthema bekannt. Ross berichtete erneut, diesmal vor dem ganzen Gericht einer Großen Strafkammer, seinen Fall, wie man, er und seine Bekannte, das Fräulein Schneider, gegessen, gut gegessen und getrunken habe.

»Zwischenfrage«, das war Breuer, »Alkohol, und wenn ja, wie viel?«

»Ein wenig Sekt, keine ganze Flasche Prosecco, und zu zweit.« Abel stellte sich den Sekt vor, süß, klebrig und warm. Breuer fragte nicht weiter. Und dann folgte in Andeutungen der Bericht über das Liebesspiel und die Entdeckung des Gesichts an der Scheibe. Die Verfolgung, den Kampf, der jetzt einen heroischen Anstrich erhielt, und dessen Abschluss, die Verletzung des Zeugen.

Es blieb in solch einem Verfahren das Vorrecht des Gerichts, die entscheidende Frage zu stellen. Die Vorsitzende ließ einige Augenblicke den Bericht auf sich wirken, dann sagte sie freundlich zu dem Zeugen: »Sie wissen, warum Sie hier geladen sind?«

Ross antwortete ausweichend: »Mich hat der Rechtsanwalt«, er zeigte auf Abel, »am Flughafen ausrufen lassen und mir erklärt, dass ich als Zeuge gebraucht werde.«

»Herr Ross, die Frage ist, ob Sie den Mann, der Sie und Fräulein Schneider beobachtet hat, genau erkannt haben.«

»Wie auf einem Film«, Ross zeigte erneut auf seine Stirn, »weil es eine, sagen wir, Ausnahmesituation war.« Er drehte sich halb herum zu Abel und dem vor ihm sitzenden Angeklagten. »Wenn dieser Herr mich einmal ansehen könnte, voll in die Augen«, sagte Ross und zeigte auf Hiltsch. Dessen Kopf blieb gesenkt. Niemand sprach, langsam hob er den Blick und sah Ross an, der mit einem verbindlichen Lächeln vor den Schranken des Gerichts stand.

»Moment, sagen Sie nichts«, Breuer war hochgeschnellt und zog plötzlich alle Blicke auf sich. Hiltsch konnte sich wieder verkriechen. »Sie sind von der Frau Vorsitzenden Richterin ausgiebig zur Wahrheit ermahnt worden, Herr Zeuge«, sagte er mit lauter Stimme, »sind Sie sich der Konsequenzen einer falschen Aussage bewusst?«

»Da haben wir's!«, fauchte Abel. »Da wird schon wieder mit allen Mitteln versucht, einen Zeugen zu beeinflussen! Ich rüge dieses Verhalten der Staatsanwaltschaft.«

Breuer holte Luft, entschloss sich dann aber zum Lachen.

Frau Agricola sagte, dass der Zeuge ordnungsgemäß belehrt und nichts hinzuzufügen sei. Eine Geste, Ross konnte fortfahren. Er war natürlich nicht mehr so sicher, starrte noch einmal Hiltsch an, von dem er von seiner Position aus nur den Haarschopf sah und die nach unten gerichtete Nase.

»Der Herr da. – Ja, er ist es, ich erkenne ihn«, sagte Ross schließlich, als habe er nach langer Abwägung ein Urteil gefunden, das diesen Mann zerschmettern müsse. Im Zuschauerraum kam ein Raunen auf, nur Mutter Hiltsch hielt sich angesichts der Tatsache, dass sie in einem Gerichtssaal war, still. Auch ihr Sohn blieb ruhig. Er sah den Zeugen nun direkt an. Seine Augen waren schmal.

Nun musste Breuer ran und attackieren. Doch Ross blieb standhaft. Auf Fragen schilderte er sein gutes visuelles Gedächtnis, berief sich dabei auf Fräulein Schneider und erklärte, dass in einem solchen Augenblick die Aufnahmefähigkeit besonders geschärft sei und deshalb der Eindruck bleibe. Der Staatsanwalt führte mit seinen hartnäckigen Fragen eine Zementierung des Eindrucks herbei, den Ross hinterlassen hatte: glaubhaft und solide.

Abel verzichtete auf Fragen.

Auf der Bank der Nebenklägerin war man ohnehin sehr zurückhaltend geblieben, was Abel wunderte. Frau Wiesenhofer hatte die undankbare Aufgabe, hinter einem agilen und aggressiven Staatsanwalt die zweite Linie zu bilden, da blieb nicht viel für eine Profilierung übrig.

Nun erhob sie sich, um einen Beweisantrag zu stellen: »Zum Beweis der Tatsache, dass der Zeuge Ross über ein schlechtes visuelles Gedächtnis verfügt: Zeugnis seiner Bekannten, des Fräulein Schneider, dessen ladungsfähige Adresse die Nebenklage nachreichen wird.«

Doch da war nichts nachzureichen, denn Fräulein Schneider, blond und ein wenig peinlich berührt, saß seit 14 Uhr im Saal. Deshalb entstand ein Juristendisput, ob, und gegebenenfalls wie, die Aussage des Fräulein Schneider zu werten sei. Die Vorsitzende Richterin ließ trotzdem die Zeugin vortreten, belehrte und vernahm sie, ohne dass ein greifbares Ergebnis zu Stande gekommen wäre. Was soll man auch über das visuelle Gedächtnis seines Partners berichten?

Frau Wiesenhofer allerdings benutzte die Gelegenheit, Fragen zu stellen, die weit über das Thema ihres Antrags hinausreichten: »Haben Sie ebenfalls in dem Angeklagten den Mann am Fenster erkannt? Sie waren ja immerhin beteiligt, wenn ich so sagen darf?«

Abel fuhr dazwischen. Er musste sich indessen belehren lassen, dass diese Frage zuzulassen sei, weil man einen entsprechenden Beweisantrag nach Lage der Dinge hätte zulassen müssen.

»Nein, ich habe ihn nicht erkannt«, antwortete die Zeugin.

Dem war nichts mehr hinzuzufügen. Die Anwältin schaute zufrieden in die Runde. Ein hart umkämpftes Remis.

Dann allerdings fragte Abel: »Haben Sie den Mann damals überhaupt gesehen?«

»Nein«, sagte das Fräulein Schneider, »ich habe bei Herrn Ross auf dem Schoß gesessen. Ich habe an die Wand geguckt.«

Der Ausdruck des Triumphs wich aus dem Gesicht der Rechtsanwältin Wiesenhofer.

Ross und Fräulein Schneider wurden entlassen, erhielten ihre Bescheinigung für das Zeugengeld, holten die Abfindung bei der Geschäftsstelle, um später wieder in den Gerichtssaal zu kommen, denn man war naturgemäß am Ausgang des Verfahrens stark interessiert.

Die Zeugen Bärlach und Brunner kamen nun an die Reihe. Man einigte sich darauf, nur einen der Wachtmeister zu hören, weil man sich davon genügend Aufschluss versprach. Brunner schlurfte herein, nahm die Dienstmütze ab und salutierte kurz. Er stand mit gebücktem Rücken abwartend da, ließ die Belehrung an sich abgleiten, rasselte seine Personalien herunter und beantwortete die Fragen mit einsilbiger Knappheit.

»Ja, der Herr Ross ist auf das Revier gekommen … Ja, er hatte ein blaues Auge, dat lief schön an ... Es war eins, ja, Aschermittwoch ... Zweifel ausgeschlossen ... hat nicht den Eindruck gemacht, woll, dass er lange rumgetrödelt hätte ... gab an, gleich gekommen zu sein ... nein, wir nehmen nur auf und leiten weiter ... ähnliche Fälle? Ja ... einer noch ... aber nix so mit ’m blauen Auge, woll?« Brunner dienerte und sagte »Jawoll«, als man ihn fragte, ob sein Kollege Bärlach dasselbe wahrgenommen habe. »Wir waren zusammen in der Dienststube.«

Ohne Zweifel, die Sache stand plötzlich gut für Abel und seinen Mandanten.

Durch die unerwartet klare Aussage von Ross war der Dienstagmann für Abel eine Randfigur geworden. Mochte sich Holz diesem Phantom widmen. Abel sah sich ganz persönlich bestätigt, seine Sturheit hatte Früchte getragen, seine Auffassung von der relativen Unschuld des Mandanten Hiltsch war bestätigt. Hiltsch war ein Spanner, Onanist und Exhibitionist. Abel hatte ihn mit seinen eigenen Augen in aller Erbärmlichkeit gesehen. Aber Hiltsch war kein Vergewaltiger. Abel nahm sich vor, seinen Triumph nur mäßig zu feiern.

Auf dem Plan stand nun noch für den Rest des Nachmittags ein Augenschein am Tatort. Abel schien es sinnvoll, das Ganze abzukürzen. Er machte ein ernstes Gesicht und begann zu sprechen, ohne dass man ihm das Wort erteilt hätte.

»Hohes Gericht, wir haben, dies als eine Zwischenbemerkung, bisher nur einen vagen Verdacht gegen den Angeklagten feststellen können, geäußert vom Opfer. Ohne der abschließenden Würdigung vorgreifen zu wollen, kann ich zusammenfassen, dass die Einvernahme des Sachverständigen wie auch der Ehefrau keine Anhaltspunkte für einen gewalttätigen Charakter beim Angeklagten ergeben hat. Die Zeugin Knecht hat bekundet, was wir am Beginn eingeräumt haben, dass der Angeklagte um eins nach Hause gekommen ist. Wir wissen von seiner Neigung, seine Mitmenschen in verfänglichen Situationen zu beobachten. Die Verteidigung räumt ein, dass er, durch den versuchten Kuss mit Frau Moslech stimuliert, seiner Leidenschaft nachgegangen ist und dabei auf den Zeugen Ross traf. Das Ergebnis ist bekannt. Alles zusammen ein in sich schlüssiges Bild. Ich glaube, wir können auf den Ortstermin verzichten und noch die beiden ausstehenden Sachverständigengutachten hören. Auf diese könnte ich auch verzichten, doch ich fürchte, dass die Staatsanwaltschaft sich nicht in der Lage sieht, angesichts der Prozesssituation einer Einstellung des Verfahrens zuzustimmen und die Geldbuße unter Berücksichtigung der Körperverletzung zu Lasten Herrn Ross' angemessen zu bestimmen, wobei wir uns den Hinweis erlauben, dass dieser Tatkomplex nicht Gegenstand der hier verhandelten Anklage ist.«

Bevor Breuer in die Lage kam, sich über diesen Vorschlag des Verteidigers Gedanken zu machen, denn so abwegig war das nicht, sagte Frau Wiesenhofer: »Lassen Sie uns die vorgesehene Verhandlung nach dem vorgesehenen Plan durchziehen, Herr Abel, wir wollen alle Aspekte prüfen. Die Kammer ist am Schluss sicherer in ihrem Urteil.«

Breuer nickte. Seine Zustimmung zur Einstellung könnte er immer noch geben, und am Montagnachmittag hatte er erst sehr spät Trainerstunden. Sommerzeit.

Das Gericht fand sich langsam am angeblichen Tatort ein, um ihn in Augenschein zu nehmen. Die Juristen wirkten ohne Robe privater. Die Vorsitzende in einem engen Kostümrock und weißer Bluse, jedoch fast genauso amtlich distanziert wie die Beisitzer in ihren kurzärmeligen weißen Hemden und den weißen Langbindern. Abel sah ähnlich aus, nur Breuer hatte schnell die Kleidung gewechselt und ein Tennishemd an. Hiltsch stand in Handschellen neben dem schwitzenden Wachtmeister.

Die Presseleute kamen den Asphaltweg entlang und unterhielten sich. An einem Sommernachmittag ist im Englischen Garten überall viel Betrieb. In Sichtweite am Eisbach lagen die »Nackerten«, wie die Münchner sagen, auf der Wiese und sonnten sich. Das war nur an dieser Stelle geduldet und wurde weidlich ausgenutzt.

Biggi Meier kam mit den Pressevertretern. Sie lachte über anzügliche Sprüche eines Kollegen. Die Sonne stand schräg und rang mit dem Dunst über der Stadt. Im Glast flimmerte die große Wiese, die sich fast bis nach Schwabing erstreckt und dicht bevölkert war. An einem Tag wie diesem ist ein Drittel der Münchner im Englischen Garten, ein Drittel liegt draußen an den Seen, ein Drittel am Isarufer und das vierte Drittel sitzt im Biergarten, sagt man.

Das Gericht wartete auf Melly und ihre Anwältin. Sie kamen nebeneinander den Weg herauf. Zwei alte Frauen blieben stehen und beäugten die merkwürdige Versammlung. Ungenierte Neugierde. Andere Spaziergänger gesellten sich dazu.

Die Atmosphäre an diesem heißen Sommernachmittag hatte nichts mit der Nacht zu tun, als Melly den Weg abkürzt hatte. Die Äste und Zweige der Gebüsche waren grün, voll Saft und biegsam. Sie konnten nicht mehr das prasselnde Geräusch erzeugen wie im Winter, als die beiden Körper niedergestürzt waren.

Melly sah sich erneut im Mittelpunkt der Fragen. Sie versuchte, die Zone zu beschreiben, wo es passiert war, sie breitete die Arme aus und ließ sie sinken. Vor ihr war das dichte grüne Gebüsch genauso amorph wie damals der schwarze nächtliche Schatten an derselben Stelle. Ihr fuhr die Erinnerung an diesen kleinen Stein durch den Kopf, wie er kurz vorher über den Weg geklickert war, der sie auf die drohende Gefahr aufmerksam gemacht hatte. Sie versuchte zu beschreiben, aber an einem verschwitzten Sommermittwochnachmittag bleibt nur wenig übrig von den Momenten der Furcht, des Kampfes, der Aufgabe und Überwältigung bis zum Wiederzusichkommen in diesem verdreckten, verkotzten Zustand nach der Tat.

»Wie weit hat Sie der Mann ins Gebüsch gedrängt?«, fragte Abel.

»Ich weiß nicht, ein paar Schritte vielleicht.«

Abel brach in das mannshohe Gesträuch, um zu demonstrieren, wie schwer es war, hier einzudringen. »Etwa bis hier her?«, fragte er. Das Gebüsch schloss sich hinter ihm und er stand auf einer winzigen Lichtung zwischen den Sträuchern. »Etwa so weit?«

»Ich weiß nicht, Herr Abel, was soll das?«, fragte Frau Wiesenhofer.

»Ich will nur demonstrieren, wie schwer es ist, hier hereinzukommen«, sagte Abel. Man konnte ihn kaum sehen.

»Die Büsche sind im Winter geschnitten und wenn zwei Personen ...«

»Nun«, entgegnete Abel, »der Täter hatte nicht nur den Widerstand des Opfers zu überwinden, sondern auch noch den der Zweige hier. Das ist ein zähes Geflecht, bis er hier ...« Abel stockte, er hatte sich mit einer rudernden Bewegung Platz verschafft, konnte nun auf den Boden in diesem kleinen lichten Flecken sehen. Die Erde war kahl, bis auf ein paar Wildkräuter, die spärlich wuchsen, dazwischen abgebrochene Äste und – das fesselte den Blick des Anwalts derartig, dass er sich mitten im Satz unterbrach – eine Plastiknelke, eine, wie man sie auf dem Volksfest schießen kann. Sie musste rot gewesen sein. Wind und Wetter hatten den billigen Kunststoff ausgebleicht. Abel bückte sich, er verschwand für einen Augenblick vollständig. Neben der Nelke, kaum einen Schritt entfernt, steckte ein großer, blauer Mantelknopf in der Erde. Abel tauchte wieder zwischen den grünen Blättern auf.

»Bitte, Herr Abel«, rügte die Richterin.

».... ja, bis er hier«, Abel musste sich konzentrieren, er hatte den Faden verloren, »bis er hier, hier drinnen war, der Täter mit seinem Opfer. Und da muss man sich doch fragen, ... er hatte doch wohl einigen Widerstand zu brechen, auch wegen der Büsche«, Abel hatte sich nun wieder gefasst, »bis er sein Opfer, so will ich mal sagen, am Boden hatte, verstehen Sie?« Er brach durch die Sträucher und trat zurück auf den Weg. »Es muss doch auch einige Verletzungen gegeben haben ...«

Hinter dem Rücken versteckte er seinen Fund.

Frau Wiesenhofer war nun gefordert: »Der Verteidiger scheint immer noch den Sachverhalt als solchen anzuzweifeln«, sagte sie in sachlichem Ton, »dazu besteht doch aber wirklich kein Anlass. Frau Moslech ist überwältigt und abgedrängt worden. Sie wurde im Unterholz vergewaltigt, was spielt es da für eine Rolle, ob es weit im Gebüsch war oder nicht? Das ist doch kein

Argument gegen die Glaubwürdigkeit des Opfers. Ich möchte nicht den Herrn Kollegen protestieren hören, wenn sie Angaben gemacht hätte, die auf Meter und Zentimeter lauten, dann hätte er dem Gericht ein Kolleg über Zeugenpsychologie und Erinnerungsvermögen gehalten, der Kollege Abel. Ich übrigens auch an seiner Stelle, denn dann wäre alles unglaubhaft und einstudiert.«

Die Vorsitzende Richterin Agricola nickte. Abel, immer noch diese lächerliche Plastiknelke hinter dem Rücken haltend, schwieg zu den Ausführungen der Gegenseite.

Breuer fragte: »Vielleicht kann sich angesichts des Tatorts der Herr Angeklagte mal äußern.« Hiltsch schwieg. »Ja, was ist?«, drängte der Staatsanwalt. – »Ich war nicht hier, ich kenne die Stelle nicht«, sagte Hiltsch hastig, dann setzte er hinzu: »Ich habe die Aussage verweigert, weil es besser ist, weil Sie mir das Wort im Mund rumdrehen. Und dabei bleibt's.«

Hiltsch sah zu seinem Verteidiger hinüber, der ein Stück entfernt im Schatten stand. Zwei Kinder radelten hinter dem Gericht und den Beteiligten den Weg herunter und sangen laut. »Am dam des ...«, schrie der kleine Junge und bremste. Die Bremsen kreischten. Die zwei alten Frauen, die hinter Abel standen, tuschelten über die rätselhaften Sätze, die gewechselt wurden, ohne den Anlass des Ortstermins zu kennen. Abel fing den Blick seines Mandanten auf. Er kniff die Augen zusammen. Langsam löste sich seine Hand hinter dem Rücken. Er zog die Plastiknelke hervor und hob sie an die Nase wie eine lebendige Blume und roch daran. Dabei erkannte er, dass nur deren obere Hälfte ausgebleicht war: kräftiges, synthetisches Rot und der Stiel und die Blätter grasgrün an der Unterseite. Hiltsch wendete den Kopf ab.

»Und dann bin ich da hinübergelaufen, total verzweifelt, echt«, sagte Melly Moslech, »dorthin«, sie zeigte mit dem Finger hinunter zu einem querverlaufenden Weg, »und dann nach Hause. In die Badewanne bin ich und nur gewaschen habe ich mich, weil ich mich nicht mehr habe riechen können, und das hat lange angehalten.« Es waren die Fragen ihrer Anwältin, die sie nun beantwortete.

Biggi Meier trat hinter Abel und flüsterte ihm zu. »Läuft gut, Rosenkavalier.«

»Das ist eine Nelke«, flüsterte Abel zurück, ohne den Kopf zu drehen und die Lippen zu bewegen, »und ich könnte kotzen.«

Dienstag, den 11. Juli

Stadelheim am folgenden Morgen. Kühle Luft nach einem nächtlichen Gewitter. Ein verhangener Tag ohne Regen. Die Pfützen der Nacht blies der Westwind leer.

Abel war den ganzen Abend und die Nacht allein geblieben, hatte gegrübelt und in den Akten gestöbert. Sein Schädel brummte, er hustete.

Man sperrte Abel in die Besucherzelle für Anwälte. Es dauerte heute seine Zeit, bis sie ihm den Hiltsch brachten. Es hatte Abel einige Überredungskunst gekostet, die Plastiknelke durch die Kontrolle mitnehmen zu dürfen. Endlich erschien sein Mandant. Hiltsch setzte sich. »Was ist jetzt noch, Herr Abel?«, fragte er.

Abel blieb stehen. Er wiederholte die Geste vom Abend zuvor. Hiltsch sah auf. Er beobachtete den Anwalt, wie er an der Blüte zu riechen vorgab.

»Sie wissen, was das ist, Herr Hiltsch!«, sagte er langsam.

»Was?«

»Diese Nelke da. Sie hat einige Zeit an derselben Stelle gelegen. Die Oberseite ist ausgeblichen. Unten ist das Plastik noch rot.«

Keine Reaktion.

»Herr Hiltsch, kennen Sie diese Nelke, vermissen Sie etwas Ähnliches?«

»Ich vermissen? ... was soll das denn?« Hiltschs Stimme hob sich, um gleich wieder in den normalen Ton zurückzufallen.

»Herr Hiltsch.« Abel trat zurück und legte den Kopf auf die Seite. Er musterte seinen Mandanten, der heute morgen einen anderen, ebenso neutralen Anzug trug und den Kragenknopf geschlossen hatte, ohne einen Schlips. »Erinnern Sie sich noch an den fraglichen Abend, um den wir nun schon einige Zeit verhandeln?«

»Ja, ja.«

»Gut, ich meine den Anfang. Sie gingen zur Firma, zu dem

Fest. Wenige Meter vor dem Eingang stand ein Mann an einem Laternenpfahl.«

»Laternenpfahl?«

»Ja«, Abel ließ seinem Mandanten Zeit, die Gedanken zu ordnen. An Hiltschs Gesicht erkannte er, dass es noch nicht einhakte. »Ein Mann mit grüner Lederjacke und einem Clownsgesicht, Herr Hiltsch. Er hat Sie gegrüßt!« Aha, da war's, jetzt sah man Hiltsch an, wie ihm die Erinnerung kam, ja, klar, ein Moped fuhr vorbei und ein Hund stöberte herum. Und dieses blau-türkise Gesicht über einer normalen Kleidung, ob Lederjacke oder nicht ...

»Ich weiß nicht, was Sie meinen«, sagte Hiltsch verbindlich mit einem kalten Unterton.

Abel warf die Plastiknelke vor Hiltsch auf den unwirtlichen Holztisch. Sie überschlug sich und blieb vor der abgeschnittenen Blechbüchse liegen. Hiltsch starrte das ausgebleichte Plastik an.

»Ich war der Mann mit dem Clownsgesicht.« Abels Stimme wurde eindringlich. »Ich habe meinen Hund rausgebracht, und wer kommt mir entgegen? Mein Mandant Sigurd Hiltsch, Mantel an, Schal um den Hals und auf dem Kopf eine Matrosenmütze, weiß und blau, und vorne dran eine rote Nelke. Ich sage ›guten Abend‹, und ich sehe, dass Sie mich nicht einordnen können. Wie auch, mit meiner Bemalung? Außer Ihrem grauen Mantel und Ihrem Gesicht ist mir diese Kappe und die Nelke im Gedächtnis geblieben, Herr Hiltsch, ganz genau, denn ich habe mich gefragt, wie man sich an Fasching nur so verkleiden kann. Ohne Vorwurf, es war mehr eine Frage der Fantasie, Herr Hiltsch. Ja, und da finde ich gestern in einem freien Stück zwischen den Büschen, wo kein Gras wächst, diese Plastiknelke. Eine Stelle, wo man sich nicht tiefe Kratzwunden zuzieht, wenn man auf den Boden fällt, nur Abschürfungen, wie man sie bei Frau Moslech festgestellt hat.« Abels Gesicht kam näher. »Und fast daneben einen blauen Mantelknopf.« Er knallte den Fund mit flacher Hand auf den Tisch. »Frau Moslech hatte einen Mantel an, sollen wir sie nach der Farbe fragen und ob ein Knopf fehlt?«

»Es gibt Tausende solcher Blumen«, sagte Hiltsch, ohne Abel anzusehen, »Abertausende ...«

»Was meinen Sie, wen Sie vor sich haben?«, rief Abel plötzlich und schlug mit der flachen Hand auf den Tisch, dass der Blechaschenbecher schepperte. »Sie glauben, Sie können mit mir Faxen machen?«

»Ich argumentiere nur so wie Sie selber vor Gericht«, gab Hiltsch mit vor Erregung zitternder Stimme zurück.

Abel fauchte: »Wir sind hier nicht vor Gericht, wir reden jetzt Klartext.«

Hiltsch sank in seine Verteidigungsposition mit den vergrabenen Händen zurück, doch schräg aus den Augenwinkeln kam nun ein Blick, aus dem man Hass lesen konnte. Sein Adamsapfel zuckte.

»Klartext!«, brüllte Abel, der wegen der starren Unbeugsamkeit seines Mandanten immer mehr außer sich geriet.

Hiltsch schwieg und blickte auf den Boden.

Abel bebte.

»Ich habe geglaubt, was Sie allen vorspielen; den Spießer mit der verklemmten Sexualität, ein bisschen sich umsehen, den Mantel öffnen, onanieren, Frauen erschrecken, das ist widerwärtig und abstoßend, aber keine schwere Kriminalität wie eine Vergewaltigung. Aber jetzt, hier ...« Wütend gab er der Plastiknelke einen Stoß. Sie fiel auf den Boden und kullerte vor die Ausgangstür.

»Das ist aber nicht die ganze Wahrheit. Sie sind ein krimineller Sexualtäter, weil Sie am Faschingdienstag an Frau Moslech eine bestialische Vergewaltigung verübt haben und sich für den verweigerten Kuss gerächt haben und zwar gründlich, gründlicher, als Sie sich jemals zuvor an einem Dienstag an einer Frau gerächt haben.«

Hiltsch lachte, lachte tonlos, legte langsam den Kopf in den Nacken, lachte schließlich mit glucksenden Lauten.

»Jawohl, dienstags«, fauchte Abel, »weil Ihre Mutter zur Bibelstunde geht. Sie sind ja nicht gläubig. Sie haben anderes zu tun!«

Abel streckte das Kinn vor und starrte diesen leise lachenden grauen Mann an und versuchte, sich zu beherrschen und den Hass auf diesen Mann und auf sich selbst zu bezähmen.

Hiltsch verschluckte sich, er hustete, lächelte und sah an Abel hoch, an dessen Hals rote Flecken zu erkennen waren. »Ich dachte, dass ich einen Anwalt hätte, der zu mir hält, der mich verteidigt, nicht beschuldigt, mit haltlosen Vermutungen und einem absurden Verdacht wegen einem dreckigen Stück Plastik.« Hiltsch lachte nun schrill, kicherte und stand langsam auf, sein Stuhl fiel um, er zog sich in die Ecke der Besuchszelle zurück, stand gebückt an der Wand und starrte lauernd zu Abel hinüber. Endlich hörte er mit dem Gelächter auf. Er wirkte aggressiv. Abel überlegte, ob er nicht zuerst zuschlagen sollte, mitten in das verzerrte Gesicht. Es wäre eine Notwehr gewesen.

»Damit Sie's wissen, Schlaukopf, ich habe diesen Ross geschlagen«, sagte Hiltsch, er fuhr mit dem Handrücken durch die Luft, »von mir hat er sein blaues Auge. Ihr Verdienst, dass ich ein Alibi habe, aber auch ihr Verdienst, dass ich in diesem Verfahren als der Abschaum dastehe, jemand, den man nicht mehr zu achten braucht, einer, der noch nicht einmal für die Spießruten würdig ist, den man durch die Gutachtermangel dreht, und jeder weiß Bescheid. Das mit dem Alibi, das ist sauber. Ich habe mir nicht gedacht, dass es so weit kommt, Herr Abel. Dass ich das noch brauchen würde. Sie haben alles ans Licht gezerrt. Aber nun beschuldigt mich mein eigener Anwalt, dass ich am Tatort der Vergewaltigung gewesen sei, nur weil er eine Blume findet, die jeder besoffene Tourist, der vom Biergarten am Chinesischen Turm kommt, dort hat hinwerfen können. Jeder!« Hiltsch schwieg und wischte sich über den Mund, weil in den Winkeln seiner Lippen der Speichel stand.

»Sie vergessen den blauen Knopf! – Geben Sie sich keine Mühe, ich weiß nun, wie's war«, sagte Abel mit mühsam beherrschter Stimme, »Dienstagmann, Hiltsch, Sie können reden, soviel Sie wollen.« Er betrachtete den schief an der ölfarbengestrichenen Wand stehenden Angeklagten, seinen Mandanten. Er sah das Gesicht, die Augen. Trotz des Speichels in den Mundwinkeln hatte Hiltsch einen trockenen Gaumen, er schluckte. Abel nickte. »Es ist schwer, einen Mann wie Sie, mit seinen großen Hypotheken auf der Seele, zu verteidigen, Herr Hiltsch«, sagte Abel, »aber es gibt einige Möglichkeiten, Ihnen zu helfen. Sie müssen nur einsehen, dass Sie schwere Probleme haben … dass sie Hilfe brauchen.«

Hiltsch klopfte sich mit den Handballen höhnisch grinsend an den Kopf. »Irrenanstalt?«

Abel taxierte Hiltsch von oben bis unten.

»Wollen Sie es sich nicht noch einmal überlegen. Ich kann das Gericht um Vertagung bitten und dann ein Gespräch mit der Richterin führen. Sie macht doch einen aufgeschlossenen Eindruck?«

Hiltsch antwortete ohne Zögern: »Nein, Herr Abel. Der Gutachter hat schon Recht. Ich bin völlig gesund.«

Abel nickte. Die Sache war in einem Punkt klar. Er sagte: »Da sehe ich nichts mehr, was ich für Sie tun könnte.«

Abel ging zur Ausgangstür, trat dabei auf die verblichene Plastiknelke, ohne sie zu beachten, dann klingelte er.

Mit dem Rücken zur schweren Eisentür betrachtete er den Mandanten, der zu seiner Schneckenhaltung zurückgefunden hatte. »Glauben Sie ja nicht, dass Sie so einfach durchkommen, Dienstagmann«, sagte er leise. Hinter ihm knirschte der Schlüssel im Schloss. »Sehen Sie sich vor!« Er drehte sich um und ging.

»Is 'n das?« fragte der Wachtmeister und kickte mit dem Fuß die Plastiknelke vor sich her, als er Hiltsch abholte. Der Knopf auf dem Tisch blieb unbeachtet.

»Weiß nicht«, antwortete der Delinquent, »ist, scheint's, vom Vorgänger.«

»Eine Sauerei«, sagte der Wächter, dann führte er Hiltsch ab in die Durchgangszelle.

»Sag ja nicht, dass du Recht gehabt hast«, sagte Abel und sah düster vor sich hin. Jane stand neben ihm in der Küche und trank einen Cappuccino, den ihr Abel gekocht hatte. Sie pustete nachdenklich den Schaum zur Seite.

Jane sagte: »Mein Gott, ich versteh das nicht. Du hast ein wichtiges Beweisstück in der Hand und lässt das im Knast zurück wie einen Fetzen wertloses Papier. Endlich gibt es etwas, was auf Hiltschs Täterschaft hindeutet, und du gehst in die Anstalt, machst ihm eine Szene und willst aus der Sache aussteigen. Wie bequem!«

»Du weißt, ich würde mich selber strafbar machen!«, sagte Abel. »Ich darf meinen Mandanten trotz allem nicht verraten.«

»Ist das moralisch?«

»Ja. Verrat ist ungesetzlich.«

»Manchmal muss man über seinen Schatten springen können, Jean.«

Abel knurrte: »Die Schweigepflicht ist nicht nur dafür gesetzlich festgelegt worden, dass die Nachbarin nicht erfährt, dass der Herr von nebenan wegen einer Unterhaltssache mit einem unehelichen Kind, das er der Frau aus dem Erdgeschoss gemacht hat, beim Anwalt war, dafür auch, aber das ist nicht alles. Gerade dann, wenn's brenzlig wird, wie hier, gerade für so einen Fall ist die Verschwiegenheit wichtig. Sonst kann sich keiner, aber wirklich keiner mehr auf seinen Anwalt verlassen.«

»Der Hiltsch hat dir doch nichts gesagt, er hat doch nur alles abgestritten.«

»Das macht doch keinen Unterschied. Wenn du erst anfängst, Fälle auseinander zu dividieren, in denen der Anwalt seinen Mandanten anzeigen darf und wo nicht, findest du kein Ende mehr.«

»Wie wäre es denn, wenn dir ein Mandant sagt, so, morgen bringe ich meinen Geschäftspartner um. Er hat schon immer was gegen den Mann gehabt, und du musst die Drohung ernst nehmen. Er zeigt dir seinen Revolver. Selbst dann soll es richtig sein, dass der Anwalt vornehm schweigt?«

»Nein, bei so einer konkreten Bedrohung nicht. Da geht das Leben vor.«

Jetzt begann Jane sich zu erregen. Sie stellte die Tasse auf den Tisch und rief: »Ach, und bei Hiltsch? Was ist, wenn der wieder zuschlägt?« Jane war empört, sie stand auf, Abels Haltung provozierte sie. »Stell dir vor, beim nächsten Opfer bleibt's nicht nur bei einer Vergewaltigung, und er bringt eine Frau um? Beispielsweise, weil sie sich zu heftig wehrt. Was dann? Geht dann der Rechtsanwalt Abel zur Tagesordnung über, zuckt mit den Schultern und sagt sich, Hauptsache, ich habe dichtgehalten? Und dann kommt die nächste Frau und so fort. Mein Gott, was für eine Prinzipienreiterei. Ist der Hiltsch keine konkrete Bedrohung?«

»Von einem kannst du ausgehen, Jane«, sagte Abel, »dass ich von der Schweigepflicht nicht rede, weil ich mir die Sache leicht machen will. Nein, sicher nicht. Bloß, ich bin nicht der Mann, der die Seiten so schnell wechselt. Ich sehe die Gefahr, okay, aber im Augenblick sitzt er noch. Und ich hab's ihm angedroht, dass ich ihn mir greife, das weiß er seit heute Morgen. Ich glaube, er weiß das einzuschätzen.«

»Wenn nur die Hoffnung nicht trügt und nichts schief geht«, sagte Jane wütend, »ich bringe es fertig und geh zu diesem Breuer oder zu seinem Vorgesetzten, dann bist du die Sorge los.«

Abels Stimme hatte einen feindseligen Klang: »Lass mich das machen!«

»Als ob dir dieser Fall bisher trefflich gelungen wäre«, Jane zog die Augenbrauen hoch und ging zurück ins Büro an ihren Arbeitsplatz.

Abel saß lange an seinem Schreibtisch und brütete vor sich hin. Jane sprach ihn nicht an.

Etwas später beobachtete sie, wie Abel im Hof von seinem Handy aus telefonierte. Das machte er nur sehr selten. Denn er verbarg fast nichts vor seiner Assistentin.

Gegen 17 Uhr verließ er das Büro ohne Hund und kam um 18.30 Uhr wieder zurück.

Jane, die noch eine Berufungsbegründung tippte, fragte ihn, wo er gewesen sei.

»Boule im Hofgarten, wie üblich«, knurrte Abel und ging in seine Küche und sprach mit Schmitz.

Jane zerknüllte nachdenklich einen gelben Rückrufzettel, auf dem sie notiert hatte, dass der Rechtsanwalt Paul Kramer nicht in den Hofgarten kommen könne, weil er Zahnschmerzen habe. Sie warf den Zettel weg.

Mittwoch, den 12. Juli

Der letzte Verhandlungstag.

Die Atmosphäre änderte sich, man war bekannt miteinander, das vereinfachte das Gespräch über alle Gegensätze hinweg. Abel beteiligte sich an keinem Gespräch. Er hielt sich mit mürrischem Gesicht abseits, demonstrativ die Robe über dem Arm und nicht angezogen. Er würdigte Hiltsch keines Blicks, hatte die Hände in die Taschen gestemmt.

Die Verhandlung begann. Richterin Agricola nickte allen zu, sah irritiert Abel an seinem Platz stehen, im Anzug, ohne Robe. Akten hatte er keine bei sich. Er verschränkte die Arme vor der Brust.

Auf den fragenden Blick der Richterin sagte er in ruhigem Tonfall: »Ich habe eine persönliche Erklärung abzugeben, Hohes Gericht.« Es entstand eine Pause, alle sahen ihn an. »Ich lege das Mandat nieder.«

»Das is jetzt aber 'n Ding«, sagte Breuer verblüfft. Abel reagierte nicht.

Der Gesichtsausdruck der Vorsitzenden zeigte Unwillen, Strenge. »Wenn Sie das bitte begründen könnten, Herr Rechtsanwalt.« Zum ersten Mal registrierte Abel diese förmliche Anrede.

Er blieb genauso stehen wie zuvor und antwortete in demselben ruhigen Tonfall: »Es ist nicht das finanzielle Problem.« Dazu muss man wissen, dass es eine Unsitte einiger Wahlverteidiger nicht sehr betuchter Angeklagter ist, in einer entscheidenden Phase des Prozesses das Mandat niederzulegen, um die Bestellung zum Pflichtverteidiger zu erzwingen, wenn die Vorschüsse des Mandanten nicht mehr eintreffen. Dann zahlt der Staat das Honorar, weil dem Gericht nichts anderes übrig bleibt, als den Wahlverteidiger zum Pflichtverteidiger zu bestimmen, um den Prozess nicht platzen zu lassen. Abel wiederholte es noch einmal: »Keine Frage der Gebühren!«

»Sondern?«, fragte Breuer, den das Phänomen nun zu interessieren begann. Finanzprobleme als Motiv passten in sein Weltbild, in dem es vor raffgierigen Anwälten wimmelte.

Abel zuckte mit den Achseln und wartete, bis das Gericht ihm wieder seine Aufmerksamkeit zuwandte. Oben am Richtertisch besprach man sich noch. Endlich drehte sich die Vorsitzende Richterin wieder ihm zu.

»Sie sind dem Gericht natürlich keine weitere Erklärung schuldig, Herr Rechtsanwalt.« Das war eine Feststellung.

»Die notwendige Vertrauensbasis ist entfallen«, sagte Abel lapidar.

»Herr Hiltsch, wollen Sie dazu eine Erklärung abgeben?«

»Er hat Recht«, sagte der Angeklagte und nickte mit dem Kopf in die Richtung seines Anwalts.

»Bitte warten Sie noch im Gerichtssaal, Herr Abel, bis das Gericht beraten hat. Möglicherweise ist ein Beschluss zu verkünden, der Sie betrifft.«

»Ich habe damit gerechnet«, sagte Abel und setzte sich in die dritte Zuschauerreihe, auf die andere Seite, nicht dahin, wo Hiltschs Mutter saß. Sie nahm Abel nicht wahr.

Biggi rückte in Flüsterweite. »Was ist los?«, wollte sie wissen.

Abel zuckte mit den Schultern und sah sie an. »Danke für deine Hilfe, Biggi, und du hättest auch eine Erklärung verdient … aber es geht nicht. Ich kann dir nicht sagen, was los ist.«

Biggi blickte Abel prüfend an. Abel sah weg.

»Das hätte ich dir nicht zugetraut«, sagte Biggi enttäuscht.

»Ich mir auch nicht«, antwortete Abel bitter.

Der Anwalt schlug die Beine übereinander und wartete. Hinter sich hörte er die Journalisten flüstern. Biggi beteiligte sich nicht daran. Auch der Rest der Lokalpresse rätselte.

Kurze Zeit später erschien das Gericht. Man erhob sich.

»Es ergeht folgender Beschluss«, sagte die Richterin Agricola. Ihr Gesicht war neutral. »Der Rechtsanwalt Jean Abel wird für die Dauer des Verfahrens vor der Großen Strafkammer des Landgerichts München dem Angeklagten Sigurd Hiltsch als Pflichtverteidiger zugeordnet.«

Abel nahm ohne sichtbare Anzeichen der inneren Bewegung und vor allem ohne seinen Mandanten anzusehen wieder auf der Verteidigerbank Platz.

Hiltsch hob die Stimme: »Ich bringe diesem Mann kein Vertrauen entgegen, Frau Richterin, ich kann ihn nicht mehr brauchen und ich zahle gerne einen anderen Anwalt, aber das Gericht muss mir in einer so schwierigen Situation das Recht geben, einen Rechtsanwalt meiner Wahl hinter mir zu haben.«

Mit seinem höflichen Vorbringen drang Hiltsch nicht durch. Er musste sich belehren lassen, dass er zwar jederzeit zusätzlich einen Wahlverteidiger bestellen könne, dass man aber in diesem Stadium des Prozesses keine Unterbrechung mehr vertreten könne. Man müsse das als eine unzulässige Verschleppung des Verfahrens betrachten. Und der Rechtsanwalt Abel habe nach der Einschätzung des Gerichts bisher seine Pflicht getan und für ihn, Hiltsch, engagiert gestritten, gleichgültig, was hinter der Vertrauenskrise stehe, das Gericht gehe davon aus, dass auch im Rahmen einer Pflichtverteidigung eine rechtsstaatlich einwandfreie Vertretung gewährleistet sei.

Hiltsch dienerte und rang sich ein Lächeln ab.

Abels Miene war finster. Seine Rolle bestand nun nur noch in der Überwachung der Formalien und der Einhaltung des prozessordnungsgemäßen Ablaufs.

Das Gericht rief den Gutachter Altschul auf. Wieder dieses Brillewegreißen und Anstarren als Präludium. Altschul ordnete sein verwaschenes, altes Gesicht. Seine Zähne waren braun, und während er sprach, bildeten sich Speichelfäden zwischen den Lippen. So kam er daher im Gewand seiner Wissenschaft, verbindlich und im Umgang mit einem Gericht geübt, forensische Attitüde, und hatte einen Bauchladen von Begriffen mitgebracht, die er nun über den Fall streute. Alles wäre noch erträglich gewesen, wenn ein Satz vorangestellt worden wäre, dass nämlich die Psychiatrie keine exakte Wissenschaft ist und deren Ergebnisse daher mit Vorsicht zu genießen sind.

Mit dem Anschein eben jener exakten Wissenschaften, die Beweise, Feststellungen nur dann akzeptieren, wenn sie sich interlokal und intertemporär wiederholen lassen – beispielsweise –, trug der Gutachter Altschul seine Expertise vor. Es war von neurotischen Strukturen und Elementen, Grenzsituationen zum Psychotischen die Rede, vom introvertierten Einzelgänger, von der verfestigten unverarbeiteten Mutterbindung und, in der Sexualität, vom Hang zum Visuellen als Kompensation für das als unbefriedigend – angesichts der Mutterbindung, versteht sich – empfundene Sexualleben in der Ehe. Und so weiter.

Natürlich hat ein Psychiater, der als forensischer Gutachter auftritt, die Eindrücke aus der Verhandlung mit zu berücksichtigen. Deshalb sitzt er dabei. Natürlich hatte dieser Gutachter Altschul die Tendenzen in der Verhandlung aufgespürt, und so ging er der Gewaltfrage im Sinne der Zeugenaussagen nach und diskutierte die zumindest teilweise alarmierenden Befunde des Persönlichkeitstests zu einer Bagatelle herunter.

Da war nun auch wissenschaftlich festgestellt worden: Hiltsch war der Spießer mit dem sexuellen Tick, ein wenig schrullig, ein Sonderling, aber im Wesentlichen gutartig! Natürlich ist so ein Mann für seine Taten voll verantwortlich und voll zurechnungsfähig ist. Empfehlung: falls man zu Auflagen komme, sei eine geeignete Therapie angezeigt, Gruppentherapie, Psychoanalyse. Punktum. Der Gutachter verneigte sich, riss wieder die Brille herunter und lehnte sich auf seinem Stuhl zurück.

Abel hätte zu dem Gutachten einiges sagen können, sie wären erbittert aneinander geraten, er und Altschul. Bloß, es kam in diesem Prozess nicht darauf an. Was sollten hier die Vorwürfe, dass der Gutachter die Untersuchung nur oberflächlich führte, dass er Befunde, die auf einen unterschwellig gewalttätigen Charakter hindeuteten, angesichts der Zeugenaussagen bagatellisierte. Auch aus dem Mund eines Pflichtverteidigers wäre solch eine Prozessvertretung eine groteske Karikatur.

Breuer biss sich darauf fest, bevor das Gericht ihn zu Fragen aufgefordert hatte. Abel atmete auf. Aber er sah, dass selbst ein klug geführtes Verhör, unterstützt von kritischen Fragen der Anwältin Wiesenhofer, bei dem Wissenschaftler nichts fruchtete, weil er sich auf die Position »ein wenig Gewalt steckt in jedem« zurückzog.

»Noch Fragen?«, sagte die Vorsitzende.

»Nein«, sagte Abel und er hätte nur eine so gern gestellt: Meinen Sie das alles wirklich ernst, Herr Altschul?

Nach Tisch die Plädoyers.

Breuer sprach gut vorbereitet, kantig und mit ironischer Schärfe. Er hatte den Prozess in seiner Art geführt, die übrigens oft erfolgreich war, und er kämpfte bis zum Schluss, obwohl er wusste, dass es für ihn nichts zu gewinnen gab. Zweifelhaft blieb, ob er sich persönlich eine Meinung gebildet hatte oder nur dienstlich; eine Frage, deren Antwort durchaus von Interesse gewesen wäre. Er beantragte viereinhalb Jahre Freiheitsstrafe wegen Vergewaltigung.

Nun folgte Frau Wiesenhofer. Sie setzte dem Gericht die besonders schützenswerte Position des Opfers auseinander, der Frau, die in der Tat durch ein solch unbegreifliches Verbrechen ihre innere Ruhe, Sicherheit und existentielle Unversehrtheit verliert. Sie schilderte, fast noch eindringlicher, weil emotionaler, die Kette der belastenden Umstände, hob die Hinweise hervor, die der Polizist Holz vorgetragen hatte. Den Alibizeugen wertete sie ab, sie sprach über Zeugenpsychologie und ihre beachtliche Erfahrung in den Prozessen. Ihr Antrag lautete: fünf Jahre Haft.

Abels Schlussvortrag war nicht unfair gegenüber seinem Pflichtmandat. Er fasste die Verhandlungsergebnisse zusammen, würdigte sie kritisch doch ohne Leidenschaft und kam auf das Problem der Zweifel zu sprechen, Zweifel, die am Ende der Beweisaufnahme geblieben seien und die so schwer wögen, dass sie eine Verurteilung nicht tragen könnten. Freispruch! Diesen Antrag nahm die Protokollführerin auf.

Das Gericht zog sich zurück.

In der Pause wurde viel geredet, diskutiert, spekuliert. Abel hielt das alles nicht mehr aus. Er ging hinaus auf die Straße. Im Schatten der brütenden Vier-Uhr-Sonne schritt er auf und ab, die Hände in den Taschen, einen Kaugummi im Mund, und wartete, bis man ihn rief. Endlich. Er ging zurück in den Saal.

Das Urteil.

Sigurd Hiltsch wurde im Namen des Volkes freigesprochen.

Der Staatskasse fielen die Verfahrenskosten und die notwendigen Auslagen des Angeklagten zur Last, immerhin mit allen Gutachter- und Zeugenkosten und denen der Verteidigung, zusammen über 10.000 Euro, dem Angeklagten wurde eine Haftentschädigung zugebilligt, die Nebenklage wurde abgewiesen und schließlich hob man den Haftbefehl gegen Hiltsch auf.

Abel hatte seinen Prozess gewonnen.

Die Begründung spiegelte das Ringen des Gerichts um eine richtige – nicht gerechte, das wäre vermessen – Entscheidung wider. Die Vorsitzende Agricola wertete sorgfältig die Argumente, die für Hiltschs Täterschaft sprachen, allen voran die Einlassungen der Zeugin Moslech, aber auch das Gutachten des Tübinger Instituts, gegen die entlastenden Indizien ab. Entlastend mussten die Aussage Ross' gewertet werden und die mangelnden Hinweise auf einen gewalttätigen Charakter. Dies war kein Votum zugunsten des Bildes des verklemmten Spießers, sondern lediglich eine negative Feststellung: keine ausreichenden Anhaltspunkte für Gewalttätigkeit in der Veranlagung. Da lag der Unterschied zum Gutachten des Doktor Altschul, dessen Expertise in der Urteilsbegründung nur gestreift wurde. Über die Mandatsniederlegung verlor die Richterin kein einziges Wort.

Es gibt heute glücklicherweise keinen Unterschied mehr zwischen Freispruch mangels Beweisen und einem wegen »erwiesener Unschuld». Dieser Freispruch hier war einer dritter Klasse, wenn man den früheren »mangels Beweisen« als einen der zweiten Klasse hätte bezeichnen wollen. Zur Überzeugung von Hiltschs Schuld hatte nur ein Quentchen gefehlt, aber aus diesem Quentchen war ein Freispruch geworden. Abel konnte gehen.

Am Ausgang erwartete ihn Jane Münster. Sie trug ein Leinenkleid und hatte ihre Tasche über der Schulter und die Gerichtspost unter dem Arm. Mit ihren hochhackigen Schuhen war sie fast so groß wie Abel. Die Sonnenbrille steckte in ihren Haaren. Eben überholte Hiltsch die beiden. Er hatte sich bei seiner Mutter schweigend eingehängt und ging. Ein freier Mann.

Abel und Jane folgten.

Holz stieg aus dem Aufzug. Er trug eine Jeans und ein kariertes Hemd. Seine verschwitzten roten Haare klebten auf seiner Stirn. Hiltsch sah über diesen Mann hinweg, dessen weiße Haut rot angelaufen war. Er vertrug die Hitze nicht. Sein Blick huschte hinüber zu Abel, der nicht wegsah und stoisch blieb.

»Herr Hiltsch, eine Sekunde«, hörten die beiden den Polizisten sagen. »Einen Moment nur«, der Zusatz war notwendig, weil Hiltsch Anstalten machte, sich noch in den bereits überfüllten Aufzug zu drängen. Er ignorierte Holz. Zischend schlossen sich die Türen. Hiltsch blieb zurück, immer noch am Arm seiner Mutter. Beide starrten geradeaus. Hinter ihnen sagte Holz: »Herr Hiltsch, ich muss Sie vorläufig festnehmen, Sie werden morgen dem Haftrichter vorgeführt, es besteht Verdunklungs- und Fluchtgefahr.«

Hiltsch und seine Mutter reagierten nicht. Sie beobachteten, wie die Aufzugsseile im kleinen Fensterausschnitt der Tür hin und her schwangen. Es roch nach Maschinenöl. Ein geöffnetes Flurfenster brachte ein wenig lindernden Durchzug. Holz wippte auf den Zehenspitzen und sprach auf den Rücken des festgenommenen Sigurd Hiltsch ein: »Sie werden beschuldigt, zum Nachteil der Frau Konstanze Fiedler eine Notzucht vorgenommen zu haben. Sie können sich in jedem Stand des Verfahrens eines Verteidigers Ihrer Wahl bedienen und brauchen zur Sache keine Angaben ...«

Jane sah Abel an, der senkte den Blick.

»Ist das der Holz von der Kripo?«

»Ja.«

»Nur dass keine Zweifel aufkommen, ich kenne den Mann nicht.«

Abel sah Jane in die Augen. »Ich schon.«

»Komm, wir gehen über die Treppe«, sagte Jane zu Abel und ging vor. Im Treppenhaus hallten die Schritte.

»Ob Holz den Hiltsch diesmal knackt?«, fragte Jane, und die beiden traten hinaus in die späte Hitze des Tages. Am Bordsteinrand stand Hiltschs Mutter und sah zu, wie sich ein Streifenwagen in den Verkehr einfädelte.

»Es kommt auf den Verteidiger an«, sagte Abel mehrdeutig.

Nachwort

»Der Dienstagmann« war ursprünglich der dritte Abel-Roman. Er spielte im Jahr 1983 und kam 1984 bei Rowohlt heraus. Ich habe den »Dienstagmann« wie die vorangegangenen Krimis bei Pendragon für die Taschenbuchausgabe gründlich überarbeitet und ein wenig modernisiert. Damals lebte Abel in Stuttgart, war aber kein Schwabe – genauso wie ich. Durch seine Filmkarriere beim ZDF verschlug es Jean nach München. Nun ist ihm der Buch-Abel gefolgt und vom einigermaßen urbanen Stuttgarter Osten ins wirklich urbane Lehel gezogen, einem Stadtteil zwischen Altstadtring und Isar, wo ich selbst einige glückliche Jahre gelebt hatte, bevor ich nach Berlin zog.

Wie in meinen zuletzt bei Pendragon erschienenen Abel-Romanen »Noch Zweifel, Herr Verteidiger« und »Notwehr« werde ich ein wenig aus dem Nähkästchen plaudern. Hintergründe über Abel, seine Freunde, seine Fälle, die Filme, die Schauspieler und Regisseure und vieles mehr. Erwarten Sie keine systematische Darstellung, nur eben eine Plauderei.

Die drei Enden des »Dienstagmanns«

»Der Dienstagmann« ist, wie auch »Notwehr«, kein klassischer Krimi, denn es geht nicht um Mord. Aber andererseits: der Roman schildert die Geschichte einer Ermittlung, so wie es sich für einen guten Krimi gehört. Wenn man es genau nimmt, ist es die Geschichte von zwei Ermittlungen, die des Anwalts und die der Polizei, was sehr typisch für Anwalts-Krimis ist, die in Deutschland leider weder Tradition noch junge Autoren haben. Weiß der Teufel, warum meine deutschen Autorenkollegen einen derartigen Narren an den Kommissaren gefressen haben. Die Obrigkeit, eine heimliche Liebe? Als ungeheure Weiterentwicklung des Genres galt ja lange Jahre die Kommissarin.

Doch zurück zum »Dienstagmann»: Im Zentrum dieses Romans ebenso wie des Films steht ein schwerer Konflikt unseres Helden Jean Abel. Er, der notorische Kämpfer und Zweifler, muss sich Klarheit über die Schuld seines Mandanten verschaffen und manövriert sich in eine Zwickmühle, in der das formale Recht über die Gerechtigkeit einen bitteren Triumph zu erringen droht. Als Abel feststellt, dass sein Mandant Hiltsch völlig zu Recht wegen Vergewaltigung angeklagt wurde, ist es zu spät. Die Saat seiner engagierten Arbeit geht auf. Hiltsch wird folgerichtig und rechtsstaatlich korrekt freigesprochen.

Nicht nur Abel, auch mich als Autor, der ich ja selbst seit 30 Jahren Anwalt bin, hat dieser Konflikt meines Helden nie in Ruhe gelassen. Was ist wichtiger? Dass das formale und rechtsstaatlich so ungeheuer wichtige Prinzip des Grundrechts eines Angeklagten auf Verschwiegenheit seines Anwalts nicht angetastet wird – selbst um den Preis eines gefährlichen Justizirrtums? Oder muss die Moral siegen und ein gerechtes Ende am Schluss stehen, ein Ende, bei dem das Verbrechen gesühnt wird – Grundrechte hin oder her?

Deswegen gibt es drei unterschiedliche Versionen des Schlusses der Geschichte vom Dienstagmann.

In der ersten Ausgabe bei Rowohlt wird Hiltsch von Holz wegen der Vergewaltigung an Frau Fiedler verhaftet. Abel sieht zu, wie der Polizist, den er hasst, ihm aus der Gewissensnot hilft. Das war sicherlich nicht die beste Lösung – schon aus Gründen der Dramaturgie nicht. Denn der Krimiheld muss die Geschichte selbst zu Ende bringen, nicht einer seiner Gegenspieler. Das macht die Hauptfigur zu klein. Besonders am Schluss ist das fatal. Zur Entschuldigung für diesen Fehler kann ich lediglich anfügen, dass man in den 80er Jahren diese dramaturgisch-formalen Aspekte nicht so wichtig nahm. Der Romanheld durfte (wie der Romanautor) auch Fehler machen oder von äußeren Umständen profitieren, auf die er keinen Einfluss hatte. Erst später wurde »Kommissar Zufall« – mit Recht, wie ich heute meine – verpönt.

In der hier vorliegenden Neubearbeitung des Romans dagegen habe ich versucht, das Problem à la Abel zu lösen. Er selbst führt das gerechte Ende herbei, indem er lieber den Pakt mit dem Teufel in Gestalt des bigotten Polizisten Holz schließt als Hiltsch davonkommen zu lassen, auch um den Preis einer von Holz erpressten Aussage von Frau Fiedler. Wie Abel allerdings seinen Mandanten an Holz im Namen der Gerechtigkeit verrät, lasse ich bewusst im Dunkeln, denn die Schilderung des Deals würde die Schlusspointe vorwegnehmen.

Auch während der Entstehung des Drehbuchs zum Film wurde Natur gemäß und aus denselben Gründen ebenfalls viel über den Schluss diskutiert. Klar war, dass Abel nicht von Holz Hilfe abhängig sein durfte. Nach langem Hin und Her wählte ich hier den radikalsten Schluss: Die bittere Saat von Abels Bemühungen geht auf. Hiltsch wird freigesprochen. Abel muss mit der Hypothek seiner moralischen Niederlage leben. Und Hiltsch wird eine ständige Bedrohung für die Integrität und das Leben von Frauen sein. Regisseur Frank Guthke fand in seiner Schlusseinstellung dafür eine klare Metapher: Wir sehen wie der großartige Dieter Pfaff, der den Hiltsch spielt, das Justizgebäude verlässt und in die Menschenmenge auf dem sommerlichen Stachus eintaucht, bis wir ihn nicht mehr erkennen. Obwohl der Film mit einer deftigen Niederlage der Gerechtigkeit endet, war er der Auftakt für eine Reihe von insgesamt 20 Abel-Filmen, die das ZDF zwischen 1988 und 2001 sendete.

Wie Abel zum Serienhelden wurde.

Heute werden Serien und Reihen im Fernsehen minutiös geplant. Man versucht das jedenfalls. Denn das Publikum ist launisch und wechselt Geschmack und Vorlieben. Ich wage nicht zu beurteilen, ob Abel heute eine Chance hätte. Die Abel-

Reihe dagegen entwickelte sich organisch aus dem ersten Film, und ihre Fortsetzung hing oft am seidenen Faden der Quoten.

In den 80er Jahren war die Spontaneität und die Entscheidungsfreude der Programmverantwortlichen größer – und ihre Spielräume weiter. Die Folge war eine aus heutiger Sicht fast ans Unvorstellbare grenzende Risikofreude. So entstanden Hits wie der »Tatort« an sich, »Schimanski«,»Kir Royal« in der ARD, »Der Alte« und »Derrick« im ZDF – und, nicht zu vergessen, der unvergleichliche »Liebling Kreuzberg« von Jurek Becker mit Manne Krug in der Hauptrolle, mein Vorbild schlechthin für eine Anwaltsserie.

Ich müsste lügen, wenn ich behaupten würde, dass ich nicht von einer Abel-Serie im Fernsehen geträumt hätte, nachdem die ersten Anfragen von Sendern für Romanverfilmungen kamen. Aber die Sendeplätze für Reihen waren rar. Zu dieser Zeit kämpfte beispielsweise mein Freund Huby noch vergeblich um eine Serie mit seinem Kommissar Bienzle als Hauptfigur.

Allerdings machten mir die Verfilmungen meiner Krimis Mut. »Notwehr« war im damaligen Südwestfunk unter der Leitung von Dietrich Mack und Susan Schulte entstanden. Und Susan war auch für die dritte Abel-Verfilmung verantwortlich: »Frohes Fest, Lucie«, dem ersten Film, den Roland Suso Richter drehte. Doch davon später, wenn dieser Roman erscheint. Nur so viel: Abel hatte insgesamt drei Interpreten, einer renommierter als der andere: Uwe Ochsenknecht in »Notwehr«, in »Frohes Fest, Lucie« Thomas Heinze – und Günter Maria Halmer im »Dienstagmann».

Halmer wurde von Frank Guthke besetzt. Er war bis dato aus den »Münchner Geschichten« bekannt und international als Schauspieler mehr gesucht als in Deutschland. Das ist keine Seltenheit. Nicht nur der Prophet gilt im eigenen Lande manchmal nicht so viel. Halmer spielte beispielsweise im »Ghandi«-Film (1982) an der Seite von Ben Kingsley.

Günter Maria Halmer prägte wie kein anderer den Jean Abel, gab ihm über 20 Folgen von je 90 Minuten Gesicht und

Charakter – und zwar dermaßen, dass ihn Leute in der Stadt mit »Herr Rechtsanwalt« ansprachen und um den einen oder anderen Tipp in Rechtsangelegenheiten baten, natürlich auch um Autogramme. Halmer verkörperte von der ersten Minute an für mich den typischen Münchner Flaneur und Bonviant, aber zugleich auch den Anwalt, der beißen konnte wie Salzsäure, wenn es um Wahrheit, Gerechtigkeit und seine Mandanten ging. Günter gehen die schwierigsten Dialoge, gespickt mit juristischen Fachwörtern, ebenso leicht und elegant von den Lippen wie ein Flirt mit seiner Babyjane. Die Zuschauer sehen in ihm gleichermaßen den Intellektuellen, den Genießer und den Träumer. Einfach ideal!

Keiner der Abel-Filme spielt dort, wo ich ursprünglich die Romane und damit meine Hauptfigur angesiedelt habe: in Stuttgart. Denn Stuttgart verfügte damals über keine nennenswerte Filminfrastruktur. Die Studios des damaligen »Südwestrundfunks« waren längst zerschlagen und ersatzlos aufgelöst worden. So musste Abel für die Filme auswandern – beim Südwestfunk nach Baden, für das ZDF nach München. München war und ist Filmstadt Nummer eins in Deutschland. Und München war damals nicht nur die sogenannte heimliche Hauptstadt Deutschlands, sie war auch die Krimihauptstadt. Beste Voraussetzungen also für eine Serie. – Doch so weit war es noch lange nicht.

Geplant war mit dem »Dienstagmann« eine Literaturverfilmung, also ein Einzelstück, weil der Roman dem damaligen Redakteur gut gefiel. Regie führte Frank Guthke, einer der damals beim ZDF fest angestellten Regisseure. Er hatte in Hollywood lange als »First AD« (Erster Regieassistent) gearbeitet und brachte eine enorme Spielfilmerfahrung und eine »amerikanische« Erzählweise mit. Guthke erwies sich als ein Meister des Castings und der Schauspielerführung. Er besetzte besonders gerne »gegen den Strich». Mir wäre beispielsweise nie in den Sinn gekommen, Dieter Pfaff, damals der Inbegriff des gemütlichen Gutmenschen, in der Rolle des Sigurd Hiltsch zu sehen. Aber es funktionierte wunderbar!

Die Drehbucharbeit war für mich sehr schwierig und voller Umwege. Die erste Fassung, die sich noch sehr nah an der Romanvorlage hielt, war über 400 Seiten stark. Das hätte locker für vier Filme ausgereicht. Ich traute mich nicht, den Text bei der Redaktion einzureichen, und fing an zu kürzen. »Kill your babies« ... eine schwierige Sache. Es war ein langes, zähes Ringen mit mir selbst, das Buch auf die Sendelänge zu kürzen.

Als schließlich der Film im Kasten war und am 5. Dezember 1988 im ZDF gesendet wurde, war der Erfolg beim Publikum überwältigend. 8,8 Millionen Zuschauer für einen Fernsehfilm ... eine Quote, von der man heute angesichts der großen Konkurrenz auf allen Kanälen nur noch träumen kann.

Auch die Presse spendete weitgehend Lob, aber es gab auch kritische Stimmen. Nebenbei: ich habe es noch nie erlebt, dass einer meiner Filme ein ungeteiltes Presseecho gefunden hätte. Und das ist eigentlich gut so. Denn wer es allen Recht macht, macht irgend etwas nicht richtig. Beim Dienstagmann las sich das so:

Die gute Kritik: »Gelungenes Psychodrama« (FUNK-Korespondenz)

Die schlechte Kritik: »Nächsten Montag bleibt die Glotze aus!« (Stuttgarter Zeitung)

Kurz und gut, der Film wurde beim Sender geschätzt. Heinz Ungureith, der damalige Leitende Redakteur beim ZDF für Film und Serien, fragte kurz darauf bei der Redaktion an, ob der Autor noch andere Krimis zum Verfilmen habe.

Er hatte.

Und als Weihnachtsgeschenk 1988 bekam ich den Auftrag für die nächsten Abel-Krimis im ZDF: »Reiche Kunden killt man nicht« und »Noch Zweifel, Herr Verteidiger». Es sollten insgesamt noch 17 Filme folgen, bis die Serie 2001 mit dem Film »Salut Abel« endete.

Alle 20 Filme wurden von der in München ansässigen Produktionsfirma »TV60film« realisiert. Bernd Burgemeister, der Produzent, erhielt unter großem Beifall für diese Leistung den

Deutschen Fernsehpreis. Ich wurde für den Adolph Grimme Preis in der Kategorie »Spezial« für meine Abel-Drehbücher nominiert. Verschiedene Episoden wurden auf nationalen und internationalen Filmfestivals gezeigt

Frank Guthke inszenierte die ersten sieben der 20 Abel-Filme. Zu den meisten komponierte Wolfgang Dauner die Musik, intensive, jazzige Stücke vom Großmeister des deutschen Jazzpianos, auch zusammen mit einer Combo selbst eingespielt. Guthke folgten als Regisseure Carlo Rola, Josef Rödl, Olaf Kreinsen, Martin Weinhart, Marc Rothemund und Christian Görlitz.

In Gastrollen neben Günter Maria Halmer waren u.a. Iris Berben, Suzanne von Borsody, Karoline Eichhorn, Sophie von Kessel, Cornelia Froboes und Susanne Lothar zu sehen sowie Bruno Ganz, Ivan Desny, Birol Unel, Friedrich von Thun, Henry Hübchen, Matthias Habich, Helmut Griem, Ernst Jacobi, Gerhard Voß und Peter Sattmann, um nur einige zu nennen.

Babyjane, die Frau an Abels Seite, spielte die charmante Andrea l'Arronge genauso gescheit und umsichtig, so sexy und kompetent, wie es sich der Autor nur träumen konnte.

Fred Breinersdorfer

Von Fred Breinersdorfer sind im Pendragon Verlag die Abel-Krimis »Das Biest«, »Noch Zweifel, Herr Verteidiger?« sowie »Notwehr« erschienen.

Unsere Bücher im Internet:
www.pendragon.de

Vom Autor vollkommen neu überarbeitete Ausgabe
Veröffentlicht im Pendragon Verlag
Günther Butkus, Bielefeld 2006

Lektorat: Kendra Taktak, Elena Bruns
Umschlag: Baltus Mediendesign
Umschlagfoto: Uta Zeißler
Satz: Pendragon Verlag auf Macintosh
Gesetzt aus der Adobe Garamond
ISBN-13: 978-3-86532-027-8
ISBN-10: 3-86532-027-9
Printed in Germany